금지된 소망

금지된 소망

초판 1쇄 인쇄일 2017년 06월 21일
초판 1쇄 발행일 2017년 06월 27일

지은이 | 코사무이
펴낸이 | 김기선

편집장 | 김은지
편집부 | 임종성, 박지은, 김지현, 김아름
디자인 | 한주회

펴낸곳 | 와이엠북스(YMBOOKS)
출판등록 | 2012년 7월 17일 (제382-2012-000021호)
주소 | 서울시 도봉구 노해로 379, 802호(창동, 대성빌딩)
전화 | 02)906-7768 / **팩스 |** 02)906-7769
E-mail | ymbooks@nate.com

ISBN 979-11-322-4204-8 03810

값 9,000원

금지된 소망

YMBOOKS
ROMANCE
STORY

코사무이 장편소설

BOOKS

 차 례

프롤로그

　효주는 세화여고 교정으로 들어섰다. 멀리 라일락 나무로 촘촘히 둘러싸인 운동장이 보이자 걸음을 빨리했다.

　"아, 좋다……."

　잘 조성된 화단. 공기 중에 떠돌아다니는 아침 냄새. 언제 맡아도 좋은 흙냄새. 누군들 만물이 싹 트는 봄을 좋아하지 않겠느냐마는 효주에게 봄은 더욱 특별했다. 씨를 뿌리고, 잎이 돋아나는 단순한 자연의 섭리를 지켜보는 건 원예를 좋아하는 그녀에게 큰 기쁨을 주기 때문이다.

　그녀가 교사로 근무하는 세화여고는 오랜 역사를 자랑하는 명문 자사고였다. 그리고 세화여고 하면 누구나 떠올리는 한 가지가 있었는데, 그 이유는 5월이 되면 잘 알 수 있었다. 해마다 5월이면 세화여고 교정이 라일락꽃으로 장관을 이루었기 때문이다. 그리고 햇살과 바람의 축복을 받은 라일락 향기는 어떻고. 학교 담장을 넘어 사방으로 퍼져 나갈 정도로 향기가 짙었다.

그래서일까?

세화여고의 화원은 특별했다. 풍성하고 풍요롭고 따사로웠다. 효주가 푹 빠질 만큼.

"늦지 않아야 할 텐데."

그런데 오늘따라 교문 근처가 소란스러웠다. 아이들이 교문 주위로 몰려들고 있자 효주는 눈살을 찌푸렸다.

"꺅!"

"꺄악."

까마귀 고기를 삶아 먹었나. 아이들이 질러대는 비명 소리가 귀청을 뚫을 듯이 컸다. 연예인이라도 방문한 듯 웅성웅성 난리도 아니었다. 하지만 축제 기간도 아니고 신학기였다. 불시에 점검 나온 교육감이라면 모를까, 이 시간에 학교로 연예인이 나타날 리 없었다.

갑작스런 소란은 효주의 발길을 잡아끌었다. 교사로서의 책무가 그녀의 발목을 잡은 셈이었다. 효주는 소란의 근원을 알아내기 위해 몰려 있는 아이들 틈을 비집고 들어갔다.

"아휴, 시끄러. 이 녀석들아, 조용히 좀 해라!"

그러나 연약한 훈계는 흥분한 아이들의 함성에 묻혀버렸다. 꺄악꺄악!' 외려 더 커진 소리에 효주는 양귀를 틀어막아야 했다.

"이 녀석들이! 진짜."

효주가 투덜거리던 그 순간이었다. 뭉쳐 있던 아이들이 갑자기 홍해처럼 갈라지며 효주만 길 한가운데 우두커니 남겨진 형국이 되었다.

"너희들 갑자기 왜 이러는 건데?"

의아할 새도 없었다. 아이들이 터준 길로 늘씬한 스포츠카 한 대가 진입해 들어왔다.

졸지에 스포츠카와 마주 서게 된 효주. 고가의 스포츠카였다. 차에 대한 지식이 전무한, 흔한 차종도 헷갈려 하는 그녀가 보기에도 눈에 띄는 멋진 차였다.

'그런데 저 차, 낯이 익네. 어디서 봤더라.'

분명 어디선가 본 기억이 난다.

고개를 갸우뚱, 의아해하던 효주의 머릿속으로 번뜩 며칠 전 퇴근길 장면이 스치고 지나갔다.

그날도 평소와 마찬가지로 퇴근 후 해가 져서 어둑어둑해진 길을 걸어가고 있었다. 그때 저 차가 바로 앞에 멈춰 섰고 친절하게 차창까지 내려서 인사를 건네던 남자. 백이현 선생이었다.

'백이현 선생 차잖아.'

고가의 스포츠카 주인이 누군지 파악되자 뺨이 화끈 달아올랐다. 이현은 올 초 부임한 수학 교사로, 대단히 멋진 사람이었다.

"연예인 맞네……."

세화여고가 유명 자사고라고는 하지만 그래도 고등학교였다. 평교사로 머물기엔 저 남자의 학력이 지나치게 우수했다. 거기다 외모는 또 어떻고. 텔레비전 속 아이돌도 저 남자에 비하면 빛을 잃을 정도로 준수했다. 그렇다 보니 세화여고 여자들의 전폭적인 지지는 당연한 것. 교문 주위로 몰려들어 꺅꺅거리는 학생들의 행동도 이해 못 할 바가 아니었다.

하지만 멋진 사람이면 무얼하나. 그녀에겐 부담스럽기만 한 남자인 것을.

사람과 사람의 사이에도 궁합이 있다고 한다. 첫눈에 끌리는 사람이 있으면 피해를 주지 않아도 거부감부터 드는 사람도 있다. 그녀에게 이현은 후자에 속했다. 그녀는 딱히 이유도 없이 이현을 피하고 있었기 때문이다.

보고도 못 본 척하는 것이 무례한 짓인 줄 알지만 지금도 일단 이 자리부터 모면하고 싶었다. 효주는 스포츠카를 보지 못한 사람처럼 그대로 자연스럽게 등을 돌렸다. 그리고 걸어가면서 생각했다.

'내가 하루 이틀 이러는 것도 아니고, 이제 저 사람도 그러려니 하겠지.'

그러나 효주의 그 그러려니는 이현에겐 통하지 않았다. 애써 자기합리화를 하면 걷는 효주의 뒤로 이현의 차가 슬금슬금 따라붙은 것이다.

빵! 하는 경적 소리를 듣고서야 효주가 움찔해서 고개를 확 돌렸다. 그제야 바짝 따라붙은 차를 발견하고 어이없는 표정이 되었다.

"오늘 일찍 출근하셨네요."

효주가 놀라거나 말거나 이현은 여전히 예의가 밝았다. 차창 밖으로 고개를 내밀어 굳이 효주에게 인사를 건네왔다. 이현의 새카만 머리카락. 반듯한 이마. 눈처럼 희고 고운 피부. 넋을 잃을 만큼 멋진 이현을 대하자 속이 울렁거리는 것이 살짝 어지러웠다. 효주는 더듬거리며 간신히 인사를 되돌렸다.

"네, 어쩌다 보니. 그런데 백 선생님도 일찍 오셨네요?"

"아, 저도 어쩌다 보니."

"네에."

고작 몇 마디 흔한 인사말을 나누는 것으로도 효주에겐 벅찬 일이었다. 이쯤하면 무례하지 않을 정도는 되었다고 생각하면서 한숨 돌리는가 싶었는데 어찌 된 일인지 이현이 갈 생각을 안 했다. 외려 신기한 것이라도 보듯 반짝반짝한 눈으로 효주를 빤히 응시하는 것이 아닌가.

'백 선생님이 왜 저러시지? 내 얼굴에 뭐라도 묻었나.'

이현의 시선을 받자 기분이 이상했다. 심장이 쿵덕쿵덕 거세게 펌프질을 해대는 통에 현기증까지 일 지경이었다.

볼을 붉히며 어쩔 줄 몰라 하는 효주를 지그시 응시하던 이현이 불쑥 말했다.

"타세요. 제 차로 가시면 빠를 거예요."

그의 제의에 효주의 눈이 동그래졌다. 잠시 몇 마디 나누는 것만으로도 가슴이 터질 것 같은데 차에 타라니. 그건 절대 안 될 말이었다.

"아뇨. 전 괜찮으니까 백 선생님 먼저 가세요."

손까지 극렬히 내저어 보이는 효주의 강력한 거절 의사에 이현이 인상을 살짝 찌푸렸다.

"그러지 마시고 제 차 타고 가세요."

"죄송해요. 제가 좀 걷고 싶어서."

얕은 핑계까지 대며 거절하는 효주. 그런 효주를 빤히 응시하던 이현이 다소 아쉬워하는 표정으로 어깨를 으쓱해 보였다.

"어쩔 수 없죠. 그럼."

"먼저 갈게요."

효주는 이현에게 고개를 살짝 숙여 보이고 등을 돌렸다. 따라붙는 이현의 시선이 느껴졌지만 걸음을 늦추지 않았다.

여교사 휴게실로 들어선 효주는 거울로 다가갔다. 거울 안에서 섬세한 이목구비의 여인이 그녀를 응시해왔다. 차분한 인상이지만 오늘은 평소와 달라 보였다. 분홍빛으로 달아오른 얼굴이 마치 여고생 같았다.

'하아, 백 선생을 보고 빨개지는 건, 이 학교 여고생들로 충분해. 서른씩이나 넘긴 여교사가 할 짓은 아니야. 거기다 백 선생은 너보다 어려. 연하야. 그러니 정신 차려. 정효주!'

하나 그녀의 심장은 거친 박동으로 다른 말을 해왔다.

"안 돼! 심기일전!"

효주는 자꾸만 이현에게로 가는 마음을 끊으려는 듯 떨리는 손길로 머리카락을 쓸어 모았다.

"잔머리가 많네. 그냥 묶어버릴까?"

기분을 전환하려고 거울을 들여다보며 머리를 묶으려던 효주는 얼음처럼 굳어버렸다.

일렁이는 눈동자. 상기된 뺨. 그리고 여전히 뇌리를 채운 이현의 달콤한 미소.

불편한 진실을 마주한 순간, 머리를 묶던 손이 아래로 툭 떨어졌다.

1.

작업복으로 갈아입은 효주는 서둘러 교사 뒤편 화원으로 걸어 갔다. 이른 시간이어서 교정은 정적에 싸여 있었다. 저 멀리 그녀 의 오래된 파트너, 노인 이 씨가 보이자 효주는 걸음을 더 빨리했 다. 내내 뇌리에 달라붙어 떨어지지 않는 누군가를 떨쳐내듯.

"아저씨, 일찍 오셨네요!"

효주가 환한 얼굴로 뛰어가자 챙이 넓은 밀짚모자 아래로 이 씨 가 눈을 치켜떴다.

"왔어요? 안 그래도 이 녀석들을 막 심으려던 참이었는데 잘됐 네요. 정 선생과 함께 작업하면 되겠어요."

그러면서 노인은 보란 듯이 백합 구근을 들어 올려 보였다.

"네에."

얼른 곁에 자리를 차지하고 앉은 효주는 반짝이는 눈으로 노인의 섬세한 손길을 좇기 시작했다.

"민감한 녀석들이에요. 상처가 나면 땅속에서 썩기 십상이니까 최대한 조심해서 꺼내야 할 거예요. 그리고 흙이 소실되지 않게 심어줘야 해요. 그래야 뿌리를 내리기 쉬울 테니까요."

노인은 먼저 시범을 보여주었다. 조심스럽게 플라스틱 화분에서 구근을 분리해서는 미리 파놓은 작은 구덩이에 심고, 그 위로 흙을 살살 덮고 마지막으로 땅을 단단하게 다져주었다. 노인의 귀신같은 솜씨를 지켜보던 효주가 감탄사를 터트렸다.

"와아……."

신기하게도 식물들은 노인의 손만 거쳤다 하면 발화율 백 프로를 자랑했다. 의욕만 앞섰지 영 젬병인 손을 가진 그녀로선 그저 감탄스러울 뿐이었다.

"그렇게 신기해요?"

노인이 빙그레 웃으며 코끝에 걸친 돋보기 너머로 응시해왔다.

"네! 언제 보아도……."

경외심을 숨기지 못하고 열심히 고개를 끄덕여 보이자 노인이 혀를 끌끌 차며 웃었다.

"이제 여기는 그만 와도 되지 않겠어요? 틈날 때마다 나 같은 영감이랑 있으면 언제 좋은 남자 만나서 결혼하겠어요."

하아. 또 저 소리. 최근 들어 아저씨의 잔소리가 부쩍 심해졌다. 좋은 남자 만나서 시집가야 된다는 잔소리를 앵무새처럼 반복하신다.

"하지만 아저씨, 저는 아직 결혼할 생각이 없어요. 그리고 제 형편에 결혼이 가당키나 한가요."

병든 할머니의 부양을 책임지고 있는 효주의 입장에서 결혼은 사치에 불과했다.

"잔소리라고 듣지 말고 제대로 새겨들어요. 요즘 아가씨들은 화장도 예쁘게 하고 멋도 부리던데, 정 선생은 어떻게 꾸밀 줄을 몰라요. 식물을 사랑하는 것도 좋지만 먼저 본인부터 사랑하는 게 순서예요. 내일부터 화원에 오지 말고 그 시간에 꽃단장에 신경 쓰도록 해요."

노인의 말이 틀린 건 아니지만 그렇다고 가슴 깊이 와 닿지도 않았다. 경제활동을 해서 돈을 벌고, 그 돈으로 장을 봐서 밥도 해 먹고 또 옷도 사서 입는다. 이 이상 내 몸뚱이를 어떻게 사랑해주란 말인지. 도무지 노인의 주장이 이해되지 않는다.

물론 노인의 주장대로 더 이상 자신이 이십 대 꽃띠가 아니란 것을 알고는 있다. 안 그래도 최근 들어 부쩍 칙칙해진 피부가 신경 쓰이기 시작했고, 조만간 비비크림이라도 사서 발라야지 하고 생각하고는 있었다.

"내 말 듣고 있어요?"

대답 없는 그녀가 못마땅한 듯 노인이 꼬장꼬장한 음성으로 채근해왔다.

"명심할게요……."

마지못해 시무룩하게나마 대꾸하자 그제야 흡족한 듯 노인이 다시 손을 놀리기 시작했다.

노인과의 인연은 효주가 막 대학을 졸업하고 세화여고에 임시 교사로 부임한 해에 시작되었다. 세화여고에서는 임시 교사로 딱 석 달만 근무할 예정이었기에 사회생활의 경험을 쌓는다는 기분으로 첫 출근을 했다. 보통은 각 잡고 선배 교사들을 기다리겠지만 그녀는 긴장감 제로로 설렁설렁 학교 부지를 산책하듯 탐방했다. 교사 뒤편 아름다운 화원을 발견하기 전까지.

원래부터 꽃이라면 사족을 못 쓰던 그녀였다. 색색의 꽃이 흐드러지게 핀 화원이 보여주는 봄의 향연은 그녀를 전율에 휩싸이게 하기 충분했다. 마치 공기 중으로 아기 천사들이 날아다니며 나팔을 불어대는 것 같은 착각에 빠질 정도로 완전히 넋이 빠져버렸다.

그때, 노인이 낡은 수레를 밀고 나타났다. 반짝반짝한 눈으로 화원에 대해 호기심을 숨기지 못하고 적극적으로 질문 공세를 퍼붓는 효주를 노인은 신기해했다. 그래서일까? 먼저 노인이 원에 일을 도와주지 않겠냐고 제의해왔다.

그 후로 장장 7년이 지났다. 표면적으로 보면 효주가 노인을 도와주는 꼴 같아 보였지만 실은 그 반대였다. 힘든 일이 닥쳐 우울하고, 속상할 때마다 노인의 무뚝뚝한 위로와 아름답게 커가는 식물들은 효주에게 살아갈 큰 힘이 되어주었다. 그렇게 7년 동안 하루도 빠지지 않고 노인을 도와 화원 일을 거든 것이다.

"참, 아저씨, 혹시 요즘 기분 좋은 일 있으세요?"

효주의 뜬금없는 질문에 노인이 눈을 치켜떴다.

"왜요? 정 선생 보기에 내 기분이 좋아 보이나요?"

"네. 요즘 부쩍 이상해지셨어요. 소리 내어 웃으시고, 가끔 콧노래도 흥얼거리시는걸요. 그래서 이건 혹시나 해서 여쭤보는 건데……. 아저씨, 여자 친구 생겼어요?"

"뭐라고요?"

갈수록 의미심장해지던 효주의 음성에 귀를 기울이고 있던 노인이 깜짝 놀란 표정을 했다.

"으응. 그럼 아니에요? 요즘 아저씨 기분이 부쩍 좋아서 여자 친구라도 생긴 줄 알았는데."

"아휴, 정 선생, 내 나이에 여자 친구가 웬 말이에요."

"아저씨 나이가 뭐 어때서요. 제가 보기에는 아저씨 지금도 충분히 멋있으세요."

"아, 그래요."

효주의 너스레에 결국 노인도 빙그레 웃고 말았다. 다운된 분위기를 어떻게든 끌어올리려는 효주의 노력이 기특했던 탓이다.

"하긴 정 선생이 오해할 만했네요. 손자 녀석을 자주 봐서인지 간만에 사는 재미를 느끼고 있었거든요."

분주하게 움직이던 효주의 손이 멈추었다. 노인이 자신의 개인사를 입에 담은 것은 처음이었다.

"……손자분이 계신 걸 몰랐어요."

눈이 동그래져서 묻자 노인이 흐뭇한 표정이 되었다. 손자를 떠올리는 것만으로도 기분이 좋은 모양이었다.

"아주 귀여운 녀석이에요."

손자를 떠올리는 듯 표정이 유쾌했다. 그래서 효주가 물었다.

"손자분이 그렇게 귀여우세요?"

노인이 흐뭇하게 대꾸했다.

"그럼요. 생전 반찬 투정도 안 해, 옷도 주는 대로 입어, 하는 짓이 얼마나 기특한데요."

"아, 그렇구나. 손자분이 정말 착한 아이인가 보네요."

효주가 감탄해서 고개를 끄덕이자 어쩐지 노인의 표정이 떨떠름해졌다. 무턱대고 한 손자 자랑이 작은 오해를 불러온 것이다.

"······녀석이 착한 아이라고요?"

노인은 자신의 손자를 어린애로 착각하고 있는 효주를 빤히 응시했다.

"네, 아저씨. 그러니까 그 착한 손자분, 다음에 꼭 보여주세요. 얼마나 귀여울까?"

"그래요. 정 선생이 원한다면 하지만 녀석을 보고 실망해도 나는 몰라요."

제 눈에 넣어도 안 아플 귀한 손자였지만 그게 효주에게도 먹힐지. 도도하고 시니컬한 손자를 떠올리며 노인이 다소 자신 없는 투로 대답했다.

"손자분을 보고 제가 실망을요?"

"사고로 어미를 잃고선 녀석도 많이 다쳤어요. 큰 수술을 여러 차례 받고서야 제대로 걸을 수 있게 되었어요. 어미를 찾는 게 불쌍해서 지 애비랑 내가 녀석 응석을 너무 받아줬나 봐요. 내 눈엔 예뻐도 성격이 고약하고 버릇도 많이 없답니다."

노인이 어두운 과거사를 털어놓았다. 언제나 단단한 거목처럼 크게만 보이던 노인이었다. 과거를 털어놓는 노인의 표정은 한층 지쳐 보였다.

"며느님이 사고로 돌아가셨나 봐요."

충격의 여파에 빠져 간신히 물었다. 하지만 돌아오는 대답은 효주의 마음을 더욱 어둡게 했다.

"아니. 그 사고로 죽은 건 며느리가 아니라 하나밖에 없던 내 딸아이라우. 유능한 공학 박사였던 사위가 미국 대학 교수 자리에 먼저 자리 잡고 딸아이와 손자 녀석을 초청했는데, 가는 길에 그만. 휴, 다지 복이 그만큼밖에 안 된 거지. 제대로 행복하게 살아보지도 못하고 공부하는 남편 수발만 들다가……."

목이 메는지 노인은 더 이상 말을 잇지 못했다. 노인의 눈이 촉촉하게 젖어드는 걸 보고 얼른 끼고 있던 장갑을 벗어 던졌다. 아침에 챙겨 나온 손수건을 찾아 노인에게 내밀었다.

"여기 손수건이요."

손바닥 위에 공손히 올려진 하얀 손수건을 빤히 보던 노인이 쑥스러워하며 손수건을 받아 들었다.

"고마워요. 아침부터 내가 주책이지?

노인의 상심이 손에 잡힐 듯 느껴졌다.

"아저씨……."

가슴이 먹먹해져 효주는 말을 잇지 못했다.

"그나저나 내 손자 녀석이 걱정이에요. 제 어미처럼 참한 여자를 짝으로 데리고 와야 할 텐데……. 성질이 나빠서 그런 여자가 붙을는지……. 그렇지. 정 선생, 우리 손자, 짝으로 어때요? 정 선생보다 어리지만 능력도 괜찮은 놈이에요. 내가 소개시켜줄 테니까 한번 데리고 살아볼래요?"

잘 나가다가 왜 갑자기 대화가 그쪽으로 흐르는 건지. 노인의 실없는 농담에 효주는 난감한 표정이 되었다.

연애는커녕 제대로 된 남자 친구 하나 없는 그녀의 사정을 안타까워하는 노인의 마음을 모르는 건 아니었다. 결혼을 빨리 했으면 그녀도 아이가 있고도 남을 나이였다. 실제로 벌써 세 아이를 둔 친구도 있었으니.

그러나 효주가 이 나이 먹도록 제대로 된 연애를 못한 데는 어려운 가정 형편 탓이 컸다. 각종 아르바이트로 학비를 충당해가며 대학도 가까스로 졸업할 수 있었다.

밥벌이가 가능한 사회인이 되어도 마냥 안심할 수만은 없었다. 매달 드는 생활비, 할머니 병원비, 그리고 학자금까지 갚다 보니 언제나 통장 잔고가 간당간당했다.

이현을 유별나게 불편해하는 것도 여기에 있었다. 이현만 보면 미친 듯이 가슴이 뛰는 게, 궁핍하게 지나가버린 청춘에 대한 미련 때문인지 놓쳐버린 젊음에 대한 아쉬움 때문인지 싶은 것이었다.

이현은 후배 교사였다. 그녀를 선배 교사로 깍듯하게 대해주는 고마운 사람이었고. 그런 사람을 상대로 불순한 감정을 품는다는 건 정말 안 될 말이었다. 그리고 당연한 것이겠지만 이현도 그녀를 여자로 봐 줄 리도 없었다.

생각이 이쯤 다다르자 효주는 긴 한숨을 내쉬었다. 이현처럼 멋진 남자도, 로맨스 소설처럼 거창한 사랑도 꿈꾸지도 않았다. 친구들처럼 평범한 남자를 만나 평범한 사랑을 하고 싶었다. 그녀의 어려운 사정을 이해해주고, 그녀를 아껴줄 남자면 족했다.

"정 선생, 왜 아까부터 대답이 없어요? 내키지 않아요?"

가타부타 답을 내어놓지 않는 효주가 답답한 듯 노인이 인상을 썼다. 노인의 채근에 효주는 어물쩍 대화를 돌렸다.

"하하, 아저씨도 참, 별말씀을……. 그나저나 요즘 가물어서 큰일이에요. 내일은 호스라도 끌어다가 물을 쉬야 힐까 뵈요."

남자가 아무리 궁해도 그렇지 노인의 손자라니. 아저씨도 참, 어린아이를 데리고 뭘 하란 말인지.

"그렇죠. 싫겠죠. 정 선생이 뭐가 아쉬워서 그런 녀석을……."

상심하듯 노인이 고개를 떨구었다. 효주가 얼른 노인의 손을 잡아채었다. 놀란 듯 노인이 눈을 크게 떴다.

"아니에요! 아저씨! 그런 게 아니라…… 아무래도 손자분과 제 나이 차가 좀 날 거 아녜요. 그러니까……. 그럼 조만간 절 댁에 초대해주세요. 손자분 보러 놀러 갈게요."

어리둥절해져 있던 노인이 그제야 뭔가를 깨달은 듯 이내 빙그레 미소 지었다. 노인이 기특하다는 듯 효주의 손등을 토닥여주었다. 마치 할아버지가 손녀에게 하듯이 자상하게.

"그럴까요? 조만간 날 잡아서 정 선생을 초대할게요. 꼭 놀러 오기예요."

"언제든 불러만 주세요."

흐뭇하게 고개를 끄덕이던 노인이 불현듯 미간을 찌푸렸다. 절로 효주의 미간까지 찌푸려졌다.

"왜 그러세요?"

노인이 팔목을 들더니 자신의 손목시계를 들여다보았다.

"이런…… 내가 정 선생을 너무 붙들고 있었네. 가서 수업 준비해야죠."

효주가 벌떡 일어났다.

"어떡해……."

"지금 가면 늦지 않을 거예요. 나머지는 내가 할 테니 얼른 가봐요."

안심하라는 듯 노인이 말했다.

"오후에 들러서 한 번 더 체크하고 갈게요."

옷을 털던 효주가 미안해하며 말했다. 안경 속 노인의 눈매가 엄해졌다.

"아니요. 이제 여긴 자주 오지 말라니까요. 실속 없는 노인네만 보고 있으면 언제 연애하고 결혼해요."

"아저씨도 차암……. 오후에 들를 거니까 일거리 있으면 놔두세요."

뛰어가는 효주의 모습이 건물에 가려 보이지 않게 되자 노인이 혀를 찼다.

"저렇게 착해 빠져가지고 어디에 쓸까."

언젠가 한번 단단히 효주를 타이르리라 다짐하며 노인은 시름에 찬 한숨을 뱉어냈다. 노인의 손이 다시 분주하게 움직이자 아름다운 정원은 고요에 잠겼다. 짹짹거리며 하늘을 날아다니는 참새들만 아니라면 액자 속 그림이라 해도 무방할 정도로 평화로운 풍경이었다.

잠시 후, 여교사 휴게실로 뛰어든 효주가 급하게 땀에 전 작업복을 갈아입으려고 할 때였다. 드르륵. 미닫이 나무 문이 열리며 효주의 대학 선배, 소영이 투덜거리며 안으로 들어섰다.

"이 동네는 맨날 막혀. 지겹다, 지겨워. 이놈의 학교, 이전은 언제 한다니?"

막 흙이 묻은 작업복을 벗으려던 효주가 미소를 지었다.

"서두르면 교무회의에 늦지 않을 거예요."

효주가 작업복을 갈아입는 걸 발견하고 석연찮은 표정을 짓던 소영이 퉁명스레 물었다.

"너 또 화단에서 일하고 왔지?"

"네⋯⋯."

조용히 대꾸한 효주는 금세 단정한 검정 치마와 민무늬의 흰 블라우스 차림이 되었다.

"유관순 열사가 아이고, 내 동생 하면서 무덤에서 뛰쳐나오겠다. 새벽부터 화단에 갈 생각 말고 좀 꾸며라, 꾸며. 우리도 이제 꺾인 나이잖아. 여기 천 명의 풋풋한 병아리들에게 둘러싸여서 우리 얼굴이 얼마나 칙칙해 보이겠니. 거기다 올해 부임한 새내기 교사들은 또 어떻고? 난 첨에 백 선생, 한 선생 보고 무슨 모델인 줄 알았어."

매일 듣는 지거운 레퍼토리를 소영이 또다시 읊어대자 효주는 듣는 둥 마는 둥 했다. 작업복을 집어넣고 사물함을 잠갔다.

"제가 백 선생, 한 선생이랑 처지가 같나요. 전 이제 그런 쪽으론 완전히 포기한 상태예요. 그냥 이대로 살래요. 이게 편해요."

자신이 듣기에도 얄팍하고 고루한 주장이었기에 효주는 쓴웃음을 지으며 생각했다. 세화여고가 어떤 곳인가? 명문 사립 고등학교로 머리 좋은 부유층 자제들이 다니는 곳이었다. 폐쇄적인 분위기로 재단 이사장은 미스터리에 싸여 있었다. 그러니 직원도 아무나 뽑지 않았다. 철저히 인맥만을 통해 검증된 인재들만 뽑았다.

아무런 배경 없이 임시 교사로 왔던 그녀가 정식 교사로 임명된 건 기적에 가까운 일이었다.

방금 전, 교문 앞에서 마주친 백 선생만 봐도 그렇다. 부임 당시부터 그는 무수한 소문을 몰고 온 미스터리한 인물이었다. 여기가 국내 대단한 자사고라고는 하지만 그래도 고등학교에 불과했다. 평범한 교사를 직업으로 삼기에 그의 학력은 넘치도록 우수했다. 미국 명문대를 수석으로 조기 졸업하고 박사과정까지 수료한 그의 빛나는 학력에 비해 한참이나 떨어지는 직업이었다.

물론 아이들을 사랑하고, 가르치는 일을 천직으로 삼은 그녀는 자신의 직업에 프라이드를 가지고 있다. 하지만 만일 자신이 이현의 입장이라면 어땠을까? 넓은 세상에서 뜻을 펼치고 싶지 않았을까?

소영은 이현이 아마 사회 경험차 암행을 나온 대단한 집안의 자식일 거라고 추측했다. 소영의 추측이 아니더라도 이현이 평범한 범주가 아님을 쉽게 짐작할 수 있었다. 그녀 같은 문외한이 봐도 그의 소지품은 한결같이 고급품 일색이었던 것이다. 평범한 교사의 월급으로는 절대 살 수가 없는 것들이 대다수였다. 그리고 또하나, 그는 예의범절이 몹시 뛰어났다. 훌륭한 가정교육을 받은 듯 우수한 품행에는 입 댈 것이 없었다. 그래서 교사들과 학생들의 인기를 한 몸에 얻었다.

그런데도 그는 겸손했다. 무리 속에 섞여 있어도 절대 혼자 튀려고 하지 않았다. 주변 사람들에게 적절한 배려를 아끼지 않으면서 어느새 모두를 부드럽게 아우르는 부드러운 카리스마를 펼치고 있었다. 교내에서 그를 싫어하는 사람은 아무도 없었다. 모두 그의 말이라면 철석같이 믿고 따랐다. 대부분 빵빵한 배경에 콧대도 상당한 편이었다. 자신의 기준에 부합하지 않으면 절대 마음을 열지 않았다. 은근한 서열을 세우는 까칠한 교사들에게 인정받는다는 건 낙타가 바늘구멍을 통과하는 것만큼 어려운 일이었다. 그래서 그의 매끄러운 사교술이 더 빛을 발했다.

내내 이현을 슬금슬금 피하던 그녀만 빼면 말이다.

의도치 않았지만 그가 부임한 날, 그녀는 실수를 하고 말았다. 교무실에 들어서던 그를 보자마자 그녀는 온몸이 짜릿하게 관통당하는 느낌을 받았다. 그의 얼굴만 멍하니 보면서 얼이 빠지고 넋이 나갔다. 이현은 그런 바보 같은 그녀에게 생글거리며 다가와 악수를 청해왔다. 그의 얼굴만 정신없이 응시하느라 그가 내민 손도 잡아주지 못했다. 이내 머쓱해하는 이현을 보며 후회했지만 이미 엎어진 물이었다. 그리고 지금도 사정은 별반 나아지지 않았다. 여전히 그를 보면 잔뜩 얼어서 도망치기 급급했다. 선배 교사로서 자질이 꽝이었다.

그날의 흑역사를 떠올리며 그녀는 옅은 한숨을 뱉어냈다.

"그런데 말이야. 너, 요즘 한 선생 너무 받아주더라?"

소영이 날카롭게 물었다.

"……뭐가요?"

의아해진 효주가 소영을 보았다.

"얄밉게 슬쩍슬쩍 너한테 일을 미루잖아. 아니, 신입이면 신입답게 굴어야지 얻다 대고 그 짓이래. 안 되겠어. 네가 안 하면 나라도 한 소리 해야겠다."

한 선생은 이현과 같은 날 부임한 초임 여교사였다. 문제는 든든한 연줄로 인해 교감의 절대적인 신임을 받고 있다는 데 있었다.

"아직 일이 손에 안 익어서 그래요. 차츰 나아지겠죠."

소영의 의도를 모르지는 않았지만 효주는 한 선생을 감쌌다. 굳이 한 선생과 트러블을 일으켜 일을 복잡하게 만들고 싶지 않았다.

"어휴. 넌 물러도 너무 물러. 그러니 착한 척하는 얌체 짓에 당하지. 하여튼 조만간 내가 손 좀 봐줄 거니까 그런 줄 알아."

점점 소영의 어조가 격앙되어갔다. 다혈질인 소영은 한번 흥분하면 감정을 가라앉히기 힘들어했다. 이쯤에서 소영의 흥분을 끊어주는 것이 옳았다.

"가요. 늦겠어요."

효주가 단호하게 말하며 앞서가자 소영이 뒤에서 다급해진 어조로 외쳤다.

"계집애, 나 아직 말 안 끝났잖아. 어어? 야! 같이 가."

소영이 투덜대면서 따라오자 효주는 부드럽게 미소 지었다.

1년 선배인 소영은 그녀와 학교 다닐 때부터 유난히 마음이 잘 맞는 편이었다. 부잣집 딸 같지 않게 털털하고, 사람을 가리지 않는 편이었다. 평소에는 사람이 좋은 편이지만 상대가 속물근성을 드러내면 완전히 돌변한다는 단점도 있었다. 제 할 말을 딱 부러지게 해내는 무서운 면도 가지고 있는 탓에 알 만한 사람들은 웬만해선 소영을 건드리지 않는 편이었다.

교무실에 도착하자 시선이 일제히 쏠려들었다. 지각이었다. 효주의 얼굴이 빨개졌다. 마이크를 잡고 막 조례를 진행하려던 교감이 혀를 차며 사무적으로 명령했다.

"어서 가서 앉으세요."

"네……."

효주는 부끄러웠다. 고개를 푹 숙여서 바닥만 보면서 자신의 책상으로 서둘러 걸어갔다.

"정 선생님, 파이팅."

속삭이는 외침에 고개를 들자 이현이 장난스레 주먹을 꽉 쥐어 보였다. 효주는 그런 이현을 못 본 척, 침착하게 자신의 자리에 가서 앉았다.

'하필이면 백 선생과 나란히 앉게 될 게 뭐람. 최대한 마주치고 싶지 않았는데.'

책상 배치가 그러니 이현을 피하려야 피할 수가 없었다. 자연스럽게 오전, 오후, 쉬는 시간까지 자주 마주치게 되었다.

매번 살갑게 인사해오는 이현을 무시하기란 쉽지 않았다. 그렇다고 번번이 마주 인사하기엔 원래 말주변이 부족한 효주였다. 아침 교문 앞에서처럼 말을 더듬고, 얼굴이 빨개져서 상황을 어색하게 만들어버리기 일쑤였다. 하지만 어쩌겠는가. 아무리 백 선생을 편하게 대하자고 다짐해도 그때뿐인 것을. 그와 마주치면 또다시 원점으로 되돌아가 숫기 없는 여고생처럼 굴어버리는 것을. 정말 그녀도 미칠 지경이었다. 나이도 어린 후배 교사가 뭐 그리 어렵다고 매번 절절매는지.

가벼운 한숨을 내쉰 효주는 이현을 몰래 슬쩍 쳐다보았다. 교감의 잔소리가 지겨운지 이현은 턱을 괸 채로 눈을 내리깔고 있었다.

짙은 속눈썹. 반듯하고 날렵한 콧날. 여자도 갖기 힘든 선홍색 입술.

하지만 그녀는 저렇게 예쁜 이현의 입술에 숨겨진 비밀을 알고 있었다. 웃지 않고, 무표정일 때의 그는 완전히 다른 사람 같았기 때문이다.

풍부한 속눈썹에 싸인 기다란 눈매가 얼마나 쌀쌀맞은지, 볼우물이 패도록 웃던 입매가 얼마나 냉정해 보이는지. 그녀는 알고 있었다.

그걸 알면서도 그녀는 때때로 그의 예쁜 머리카락과 얼굴을 만져보고 싶은 충동으로 손이 근질거릴 지경이었다. 언젠가는 무의

식중에 이현에게로 손이 뻗어나간 적도 있었기에 조심하고 또 조심했다.

'진저리 나, 정효주. 이제 사춘기 감정에서 졸업할 때도 되지 않았니. 언제까지 남선생 곁눈질이나 하면서 살래. 그는 네 상대가 될 수 없어. 그에겐 좀 더 어리고, 밝은 여자가 어울려.'

"정 선생! 정 선생!"

귓가를 파고드는 깐깐한 울림에 그녀가 화들짝 놀라며 고개를 들었다. 그러자 교감을 포함한 동료들의 시선이 자신에게로 몰려 있었다.

효주가 쉬이 상황 파악을 하지 못하고 뜬구름 잡는 듯한 표정만 짓고 있자 교감이 못마땅한 듯 미간을 구겼다.

"무슨 생각을 하기에 한참을 불러도 몰라요."

"죄송합니다……."

교감의 타박에 효주가 살짝 고개를 숙이며 중얼거렸다.

"흠흠. 다름이 아니라 곧 있으면 우리 세화여고의 명물, 라일락 축제가 열리잖아요."

"네……."

그녀가 의아해서 대꾸했다. 라일락 축제와 자신과의 직접적인 연관관계가 곧장 떠오르지 않았기 때문이다.

"올해부터는 라일락 말고도 다른 꽃도 좀 사용했으면 하는데. 정 선생 생각은 어때요?"

라일락 말고 다른 꽃이라?

갑자기 던져진 어려운 숙세에 그녀는 미간을 모았다. 이 씨를 도와 화단에서 잔심부름한 경력은 꽤 되나 그렇다고 전문적인 원예사는 아니었기 때문이다.

"그래서 말인데…… 화려해 보이게 교문부터 장미 넝쿨로 뒤덮는 건 어떨까요?"

곰곰이 생각하던 그녀가 어렵사리 입을 열었다.

"당장 장미 묘목을 사서 심는다 해도 축제 때 꽃을 피워줄지 모르겠어요."

모든 일에는 순서가 있었다. 하물며 그들은 생명을 가진 존재였다. 인간의 오만한 잣대를 함부로 들이대어 좌지우지할 수 없었다.

"안 되는 게 어디 있어요! 꽃시장 가면 널린 게 장미 아닌가? 꽃을 피울 만한 걸로 대충 사서 심으면 되잖아. 일단 이 안건은 통과로 하고, 책임자는 정 선생이에요. 축제 때까지 두 달 남았으니 그동안 해결하도록 해요."

또다시 시작된 교감의 억지에 동료들의 동정 어린 시선이 그녀에게로 따갑게 꽂혀들었다.

"네……. 일단 알아볼게요……."

효주는 고개를 푹 숙이며 웅얼거리듯이 대답했다. 긍정도 부정도 아닌 모호한 대답을 남겼지만 다들 알고 있었다. 교감의 제의를 그녀가 받아들일 수밖에 없다는 걸.

그녀를 타깃으로 한 교감의 독단적이고, 편파적인 업무 지시는 한두 번이 아니었다. 깐깐하고 원리원칙을 따지는 편이었지만 쟁쟁한 집안의 교사들을 누르기엔 교감의 성정은 너무나도 얄팍했다. 귀한 집 자제들을 누르기보다 만만한 그녀 위에 군림하는 걸 택했고, 유독 그녀에게만 강압적으로 굴었다.

누가 보아도 보잘것없는 스펙을 가진 그녀였다. 뭐라 한들 뒤탈이 있을 리 만무했고, 그걸 약점으로 교감은 그녀만 보면 달달 볶아대며 추락한 자신의 위신을 세워나갔다.

'휴, 이런 일이 하루 이틀도 아니고, 이번에도 참아야겠지.'

효주는 저 멀리서 붉으락푸르락하고 있을 소영의 표정을 보지 않아도 느낄 수 있었다. 다혈질인 소영이었다. 저대로 가만 놔두면 교감에게 대들고도 남을 위인이었다.

효주는 상기된 얼굴을 들어서 소영을 바라보았다.

'제발 얌전히 좀 있어요.'

사정하는 눈빛을 보냈지만 소영의 화를 잠재우긴 모자랐나 보다.

'교감 미친 것 아니냐!'

흥분한 소영이 효주만 알아듣게 멀리서 사인을 보내왔다. 효주는 재빨리 고개를 가로저어 보였다. 자신을 감싸주려는 소영의 마음을 모르는 바가 아니었다. 하지만 괜히 자신의 편을 들다가 소영까지 찍히게 할 순 없는 노릇이었다. 그런 그녀의 노파심을 소영도 모르지 않는 눈치였고.

'제발요. 선배.'

그렇기에 일을 크게 만들지 말아달라는 메시지가 통했다.

'하여튼 너는.'

효주를 한 번 흘겨보는 걸로 소영이 화를 누그러뜨렸다.

'죄송해요.'

금방이라도 펄펄 뛸 것 같았던 소영이 진정되자 효주는 안도의 한숨을 내쉬었다. 그러나 한결 가벼워진 표정으로 시선을 돌리던 효주의 표정은 다시 경직되었다. 바로 옆에서 말없이 앉아 있는 이현 때문이었다.

지금의 상황을 쭉 지켜본 사람이었다. 이현이 무슨 생각을 하고 있을지 솔직히 두려웠다. 교감의 부당한 처사에 제대로 대응도 못한 그녀를 비겁하다고 여길 것이 분명했다.

'하아. 할 수만 있다면 땅 아래로 꺼져버리고 싶다.'

그렇게 비관적인 생각에 빠져 훔쳐보던 시선을 돌리려고 할 때였다. 불쑥 이현이 고개를 들고 그녀를 응시했다. 무방비 상태였던 시선이 마주치니 그대로 얼음이 되었다. 전혀 예상치 못한 돌발 상황이었기에 효주는 정말 아무런 생각도 할 수 없었다. 석고상처럼 경직해서 굳어 있을 뿐.

그런데 이상한 일이었다. 당황한 것이 역력한 효주의 표정을 보고도 이현은 시선을 떼어내지 않았다. 무표정한 눈으로 빤히 응시할 뿐이었다.

이상하게 효주도 이현의 시선을 피할 수 없었다. 마치 표본에 꽂힌 나비처럼 고정되어 있을 뿐이었다. 그러나 효주도 점차 한계에 도달했다. 강력한 시선을 더는 견디어낼 수 없었다. 효주는 천천히, 힘겹게 시선을 내리깔았다. 간신히 강렬한 포박에서 빠져나올 수 있었다.

달라진 건 없었다. 별다를 것 없는 아침이었다. 여전히 교감은 저 혼자서 떠들어대고 있었고, 심드렁한 교사들의 머리 위로 선풍기가 덜덜거리며 회전했다. 하나 강한 시선은 여전히 효주에게 머물러 있었고, 그걸 무시하기 위해 효주는 안간힘을 써야 했다.

정규 수업이 끝나고 효주는 교사 뒤편의 아름다운 화원을 다시 찾았다. 예상했던 대로 노인의 꼼꼼한 손길이 거쳐간 화원은 잘 정

돈되어 있었다. 쓰고 난 농기구는 말끔히 손질되어 그늘에 세워져 있었고, 황톳길도 완벽히 비질이 되어 있었다. 그녀가 할 건 아무 것도 없었다.

"아저씨도 참. 뒷정리는 내가 한다고 그렇게 말했는데……."

오늘같이 속이 상한 날에는 굳은 일을 하면서 땀을 빼는 게 최고인데 말이다.

"할 수 없지. 교무실에 가서 미뤄두었던 업무나 처리해야겠다."

쓸쓸하게 발길을 돌리려던 효주가 갑자기 우뚝 멈춰 섰다. 목련 나무가 시야에 들어왔기 때문이다.

"어? 조만간 꽃이 피겠다."

목련 나무 가지 끝에서 하얀 봉오리가 조금씩 벌어지고 있었다. 며칠 내로 활짝 만개하지 싶었다.

"아무도 찾아와주지 않아도 너는 묵묵히 잘 해내고 있었구나. 그에 비해 나는……."

고고한 자태를 뽐내는 목련 나무를 올려다보던 효주의 표정이 어두워졌다. 실은 오늘 하루 종일 교무실 밖을 맴돌았다. 꼭 필요한 건 소영에게 부탁해서 건네받으면서까지. 그리고 그 이유가 백이현 선생 때문이라는 게 그녀를 더 비참하게 했다. 부모 없이 가난한 할머니의 손에 자라면서 제법 맷집이 키워졌다고 자신하고 있었는데 아니었나 보다.

업신여기는 교감도 무섭지 않았다. 동정해주는 동료 교사들도 그다지 신경 쓰이지 않았다. 오직 백이현 선생으로 인해 하루 종일 전전긍긍해야 했다. 아무것도 손에 잡히지 않았다. 눈에 들어오지 않았다. 그저 그를 피해 다니는 데 전력을 다하다 보니 신경이 너덜너덜해진 기분이었다. 누구와도 마주치지 않고 혼자 있고 싶었다. 아니, 사람을 상대할 기력이 없었다. 지금처럼 마음을 감싸주던 두꺼운 갑옷이 찢겨진 상태로는 더욱.

"아무리 성격 좋은 그 사람이라도 나처럼 비겁한 여자가 자길 신경 쓰는 줄 알면 기분이 별로일 거야. 그렇지?"

평소처럼 사랑스러운 식물, 목련 나무에게 위로를 구하려 했지만 이번만큼은 다친 마음이 쉬이 치유되지 않았다. 여전히 가슴이 답답하고, 깊은 한숨이 새어 나왔다. 교무실에서 빤히 응시해오던 이현의 눈빛만 계속 떠올랐다.

"미안. 무거운 마음을 너한테 전가하려 했구나. 네가 뭘 안다고."

두껍고 딱딱한 나무 기둥을 툭툭 두드려주고 효주는 발길을 돌렸다. 자리를 뜨는 효주를 지켜보던 목련 나무 가지가 바람에 살랑살랑 흔들렸다. 마치 응원하듯이.

효주는 화원에서 곧장 교무실로 갔다. 늦은 오후였다. 퇴근하고 아무도 없었다. 주인 잃은 빈 책상들만 그녀를 반겨주었다. 언제나 함께 퇴근하던 소영마저 오늘은 중요한 약속이 있다며 서둘러 퇴근했다.

한나절 자리를 비웠다고 교무실이 어쩐지 어색하게 여겨졌다. 이방인의 신분으로 금단의 구역에 침범한 느낌마저 들었다. 사람 마음이 요사스럽다고, 아무도 없기를 바라놓고는 정작 원하는 대로 되었는데 막연한 기분이 드는 것은 왜인지. 마음 한편에 아무라도 좋으니 날 적극적으로 위로해주었으면 좋겠다고 욕심을 부리고 있었나 보다. 먼저 사람들에게 방어막을 쳐놓고는 참 아이러니한 마음이다.

이건 마치 삐친 어린애나 다름없지 않은가. 삐쳐서 방에 틀어박혀 있으면서 엄마가 달래주길 바라는 아이 말이다.

"작작 좀 하자, 정효주."

한숨을 내쉰 효주는 책상 서랍에서 서류 한 뭉치를 꺼내었다. 며칠 전 학교에서 전교생들을 상대로 진로적성검사를 대대적으로 시행했다. 그리고 이건 학생들의 결과지였다.

원래는 한 선생이 맡아야 할 업무였다. 하지만 언제나 그렇듯 효주의 손으로 넘어와버렸다. 물론 업무라 해봐야 적성검사지 결과를 가지고 데이터를 분석하는 단순한 작업이었다. 시간이 무한정 걸린다는 치명적인 단점을 빼면.

한 선생을 이해 못 하는 건 아니었다. 부유한 집안의 외동딸로 귀하게 자랐다고 했다. 힘든 일이라곤 해본 적 없을 한 선생에게 끝없이 밀려드는 업무는 고문에 가까울 것이다.

사실 교사들에게 할당되는 업무량이 살인적인 수준이었다. 수업 준비보다 행정 업무에 시달리는 것이 교사들의 형편이었다. 최근엔 담임을 기피하려는 현상까지 일고 있었다. 행정 업무만 전담할 수 있는 교사 채용이 시급했지만 윗선 눈치 보기에만 급급한 교감은 일선 교사들의 항의를 묵살하기 바빴다.

"음……."

쓱싹쓱싹. 하얀 서류 위로 볼펜이 정갈하게 움직인다. 빼곡히 까만 숫자로 메워진다. 조용하고 단순한 손놀림에 마음이 가라앉는다. 집중하기에 최적의 조건이다. 하지만 오늘은 이쯤해야 될 것 같다. 해가 길어지고 있다지만 겨울의 끝자락이었다. 바깥으로 벌써 어둠이 몰려들고 있었다.

"해가 졌네. 가는 게 좋겠다."

퇴근하기로 마음을 굳히고 책상 정리를 시작했다. 말끔하게 치워진 책상을 확인하고 의자에 걸쳐두었던 카디건을 집어 들었다. 아직 바람이 싸늘했다. 아침에 카디건을 챙겨 나오길 잘했다고 생각하며 효주는 카디건을 꿰어 입으며 교무실을 빠져나왔다. 곧 수위 아저씨가 순찰을 돌며 문단속을 하겠지만 교무실 불을 끄는 것도 잊지 않았다.

어두운 복도로 발을 디디려고 하는 찰나, 누군가 툭툭 어깨를 두드렸다. 효주는 흠칫하며 얼음이 되었다. 본능적인 두려움에 머리끝이 쭈뼛 섰다.

'다 퇴근했는데 누구지?'

몸을 틀어서 상대를 확인하고 더 놀라고 말았다.

"백 선생님! 이 시간에 어떻게……?"

"정 선생님을 기다리고 있었죠."

이현이 눈꼬리를 반달처럼 휘면서 대답했다. 초콜릿처럼 나직한 음성에 웃음기까지 곁들여가면서.

"……절 ……왜요?"

이현의 눈동자가 유달리 반짝인다고 생각하면서 어리둥절한 상태로 물었다.

"왜긴요. 정 선생님께 부탁드릴 게 있어서 그러죠."

"네에?"

이 시간에 내게? 그나저나 대체 내게 무얼 부탁하고 싶은 걸까?

그리고 또, 부탁할 것이 있다는 말을 어쩜 저리 쉽게 꺼내는지.

그녀는 늘 부탁받는 입장이지만 정작 남에게 부탁을 잘 하지는 못하는 성격이었다. 그러다 보니 생글생글 웃으면서 쉽게 부탁이란 말을 꺼내는 이현이 생소하게 느껴졌다.

역시 이현은 자신과는 달라도 너무 다른 사람인 것이다. 그리고 원하는 걸 얻기 위해서 누구에게나 쉽게 웃을 수도 있는 남자고. 마치 악어의 눈물처럼 말이다. 그걸 알면서도 저 미소에 사르르 녹아드는 내 가슴. 미친 거 아닌지. 이렇게 위험한 남자는 무조건 피하고 보는 것이 상책이다. 거기다 하루 종일 이 사람을 피해 다니지 않았던가. 그러면서 저 미소에 홀딱 넘어가는 건 반칙이다. 그래도 난 지조 있는 여자라고.

"제가 뭘 도와드릴 수 있다고 그러세요. 내일 봬요."

냉정한 어투로 거절하고 빙글 몸을 돌렸다. 하지만 가방 끈을 움켜쥔 손가락 끝이 파르르 떨렸다. 거절이 익숙지 못한 그녀로서 최대한 용기를 끌어낸 행동이었기 때문이다.

'하아, 날 얼마나 쌀쌀한 여자라고 생각할까. 이런 상황 정말 거북하다. 하지만 안 돼. 저 눈빛을 받으면 금세 경계심이 흐물흐물 해지는걸.'

다시 마음을 꽉 잡고 야무지게 걸음을 내디뎠다.

"어? 정말 이러시기예요."

뒤로 이현이 급하게 따라붙었다. 코트 자락이 그의 긴 다리에 휘감겼다.

"뭔가요?"

걸음을 늦추지 않고 냉정하게 대꾸했지만 이미 효주의 표정은 조금씩 무너지고 있었다.

"후배가 이렇게 부탁하는데. 너무하신다."

하아, 정말 이러면 안 되는데. 결국 마음이 흔들린 효주는 우뚝 멈춰 섰다. 하긴 올 초에 부임한 이현이었다. 아무리 인기 많고 업무 능력이 뛰어난 그라도 자잘한 시행착오를 피해 가기 힘들 것이다. 그녀 또한 부임 첫해 얼마나 많은 시행착오를 겪어야 했던가.

효주는 한숨을 푹 쉰 다음 되돌아서서 이현을 올려다보았다. 그나마 남아 있던 경계심을 최대한 끌어올려 딱딱한 눈빛을 지으면서.

"무슨 일이신데요? 말씀하세요."

최대한 요점만 빨리 말하라고 눈으로 레이저를 쏘아 보았다.

"그렇게 딱딱하게 말씀하시면 민망한데……."

냉정한 반응에 머쓱한가 보다. 이현이 뺨을 긁적이며 어쩔 줄 몰라 했다.

아, 풀이 죽어 아래로 휘어지는 눈.

가슴에 급히 이는 둔통에 그녀는 급하게 눈을 내리깔았다. 정효주, 넘어가지 마. 저건 악어의 눈물이야. 너에게 개인적인 관심 따위 하나도 없는, 습관적인 거라고. 그러니까 괜히 맘 동해하지 말고 하던 대로 해. 냉정하게.

"말씀하세요. 뭘 도와드릴까요?"

점점 말랑해지려는 감정을 억누르는 데 한계를 느끼며 효주는 억지로 딱딱하게 입꼬리를 올려 보였다.

피하고, 피해도 악착같이 들러붙고, 제멋대로 들이댄다. 그런데도 하나도 밉지가 않으니 큰일이다.

"음, 여자 친구 선물을 사야 하는데 여자들이 뭘 좋아하는지 아는 게 있어야 말이죠. 딱히 어디 물어볼 사람도 없고 그래서 정 선생님께 여쭤보려고요."

그런 거였나? 효주는 잠시 넋이 빠졌다. 예상은 했지만 역시 여자 친구가 있었구나. 하긴 백 선생님같이 잘생기고 멋진 사람에게 여자 친구가 없는 게 더 이상하지.

밀려오는 서운함에 표정 관리를 하면서 효주는 이현을 차분히 관찰하기 시작했다.

마네킹처럼 늘씬하게 쭉 뻗은 체형. 매력적인 외꺼풀 눈. 거기다 옷은 얼마나 잘 입는지. 젊은이들이 말하는 소위 간지가 줄줄 흘렀다. 곧바로 런웨이에 투입되어도 이상하지 않을 정도로. 이런 남자의 여친은 또 얼마나 세련되고 아름답겠는가. 그런 마당에 자신이 선물을 골라주다니. 그건 말도 안 되었다.

"그런 거라면 한 선생님한테 부탁하세요. 저보단 훨씬 도움이 될 거예요."

자신보다는 명품을 휘감고 다니는 한 선생이라면 분명 도움이 될 것이다. 거기다 평소 한 선생은 이현에 대한 호감을 숨기지 않고 주위 사람들이 눈치챌 정도로 이현을 챙겼으니 이현의 부탁이라면 여자 친구 선물이라고 해도 두말 않고 흔쾌히 받아들일 것이다.

"그런데 어쩌죠. 전…… 한 선생님보다 정 선생님이 더 편해요."

난감한지 이현이 갸름한 손으로 뺨을 긁적여 보였다.

"제가 더 편하다고요?"

도무지 이해되지 않는 주장이었다. 이현과 한 선생은 올해 초

같은 날 부임한 동기였다. 상식적으로 선배보다 동기가 더 편하지 않나?

"네. 전 정 선생님이 좋거든요."

불시의 고백에 기습당한 효주는 얼음이 되었다. 곧 효주의 얼굴이 새빨갛게 달아올랐다. 불타는 토마토처럼 변한 효주를 아랑곳없이 이현은 한술 더 떴다.

"무슨 그런 말도 안 되는 말씀을……."

효주는 서둘러 시선을 피했다. 이 적극적이고 맹랑한 남자를 눈앞에서 멀리 치워버리고 싶다고 생각하면서 말이다.

"이게 왜 말이 안 되죠? 정 선생님은 바로 제 옆자리에 앉으시잖아요. 당연히 정 선생님이 더 친근하게 여겨질 수밖에 없죠."

옆자리라서 친근하게 여겨진다고? 한마디로 내가 옆집 누나 같다는 거네.

"……알겠어요. 제가 할 수 있는 선에서 조언해드릴게요. 꽃이라면 누구나 좋아하니까 여자 친구분에게 꽃바구니나 꽃다발을 선물하세요. 좋아할 거예요."

꽃을 싫어하는 여자가 어디 있겠는가. 대박은 아니더라도 중박은 하지 싶었다. 그리고 매력적인 이현이 주는 선물이었다. 뭔들 싫어하겠는가.

"그럼 전 이만."

자신이 바람 빠진 풍선 같다고 생각하며 효주는 씁쓸하게 등을 돌렸다.

"잠시만요!"

불시에 어깨를 파고드는 손길에 놀라서 이현을 쳐다보았다.

"하지만 전, 어떤 꽃을 골라야 하는지 모르는걸요. 꽃에 관해선 완벽한 문외한이거든요."

이현이 간절한 눈길을 보내왔다. 이현을 이토록 절박하게 만들다니. 누군지 모르지만 전생에 나라를 구했나 보다. 효주는 갑자기 울컥하고 화가 났다. 얼굴도 모르는 여자에게 심하게 질투가났다.

"그 정도는 백 선생님이 스스로 하세요."

이현의 손을 야멸치게 처내며 말했다. 서른 살이 넘어서 유치하게 질투나 하다니. 자신이 저질 같았다. 하지만 심술궂은 노처녀라고 욕을 해도 좋았다. 감성을 이긴 이성이 이렇게 말해왔다. 한시라도 빨리 이 자리를 피하라고. 더 추한 꼴을 보이기 전에.

"그러지 마시고 도와주세요. 네?"

이현은 포기를 몰랐다. 따라붙으면서 더 적극적으로 매달려 왔다.

"정 선생님, 제발."

승낙하지 않으면 집까지 쫓아올 태세였다.

"정 선생님……."

여자 친구가 얼마나 소중하면 이렇게까지 할까? 효주는 자신의 약해빠진 성격을 저주하며 우뚝 멈춰 섰다.

"여기서 멀지 않은 곳에 친구가 운영하는 화원이 있어요. ……가실래요?"

여전히 그의 여자를 위해 선물을 골라주는 건 싫었지만 백기를 들 수밖에 없었다. 순수하고 열정적인 그의 설득으로 인해.

"우와, 방금 승낙하신 거 맞죠?"

꽃이 만개하듯 이현이 활짝 미소 지었다. 얼마나 기뻐하는지 그녀를 와락 껴안을 기색이었다.

"뭘 그렇게까지 좋아하세요."

착 가라앉은 눈으로 그를 보면서도 부탁을 들어주길 잘했다고 생각했다. 이렇게 기뻐하는데 거절했으면 얼마나 상심하겠는가. 이 정도로 이현이 아껴주는 걸 그 여자도 알까? 사랑받는 그 여자가 참 부럽다.

"제 차로 가시죠."

잠시 후, 효주는 이현을 따라 주차장으로 내려가서 그의 차에 올라탔다. 효주는 어리둥절한 눈으로 차 내부를 둘러보았다. 그의 차를 타는 건 처음이었다. 쭉 빠진 차체처럼 내부도 엄청 고급스러워 보였다. 곧 차는 어둠에 잠긴 도로를 달려 나갔다. 부드러운 가죽 시트. 최첨단 멀티미디어. 편안한 분위기 때문일까. 자신도 모르게 어느새 편안한 기분에 젖어 창밖을 응시하고 있었다. 그러면서 생각했다. 소영의 말대로 이현은 대단한 집안을 배경으로 가지고 있을 거라고.

2.

운전하던 이현이 효주를 힐끗 쳐다보았다.

"재즈 좋아하세요?"

이현의 입가에 부드러운 미소가 지어져 있었다.

"재즈는 별로……."

재즈를 접해보지 않았기에 난감해서 대답을 흐렸다.

"이건 대중적인 재즈니까 부담 없이 들어보세요."

이현이 플레이 버튼을 눌렀다. 곧 스피커에서 감미로운 재즈가 흘러나왔다. 이현의 말대로 언젠가 들어본 적이 있는 익숙하고 감미로운 선율이었다. 차창 밖으로 보이는 야경과도 잘 어울렸다.

"좋네요."

효주는 눈을 지그시 깔고 편안한 기분에 잠겨들었다. 재즈에 대해서 하나도 모르는데도 낯설지 않아서일까. 편안하게 들을 수 있었다.

"제가 미국에 있을 때 좋아하던 보컬이에요. 음색이 깊고 풍부하죠."

"네에."

감미로운 재즈 선율 때문일까? 매일 버스로 출퇴근하면서 보던 거리가 색달라 보였다. 좀 더 달콤하고 로맨틱하게 변해 있었다.

'이게 다 곁에 있는 이현이 부린 마법 때문이겠지.'

신호 대기로 효주의 입가에 씁쓸한 미소가 지어졌다.

"남자 친구 있으세요?"

이현이 불쑥 진지하게 물었다. 이현이 던진 질문이 전혀 예상치 못한 성격의 것이라 효주는 잠시 얼이 빠졌다. 그럴 수밖에 없는 것이 옆자리라고 하나 이현과 전혀 친하게 지내지 않았다. 방금 교무실 앞에서 나눈 실랑이가 그나마 이현과 나눈 대화다운 대화에 속할 정도였다. 그런 마당에 남자 친구가 있냐는 질문이라니. 이현이 앞서가도 너무 앞서갔다.

"남자 친구 있으시냐고요?"

재촉하는 이현의 눈빛이 의미심장했다. 어쩐지 심장이 붕 떠오르는 것 같아 효주는 얼른 시선을 외면했다.

"글쎄요. 백 선생님이 보시기엔 어떠세요? 제게 남자 친구가 있을 것 같나요?"

황금 같은 주말마다 할머니를 뵈러 가는 그녀는 주위에서 알아주는 건어물녀였다. 그런 마당에 남자 친구가 있을 리 만무했지만 어쩐지 그의 생각이 듣고 싶었다.

"음……."

불쑥 엉뚱한 질문을 꺼낸 주인공답게 이현은 진지한 표정이 되어 골똘히 생각에 잠겨들었다. 그러더니 잠시 후, 신호 대기를 이용해 자신의 생각을 내어놓았다.

"정 선생님처럼 아름다우신 분이 남자 친구가 없는 게 더 이상하네요. 남자 친구 있을 것 같아요."

생각지도 못한 대답에 효주가 살짝 놀란 표정을 했다. 내가 아름답다니. 공치사가 분명하지만 그래도 기분이 나쁘진 않았다.

"틀렸어요. 남자 친구 같은 건 없네요."

"네에? 정말이십니까?"

이현이 진심으로 놀란 표정을 지어 보였다. 그러더니 재차 들뜬 음성으로 물었다.

"거짓말 아니시죠?"

"네."

속고만 살았나. 금방 들통날 것이 뻔한 거짓말을 군이 왜 하겠나. 효주가 차분하게 응시하자 이현이 얼이 빠져서 중얼거렸다.

"그렇구나……."

그 후로 점점 분위기가 편안해졌다. 안 그래도 훌륭한 이현의 사교술이 날개를 단 듯 빛을 발했다. 처음엔 어색해하던 효주도 어느새 적극적으로 대화에 동참하게 되었다. 화기애애하게 대화하던 도중 이현이 창밖을 두리번거리며 입을 열었다.

"도착한 것 같네요. 친구분 화원이 이 근처 맞지요?"

그제야 효주가 당황하며 주위를 살펴보았다. 언제 도착했는지 어느새 친구, 은지의 화원 근처였다.

"그러네요……."

아쉬웠다. 좀 더 이현에 대해서 알고 싶었다. 다시 거리를 두던 예전 사이로 돌아가기 싫었다. 하지만 이현에게 그런 내색을 보일 수 없었다. 효주는 서둘러 근처 주차장을 가리켜주었다. 가까운 공영 주차장에 차를 주차시킨 후.

차에서 내리면서 효주가 말했다.

"조금 걸으셔야 할 거예요."

따라 내린 이현이 상관없다는 듯 어깨를 으쓱해 보였다.

"괜찮아요. 걷는 것도 나쁘지 않은걸요."

"네…….'

수줍게 고개를 끄덕이며 효주는 아직 끝나지 않음에 감사했다. 이현과 단둘이 있는 시간을 조금 더 연장할 수 있는 것이다. 효주는 기대로 달아오른 얼굴에 몰래 부채질을 했다.

인적이 드문 거리를 이현과 어깨를 나란히 해서 걸으니 꼭 데이트하는 기분이었다.

"그렇게 웃으실 때마다 얼마나 예쁜지 모르시죠?"

"네?"

눈이 동그래져서 묻자 이현이 놀리듯 빙그레 미소 지었다.

"본인이 웃고 있는지 모르셨나 보네요."

이현이 부드럽게 응시해왔다. 그의 눈동자는 아늑한 밤하늘을 닮아 있었다. 하아, 좋다. 이현과 걷고 있는 이 길이 끝이 나지 않았으면 좋겠다. 밤새도록 걸으라고 해도 걸을 수 있을 것 같다.

"정 선생님을 처음 뵈었을 때, 정말 깜짝 놀랐습니다."

"왜, 왜요?"

이현과 첫 만남이라면? 처음 이현을 대면하고 멍청하게 넋 놓고 있지 않았던가. 당시 상황을 떠올리자 효주는 얼굴에 불이 확이는 것 같았다.

"너무 아름다우셔서요."

"네에?"

예상치 못한 공치사가 돌아오자 이젠 어안까지 벙벙해졌다. 새빨개진 채로 입을 붕어처럼 뻐끔거리는 효주가 귀여운 듯 이현이 피식 웃어 보였다.

"안 믿으시구나. 정말인데."

억울하다는 듯 이현이 투덜거렸다. 효주는 웃음을 터트리고 말았다. 하기는, 예쁘다는 말을 싫어할 여자가 세상에 어디 있을까? 특히 이현같이 멋진 남자의 찬사는 거의 치명적이었다.

"사람 그만 좀 띄워요. 어지러워 죽겠네."

장난스럽게 이현의 팔을 툭 쳤다. 하지만 이현의 눈빛에는 장난기가 없었다.

"정 선생님, 저는……."

이현의 음성이 낮게 가라앉아 있었다. 대체 무슨 말을 하려고 저렇게 뜸을 들이는 걸까? 어쩐지 긴장되어 효주는 마른침을 삼켰다. 하지만 이현은 눈을 질끈 감으면서 등을 돌렸다.

"아닙니다. 다음에…… 좀 더 다음에 말씀드릴게요. 지금은 시기가 아닌 것 같습니다."

"네에……."

대답은 순순히 했지만 단단하게 굳은 이현의 등을 바라보는 효주의 눈동자는 연약하게 흔들렸다. 뭔가 놓친 것 같은 기분은 뭘까? 아주 중요한 걸 놓쳐버린 것 같아. 하지만 그렇다고 저렇듯 선을 긋는 이현에게 다시 캐물을 수는 없는 노릇이잖아. 아쉽지만 언젠가 이현이 오늘의 일을 기억해서 말해주길 기다릴 수밖에.

효주는 문을 밀고 화원으로 들어섰다. 이현도 따라 들어왔다.

"은지야."

친구의 이름을 부르자, 은지가 반색하며 카운터에서 걸어 나왔다.

"연락도 없이 어쩐 일이야?"

은지는 그녀의 초등 동창으로 벌써 결혼해서 아이가 하나 있었다. 은지는 작은 키에 넉넉한 몸매를 가진 야무진 성격이었다. 그래서 화원에 단골도 많이 확보하고 있었다. 숫기 없는 효주를 걱정하며 빨리 시집가라고 직설적인 조언도 마다 않는 좋은 친구였다.

"이분은……?"

은지가 호기심 어린 눈으로 이현을 쳐다보았다. 그럴 수밖에 없는 것이 효주가 남자를 데려온 것이 처음이었기 때문이다.

"아, 이분은 동료 선생님이셔."

은지의 오해를 깨달은 효주가 얼른 이현을 소개했다. 이현이 앞으로 나서며 자신을 소개했다.

"안녕하세요. 백이현이라고 합니다."

"네에……. 안녕하세요? 전, 효주 친구, 이은지라고 해요. 보통은 예은 엄마라고들 부르죠."

은지가 이현을 보면서 떨떠름하게 인사를 하고, 다시 효주를 쳐다보았다. 이 잘생긴 남자가 정말 동료일 뿐이니, 라는 의미심장한 눈빛으로.

"그런 거 아니라니까!"

효주가 발끈해서 외쳤다.

"내가 뭐라 했다고 성질을 내!"

하지만 은지의 눈빛은 능청스럽기만 했다. 꼭 사달을 낼 듯.

'아휴, 계집애, 또 이어준다고 오지랖 부리기 전에 수습에 나서야겠다.'

"백 선생님께선 여자 친구에게 선물할 꽃다발이 필요하시대. 네가 잘 골라줘봐."

효주의 설명에 은지가 김빠진 표정을 지었다. 네가 그럼 그렇지, 하는 심드렁한 표정 말이다.

"여자 친구분은 참 좋으시겠어요."

은지가 웃으면서 이현에게 말했다. 뒷짐 지고 양동이에 꽂힌 색색의 꽃들을 감상하고 있던 이현이 고개를 돌려 이쪽을 쳐다보았다.

"네?"

"이렇게 멋진 분이 남자 친구라니. 당연히 여자 친구분도 미인에 키 크고 몸매가 작살이겠죠?"

은지의 주책없는 발언에 이현도 대꾸를 못하고 머리를 긁적여 보였다.

"그만 좀 해! 부끄러워하시잖아."

효주가 은지를 흘겨보았다.

"전 괜찮습니다."

이현이 얼른 효주를 말렸다. 그러자 은지가 넉살 좋은 웃음을 터트렸다.

"하하. 내가 결혼하고 입이 좀 걸어졌지? 네가 좀 봐줘라. 이제 난 애 딸린 아줌마잖아."

"어이구……."

효주가 못 말린다는 듯 고개를 절레절레 흔들었다.

그때, 띠리리, 띠리리하며 가게 전화가 울렸다. 꽃을 고르던 은지가 카운터로 뛰어가서 전화를 받았다.

"뭐라구요? 예은이가 열이 많이 난다고요?"

전화를 끊은 은지가 당황한 얼굴로 효주를 쳐다보았다. 이미 통화 내용만으로 사태를 짐작한 효주가 걱정스런 표정을 지었다.

"애 봐주는 아줌만데 예은이가 많이 아프대. 아무래도 당장 응급실에 데려가야 할 것 같아. 한 시간 후에 단골손님이 꽃바구니 찾으러 오기로 했거든. 애 아빠도 회식이라 늦고 속상해 죽겠어, 정말."

"내가 손님 올 때까지 가게 봐줄게. 꽃바구니 저것 맞지?"

효주가 카운터 위에 올려져 있는 화려한 꽃바구니를 가리켜 보였다.

"맞긴 한데…… 그렇다고 어떻게 너한테 가게를 맡겨. 동료분도 계시고, 그건 안 될 말이지."

"백 선생님은 바쁘시니까 먼저 가실 거야. 그렇죠? 백 선생님?"

담담히 있던 이현이 고개를 들며 자신을 가리켜 보였다.

"네? 방금 저보고 먼저 가달라고 하셨습니까?"

"네, 여자 친구분한테 가보셔야죠."

당연하다는 듯이 대답하자 이현이 즉각 반박했다.

"그럴 순 없죠. 여자 혼자 가게 지키다가 무슨 일이라도 생기면 어떡합니까."

그에 효주가 어이없다는 듯 고개를 절레절레 흔들었다.

"백 선생님, 이 동네 치안 괜찮거든요."

"죄송합니다."

이현이 그런 뜻이 아니었다는 듯이 급히 사과했다.

"고마워. 효주야. 이 은혜 잊지 않을게. 가게 문은 번호 키니까 닫으면 자동으로 잠겨."

은지가 서둘러 가방을 챙기며 가게를 나섰다. 효주가 가게 입구까지 따라나서며 배웅했다.

"걱정 말고 예은이한테만 신경 써."

한바탕 폭풍이 휩쓸고 지나자 가게에는 고요가 찾아들었다. 졸지에 화원을 지키게 된 그들은 어색해진 얼굴로 비 내리는 창밖만 응시했다. 은지가 있을 때는 몰랐는데, 빗소리가 유난히 크게 들렸다. 둘만 남았다는 생각에서일까? 이현이 부쩍 의식되었다. 어색함이 느껴지고 조용한 가운데 내뱉는 숨소리마저 신경이 쓰일 지경이었다.

결국 효주가 먼저 어색함을 견디지 못하고 침묵을 깨뜨렸다.

"커피 한잔하실래요?"

가게 한편에는 손님들을 위해 간단한 티세트가 준비되어 있었다. 이현이 급 밝아져서 벌떡 일어났다.

"제가 탈게요. 뭐 드실래요?"

말릴 새도 없이 이현은 발 빠르게 티세트로 다가가서 전기 주전자 스위치를 눌렀다. 백 선생님도 나처럼 엄청 어색했나 보네. 효주는 몰래 킥킥거렸다.

"저는 녹차로 주세요."

"네."

주문을 받고 이현이 능숙하게 차를 타기 시작했다. 종이컵에 녹차

티백을 넣는 단순한 작업이었는데 이현의 존재만으로 허름한 가게가 화보를 촬영하는 세트장 같았다. 벽에 걸린 꽃그림 달력도, 낡은 전화기도, 색이 바랜 양동이도 모두 그를 돋보이게 하기 위한 장치 같았다.

"으음……."

고급 스포츠카와 변두리 화원. 스물일곱과 서른하나. 모델 같은 외모와 곱상한 정도 이상으론 보이지 않는 나의 외모. 그를 알면 알수록 둘 사이의 거리가 우주 끝에서 끝만큼 멀기만 했다.

"자요."

불쑥 눈앞에 종이컵이 내밀어졌다. 모락모락 연기가 오르는 종이컵에서 시선을 들자 이현이 부드러운 미소를 짓고 있었다.

"감사합니다."

미소 지으며 이현에게서 종이컵을 받아 들었다. 손 안에 뜨거운 열기가 느껴졌다. 호호 불면서 차를 마시자 그제야 이현도 자신의 차를 마시기 시작했다.

"아, 맞다. 꽃다발!"

불쑥 본래의 용무를 떠올린 효주가 난감한 표정을 지었다.

"아, 그러네요."

이현도 난처한 표정을 지어왔다. 하지만 이렇게 꽃이 많으면 뭐하나, 정작 꽃다발을 만들어줄 은지가 가고 없는 것을. 괜히 이현을 여기로 데려와서 일만 크게 키운 셈이었다.

"어쩌죠? 백화점 문 닫았으려나요?"

벽시계가 여덟 시 반을 가리키고 있었다. 백화점 폐점 시간이었다. 가도 문을 닫아서 선물을 구입할 수 없을 것이다.

"정 선생님이 꽃다발 만들어주실래요? 아마 정 선생님이라면 잘 만드실 거예요."

이현의 부탁에 효주는 얼음이 되었다.

"제가요……?"

휘둥그레진 눈으로 손가락으로 자신을 가리켜 보였다. 이현은 모르겠지만 그녀의 몹쓸 손재주는 교내에서 유명했다. 학예회마다 궂은일을 맡기려던 교감도 고개를 절레절레 흔들 정도였으니. 그런 솜씨로 제대로 된 꽃다발을 만들 수 있을 리 없었다. 그래서 거절하려고 했다. 이현의 간절한 눈빛을 보기 직전까진.

'어쩌지? 이 밤에 다른 선물을 구해보라면 최악이겠지? 그의 이벤트는 물 건너간 것이 될 테고.'

하지만 은지가 화원으로 되돌아올 확률은 제로였다. 선택의 여지가 별로 없었다. 결국 직접 만들어보기로 마음을 굳히고 몸을 일으켰다.

"한번 해볼게요."

효주는 생화가 흐드러지게 핀 양동이로 걸어갔다. 현란한 색감을 자랑하는 꽃들을 하나하나 노려보았다. 마치 기 싸움 하듯. 이 많은 꽃들 중 어떤 걸 조합해야 근사한 작품이 나올지 당최 그림이 그려지지 않았다. 그래서 제일 만만한 장미 다발에 도전하기로 했다. 입학식과 졸업식에서 봤던 장미 다발을 떠올리며 색색의 장미 송이와 안개꽃을 한 다발 뽑아서 카운터 위에 내려놓았다. 그리고 원예 가위로 줄기의 가시부터 제거해나갔다.

무늬만 심장 집도의 같은 손놀림을 이현이 블링블링한 눈으로 지켜보았다. 이현이 입을 열었다.

"정 선생님은 꽃을 정말 사랑하시나 봐요."

"……그런가요? 하기는, 이 녀석들을 보고 있으면 마음이 평화로워지는 것 같긴 해요."

가시를 제거하면서 효주가 대꾸했다.

"음, 그런 것 같아요. 학교 화원에서 정 선생님은 매일 행복해 보였거든요."

으응? 학교 화원에서 매일?

"매일 절 보셨다고요?"

효주가 고개를 확 돌려 쳐다보자 이현이 뜨끔한 표정으로 시선을 피했다.

"아, 제 말이 그렇게 되었나? 죄송해요. 방금 말이 헛 나왔나 보네요."

어쩐지 이현의 광대가 희미하게 붉어져 있었다.

"네에……."

효주는 수긍하듯 고개를 끄덕여 보였다. 그리고 다시 꽃다발 만들기에 전념했다. 효주의 손길이 쉴 새 없이 움직였지만 실상 장미와 안개꽃을 섞은 평범한 꽃다발에 불과했다. 그럼에도 이현은 그녀가 피카소라도 되는 양 경탄의 눈빛을 쏘아대었다.

"정말 예쁘네요."

이현의 칭찬에 우쭐해져서일까? 그때부터 문제가 생기기 시작했다. 포장지에 리본 장식을 둘러줘야 하는데 리본이 말썽이었다. 아니, 몹쓸 손이 문제였다.

"잘 안 되네……."

리본이 연신 힘없이 풀어지자 땀이 삐질삐질 났다.

"제가 도와드릴까요?"

대답할 새도 없이 뒤에 서 있던 이현이 다가왔다. 뒤에서 감싸 안듯이 해서 두 손을 앞으로 뻗어왔다.

"이렇게 잡아드리면 되는 거죠?"

이현의 의도야 건전했겠지만 행위는 불손했다. 둘이 깍지 낀 형 국이 되었다. 이현의 희고 기다란 손가락이 손으로 얽혀들자 효주 는 심장이 터질 것 같았다. 숨도 제대로 쉬지 못하고 얼음이 되어 버렸다. 그러나 야속하게도 이현은 만족하지 못한 듯 꽃다발 만들 기에 적극적으로 뛰어들었다.

"이렇게 하면 되는 거죠?"

귓가로 쏟아지는 사내의 건강한 숨결에 힘이 빠져나갔다. 등으 로 전해지는 뜨거운 체온은 또 어떻고.

그녀의 반응을 아는지 모르는지 이현의 손가락은 하나의 살아 있는 생물체가 되어 그녀와 리본을 완벽하게 장악해 나갔다.

이대로 쭉 이현의 품에 갇혀 있고 싶었다. 하지만 이건 죄악이 었다. 상대는 후배 교사였다. 그리고 다른 여자의 소유이기도 했 고. 이현의 선의를 이런 식으로 이용하면 안 되었다.

"그, 그만!"

이현의 품에서 거칠게 빠져나왔다. 두 팔을 허공에 뻗은 채로 이현이 얼어붙었다.

"왜 그러세요……?"

넋이 빠진 채로 이현이 성큼 다가왔다.

"잠시만요! 거기 그대로 계세요."

효주가 완강하게 두 손을 뻗어 보였다.

"네에……? 아, 네……."

매서운 지시에 이현이 떨떠름하게 자리를 지켰다.

사태가 일단락되자 효주는 꽃다발 만들기에 무섭게 전념했다. 최대한 빨리 꽃다발을 완성해서 이현을 보내버리는 걸 목표로.

분위기가 무거워졌다. 이유 없이 거부당한 이현도 화가 나는 듯 그 후로 말이 없었다. 물론 이현이 잘못한 건 하나도 없었다. 그녀를 도운 죄, 그것도 죄가 된다면 죄였다.

잠시 후, 효주의 손에서 엉망진창이지만 꽃다발이 완성되었다. 효주는 후련한 표정으로 꽃다발을 내밀었다.

"받으세요."

더 이상 이현의 매력에 휘둘리지 않아도 된다는 안도감 때문일까? 너무 표시 나게 기쁜 표정을 짓고 말았다.

"네."

그런데 꽃다발을 건네받는 이현의 표정이 더욱 일그러졌다. 그제야 돌아가는 상황을 이해한 효주가 소심하게 이현의 눈치를 살폈다. 내가 너무 심했나? 하긴 다짜고짜 무안하게 했으니 백 선생님이 화가 날 만도 해. 사과하는 것이 좋겠지? 이대로 헤어지면 내일 학교에서 엄청 어색할 거야. 그리고 이 문제로 나도 밤새 고민할 거고.

"……화, 나셨어요?"

"네."

돌아온 싸늘한 대답에 효주가 흠칫하며 숨을 들이켰다. 맞네. 화가 났네. 어쩌지?

"왜 화가 나셨는데요?"

소심하게 묻자 꽃다발 향기를 맡고 있던 이현이 눈을 들어 올렸다. 시선이 마주치자 이현이 삐친 듯 고개를 휙 돌렸다. 아무래도 단단히 틀어진 것 같았다.

"사람을 그런 식으로 밀어내는 법이 어디 있습니까?"

"아, 그건⋯⋯."

이현을 밀쳐내고 벽을 친 건 부정할 수 없는 사실이었다. 하지만 그 이유를 뭐라고 설명한단 말인가? 네 체온이 너무 따뜻해서? 네 향기가 너무 황홀해서? 아, 안 돼. 그런 말을 했다간 당장 변태 취급을 받을 거야.

효주가 머뭇거리자 이현의 표정이 더 심상치 않아졌다.

"됐습니다. 들을 필요도 없겠네요. 저한테서 고약한 냄새가 나는가 보죠, 뭐."

이현은 여간 비틀린 게 아니었다. 점잖은 사람답지 않게 고약한 말투를 사용했다.

"냄새라니요! 절대 아니에요."

그런 식으로 오해하다니. 냄새가 아니고 향기라고 정정해줄 수도 없고. 이것 참, 난감하기 그지없다.

"그렇다면 정 선생님은 저라는 인간이 끔찍이 싫은 거겠죠."

사람이 어떻게 저렇게 삐딱한 얼굴이 될 수 있는지. 정녕 그녀가 알던 백 선생이 맞는지. 효주는 제 속마음도 몰라주는 이현이 야속해서 버럭 소리 지르고 말았다.

"그런 거 아니라니까요!"

싫어하다니, 말도 안 된다. 외려 그 반대여서 죽을 지경인데.

"그럼 대체 이유가 뭡니까? 왜 저만 보면 피하시는 겁니까? 평소 학교에서도 저만 보면 멀리 피해 가시는 거, 제가 모를 줄 아십니까?"

단단히 벼르고 있었던 듯 따지는 어투가 대단히 공격적이었다.

"그건 백 선생님 탓이 아니에요. 그저 제가 부족한 사람이라서 그래요."

평소 이현에게 차갑게 굴던 전적을 떠올리며 효주는 아랫입술을 잘근잘근 깨물었다. 그걸 이현이 애타는 눈길로 주시했다.

"오늘은 스리슬쩍 넘어가시지 못할 겁니다. 말씀해주시기 전까지 제가 안 보내드릴 테니까요."

이현은 각오가 단단해 보였다. 쌓아두었던 것을 폭발시키기로 마음먹은 것 같았다. 그리고 낮은 엄포였지만 위력은 대단했다. 그녀를 움츠러들게 하기에 충분했다. 효주의 얼굴로 고뇌가 스치고 지나갔다.

'백 선생님께 뭐라고 대답해야 할까? 어떻게 대답해야 그의 심기가 풀릴까? 그의 마음을 이해할 수 있어. 나 같아도 기분 나빴을 거야. 하지만 그렇다고 네가 남자로 보인다고 고백할 순 없잖아.'

잠시 고민하던 효주는 결심을 굳힌 눈을 들고 이현을 마주 보았다. 이현이 마른침을 삼키는 게 보였다. 그래. 내가 자길 싫어하는 줄 알고 있잖아. 이 사람의 오해를 풀어줘야 할 의무가 내게 있어. 그러니 용기를 내서 사실을 이야기하자. 내 마음의 사실 말고 있는 그대로의 사실만.

"사실…… 전 백 선생님이 어려워요. 아니, 모든 남자는 다 어려워요. 이 나이 먹고 부끄럽지만 남자를 어떻게 대해야 할지 정말 모르겠어요. 그러니 제가 백 선생님을 싫어할 거라는 오해는 제발 하지 마세요."

진실도 거짓도 아닌 모호한 대답이었지만 지금 할 수 있는 최대한의 설명이었다. 부디 이현이 더 꼬치꼬치 파고들지 않기만 바랄 뿐이었다.

"그런 거라면 제가 도와드릴게요. 앞으로 절 이용하세요."

효주는 고개를 번쩍 치켜들었다. 이현은 다시 생글거리는 백 선생으로 돌아와 있었다. 열성적인 표정으로 눈까지 반짝였다.

"남자가 어렵다고 하셨죠? 절 이용해서 남자들에게 익숙해지는 연습을 하세요. 제가 남자긴 하지만 정 선생님한테는 편할 겁니다."

"말도 안 돼."

효주는 기겁하며 고개를 휙 돌렸다. 그리고 도돌도돌 소름이 돋는 양팔을 마구 문질렀다.

'이 바보 같은 남자가 뭐라고 하고 있는 거야. 내가 어려워하는 상대는 바로 당신이라고! 당신! 오로지 당신만 남자로 보인단 말이야. 그리고 나도 당신에게 흑심을 품는 내가 너무 싫다고!'

효주가 자기혐오에 빠져 어쩔 줄 몰라 하는 사이, 이현이 그녀의 주위를 천천히 맴돌기 시작했다. 이현의 탐색하는 듯한 시선을 느끼고 효주가 움찔움찔 몸을 굳혔다.

"왜 말이 안 되는 거죠? 잘 생각해보세요. 제가 일부러 시간을 내서 정 선생님을 돕겠다고 하잖아요. 이건 정 선생님이 단점을 떨쳐버릴 수 있는 절호의 기회라고요."

이현의 회유는 논리 정연했다. 슬며시 말려들 정도로. 오늘따라 이현이 낯설게 느껴졌다. 마치 풀기 힘든 과제처럼 말이다. 차라리 이현의 제의를 받아들일까? 그의 말대로 이번 기회가 절호의 기회일 수도 있는 거잖아. 이현과 가까워지게 되면 그의 장단점도 알게 될 테고. 그렇다면 이 사춘기 열병과도 같은 감정도 떨쳐버릴 수 있지 않을까? 최소한 몇 년은 학교에서 봐야 할 사이야. 계속 어색하게 지낼 순 없는 노릇이잖아.

효주가 쉽게 결정을 내리지 못하자 이현이 그녀의 두 손을 와락 잡았다. 효주는 헉 하고 거칠게 숨을 들이켰다. 한술 더 떠 이현이 고개를 바짝 들이밀었다.

"그럼 앞으로 절 상대로 연습하시는 겁니다. 네?"

은근한 회유였지만 그 속에는 엄청난 압박이 깔려 있었다.

이현의 강렬한 눈빛을 받자 효주는 구름을 타고 다른 세상으로 옮겨지는 듯한 착각에 빠져들었다. 규칙적으로 뛰는 심장박동만이 그녀가 현실 세계에 머물고 있다는 증표였다.

"말도 안 돼. 그걸 왜 백 선생님 맘대로 결정하시는 거죠?"

혼란스러움을 숨기지 못하고 속삭이듯 물었다.

"이대로 가면 정 선생님과 저, 계속 어색한 사이로 남을 것 같아서요. 전 그런 거 싫습니다. 정 선생님을 알고 싶고, 친해지고 싶습니다. 그러니 절 이용하세요. 제가 도와드린다잖아요. 승낙한다고 고개만 끄덕여주세요. 나머지는 제가 다 알아서 할게요."

이현의 눈동자에는 흔들림이 없었다. 강하고 단단해 보였다. 거침없는 공세에 압도당한 효주는 천천히 고개를 끄덕여 보였다. 이현이 낯설고 매력적이라고 생각하면서.

"좋아요!"

승낙을 얻어내자 이현은 환호성을 터트렸다. 멍하게 이현의 의도대로 따라가던 효주가 갑자기 난감한 표정을 지었다. 잊고 있었던 한 가지 사실이 떠올랐기 때문이다. 효주는 거칠게 손을 뿌리치며 외쳤다.

"여자 친구분이 아시면 화내실 거예요. 없던 걸로 해요."

여기 온 목적 또한 여자 친구의 선물을 준비하기 위해서가 아니었던가? 그런 마당에 이런 짓을 벌이다니. 아무리 고마운 제의일지라도 누군가의 기분을 상하게 하면서까지 받아들이고 싶진 않았다.

그러나 효주의 완고한 반응에 경직되어 있던 이현이 서서히 미소를 머금었다.

"그녀가 화를 낼 리 없어요."

이현이 진지하게 속삭이듯 말했다. 효주는 화가 나서 눈을 치켜떴다. 여자 친구를 배려하지 않는 경박한 사람일 줄이야. 여자 친구를 가볍게 대하는 사람인 줄 알았다면 애초에 호감을 갖지도 않았을 것이다.

"정확히 말씀드리면 그녀는 제 여자 친구가 아니랍니다. 제 친구 녀석의 여자 친구랍니다. 즉, 저한테는 여자 사람 친구라는 뜻이죠. 정작 저는 솔로랍니다. 바쁜 친구 녀석을 대신해서 선물이나 골라주는 못난 녀석이죠."

기쁜 듯 이현이 생글거리며 말했다.

"아, 죄송해요. 그런 거였군요."

너무 격하게 반응한 것이 부끄러워 효주가 천천히 중얼거리듯 말했다.

"그러니까 약속한 겁니다. 자, 증표로 여기에 손가락 거세요."

이현이 내민 약지를 보면서 효주가 입술을 깨물었다. 간질거리는 것도, 울렁거리는 것도 아닌 것이 기분이 이상했다. 마치 하늘로 붕 떠오르는 놀이기구에 탄 기분이었다.

봄기운이 한층 강해진 다음 날 점심시간이었다. 효주는 운동장이 내려다보이는 벤치에서 소영과 티타임을 가지고 있었다. 봄기운을 만끽하는 듯 교정을 거니는 학생들이 제법 보였다.

"선배, 저기…… 선배 반 학생들 아니에요?"

효주가 운동장을 거니는 학생 무리 하나를 가리켜 보였다. 소영이 고개를 빼고 두리번거렸다.

"어디, 어디?"

"농구 골대 근처요."

간신히 자기 반 아이들을 찾아낸 소영이 못마땅한 듯 투덜거렸다.

"계집애들, 과제나 제대로 해놓고 노는지 모르겠다."

털털해 보여도 맡은바 책임은 딱 부러지게 해내는 소영이었다. 아이들에게 깐깐한 선생으로 찍힌 지 오래였다. 물론 본인은 그러거나 말거나 신경조차 쓰지 않는 눈치지만.

"선배도 참, 아이들이 공부만 하는 기계도 아니고. 이럴 땐 좀 쉽게 놔둬요."

"야, 학교는 왜 다니냐? 저렇게 농땡이 치려면 집에서 인강이나 들으라고 해. 괜히 내 시간에 졸다가 걸리지 말고. 그나저나 저 녀석, 부쩍 멋을 부리네. 요새 남자라도 사귀나? 성적도 많이 떨어졌던데, 조만간 상담이라도 해봐야겠어."

소영의 투덜거림에 효주는 조용히 웃으면서 차를 마셨다. 안 그래도 날씨가 풀린 탓에 춘곤증을 이기지 못하는 아이들이 부쩍 늘어나 있었다. 대학 입시로 인해 내신 경쟁이 치열했다. 밤이 늦도록 학원으로, 과외로 내몰리고 있는 탓에 학생들의 수면 시간이 절대적으로 부족했다. 수업 시간에 조는 아이들 대부분은 전날 새벽까지 과외 수업에 시달렸다고 보면 되었다.

"아이들도 힘들어요. 선배가 이해해줘요."

"너는 그게 문제야. 편들 걸 들어야지. 지들이 돈을 벌어? 일을 해? 부모님이 밥 먹여줘, 학교 보내줘. 공부만 하면 되잖아. 근데 그것도 제대로 못 해내면 나한테 혼나야지. 내가 그래도 지들 담임이야. 내 품에 있을 땐 내 새끼들이라고. 내 새끼들이 대학 못 가고 빌빌거리는 꼴을 내가 어떻게 봐. 그러니까 너도 애들 편 더 이상 들지 마. 나 빡 도는 거 보기 싫으면. 괜히 너한테 모진 소리 퍼붓고 내 맘도 안 편하니까. 그리고 내가 누누이 말했었지? 너도 내년부터 담임 맡으라고. 담임 되면 힘든 점도 있지만 보람도……."

소영이 울컥하다가 서서히 입을 다물었다. 오늘따라 효주가 심란해 보였기 때문이다.

"……고민 있어? 내내 표정이 안 좋네."

조심스런 물음에 식은 머그잔을 만지작거리던 효주가 눈을 들었다. 소영이 걱정스러운 눈빛을 하고 있었다.

"제 표정이 이상해요?"

"응."

칼같이 단호한 대답이 돌아오자 어쩐지 웃겼다. 효주는 저도 모르게 빙긋 웃고 말았다.

소영과는 대학부터 쭉 붙어 지냈다. 십년지기였다. 거기다 지금도 매일 같이 붙어 다니고. 이제 서로의 기분은 눈 감고도 맞힐 수 있었던 것이다. 하지만 차마 입이 떨어지지 않았다. 가벼워 보여도 입은 무거운 소영이었으니, 아끼는 동생의 비밀을 떠들고 다닐 리 없을 텐데도 말할 수 없을 만큼 효주에게는 어제의 사건이 쇼크였다.

그리고 아직 아무것도 정해지지 않은 상황이었다. 섣불리 털어놓았다가 이현에게 피해가 갈 수도 있었다.

이런저런 생각에 갈피를 못 잡고 있자 소영이 울컥했다.

"너, 또 그러지? 할머님 병세도 일이 터져서야 알게끔 하더니. 이번에는 뭐야? 뭔데 할 말을 잔뜩 쌓아둔 얼굴을 하고선 죽상인 건데? 혹시 할머니 병원비가 모자라? 아니면 네가 어디 아프기라도 한 거야? 아휴, 뭔데 끙끙 앓는 거야? 말 좀 해봐, 멍충아!"

소영이 강하게 나오는 데는 다 이유가 있었다. 할머니 치매 증세가 처음 발병했을 때, 효주는 주위에 알리지 않고 직접 할머니를 간호했다. 주위에 알려봤자 동정밖에 돌아오지 않을 거라는 미련한 판단에서. 하지만 얼마 지나지 않아 그 결정은 완벽한 오판이라는 게 드러났다. 할머니의 병세는 급격히 심각해졌다. 보호자 없이 집을 나서면 금세 길을 잃기 일쑤였다. 할머니는 할머니대로, 그녀는 그녀대로 힘든 시간을 보내야 했다. 간병, 살림, 직장. 모든 걸 홀로 견뎌야 했다.

결국 수업 중 쓰러지는 사태가 발생했고 그제야 그녀의 형편이 주위에 알려졌다. 죽으란 법은 없는지. 학교 재단에서 도움의 손을 내밀어왔다. 재단이 연계해준 시설 좋은 요양 병원에 할머니를 모실 수 있게 된 것이다. 더구나 주로 부유층이 이용하는 인기 요양원이었다. 대기 시간만 1, 2년씩 걸린다는. 감사해야 되지만 그녀가 치러야 할 대가도 만만치 않았다. 그 후로 학교에 완전히 종속

되어 버렸기 때문이다. 누가 뭐라 한 것도 아닌데, 행여나 학교에서 쫓겨날까 안간힘을 쓰는 찌질이가 되어버린 것이다.

찌질이. 현 상황에 적절한 별명이다. 우울했던 기억에 쓴웃음이 지어졌다. 그러자 소영이 성질난다는 듯 커피를 벌컥벌컥 들이켰다.

"뜸 들이지 좀 마. 넌 다 좋은데 너무 소심한 게 문제야."

소심하다는 말을 직접 들으니 괜히 울컥했다. 효주가 드디어 입을 열었다.

"정말 선배는 못 당하겠어요."

못 말리겠다는 듯이 고개를 절레절레 저어 보이자 소영이 낄낄거렸다.

"그러게 우리 사이에 내숭이 웬 말이야. 제발 내숭 같은 건 남자한테나 부리고 이 언니한테는 시원하게 털어놔봐."

"선배를 누가 말려요. 앓느니 죽고 말지. 사실은 말이죠…… 최근에 어떤 사람이 신경 쓰이기 시작했어요."

더 들을 것도 없다는 듯 소영이 귀를 후비적후비적 팠다.

"으응……. 그 사람이 누군지 내가 맞혀볼까?"

효주는 깜짝 놀라 얼음이 되었다. 들킨 건가? 그렇게 표가 났나? 어쩌지?

"서, 선배가 아는 사람이 누군데요?"

너무 긴장한 나머지 말까지 더듬었다.

"한 선생이지? 그 여시 같은 여자가 널 이용해먹을 때부터 알아봤어. 내가 딱 벼르고 있으니까 걱정 마. 조만간 내가 한 선생 손본다."

"……하아, 한 선생 아니에요. 아니라고요."

뜬금없이 한 선생이 왜 튀어나오는지. 심란한 표정을 지어 보이자 소영이 살짝 당황했다.

"한 선생이 아니었어? 그럼 내가 헛다리 짚은 거였네."

"그리고 조폭도 아니고 누가 누굴 손본다는 거예요. 제발 큰일 날 소리 좀 하지 마요."

다혈질 성격이 걱정되어 잔소리를 늘어놓아도 소영은 반성의 기미가 없었다. 명탐정 코난에 빙의해서 골똘히 추리에 들어갔다.

"으응, 그럼 누구지?"

고개를 갸우뚱하며 고심하는 소영에게서 고개를 돌린 효주는 하늘을 응시했다. 오늘따라 어쩜 구름 한 점 없는지. 티끌 하나 없이 완벽한 하늘색이었다. 거기다 바람은 또 어떻고. 살랑살랑 부드럽게 머리카락을 쓸고 지나간다. 포근하니 참 좋다.

난 언제가 되면 선배처럼 당당할 수 있을까? 선배의 솔직함이 부러웠다. 본인의 욕망을 숨기지 않고 사는 삶은 참으로 근사할 거다. 그러니 나도 이번엔 조금 용기를 내어볼까 한다.

"선배."

"으응?"

여전히 답을 찾지 못한 듯 돌아오는 대답이 시큰둥했다.

"제가 신경 쓰인다는 사람 있잖아요. 실은 남자예요."

소영의 눈이 커질 대로 커졌다. 방금 핵폭탄이라도 터졌다는 듯.

"뭐어!"

소영이 벌떡 일어나서 꽥 하고 소리를 질렀다. 아휴, 반응이 이럴 줄 알았어.

"제발 앉아요. 앉아서 얘기해요."

효주의 만류에 소영이 도로 앉았다. 소영이 장난기가 싹 걷힌 눈으로 응시해왔다.

"그래서 그 남자도 너한테 관심이 있고?"

상담 모드로 돌입한 소영은 진지했다. 소영의 돌직구에 효주는 얼굴을 살짝 붉혔다.

"……그건 잘 모르겠어요. 그 사람이 먼저 다가와는 줬지만 워낙 선을 그어놓은 사이라서."

"어떤 점에서 그렇게 생각해? 널 이성으로 좋아할 수도 있잖아. 남자는 솔직한 동물이거든. 제가 좋으면 물불 안 가리고 달려들어. 그러니까 자신감을 가져. 먼저 다가왔다는 건 너에게 좋은 마음을 품고 있다는 증거니까."

"동정일 거예요. 그 사람이 그랬어요. 절 도와주고 싶다고. 그리고 어색한 사이로 남기 싫다고."

그럴 리 없다는 듯 고개를 강하게 저어 보였지만 내심 가슴속에 희망이 움트는 건 어쩔 수 없었다. 선배의 말대로 먼저 다가온 건 이현이었다. 그러니 조언대로 자신감을 가져도 될까?

하지만 아직 아무것도 확실하지 않잖아. 그 사람의 마음도 모르면서 괜히 기대했다가 아니면? 아니면 나만 다칠 거야.

점점 어두워지는 효주의 표정을 보면서 소영이 혀를 찼다.

"쉽게 생각해. 너도 그 남자에게 호감이 있다며. 먼저 손을 내민 건 그 남자고. 그렇다면 서로 호감이 있다는 거잖아. 뭐가 문제야. 고민거리도 아니다."

말처럼 그렇게 쉬우면 얼마나 좋겠는가. 그게 아니라서 문제지.

"그리고 그 사람, 저보다 어려요."

"몇 살? 참고로 띠동갑도 가능한 세상이다. 나이가 문제 될 건 없단 말이지."

"네 살이나 차이 나는걸요. 어떻게 문제가 되지 않을 수 있겠어요."

"뭐어? 네 살이라고? 이 부뚜막에 먼저 올라갈 년을 봤나!"

기차 화통을 삶아 먹은 고성과 동시에 등짝으로 매서운 스매싱이 날아왔다.

"아야, 아프잖아요……."

따가운 등을 문지르며 항의했지만 소영은 콧방귀를 뀔 뿐이었다.

"언니 몰래 연하남과 썸도 타고. 넌 좀 맞아도 돼."

"미안해요. 숨기려고 한 게 아닌데 어쩌다가 그렇게 되었어요."

선배에게 비밀을 만든 건 어찌 되었든 반칙이니까.

씩씩거리던 소영이 갑자기 효주의 팔을 툭툭 쳤다.

"효주야, 저기. 저기 좀 봐."

무심결에 고개를 들자 운동장을 가로지르고 있는 이현이 시야로 들어왔다. 멍하게 이현을 쫓던 소영이 불쑥 말했다.

"효주야, 남자가 어쩜 저렇게 잘났니? 내가 다섯 살만 젊었어도 오빠, 하고 덤벼볼 텐데 아깝다. 많이 아깝다."

나이라면 그녀도 피해 갈 수 없는 문제였다. 절로 쓴웃음이 지어졌다.

"그런가요……."

"그러고 보니 백 선생이 올해 몇 살이더라? 스물일곱이라고 했던가……?"

중얼거리던 소영의 표정이 갑자기 골똘해졌다.

"네 썸남도 스물일곱이라고 했지?"

알 것 같다는 표정으로 소영이 씨익 웃어 보였다. 처키 같은 미소에 잠시 넋이 빠져 있던 효주가 혼비백산해서 손사래를 쳤다.

"백 선생은 아니에요! 아니라고요!"

안 그래도 장난기 많은 성격이었다. 그 연하남이 이현이라는 걸 알게 되면 조용히 넘어가지 않을 것이다.

소영이 눈을 좁혀 떴다. 더 의심스럽다는 듯이.

"누가 뭐래? 웬 과잉 반응이래?"

"하여튼 아니에요. 아니라고요. 알았죠?"

"알았어. 알았다고. 그만 좀 해."

성가시다는 듯 소영이 손을 내저어 보였다. 그래도 효주는 긴장의 고삐를 늦추지 않았다.

"그래도 약속해요. 앞으로 더는 백 선생을 거론하지 않겠다고. 어서."

항복을 위해 끝까지 강하게 압박했다.

"자, 옜다, 약속. 됐지? 하아. 가끔 보면 넌, 좀 집요한 면이 있더라. 썸남한텐 그러지 마라. 금방 도망간다."

"선배 걱정이나 하시죠."

누구 때문에 이런 집요한 성격을 갖게 되었는데. 얄미워. 약한 고웃음으로 고개를 절레절레 흔들던 효주의 팔을 갑자기 소영이 덥석 움켜쥐었다.

"어휴, 효주야, 저것 봐라. 한 선생, 저 여우! 또 백 선생한테 달라붙고 있다."

이현을 불러 세워놓고 한 선생이 얼굴을 붉혀가며 교태를 부리자 소영이 광분했다.

뽀얀 피부, 생글거리는 눈매, 예쁜 미소. 같은 여자가 봐도 한 선생은 예뻤다. 본인도 그걸 알고 있는 눈치고. 저렇게 미모를 무기로 매일같이 이현에게 어필하고 있었으니까. 그러니 지금 이현의 눈에도 얼마나 예뻐 보일까?

"어이쿠! 업무는 너한테 다 미뤄놓고 저는 연애질이다, 이거지."

"둘이 상의할 게 있는 거겠죠."

쓸쓸하게 중얼거린 효주는 선남선녀에게서 시선을 떼어냈다. 그대로 고개를 젖혀 하늘을 응시했다. 분명 조금 전과 다를 것 없는 세계였다. 여전히 공기는 따뜻했고, 맑은 하늘도, 코로 스며드는 봄 냄새도 그대로였다. 달라진 건 아무것도 없었다. 단지 한 선생에게 웃어주는 이현이 있을 뿐.

"왜? 자신 없어?"

뜬금없는 소리에 고개를 돌리자 소영이 도전적인 눈을 하고 있었다. 허를 찔린 기분에 당황하며 되물었다.

"……뭐가요?"

"남자한테 저런 가짜는 필요 없어. 가슴이 따뜻한 진짜 여자가 필요해."

효주의 눈동자가 살짝 흔들렸다.

"선배……."

소영이 벌떡 일어나더니 불쑥 손을 내밀어왔다.

"가자. 오래 앉아 있었더니 춥다."

"네……."

소영의 도움으로 몸을 일으키자 곧장 소영이 어깨동무를 해왔다.

"그런데 효주야, 가슴이 따뜻한 여자보다 더 인기 있는 여자가 누군지 알아?"

"누군데요?"

의아해서 묻자 소영이 어필하듯 가슴을 힘껏 내밀어 보였다.

"바로 나. 가슴이 큰 여자."

"창피해요. 얼른 집어넣어요."

경악해서 외치자 소영이 낄낄거렸다.

"그래서 말인데 네 썸남한테 나 소개팅 좀 시켜달라고 해. 이 정도 가슴이면 연하한테 승산 있을 거란 말이지."

대꾸할 가치도 없다는 판단에 걸음을 빨리했다. 소영이 깔깔거리며 달라붙었다.

"에이, 비싸게 군다. 그래서 그 썸남이랑은 언제 다시 만날 건데?"

"이번 주말에 둘이 영화 보기로 했어요."

"진도가 너무 빠르잖아."

소영이 놀리듯 옆구리를 찔러 왔다.

"아, 좀! 하지 마요!"

집요한 손길을 피하며 효주는 붉어진 뺨을 감쌌다. 이현과 나란히 앉아 영화를 본다는 생각만으로도 벌써 벅찬 기분이었다.

3.

물 흐르듯이 시간이 흘렀다. 어느새 약속된 주말이 되어 있었다. 집에서 빠져나온 효주는 부지런히 지하철역을 향해 걸었다. 이현과 영화관 앞에서 만나기로 했다. 이현이 태우러 오겠다고 고집 부렸지만 딱 잘라 거절했다. 계속 신세 지고 있는 마당에 민폐까지 끼치고 싶지 않았다.

주말 동네는 한적하고 인적이 뜸했다. 그래서인지 공기도 상쾌했다. 맑은 날씨, 최상의 컨디션, 덤으로 설렘까지. 그야말로 기분이 최고였다.

누군가로 인해 세상이 달라지고 있었다. 그 사람으로 인해 느끼는 기대, 행복, 그리고 불안마저도 그저 감사한 시간이었다.

그래서 효주는 오늘 하루를 소중히 여길 작정이었다. 다시 오지 않을 하루일 수도 있었다. 불안과 걱정으로 허투루 소비하느니 오로지 내 행복만 생각하고 싶었다.

"오늘만큼은 내 생각만 하는 거야."

그렇게 다짐하면서 효주는 야무지게 가방을 고쳐 멨다. 그리고 동네 모퉁이를 막 돌기 직전이었다. 모퉁이 너머에서 끼익 타이어가 찢어지는 마찰음이 크게 들렸다. 동시에 어이쿠 하는 신음 소리도 났다. 가슴이 덜컥했다.

'교통사고가 난 건가?'

본능적으로 걸음을 빨리했다. 예상대로 모퉁이를 돌자 길 한복판에 큰 트럭이 급정거해 있었다.

저렇게 큰 트럭에 치였다면 누구라도 크게 다쳤을 텐데.

큰 사고가 발생했다는 짐작에 심장이 미친 듯이 벌렁거렸다. 트럭 창문이 내려가더니 중년 사내가 고개를 불쑥 내밀었다. 사내의 입에서 거친 고성이 터져 나왔다.

"야, 이 미친 할망구야! 누굴 감방에 처넣을 일이 있어! 앞을 제대로 보고 다니란 말이야!"

"죄송합니다……. 죄송해요……."

기어 들어가는 웅얼거림에 시선을 내리자 노파가 바닥에 주저앉아 있었다. 다행히 트럭에서 조금 떨어진 곳이었다. 트럭에 부딪친 것 같진 않았다. 제 풀에 놀라서 넘어진 분위기였다. 그래도 혹시 몰라 서둘러 노파에게 다가갔다.

"어디 다치신 데 없으세요?"

한쪽 팔을 부축하며 묻자 노파가 고개를 들었다. 그리고 힘없이 고개를 끄덕여 보였다.

"괜찮아……. 난 괜찮아……."

노파의 말이 끝나기도 전에 트럭 기사가 에잇, 안 그래도 늦었는데 재수 없게, 라며 욕설을 중얼거리더니 차를 출발시키려 했다.

'뭐 저런 사람이 다 있어!'

효주의 눈에서 불똥이 튀었다.

"아저씨, 사람이 다쳤잖아요. 다친 사람이 먼저지 늦는 게 대수예요? 그리고 여긴 주택가 도로예요. 골목마다 언제 사람이 튀어나올지 모른다고요. 사방을 살피면서 천천히 서행하셔야죠. 잘못은 아저씨가 해놓고 어디다 화풀이세요. 이 할머니가 불쌍하지도 않으세요."

따박따박 따지고 드는 효주를 얼이 빠져 쳐다보던 트럭 기사가 민망한 듯 시선을 피했다.

"어린년한테까지 수모를 당하고, 내 더러워서. 카악, 퉤!"

재수 없다는 듯 침을 뱉은 트럭 기사가 쌩하고 도망가버리자 효주가 어이가 없다는 듯 한숨을 내쉬고는 노파에게로 고개를 내렸다.

"어디 다치신 데는 없으세요?"

그러고 보니 트럭 기사의 전화번호라도 받아놓을 걸 그랬다. 노인들은 사소한 충격에도 곧잘 골절을 당하곤 하는데 생각이 짧았다.

"괜찮아……. 난 괜찮아……."

손을 내젓는 노파를 부축해서 일으키던 효주의 얼굴에 의아함이 스치고 지나갔다. 그러고 보니 줄곧 노파는 '괜찮아'라는 말을 앵무새처럼 반복했다. 처음에는 경황이 없어서 그러는 걸 거라고 여겼는데 아무래도 노파의 상태가 이상했다. 이대로 보내면 안 될 것 같았다. 조금 더 지켜보는 것이 좋을 것 같았다.

"집이 어디세요? 근처시면 제가 모셔다 드릴게요. 아니면 자녀 분께 연락드리고요."

아직 약속 시간까지 시간이 있었다. 지연되면 택시라도 잡아탈 요량으로 노파의 대답을 기다렸다. 하나 노파의 시선은 그녀를 향해 있지 않았다. 내면의 세계를 헤매는 듯 초점이 없었다.

"괜찮아⋯⋯. 난 괜찮아⋯⋯."

어여 가라는 듯 노파가 초점 없는 눈으로 손을 내저어 보였다.

"할머니⋯⋯."

효주에겐 익숙한 장면이었다. 그녀의 할머니가 기억을 상실한 채로 동네를 헤매는 모습과 완벽히 일치했다.

"괜찮아⋯⋯. 난 괜찮아⋯⋯."

괜찮기는. 지금쯤 가족들이 애가 타서 동네를 이 잡듯 헤집고 있을 텐데. 괜히 자기 일처럼 효주는 울컥했다.

"괜찮긴요. 방금 큰일 날 뻔하셨잖아요. 다음부턴 절대 혼자 다니시면 안 돼요. 네?"

'괜찮아'만 연발하는 노파에게서 연락처를 묻기를 포기하고 노파의 몸을 조심스레 살폈다. 혹여 주소나 전화번호가 적힌 목걸이나 팔찌, 휴대폰이 발견될까 봐. 그러나 노파의 차림새는 집에서 그대로 뛰쳐나온 듯 허술했다. 주머니 또한 텅텅 비어 신상의 단서를 전혀 찾을 수 없었다.

"지금쯤 할머니를 찾아서 난리가 났을 텐데."

애타할 노파의 가족들을 떠올리며 효주는 치매 환자 가족이라면 누구든 숙지하고 있을 매뉴얼대로 움직였다. 노파를 부축해서 가까운 파출소로 데려갔다. 노파를 경찰관에게 인계하고도 효주는 쉬이 자리를 뜨지 못했다. 그녀의 할머니도 수많은 고마운 사람들에 의해 가족의 품으로 돌아왔기에. 노파가 가족의 품으로 돌아가는 것까지 확인해야 마음이 편할 것 같았다.

"할머니, 여기서 기다리시면 금방 가족분들이 오실 거예요."

젊은 경찰관이 노파의 손에 빨대 꽂힌 우유를 들려주면서 말했다. 목이 말랐던 듯 노파가 허겁지겁 빨대를 물었다. 우유 하나에 착한 아이가 된 노파를 흐뭇하게 바라보던 경찰관이 효주에게로 시선을 돌렸다.

"아가씨 아니었으면 큰일 날 뻔했네요. 좋은 일 하셨습니다. 이제부터 할머니는 저희가 맡을 테니까 안심하시고 가세요."

"아, 다행이네요."

그제야 효주는 긴장을 풀었다. 파출소에 도착하고도 노인은 실마리가 될 만한 신상 정보는커녕 아직도 '괜찮아'라는 말만 되풀이할 뿐이었기 때문이다. 그런데도 경찰관은 짜증은커녕 친절함을 잃지 않고 있었다. 더 캐묻지 않고 가족들의 실종 신고를 기다리자고 했다.

이제 무사히 가족의 품으로 돌아가기만 하면 되었다. 정말 다행이었다.

"아……. 백 선생님……."

급한 불을 끄자 그제야 이현이 생각났다. 효주는 화들짝 몸을 일으켰다.

"잠시만요. 나가서 통화만 하고 올게요."

"바쁘시면 가셔도 됩니다. 곧 가족한테 연락이 오겠죠."

말투가 시원시원한 경찰관에게 효주는 감사의 미소를 되돌렸다.

"아니에요. 금방 올게요."

경찰관에게 고개를 살짝 숙여 보이고 두꺼운 유리문을 밀고 밖으로 나왔다. 전화기를 꺼내 드는 효주의 표정이 어두워졌다. 이현과 만나기로 한 약속 시간이 훌쩍 지나 있었다. 그런데도 희한하지. 어쩐 일인지 그에게서 전화 한 통 들어와 있지 않았다.

차라리 이현이 지각하거나 약속을 펑크 내는 거라면 좋겠다고 생각하며 효주는 이현에게 전화를 걸었다. '띠리리, 띠리리' 신호가 가자마자 곧장 이현이 전화를 받았다.

-정 선생님?

수화기를 통해서 이현의 매끄러운 음성이 흘러나왔다.

"……."

그러나 효주는 바로 대꾸할 수 없었다. 대답도 못 하고 잠시 멍하게 있었다.

-……정 선생님? 정 선생님 맞으시죠?

묵묵부답인 효주에게 이현이 다그치듯 재차 물었지만 효주는 여전히 대답을 못 했다. 이현의 목소리를 들었다고 안도감에 휩싸이는 자신이 그저 당황스러웠다.

이현은 그저 직장 동료일 뿐이었다. 의지할 상대가 아니었다. 그런데 이 기분은 뭔지. 자신을 감싸는 이 정체 모를 감정이 어색하고 난처할 뿐이었다.

"네, 저예요. 지금 어디세요?"

간신히 속삭이듯 묻자 예상과 다른 대답이 돌아왔다.

-영화관 앞이요. 오실 때까지 기다릴 거니까 천천히 오세요.

살짝 멍해진 효주가 급히 되물었다.

"지금 영화관이시라고요?"

말도 안 돼. 그렇다면 한 시간 넘게 기다렸다는 결론인데 왜 내게 전화 한 통 하지 않은 거지?

돌아오는 이현의 대답은 효주를 더욱 기함하게 만들었다.

-네. 그런데 죄송해요. 표를 너무 일찍 끊었나 봐요. 표가 날아가 버렸네요. 거기다 볼 만한 건 다 매진되었고요. 아무래도 오늘 영화는 안 되겠어요.

말을 끝내고 이현이 낮게 웃었다. 전화기에서 흘러나오는 잔잔한 웃음소리를 들으며 효주의 눈동자가 흔들렸다.

'이 사람, 왜 이렇게 나한테 잘해주는 거지?'

아무리 노파의 일로 경황이 없었다지만 이번 일은 전적으로 그녀의 잘못이었다. 늦는다고 연락도 해주지 않고 복잡한 영화관에 한 시간 넘게 세워둔 것이다. 그런데도 그는 그녀의 잘잘못을 따지기보다 태연히 웃는다. 도리어 제가 미안해하며.

-그런데 거기 어디십니까? 제가 데리러 갈게요.

"……여기요?"

효주는 당황해서 등 뒤 파출소를 힐끗 쳐다보았다. 유리문 사이로 노파가 보였다. 노인은 우유를 다 마시고 불안한 듯 어린애처럼 주위를 두리번거리고 있었다. 마치 그녀를 찾는 듯이.

-네. 어차피 영화는 물 건너간 셈이니 제가 아는 좋은 곳으로 모실게요. 기대하셔도 좋습니다. 차라리 전 더 잘됐다고 생각하고 있으니까요.

들기 좋은 목소리가 달콤한 유혹을 해왔다. 효주의 눈동자가 희미하게 흔들렸다. 하기는 이제 노파는 경찰서에서 안전하게 보호받고 있는 입장이었다. 위험한 상황에서 벗어난 상태였다. 그러니 경찰서에 노파를 두고 간다고 해도 문제 될 건 없었다.

그때 유리문을 사이에 두고 노파와 시선이 마주쳤다. 효주를 발견한 노파의 표정이 환해졌다.

'아, 아무래도 안 되겠어.'

마음을 고쳐먹은 효주는 힘겹게 사과의 말을 늘어놓았다.

"죄송해요. 사정이 있어서 오늘은 못 뵐 것 같아요."

전날 밤을 뒤척일 정도로 기다리던 만남이었다. 미련이라고 왜 없겠는가. 하지만 차마 노파를 버리고 그냥 갈 수 없었다. 그녀의 작은 선심을 누군가는 절실히 필요로 하고 있었으니까. 그리고 지난 힘든 경험으로 그 감사함을 익히 알고 있었으니까.

──지금 어디신데요? 잠시 들를게요.

"아뇨. 오늘은……."

거절하려고 했지만 이현은 단호했다. 강하게 말을 자르고 들어왔다.

-잠시면 됩니다. 거기 어딥니까?

이현의 의지에 더는 토를 달 수 없었다. 효주는 체념하듯 입을 열었다.

"실은 동네 파출소에 와 있어요."

-네에? 파출소라고요? 거긴 왜 가 계신 거죠?

이현이 놀라는 건 당연했다. 평소 그녀의 이미지와는 대단히 어울리지 않은 장소에 와 있었으니까.

"백 선생님 만나러 가는 길에 사고가 나서……."

-알겠습니다. 바로 그리로 가죠.

이현은 부연 설명을 제대로 듣지도 않고 제 할 말만 하곤 전화를 끊었다.

"파출소란 말만 했는데……. 여기가 어딘 줄 알고 온다는 거야?"

끊긴 전화기를 들고 효주가 멍해졌다.

아, 그러고 보니 지난번 화원에서 늦었다고 백 선생님이 집 앞까지 데려다주셨구나. 그리고 방금 동네 파출소라고 했으니 내비게이션으로 찾아오시겠다.

효주는 옅게 한숨을 내쉬며 휴대폰을 주머니에 집어넣었다. 그리고 등을 돌려 자신을 애타게 기다리고 있는 노파에게로 돌아갔다.

파출소 문을 열고 들어서자 노인의 표정이 환해졌다.

"할머니."

효주가 다가서자 노파가 그녀의 손을 꽉 움켜쥐며 놓아주지 않았다.

"많이 불안하셨죠? 죄송해요. 이제 제가 왔으니 안심하셔도 돼요."

효주는 아예 노파의 옆에 자리 잡고 앉아 노파의 손을 부드럽게 다독여주었다.

방금 이현의 제의를 거절했다. 그리고 택한 것이 이 마른 손등이었다. 후회는 없었다. 만약 이 손을 뿌리치고 이현에게 갔다면 더한 후회가 그녀를 괴롭혔을 테니까. 잘한 것이라고 효주가 스스로를 위안하고 있을 때, 긴장이 풀리는 듯 노파가 노곤한 눈을 깜박여 보였다.

"할머니, 잠 오시면 여기 누우세요."

경찰서 딱딱한 간이의자를 가리켜 보이며 말하자 노인이 고개를 끄덕였다. 효주는 노파를 부축해 기다란 의자에 노인을 눕혀주었다.

"아저씨, 담요 하나 빌릴 수 있을까요?"

노인을 힐끗 본 경찰관이 벌떡 일어나며 대답했다.

"얼마든지요."

경찰관은 회색 철재 사물함으로 걸어가서 얇은 갈색 담요 한 장을 꺼내 왔다. 담요를 공손하게 건네받으며 효주가 감사를 표했다.

"감사합니다."

"뭘요."

제자리로 돌아간 경찰관이 모니터에 몰입하는 걸 지켜보다 다시 노파에게로 주의를 돌렸다. 추운지 노파의 몸이 동그랗게 말려 있었다.

"가족분들 오실 때까지 조금 주무세요."

노파의 몸 위로 담요를 덮어주고 굽힌 몸을 바로 하려고 할 때였다. 노파가 덥석 그녀의 손을 움켜쥐었다. 예상치 못한 돌발 행동에 효주가 흠칫했다.

"……어디 불편하신 데 있으세요?"

당황해서 물었지만 노파는 감은 눈을 뜨지 않았다. 그저 잠투정을 애원조로 중얼거릴 뿐.

"가지 마…… 여기 있어……."

의사 표현을 제대로 하지 못하던 노파가 처음으로 부탁이란 걸 해왔다. 어쩐지 짠한 마음이 들어 부드럽게 미소 지었다.

"그럴게요."

노파의 손을 뿌리치지 않고 그대로 의자 가장자리에 자리를 잡았다. 노파의 백발을 부드럽게 만져주자 금세 노파의 숨소리가 규칙적으로 변했다. 말 잘 듣는 착한 아이의 얼굴을 하고는 말이다.

주말 오전, 작은 파출소는 평화로웠다. 교대 근무를 마치고 돌아온 어린 의경들만 조용히 제 할 일을 할 뿐, 어찌 보면 무료할 정도였다. 그래서일까? 슬며시 효주의 눈도 감겨들었다.

잠시 후, 파출소의 유리문이 벌컥 열리면서 작은 파출소의 평화는 금세 깨어졌다. 바람 냄새를 잔뜩 묻히고 뛰어든 이현을 보며 경찰관이 몸을 반쯤 일으켰다.

"무슨 일이십니까?"

이 근방에서 강력 범죄라도 발생한 걸까? 젊은 사내의 표정이 심상치 않다고 생각하며 경찰관이 바짝 긴장했다.

"……방금 ……사고가 났다고 해서요."

헉헉거리는 숨을 몰아쉬며 이현이 간신히 제 할 말만 뱉어냈다. 으응? 사고라고? 경찰관이 고개를 갸우뚱하며 의아한 표정이 되었다. 그럴 수밖에 없는 게 치매 노인의 가출 사건 외엔 사건 사고가 한 건도 없었던 탓이다.

"피해자분 성함이 어떻게 되시는데요?"

혹여 옆 동네 파출소에 접수된 사건인가 싶어 경찰관이 수화기를 들며 물었다.

"정효주입니다."

"……아, 그분이라면 저기 계시네요."

치매 노인을 데리고 온 효주의 이름을 기억했던 경찰관이 알 것 같다는 얼굴로 효주를 가리켜 보였다. 노파의 손을 꼭 쥐고 앉은 채로 잠든 효주를 발견하고 이현이 눈을 가늘게 떴다. 대체 어떻게 된 일이지 하는 의아함이 이현의 얼굴에 스치고 지나가자 경찰관이 웃음을 머금었다.

"하긴 사고라면 사고일 수도 있겠네요. 저 노인네, 저 아가씨 아니었으면 오늘 사고가 나도 크게 났을 테니까요. 안 그래도 트럭에 치일 뻔한 걸 아가씨가 발견해서 여기로 데려왔거든요."

경찰관의 웃음기 어린 설명에 이현의 표정이 점점 굳어졌다. 아니, 넋이 나갔다는 말이 더 어울렸다. 그럴 수밖에 없는 것이 전화를 끊고 파출소로 차를 몰고 오는 동안 수많은 걱정이 그의 머릿속을 스치고 지나갔다. 인생 최고의 속도를 경신하면서 교통 법규를 수없이 어겼다. 도로 교통 카메라란 카메라에는 다 찍히고, 신호 위반은 기본이었다. 후에 집으로 날아올 범칙금 고지서가 엄청날 거라는 건 두말하면 잔소리라고 할 정도로.

그런 마당에 평화롭게 잠든 효주를 발견했다. 어이가 없다는 말로 표현하기 힘들 정도로 머리를 망치로 한 대 맞은 기분이었다.

원래도 범상치 않은 여자라고 생각했다. 첫 만남부터 강렬했다. 눈을 빛내며 달려드는 대다수의 여자들과 달리 강한 거부감이 범벅된 얼굴로 자신에게서 도망가기 바빴다. 생전 처음 받아 보는 푸대접이었다. 처음엔 기분이 더러웠다.

그래서일까? 그 후로 내내 눈이 갔다. 아름다운 여자라면 주변에 차고 넘칠 정도로 많았지만 오직 저 여자에게만 자석처럼 시선이 달라붙었다. 정신을 차리고 보면 어느새 저 여자를 주시하고 있었으니까.

그리고 알면 알수록 이해가 안 가는 여자였다. 매일 새벽같이 출근해서 화단 흙구덩이에서 뒹굴고 오지 않나, 뜬금없이 불쑥 나무에게 말을 걸지 않나. 하여튼 그의 잣대로는 도무지 이해 안 갈 행동만 일삼는 여자였다.

그런데 참 이상하지. 아슬아슬하게 보이는 그 행동들이 그를 더 미치게 했다. 꼭 도와줘야 할 것만 같고, 급기야 보호해주고 싶다는 마음까지 품게 되었다. 특히 저보다 어린 후배 교사에게 당하는 꼴을 보고 있을 땐 속이 터질 것 같았다. 어찌나 울화통이 터지던지 이 멍청한 여자야, 그게 아니잖아! 하고 소리를 지를 뻔한 적도 여러 번이었다. 물론 당사자인 본인은 전혀 눈치채지 못하고 있겠지만.

그래서 결심했다. 지켜보면서 속 터져 죽느니 차라리 저 삶에 어느 정도 개입하자고. 그런데 저 망할 여자가 그것도 싫다고 하네. 약속 한번 잡기가 하늘의 별 따기다. 아니, 차라리 하늘의 별을 따고 말지. 어마어마한 경계심을 뚫고 어찌어찌해서 오늘 간신히 약속을 잡아놓았더니 또 이렇게 뒤통수를 친다.

"하아."

생각만으로 빡쳐서 바들바들 떨며 기다란 한숨을 뱉어내자 경찰관이 그의 눈치를 살폈다.

"무슨 문제 있으십니까?"

"아닙니다."

있는 정도가 아니라 온통 문제투성이라고 절규하고 싶은 걸 간신히 대꾸하자 경찰관이 이해한다는 듯한 표정을 지어 보였다.

"하긴 이해합니다. 기다리는 환자 보호자는 아직 코빼기도 보이지 않고, 젊은 사람들만 잡아두고 있는 형국이니…… 하여튼 저희도 오늘 저 아가씨 아니었으면 식겁했을 겁니다. 할머니가 많이 불안해하셨는데 아가씨 도움을 많이 받았거든요."

경찰관이 씁쓸한 얼굴로 말을 끝낼 때, 이현은 또 한 번 넋이 나간 표정이 되었다. 자신이 치매 노인보다 못한 존재였다니. 충격의 2연타였다. 그때, 경찰관이 은근한 얼굴로 물어왔다.

"그런데 저 여자분과는 어떤 사이신지…… 혹시 남자 친구?"

"……아닙니다. 저흰 직장 동료입니다."

예상치 못한 질문에 당황한 나머지 생각할 겨를도 없이 대답했지만 경찰관은 만족을 몰랐다. 굳이 몰라도 되는 효주의 신상을 집요하게 파고들었다.

"직장 동료라면…… 둘이 같은 직장이라는 거네요?"

이현의 눈빛이 차가워졌다.

"왜 그러시죠?"

경계심을 드러내자 젊은 경찰관이 머쓱하게 손을 내저어 보였다.

"이상한 의도 아니니까 오해하지 마십시오."

그러고 보니 파출소 분위기가 이상했다. 적막한 가운데, 다들 잠든 효주를 힐끔거리고 있었다. 효주의 선행에 눈앞의 젊은 경찰관도 제대로 반한 눈치였다.

망할.

속으로 욕설을 중얼거린 이현이 곧장 되받아쳤다.

"저 여자분, 남자 친구 있습니다. 결혼할 사이로 알고 있습니다."

눈앞에서 효주를 뺏길 것 같은 위기감에 거짓말이 술술 나왔다. 그리고 그대로 몸을 돌려 효주에게 다가가 팔목을 잡고 거칠게 흔들었다.

"정 선생님. 정 선생님."

이 늑대 소굴에서 효주를 얼른 탈출시킬 일념으로.

"으음……."

효주의 속눈썹이 파르르 흔들렸다. 망할, 오늘따라 왜 이렇게 예쁘게 꾸미고 나온 거야. 원래도 예쁜 여자가 오늘은 아예 날개를 달았군, 달았어.

"일어나세요."

성가신 듯 효주가 미간을 구겼다.

"으음……."

"얼른 일어나셔야 합니다."

왜냐면 여기엔 위험한 늑대들이 우글우글하니까요.

이현의 정성이 통한 걸까? 잠시 후, 효주가 무거워 보이는 눈꺼풀을 들어 올렸다. 그리고 잔뜩 흐려진 이현의 두 눈과 마주치자 벌떡 일어나 앉았다.

"어떻게……? 여긴……?"

효주가 잠에서 덜 깬 얼굴로 주위를 두리번거리자 어이없다는 듯 이현이 옅은 코웃음을 쳤다.

"할머니 보호자는 금방 도착할 겁니다. 저흰 그만 가죠."

이현의 설명에 효주가 멍한 눈을 내렸다. 곤한지 노파는 작게 코까지 골며 잠들어 있었다.

"그래도 조금 더 기다렸다가……."

효주의 말이 채 끝나기 전에 파출소 문이 요란하게 열렸다. 실내복 위로 외투만 걸쳐 입은, 슬리퍼 차림의 노부부가 뛰어 들어와선 누군가를 찾듯 두리번거렸다.

"저희 어머니는……?"

경찰관이 노파가 누워 있는 의자를 가리켜 보였다.

"저기 계십니다."

"아이고, 어머니, 왜 여기 계세요?"

노파에게 달려가는 노부부를 흐뭇하게 보던 경찰관이 갑자기 의아한 표정이 되었다.

"저기 있던 아가씨 어디 갔어? 젊은 총각은?"

순간 이동이라도 한 듯 감쪽같이 사라져버린 효주와 이현을 찾아 경찰관들이 당황하고 있을 때, 이현도 바빴다. 효주를 끌고 차로 가서 거칠게 문을 열고 그 안에 효주를 밀어 넣었다.

"백 선생님……."

짐짝처럼 차에 올라타게 된 효주가 당황하며 항의하려고 했지만 야멸치게 차 문이 닫혔다. 잠시 후, 이현이 운전석에 탔다. 급출발하는 차에서 효주가 멍하니 잠에서 덜 깬 음성으로 물었다.

"할머니는요? ……제 가방은요?"

길게 묻지도 못했다. 이현이 득달같이 대답해왔으니까.

"걱정 마십시오. 저희가 빠져나올 때 마주친 분들이 할머니 보호자 같았습니다. 그리고 가방은 저기, 뒷좌석에 있습니다. 제가 잘 챙겨 나왔습니다.”

“네에…….”

잘 돌아가지 않는 머리로 천천히 머리를 끄덕여 보였다. 돌아가는 상황을 간신히 이해했을 즈음 이현이 다시 폭탄을 투하했다.

“오늘 아주 미안해하셔야 할 겁니다. 영화관에서 한 시간 넘게 기다린 걸로 모자라 사고 났다는 정 선생님 한마디에 미친놈처럼 차를 몰아서 여기로 달려왔거든요. 그러니까 제게 아주아주 미안해하셔야 할 겁니다.”

‘아주’란 단어를 두 번이나 연속해서 강조하는 이현을 보며 효주가 점점 울상이 되었다.

“정말 그럴 의도가 아니었어요. 죄송해요.”

구태의연한 변명이 아니었다. 노파를 만나고 정신이 하나도 없었다. 몰아치는 태풍에 휘말리듯 어린애 같은 노파를 달래서 파출소로 데려갔지만 그걸로 끝이 아니었다. 경찰관의 조서 작성을 도우며 사이사이 낯선 환경에 불안해하는 노파를 진정시켜야 했고, 이현을 떠올렸을 땐 이미 약속 시간이 훌쩍 지난 후였다.

“그 죄송하다는 말, 딱 백 번만 더 듣겠습니다. 그리고 집에 보내드릴 거니까 그동안 제게 계속 미안해하세요.”

어떡해. 화가 단단히 났나 봐. 효주가 거의 울듯이 사과했다.

“제발 화 푸세요. 정말 죄송해요…….”

“네. 당연히 죄송하셔야죠.”

단호한 대답에 효주의 눈동자가 마구 흔들렸다.

이현을 한 시간 넘게 홀로 영화관에 세워둔 것이 섭섭했던 것일까? 이현이 효주를 데리고 도착한 곳은 교외의 이름 모를 작은 공원이었다. 근사하고 세련된 곳으로 안내받을 줄 알았던 효주로선 의아할 따름이었다.

"길이 험하니까 조심해서 따라오세요."

이현은 공원과 연결되어 있는 작은 야산으로 그녀를 안내했다.

"네."

공원은 초입부터 이상했다. 거의 방치되다시피 한 보도블록을 뚫고 잡초가 무성했다. 거기다 야산으로 올라가는 오솔길은 빽빽하게 자란 가지들로 어두운 동굴이 연상되는, 으스스한 곳이었다. 안 그래도 무서워 죽겠는데 갑자기 뒤에서 와사삭 소리가 나자 효주는 혼비백산했다.

"같이 가요, 백 선생님."

그런데 너무 서둘렀나 보다. 바닥에 솟아 있는 커다란 돌부리를 미처 보지 못했다.

"아앗!"

돌부리에 채인 두 발이 허공으로 붕 떴다. 넘어지지 않으려고 안간힘을 썼지만 상황은 절망적이었다. 허우적거리던 몸이 급격히 아래로 기울어졌다.

넘어진다!

다가올 고통을 직감하고 효주는 눈을 질끈 감았다. 그러나 예상하던 고통 대신 안착한 곳은 아늑한 이현의 품 안이었다. 슬그머니 눈을 뜨자 이현이 걱정 가득한 표정을 하고 있었다.

"다치진 않으셨어요?"

보호받는다는 느낌에 효주는 얼굴을 붉혔다.

"네……."

"이제부턴 제 뒤에 바짝 붙어서 걸으세요."

그 후로 이현은 세심한 배려를 아끼지 않았다. 연신 뒤돌아보며 그녀의 안부를 챙겼다. 그러다 보니 더는 어두운 산길이 무섭지 않았다. 오히려 보호받고 있다는 기분에 든든하기까지 했다.

"빨리 오세요."

"네……."

효주는 앞서가는 이현을 따라잡으려 발길을 재촉했다. 그러다 갑자기 밝아진 시야에 얼음처럼 굳어서 눈만 깜박였다.

"여기가 목적지인가요?"

잔디가 파릇하게 깔린 원형의 공터를 보며 효주가 물었다. 아, 어쩐지 오는 도중에 차를 세우고 편의점에 들르더라니. 여기서 피크닉을 할 작정이었구나.

"아뇨. 여기서 더 가야 해요. 따라오세요."

그녀가 실망할 겨를도 없이 이현은 잔디밭을 가로질러 걸어갔다. 이현을 놓칠세라 효주는 허겁지겁 쫓아갔다.

"어디 가시는데요?"

"가시면 안 됩니다. 자, 이리로."

잔디밭 끝에 나타난 돌계단으로 이현이 성큼 올라섰다. 끝이 보이지 않는 가파른 계단이었다. 이현의 속도에 보조를 맞추려니 숨이 찼다. 이마에 땀이 맺힐 때쯤 계단의 정상에 도착할 수 있었다. 그곳은 이 작은 야산의 최정상이었다.

"와!"

눈앞으로 시원하게 펼쳐진 하늘과 도심 풍경에 효주는 입을 다물지 못했다. 이현이 흐뭇한 표정을 지으며 다가와 서자 효주가 어딘가를 가리켜 보였다.

"……그런데 저게 뭐예요?"

산 아래 솟아 있는 시커먼 구조물을 가리켜 보이자 이현이 눈을 빛내며 말했다.

"야외 상영관입니다."

"야외 상영관이라고요?"

야외 상영관을 실제로 보는 건 처음이었기에 효주는 어리둥절한 표정을 지었다.

"네. 그리고 조금 있으면 저기서 영화가 상영될 겁니다. 저희만을 위한 전용 극장이라고 할 수 있죠."

"전용 극장이라니. 근사하네요."

효주가 홀린 듯 말했다.

"그런데 저희가 있는 곳까지 소리가 들릴까요?"

괜한 걱정이라는 듯 이현이 웃어 보였다. 이현은 준비성이 철저한 남자였다. 몇 걸음 뒤에 있는 벤치로 걸어가 메고 있던 가방을 열었다. 이현의 가방에는 신기한 것들이 많았다. 그는 제일 먼저 작고 폭신한 담요를 꺼내 그걸 벤치 위에 펼쳐서 깔았다.

"다 됐다. 앉으세요."

그 후로도 가방에서 계속 신기한 것들이 튀어나왔다. 영화 소리를 듣기 위한 소형 스피커, 편의점 샌드위치, 음료수, 시판 팝콘 등이 줄줄이 나왔다.

"미리 말씀하셨으면 저도 준비했을 텐데 죄송하네요."

"괜찮습니다. 원래 이런 건 남자가 준비하는 겁니다."

어쩜 매너도 이렇게 좋은지. 누가 이현의 짝이 될지 모르겠지만 그 여자는 전생에 나라를 구한 것이 틀림없었다.

"영화가 시작되려나 보네요. 라디오 켤게요."

이현이 작은 소형 라디오를 꺼내서 주파수를 맞추기 시작했다. 그런데 주파수를 조정하는 손길이 굉장히 능숙했다. 한두 번 해본 솜씨가 아닌 것 같았다.

"여기 자주 오셨나 봐요."

"네. 지금은 바빠서 거의 못 오지만 어릴 땐 자주 왔었어요."

"어릴 때면 부모님과 함께였겠네요?"

작은 이현을 상상하며 미소를 머금고 묻자 갑자기 이현의 표정이 어두워졌다.

"아뇨. 항상 혼자였어요."

"아⋯⋯. 네에."

어쩐지 더는 건드리면 안 되는 영역 같았다. 효주는 고개를 끄덕이면서 입을 다물었다.

그 후로 살짝 분위기가 가라앉는 것 같았지만 그것도 나쁘지 않았다. 침묵 속에서 하늘이 짙어지고 밤이 밀려왔다. 그리고 불쑥 스크린이 켜졌다. 어둠과 대비된 환한 스크린은 황홀하리만치 아름다워 보였다.

"⋯⋯백 선생님, 저기요."

불이 들어온 스크린을 효주가 신기해하며 가리켜 보였다.

"영화가 시작되려나 봅니다."

이현이 효주를 부드럽게 응시했다.

"여기서 보니 스크린이 너무 아름다워요."

"그런가요. 그렇다면 잊지 못할 기억을 하나 더 선사해드리죠.

영화에 빠질 수 없는 게 팝콘이죠. 자, 드세요."

그러면서 이현은 팝콘 봉지를 내밀었다.

"감사합니다."

효주는 팝콘을 한 주먹 가져와서 팝콘 한 알을 입에 쏙 집어넣었다. 버터 향이 입 안으로 퍼지며 기분까지 달콤해졌다.

"맛있어요."

효주가 아이처럼 좋아하자 이현이 빙그레 미소 지었다.

"팝콘처럼 날 대해주면 좋을 텐데…… 너무 과한 욕심일까요?"

"뭐라고요?"

제대로 듣지 못한 효주가 얼른 되물었지만 이현은 헛기침을 하며 얼굴을 붉힐 뿐이었다.

"아닙니다. 아무것도……."

이현의 말대로 곧 영화가 상영되었다. 커다란 스크린이 배우들의 열연으로 채워지면서 효주와 이현도 말없이 화면에 빠져들었다.

"이 영화를 만든 감독이 누군지 아세요?"

영화에 집중하는 줄 알았던 이현이 뜬금없는 질문을 던졌다. 평소 영화를 취미로 하지 않았던 효주에게 그건 답을 알 수 없는 문제였다.

"모르겠어요."

효주는 천천히 고개를 기로지이 보였다.

"모르시는 게 당연할 거예요. 별로 유명한 감독이 아니거든요. 스페인 사람인데 어린 시절이 굉장히 불우했대요. 불량한 학창 시절을 보냈고요. 나중에 대학에 가서 영화학을 전공하고 무명 감독으로 아마추어 단편 영화부터 찍은 거죠. 이 영화 시나리오 작업도 감독이 직접 참여했고요."

"······그렇구나."

몰랐던 사실에 감탄하며 고개를 끄덕여 보이자 이현이 싱긋 웃었다.

"대단한 이야기를 한 것도 아닌데 뭘 그렇게 감탄하세요. 제가 도리어 부끄러워지잖아요."

"아뇨. 저는 너무 재밌었어요."

대단한 이야기가 아니라니. 그녀에겐 정말 도움이 되었는데.

"그런가요?"

"작품에는 감독의 의도가 녹아 있는 거잖아요. 백 선생님이 말씀해주셔서 영화에 더 집중할 수 있었는걸요."

효주가 조곤조곤 설명하듯 말하자 이현의 표정이 점점 묘하게 변했다. 살짝 들뜬 것 같기도 하고 흥분한 것 같기도 한 그런 미묘한 표정이었다.

"정 선생님은 참 신기한 분이세요. 별거 아닌 일로도 항상 감사해하시고, 상대방을 편안하게 해주세요. 그래서인지 정 선생님과 있으면 시간이 어떻게 가는지 모르겠어요. 시간이 야속할 정도로 빨리 흘러가서 서운할 정도예요."

이현의 칭찬에 왠지 모르게 효주는 부끄러웠다. 뺨이 또 확 달라올랐다.

"······그, 그런가요."

달아오른 얼굴을 숨기려 재빨리 스크린으로 시선을 돌렸지만 여전히 이현의 시선이 머물러 있는 걸 느낄 수 있었다.

사실 효주는 오늘의 약속이 많이 부담스러웠다. 이현과 단둘이 있는 시간이 어색할 거란 기우로 인해서였다. 하지만 탁 트인 공간에서 영화를 보고 있어서일까? 우려와 달리 이현과 함께 있는 시간이 즐거웠다. 외려 영화가 후반부로 가면서, 함께 있는 시간이 줄어드는 것이 아쉬워질 정도였다.

영화가 클라이맥스로 치달았다. 주인공의 불우한 청년기를 그린 영화는 우울하지만 사회의 부조리를 일깨우는 계몽사상이 들어 있었다. 영화에 빠진 효주는 골똘한 표정이 되었다. 주인공이 고초를 당하는 장면에선 막 속이 탈 정도였다. 콜라라도 마시면 답답한 마음이 풀리려나 싶어 효주는 스크린을 응시한 채로 콜라를 찾아 더듬거렸다.

무언가가 만져지자 효주는 그걸 덥석 쥐었다. 그러나 기대하던 딱딱한 콜라 병이 아니었다. 말랑하고 따뜻한 것이 아무래도 이상했다.

이게 뭐지?

모양을 가늠하듯 그것을 주물럭거리던 그때, 이현 쪽에서 거칠게 숨을 들이켜는 소리가 났다.

그렇다면 이건 설마 이현의 손?

직감한 순간 효주의 손가락으로 짜릿한 전기가 흘렀다. 화들짝 놀란 효주는 급히 이현의 손을 떨쳐내듯 놓아주었다.

"죄송해요."

"괜찮습니다. 여기 음료수."

이현도 많이 당황했나 보다. 콜라를 건네주는 손이 미세하게 떨리고 있었다.

"감사합니다."

아무렇지 않은 척 콜라를 건네받았지만 효주는 속이 말이 아니었다. 식은땀이 흐를 정도로 당황하고 있었다.

'미쳤어. 확인도 안 하고 덥석 백 선생님 손을 잡으면 어떻게 해. 영화를 보다가 얼마나 당황하셨겠어.'

그리고 그 우연한 접촉 사고는 효주에게서 몰입이라는 재미를 앗아갔다. 분명 클라이맥스인데도 정신이 딴 곳에 가 있었다. 두근 거림도 쉬이 진정되지 않았다. 자꾸만 이현의 눈치만 살피게 되었다. 이현도 마찬가지인 걸까. 힐끔힐끔 그녀 쪽을 살피는 게 느껴진다.

'망했어. 완전 망했어. 무슨 내용인지 하나도 모르겠잖아. 이왕 이렇게 된 김에 팝콘이나 먹자. 제발 먹고 죽자, 정효주.'

집중도 안 되는데 영화는 포기하고 팝콘으로 배나 채우자 싶었다.

그래서 최대한 자연스럽게, 이현을 보지 않는 척하며 팝콘 통으로 손을 뻗었다.

하지만 또다시 잡힌 건 말랑한 이현의 손이었다.

'아흑.'

왜 하필 또 거기에 백 선생님의 손이 있어 가지고선. 효주는 정말 울고 싶었다. 혹시 나도 모르는 흑심이 내게 있었던 건 아닐까 싶었다. 그러니까 자꾸 이현의 손을 덥석덥석 잡게 되는 거고.

"죄송해요!"

사과를 하면서도 효주는 얼굴에 불이 나는 것 같았다. 동시에 오늘처럼 밤이 고마운 적도 없었다. 어둠이 눈물 날 만큼 고마웠다.

"괜찮아요. 여기. 이거 드세요."

이현은 침착했다. 효주가 손을 놓아줄 때까지 얌전히 기다리는 걸로 모자라 후배의 손을 탐한 효주에게 팝콘까지 한 주먹 쥐여 주었다.

"감사합니다."

효주는 공손하게 손바닥을 펼쳐 이현이 주는 은총과도 같은 팝콘을 받아 들었다. 그 모습이 귀여운 듯 이현이 빙그레 미소 지었다.

"오늘, 사과 백 번 듣기 전까지 보내드리지 않으려고 했는데…… 할 수 없죠. 손해지만 내가 봐줬다."

"네?"

뭘 봐줬다는 건지. 영문을 몰라 효주가 눈을 깜박여 보이자 이현이 웃으면서 나머지 부연 설명을 곁들였다.

"영화도 감사해, 팝콘도 감사해. 오늘 정 선생님께 감사하다는 말만 백 번쯤 들은 것 같네요. 그러니 그걸로 사과 받은 셈 칠게요."

이현의 표정에 장난기가 가득했다. 그런 이현을 효주가 멍하니 보고 있자 이현이 웃으면서 손사래를 쳤다.

"또 저한테 고맙다, 죄송하다 그러려고 그러죠? 농담이었으니까 그러지 마세요. 네?"

역시 처음에 했던 우려가 맞았다. 이현과 단둘이 영화를 보는 건 보통 일이 아니었다. 영화를 보다가 심장이 터져 죽을 수도 있겠다. 이현이 마라톤 올림픽 메달 주자라면 그녀는 이제 겨우 달리기 시작한 초보 마라토너에 불과했다.

전 세계가 지켜보는 가운데 간신히 완주에는 성공했지만 상처뿐인 대회였다고 할까? 넘어지고 무릎이 까이고, 그래도 다시 일어나서 간신히 결승점에 골인하는 초짜 주자가 된 기분이었다.

간신히 시간이 흘러 영화가 끝났다. 대형 스크린에서 뿜어져 나오던 현란한 불빛도 사라지고 치지직거리는 라디오 소음만이 공간을 메웠다.

"그만 내려갈까요?"

아직 진한 여운에 사로잡혀 멍했지만 효주는 먼저 몸을 일으켰다.

"잠시만요!"

불쑥 이현이 그녀의 소매를 붙잡았다.

"네……?"

어리둥절해져 보자 이현이 얼굴을 붉혔다.

"이왕 여기까지 왔는데 조금 더 앉아 있다 가요."

"그럴까요?"

멀리 야외 상영관을 빠져나가려는 차량들이 꼬리를 물고 길게 늘어선 것이 보였다.

"배고프시죠?"

효주가 도로 앉자 이현이 샌드위치 포장을 벗겨서 하나 건네주었다. 그리고 라디오를 끄고, 대신 나직한 재즈를 틀었다. 감미로운 선율이 밤공기를 수놓자 왠지 로맨틱한 느낌이 들었다. 이제 그들을 밝혀주는 건 휴대폰 손전등 불빛뿐이었다. 작지만 강렬하고 밝은 빛이 그들이 앉아 있는 공간을 감싸며 마치 은밀한 공간에 들어와 있는 기분을 느끼게 해주었다.

이현이 건네준 샌드위치를 한입 베어 물자 이현도 제 몫의 샌드위치를 크게 베어 물었다.

"맛있어요."

산을 타고, 영화를 보느라 체력 소모가 컸나 보다. 샌드위치가 꿀맛이었다. 효주는 허겁지겁 제 몫의 샌드위치를 먹어치웠다. 포만감으로 흡족해져서 티슈로 입가를 정리할 때였다. 이현이 입을 열었다.

"좋네요. 정 선생님과 있는 이 시간이……."

"매일 보는 사이에 그런 게 어디 있어요."

웃으면서 말하자 이현이 고개를 절레절레 흔들어 보였다.

"학교에 있을 때랑 지금이랑 어떻게 같을 수 있겠어요? 저는 오늘 같은 시간이 많았으면 좋겠어요."

밤바람에 실린 이현의 음성이 가슴을 부드럽게 할퀴고 지나가자 효주는 아무 말도 하지 못했다. 그저 머릿속이 새하얗게 변해 이현을 응시할 뿐. 그런데 더 당황스러운 일이 일어났다.

"하아, 그렇게 보지 마세요. 자꾸 이상한 기분이 드니까요."

견딜 수 없다는 듯 이현이 먼저 시선을 피했다. 이현의 귀가 빨갛게 변해 있었다.

효주도 당황해서 시선을 앞으로 고정시켰다. 머리를 쓸어 올리는 딱딱한 동작으로 신경을 분산시키려고 했지만 그럴수록 이현이 의식되었다. 이현이 그녀에게 듣고자 하던 백 번의 사과. 그걸 다 채우면 이 어색한 기분이 사라질까?

"저 때문에 이상한 기분 드셨다니…… 죄송해요."

그런데 말하고 나니 어째 더 이상했다.

"그런 게 아니라, 제 말 뜻은……."

변명을 할수록 어째 더 꼬이는 기분이었다.

"아닙니다. 제가 더 죄송하지요. 이런 곳에 모시고 와서 대접도 부실하고."

도돌이표처럼 되풀이되는 서로의 사과.

효주는 또다시 자신이 넘어지고 까이는 어설픈 마라톤 주자가 된 끔찍한 기분에 빠졌다.

"더 늦어지기 전에 그만 내려갈까요?"

산을 내려가자는 이현의 제의에 효주는 발딱 일어났다.

"그럴까요?"

반색하는 효주를 보며 이현이 떨떠름한 표정을 지었다.

어색한 가운데서도 하산은 일사천리로 진행되었다. 그들은 먹고 난 쓰레기를 깨끗이 치우고 하산을 서둘렀다. 작은 야산이래도 해가 완전히 사라지고 난 산은 위험했다.

효주는 이현이 비춰주는 손전등에 의지해 간신히 산을 내려갔다. 여러 번 넘어질 뻔했지만 그때마다 이현이 잡아주었다.

한 치 앞도 보이지 않는 어둠 속이었지만 이현이 있어서 든든했다. 한 사람의 완벽한 보호 아래 놓인다는 것에 묘한 기분도 들었고. 그래서일까? 만일 이현이 그녀와 친해지려는 걸 목표로 했다면 완벽히 성공한 셈이었다. 이현에게 느끼던 막연한 거부감이 완전히 사라져버렸으니 말이다.

4.

한참 후, 그들은 공원 주차장에 도착했다. 저 멀리 차가 보이자 효주는 굉장히 안도했다. 현실 세계로 돌아온 느낌에 긴장이 확 풀렸다.

"타세요."

효주를 먼저 태운 이현이 보닛을 돌아서 운전석에 올라탔다. 운전대를 거머쥐는 이현의 손길은 거침없었다. 부드러운 엔진음과 함께 시동이 걸리고, 이현이 모는 차는 매끄럽게 공원을 빠져나갔다.

오늘따라 도로에 차가 없었다. 한산했다. 신호를 받은 차가 정차하자 이현이 그녀를 쳐다보았다.

"그냥 가기 섭섭한데 차 한잔 더 하실래요?"

이현의 제의에 효주는 잠시 망설였다.

'어쩌지? 피곤한데…….'

오랜만에 오르막길을 걸어서 그런지 온몸이 난리도 아니었다. 근육이 쑤시고 후들거리는 게, 아무래도 며칠 절뚝거리지 싶었다.

하지만 그녀를 위해 하루를 통째로 날리다시피 한 사람이었다. 차 한잔 더 하자는 이현을 그냥 보내기 그랬다.

그런데 망설이는 마음이 너무 얼굴에 드러났나 보다. 이현이 난처한 표정으로 말했다.

"아, 맞다. 지금 많이 피곤하시죠? 차는 다음에……."

"아뇨! 전혀 안 피곤해요! 괜찮아요."

"그래도……."

"찻집 어디로 가실래요? 딱히 정하신 데 없으시면 저희 동네 카페도 괜찮은데."

적극적으로 장소까지 물색하는 효주를 얼이 빠져 응시하던 이현이 갑자기 웃음을 터트렸다.

"왜…… 그러세요……?"

내 얼굴에 뭐가 묻었나. 백 선생님이 갑자기 왜 저러시지.

"큭큭. 아, 죄송해요. 그런데 너무 웃겨서. 신호가 바뀌었네요. 다시 출발할게요."

간신히 웃음을 멈춘 이현이 다시 차를 출발시켰다.

한동안 휙휙 스쳐 지나가는 바깥 풍경을 응시하던 효주가 도저히 안 되겠다는 표정으로 고개를 돌려 이현을 쳐다보았다.

"그런데 아까는 왜 그렇게 웃으셨어요?"

"왜요? 신경 쓰이세요?"

이현이 슬쩍 효주를 보고는 다시 전방을 응시했다.

"네. 사람을 보면서 웃으시니까 좀 당황스럽네요. 놀림받은 것 같기도 하고."

"놀림…… 아니었는데……. 칭찬이었는데……."

이현이 쑥스럽다는 듯 대답했다. 그에 당황해서 효주의 눈동자가 흔들렸다. 칭찬이라고? 그게? 말도 안 돼. 그런 칭찬이 어디 있어.

효주의 표정에 보충 설명이 필요해 보이자 이현이 웃으면서 말했다.

"혹시 그거 아세요. 지금까지 제가 하자는 건 모두 단칼에 거절하셨다는 거."

효주의 눈동자가 다시 흔들렸다. 내가 그랬었나. 아, 그러고 보니 기억이 난다. 이현이 하자는 건 모조리 거절했었지. 아니지. 근처에 오기만 해도 도망가버렸지.

"그런데 이번엔 제 부탁을 거절하지도 않고 곧장 받아들이셨어요. 그게 갑자기 얼마나 기쁘던지……. 웃음을 참을 수가 없었네요. 그래서 칭찬해드릴게요. 저를 웃게 하는 여자가 그리 흔하지 않거든요. 그런데 그걸 정 선생님이 해내셨어요. 방금 전에."

끝으로 기쁘다는 듯 이현이 싱긋 미소 지었다. 순간 효주는 어디서 지진이라도 난 줄 알았다. 갑자기 발밑이 훅 꺼지는 듯한 느낌이었기 때문이다. 그리고 그 기분은 한동안 지속되었다. 이현의 차가 그녀의 동네로 진입할 때까지.

"저는 여기서 내릴게요. 더 들어오시면 빠져나가기 힘들어요."

저 멀리 좁은 골목 끝에 집이 보이자 효주가 반색하며 말했다. 드디어 긴 하루가 끝난 것이다. 집에 들어가서 따뜻한 물에 몸을 담그고 싶다고 생각하며 효주가 막 차에서 내리려는 찰나였다.

"잠깐만요! 그렇게 가시는 게 어디 있어요?"

"네?"

어리둥절해진 효주가 쳐다보자 이현이 장난스런 표정을 지어 보였다.

"오늘 못 마신 차는 어떻게 하실 건데요?"

효주가 쉬이 대답을 못하자 이현이 장난스럽게 말을 이었다.

"제가 영화도 보여드리고 샌드위치도 사드렸는데. 정말 차 한잔 도 안 사주실 거예요?"

"……차는 다음 주에 마시는 걸로 해요."

"좋아요. 시간, 장소 정하셔서 저한테 문자 주세요."

홀린 듯 다음 주 만남이 약속되었다.

"골목이 많이 어둡네요. 들어가실 때까지 지켜보고 있을게요. 조심해서 들어가세요."

"네. 백 선생님도 조심해서 들어가세요."

이현이 지켜보는 가운데 효주는 차에서 내렸다. 헤드라이트 불 빛에 밝아진 골목을 걸어 들어갔다.

효주는 대문 앞에 도착하자 고개를 돌려 이현의 차를 쳐다보았 다. 차 안 실내가 어두워서 잘 보이지 않았지만 이현과 눈이 마주 쳤다는 걸 느낌으로 알 수 있었다. 어쩐지 가슴이 따뜻해지는 느낌 이었다.

'오늘 하루 고마웠어요.'

꾸벅 고개를 숙여 보이자 그에 화답하듯 이현의 차도 깜박깜박 신호를 보내왔다.

이현과 헤어지고 효주는 현관문이 닫히자마자 그대로 안방으로 직행했다. 집에서 유일하게 골목이 보이는 방이었다. 불을 켜자마자 살짝 커튼을 들어 올려 골목부터 확인했다. 어찌 된 일인지 차는 떠나지 않고 그 자리에 머물러 있었다.

"왜 안 가고 저기 계속 계시지?"

효주가 중얼거릴 때였다. 그제야 차가 스르륵 출발했다. 마치 그녀의 방에 불이 들어오길 기다렸다가 확인하고 가는 것처럼.

"아니겠지. 설마. 아닐 거야."

그러나 한번 시작된 흥분은 쉬이 가라앉지 않았다. 커튼을 쥔 효주의 손이 바들바들 떨렸다.

출근 시간, 교무실은 어수선했다. 그리고 그 어수선한 가운데 이현의 모습은 보이지 않았다.

"백 선생님이 아직 안 오셨네."

출근한 효주는 교무실로 들어서지 못하고 입구에서 미적거렸다. 사실 효주는 밤새 한숨도 자지 못했다. 날이 밝을 때까지 뒤척이다가 아예 잠자기를 포기해버렸다. 그만큼 효주에게 어제는 마법 같은 시간이었다.

하지만 현실로 돌아오면 그들은 직장 동료일 뿐, 괜히 어제 일로 부담되어 이현이 피하지 않기만 바라는 그저 그런 사이에 불과했다.

"앞으로 백 선생님과 서먹해지지나 않았으면 좋겠다."

다소 어두워진 얼굴로 효주가 혼잣말을 중얼거렸다. 그렇지만 그녀는 어제의 기억을 하나도 버리지 않고 소중히 간직할 작정이었다. 행복 백신이라고, 우울하거나 슬퍼지려고 할 때 하나씩 꺼내 보게.

출입구 앞을 서성이는 효주의 뒤로 이현이 기척 없이 슬며시 다가와 섰다. 무슨 생각을 그리 골똘히 하는지 효주의 작은 얼굴이 심각해져서 갸웃거리자 이현은 괜히 웃음이 나왔다. 누구 때문에 밤새 뒤척였는데, 그걸 이 여자가 알기나 할는지. 자신만 고민하고 설레는 것 같아 이현은 괜히 심술이 났다.

"좋은 아침입니다."

일부러 바로 뒤에서 큰 소리를 냈다. 뛸 듯이 놀라는 효주의 모습에 웃음을 꾹 참으며.

"오셨어요?"

이현을 발견하고 효주가 금세 얼굴을 붉혔다. 그걸 이현이 다정하게 응시했다.

"어제 산 타느라 피곤하셨죠? 푹 주무셨어요?"

이현이 묻는데도 효주는 떨려서 고개를 들 수 없었다. 언제쯤이면 이현을 보고도 아무렇지 않을 수 있을지. 그날이 오기는 할지.

"백 선생님도……."

용기를 낸 효주가 고개를 들고 막 인사말을 건네려던 찰나였다. 멀리서 지켜보던 교감이 갑자기 언성을 높였다.

"거참, 정 선생, 그렇게 입구를 막고 있으면 다른 선생님들이 어떻게 들어옵니까."

교감의 커다란 호통과 질책. 그제야 효주는 그들이 교무실 출입구를 막고 서 있다는 걸 깨달았다.

"아……."

난감해져 이현을 쳐다보자 그런 그녀가 더 못마땅한 듯 교감이 한 번 더 소리를 꽥 질렀다.

"허! 이젠 말귀도 제대로 못 알아듣나. 어서 비키지 않고 뭘 해요!"

교무실로 한순간 정적이 흘렀다. 엄밀히 따지자면 교무실 문을 가로막고 서 있는 건 이현 쪽에 가까웠다. 장신인 이현의 어깨가 절반쯤 입구를 막고 있었고 그에 비해 효주는 이현과 대치하듯 마주 보고 있는 상태였다. 그런데 마른하늘의 날벼락이라고, 모두가 지켜보는 앞에서 교감은 효주만 때려잡고 있었다.

"죄송합니다!"

얼른 출입구에서 비켜나며 효주가 중얼거리듯 사과했다. 그래도 교감은 여전히 분이 안 풀려 씩씩거렸다. 교감의 레이더는 효주에게만 국한되어 가동되는 고약한 것이었으니까.

"괜찮으세요?"

고개를 들자 이현이 걱정스런 표정을 하고 있었다. 이현의 다정한 눈동자를 보자 효주는 속에서 뭔가가 울컥 치밀어 오르는 것 같았다. 하지만 애써 아무렇지 않은 척했다.

"뭐가요?"

그것만이 상처받은 자존심을 지킬 수 있다고 믿으며. 그리고 속으로 되뇌었다. 어제의 마법은 어제로 끝난 것이라고.

"괜찮으시면 다행이고요."

생각보다 효주의 쿨한 반응에 이현이 묘한 표정을 지었다. 이현이 생각하기에 이 시점에서 효주가 기분 나빠해야 정상이었기 때문이다.

그때, 막 출근한 학생 주임이 그들 곁을 지나갔다. 학생 주임도 그들 사이에 긴장된 기류를 느낀 걸까. 의아한 표정으로 물었다.

"무슨 일 있었어? 정 선생 표정도 이상하고."

"아무것도 아닙니다. 저희도 이제 들어가야죠."

학생 주임을 안심시키듯 대답한 이현이 효주에게 길을 터주었다.

"아뇨. 백 선생님 먼저 들어가세요. 저는 잠시 볼일이 있어서……."

사실 애써 담담한 척하고 있었지만 간신히 눈물을 참고 있던 효주였다. 이렇게 다정하게 구는 이현은 위험했다.

"어딜 가시게요?"

이현이 한 걸음 다가섰지만 효주는 흠칫하며 경계하듯 뒤로 물러났다.

"혹시 방금 일로 그러시는 거라면……."

효주의 붉어진 눈가를 보며 이현이 물었다.

"아뇨! 아니에요."

효주가 도망치듯 자리를 뜨자 이현은 당황했다.

"정 선생님!"

복도 끝으로 달려가는 효주를 지켜보던 이현이 고개를 돌려 교감을 노려보았다. 그런데 정작 교감은 아무렇지도 않아 보였다. 평소처럼 교사들에게 잔소리하느라 여념 없었다.

"흐음."

한숨 비슷한 것이 이현의 입에서 새어 나왔다.

아침부터 교감의 잔소리를 들어서일까? 점심시간이 되어도 효주는 기운을 차리지 못했다. 점심을 뜨는 둥 마는 둥 하며 먼저 교무실로 돌아와 쉬고 있었다. 한창 식사 피크 타임이었기에 교무실엔 아무도 없었다. 적막한 가운데 효주는 지끈거리는 머리를 꾹꾹 눌렀다.

"머리야."

으슬으슬하고 머리가 지끈거리는 것이, 아무래도 감기 초기 증상 같았다. 하긴 어제 무리하긴 했지. 안 하던 짓을 하면 꼭 탈이 난다니까.

평소 운동과는 담을 쌓고 살던 생활 습관을 자책하며 효주가 고개를 절레절레 흔들 때였다. 머리 위로 불쑥 이현이 나타났다.

"어디 안 좋으세요?"

당황해서 고개를 들자 이현이 싱긋 웃었다.

"여긴 어떻게……?"

식당에 있어야 할 이현이 여기 있으니 어리둥절할 수밖에 없었다.

"식사하실 때 컨디션이 안 좋으신 것 같아서 따라와봤어요."

"그러실 필요 없는데. 지금이라도 가서 식사 마저 하세요."

"괜찮아요. 별로 밥 생각도 없었는걸요."

"그래도……."

"머리가 아프신 것 같던데 약은 드셨어요?"

효주의 표정이 멍해졌다. 그걸 이현이 어떻게 알았지? 이현이 싱긋 웃으며 입을 열었다.

"식사하시는 도중에 자꾸 관자놀일 문지르셨잖아요. 이렇게."

손수 관자놀일 문지르는 흉내를 내면서 가볍게 말하는 척하지만 눈은 달랐다. 속까지 꿰뚫을 듯 효주의 얼굴을 강렬하게 살피고 있었다. 그에 견디지 못하고 효주가 먼저 시선을 피했다.

"제, 제가 그랬나요."

하여간 이상한 사람이다. 아니, 이상한 인연이라고 말해야 하나? 왜 매번 이런 난처한 순간마다 나타나서 저렇게 쳐다보는 건지. 하지만 고마운 게 더 많은 사람이기도 했다. 아침에 그런 일이 있었는데도 거기에 대해서 지금까지 일절 함구해주고 있었던 것이다. 어설픈 위로, 동정보다 모른 척하는 것이 도움이 된다는 걸 아는, 자상한 사람이었다.

"아플 땐 참지 말고 재깍재깍 약을 드셔야죠. 기다리세요. 양호실에 가서 약 타 올게요."

"그러지 마세요. 제가 가면 돼요."

당황해서 말리려 했지만 들을 이현이 아니었다. 그는 잡을 새도 없이 성큼성큼 교무실을 빠져나갔다. 이현이 사라진 입구를 응시하며 효주는 얼이 빠졌다.

"대체 나한테 왜 저렇게 잘해주는 거지."

헷갈리고 흔들리게 말이다.

"나도 모르겠다."

효주는 책상에 쓰러지듯 엎드렸다. 점점 감기 증상이 심해지고 있었다. 어질어질, 지끈지끈. 벌써 코도 맹맹. 눈 사이로 열이 몰려들고 있었다. 이 컨디션이라면 조퇴만 안 해도 다행이지 싶었다.

그러나 이처럼 컨디션은 꽝인데도 기분만큼은 최고였다. 누군가 걱정해준다는 것이 이렇게 좋은 것일 줄이야. 천군만마를 얻은 것처럼 든든했다.

잠시 후, 돌아온 이현이 책상 위에 머그컵 하나를 내려놓았다.

"드세요."

엎드려 있던 효주가 눈을 들었다.

"이게 뭐예요?"

김이 모락모락 나는 머그컵을 가리키자 이현이 대답했다.

"뜨거운 꿀차입니다. 그리고 이건 해열제."

그리고 이현은 머그컵 옆에다 알약 하나를 내려놓았다.

해열제를 구해온 걸로 모자라 꿀차까지 준비해온 이현을 쳐다보며 효주가 감동해서 아무 말도 못 하자 이현이 어깨를 으쓱해 보였다.

"쳐다만 보라고 드린 게 아닌데. 할 수 없죠. 껍질을 까드릴 수밖에."

이현이 한숨을 내쉬며 해열제를 집어 들어 포장지를 벗기기 시작했다.

"제가 할게요! 그거 이리 주세요."

"아뇨. 끝까지 감동하시라고 제가 서비스할게요."

이현은 효주의 손을 잡고 손바닥이 위로 오게 한 후 그 위에 알약을 올려놓았다. 효주가 멍하니 알약을 쳐다만 보고 있자 이현이 말했다.

"또 쳐다만 보고 있다. 보고만 있으라고 갖다 준 게 아닌데."

"⋯⋯고마워요."

예상치 못한 친절을 받고 효주가 쉬이 약을 먹지 못했다. 그런 효주가 못마땅한 듯 이현이 한 번 더 재촉했다.

"감기 초기엔 생강차가 좋다는데 학교에서 구할 수 있는 게 이것밖에 없네요. 어서 드세요. 한결 나아질 거예요."

더 미적거렸다간 양호실까지 갔다 온 이현의 성의를 무시하는 것처럼 보일까 봐, 효주는 이현이 지켜보는 가운데 알약을 삼켰다. 그리고 꿀물까지 야무지게 비워냈다. 머그컵이 완전히 빈 것을 확인하고 함박웃음을 짓는 이현을 보며 효주는 혼란스러운 표정을 감추지 못했다.

대체 나한테 왜 이렇게 잘해주는 거지? 라는 의문이 또다시 효주의 뇌리에 새겨졌다.

푹 쉬라는 당부와 함께 이현이 퇴장하자 이번엔 소영이 나타났다. 그리고 다가와서 한다는 첫마디가 대뜸 '너 백 선생이랑 벌써 그렇고 그런 사이가 된 거야?'였다. 효주는 내심 그러면 그렇지, 하며 심드렁한 표정을 지어 보였다.

"이럴 땐 몸은 좀 어떠냐고 묻는 게 정상 아니에요?"

"네가 이해해. 내가 좀 많이 범상치 않은 편이잖아."

그걸 그런 식으로 받아들이다니. 효주는 코웃음을 치며 절레절레 고개를 흔들었다.

"그런데 효주야, 내가 너한테 궁금한 게 있는데. 알잖아. 내가 궁금한 게 있으면 잠도 잘 못 자고 수업도 제대로 못 한다는 거."

"저한테 궁금한 게 뭔데요?"

효주는 소영의 궁금증이 그다지 궁금하지 않았다. 그냥 예의로 되물었을 뿐.

"어제는 영화를 보고 오늘은 간호해주는 사이는 대체 어떤 사이야? 서로 사귀는…… 그런 끈적끈적한 사이인 건가?"

혹시나 했지만 역시나였다. 효주는 어금니를 지그시 물고 말했다.

"……나도 궁금하네요. 그 끈적끈적한 사이라는 게."

"솔직히 말해봐. 너네 사귀지?"

"아뇨! 하아, 영화 한 번 보고 사귀는 법이 어딨다고!"

울컥해서 윽박지르듯이 말하자 계면쩍은 듯 소영이 비실비실 웃었다.

"아니, 식당에서 너 기침하는 걸 백 선생이 눈을 요로코롬 해서 보고 있더라고. 그래서 너희가 사귀는 줄 알았지."

복장 터지게 하려고 작정을 한 건지 소영은 절절한 눈빛을 지으며 이현의 흉내를 내보였다.

"아, 좀……. 제발. 백 선생님이 그랬을 리가 없잖아요."

"맞는데……. 눈을 요로코롬 했는데."

"저 좀 잘게요. 제발 좀 가세요."

신경질을 확 내자 소영이 어깨를 움찔했다.

"계집애. 세상에서 내가 제일 만만하지. 자. 요 앞 약국 가서 지어 온 거니까 잘 챙겨 먹어."

의기소침해진 소영이 호주머니에서 약봉지를 꺼내서 책상 위에 올려놓고 자기 자리로 돌아갔다. 슬그머니 일어나 앉은 효주는 소영이 두고 간 약봉지를 집어 들었다.

"언제 이런 걸……."

고개를 돌려서 소영을 쳐다보자 소영이 나 잘했지, 하는 표정으로 손을 휘이휘이 저었다.

"내가 정상이 아닌지 선배가 정상이 아닌지, 하여튼 어느 쪽도 다 평범하지 않은 건 확실하네."

가슴이 따뜻해지는 느낌에 효주가 피식 미소 지었다.

그런데 효주와 소영의 대화를 교무실 밖에서 듣고 있는 이가 있었다. 평소 이현을 맘에 두고 있던 한 선생이었다.

"백 선생님과 영화를 봤단 말이지……."

처음부터 대화를 엿들을 작정이 아니었다. 막 교무실로 들어서려는데 효주와 대화를 나누는 소영의 목소리가 들렸던 것이다.

이현이 효주와 영화를 보러 가다니. 평소 은근히 효주를 무시하던 한 선생에게 크나큰 충격이 아닐 수 없었다. 설마 이현이 효주를 맘에 두리라곤 상상도 못 했기에 더욱.

효주가 걸린 감기는 독하고 끈질겼다. 며칠째 기침을 달고 살 만큼. 콜록콜록. 살짝 덥게 느껴질 정도의 공기임에도 효주는 연신 기침을 해대었다.

"괜찮으세요?"

옆자리에 앉아 있던 이현이 걱정스럽다는 듯 응시해왔다.

"괜찮아요."

이현에게 웃어주고 효주는 울로 된 카디건을 더 단단하게 여몄다. 체온을 따뜻하게 유지하면 기침이 사그라진다는 걸 며칠의 경험으로 알았기 때문이다.

옷을 여미는 효주를 보며 이현이 미간을 찌푸렸다.

"괜찮긴요. 기침이 더 심해지신 것 같은데요. 학교 마치고 병원에 가서서 진찰을 받으시는 게 좋겠어요. 병원까지 태워다 드릴게요. 저랑 가세요."

뜬금없는 제의에 효주의 눈이 동그래졌다.

"아뇨. 괜찮아요."

병원에 가도 혼자 가면 되는 걸 굳이 왜 이현과. 거기다 둘이 있는 걸 학생들이 보기라도 하면 어쩌려고.

"그럼 병원 입구까지 태워만 드릴게요."

"제 감기는 제가 알아서 할게요. 신경 쓰지 마세요."

내 감기가 자기 것도 아니고 왜 자꾸 신경을 쓰는지 모르겠다고 생각하며 효주가 손을 휘휘 내저어 보였다. 그걸 이현이 걱정스럽게 응시했고.

빵!

교문을 나서 한참을 걸어가던 효주는 깜짝 놀라 고개를 들었다. 이현의 차가 갓길에 세워져 있었다.

"타세요. 병원에 가야죠."

내려진 창으로 이현이 외쳤다. 말귀를 징그럽게도 못 알아듣는 남자라고 생각하며 효주가 발끈했다.

"아뇨. 저는 병원에 갈 생각이 없어요. 그러니까 제발 백 선생님 가던 길 가세요."

"그렇다면 어쩔 수 없죠. 완력을 행사할 수밖에."

차에서 내리려는 듯 이현이 안전벨트를 풀었다.

"왜 이러세요. 아이들 보면 어쩌려고."

효주가 눈에 띄게 당황해서 주위를 살폈다. 역시나 저 멀리 학생들이 재잘재잘 떠들면서 걸어오고 있었다.

"그러니까 들키기 싫으시면 얼른 차에 타시라니까요."

뭐 이런 사람이 다 있어. 효주가 입을 딱 벌렸다.

"……."

"어떻게요? 내릴까요, 말까요."

"하아."

더 반항하기를 포기하고 효주는 스스로 차에 올라탔다. 그럴 줄 알았다는 듯 이현이 얄밉게 웃었다. 차가 출발하고, 부아가 치밀어 견딜 수 없었던 효주가 톡 쏘아붙였다.

"생각보다 집요한 성격이시네요."

"제가 좀 그런 면이 있죠."

"그런데 어쩌죠. 급한 대로 타긴 했지만 제가 어디 가볼 데가 있어서……. 저는 저기 저 사거리 정류장에 내려주세요."

운전하던 이현이 효주를 힐끔 보았다.

"거기가 어딘데요? 태워다 드릴게요."

"멀어서 안 돼요."

당연히 거짓말이었다. 모태 솔로인 그녀가 이 시간에 집 말고 갈 데가 어디 있겠는가.

"멀면 더 잘됐지 않습니까. 데이트 삼아 드라이브도 할 겸."

"네에?"

데이트 소리에 당황해서 기침이 쏟아졌다. 콜록콜록. 한참이 지나도 진정되지 않을 정도로.

"거참, 제 말 안 듣고 고집 피우니까 벌 받는 거 아닙니까."

것 보라는 듯이 이현이 절레절레 고개를 흔들어 보였다.

"뭐라고요?"

"그러게 차에 타라고 할 때 빨리 타지. 제 말 안 듣고 찬바람 맞고 그러니까 아픈 거죠."

내내 벽과 대화를 나누는 기분이었다. 효주가 어이가 없어서 대꾸도 제대로 못 하고 있는데 이현이 손을 뻗어 히터 버튼을 올렸다.

"금방 따뜻해질 겁니다."

그런데 이상했다. 분명 이현이 히터 버튼을 눌렀는데 갑자기 차의 속력이 빨라졌다. 확 치솟는 계기판 속도계. 휙휙 스쳐 지나가는 거리 풍경.

"어? 어?"

빨라진 속도에 당황하는 사이, 사거리 버스 정류장을 휙 지나쳤다.

"저기서 내려야 하는데. 세워주세요."

지나친 정류장을 돌아보며 효주가 발을 동동 굴렀다.

"집에 가서서 밤새 기침할 게 뻔히 보이는데 어떻게 그냥 보내드려요. 병원에 도착하면 말 안 해도 세워드릴 거니까 그동안 눈이나 붙이세요."

속이 타는 효주와 달리 이현은 능청스러웠다. 정류장을 일부러 지나쳤다는 걸 숨길 의도도 없어 보였다.

"병원에 안 간다고 했잖아요!"

남이야 밤새 기침을 하든 말든, 대체 당신이 왜! 분통이 터진다는 기분이 어떤 건지 효주는 이제 알 것 같았다.

"제 사촌 형이 있는 병원인데 그 형이 보기엔 돌팔이 같아 보여도 실력 하난 끝내주거든요. 그러니까 가서 주사 한 대 맞읍시다."

그러나 열이 받아 죽으려는 효주에게 이현은 제 할 말만 할 뿐이었다.

"그러니까 그 주사를 왜 백 선생님이 강요하시는 건데요."

"제가 그러고 싶으니까요."

"하아!"

말이 안 통한다는 걸 깨달은 효주가 뿔이 난 표정으로 고개를 휙 돌렸다. 휙휙 지나가는 거리를 응시했다. 이현이 슬며시 미소를 지었다.

"잠 오면 참지 말고 주무세요."

"지금 잠 안 오거든요."

씩씩거리며 대꾸했지만 따뜻한 공기는 감기에 걸린 효주에게 치명적이었다. 아무리 눈에 힘을 주어도 아이스크림이 녹아내리 듯 몸이 늘어졌다. 힘을 주어 치켜떠도 무거운 추라도 달린 건지 자꾸만 눈이 감겼다.

하긴 세화여고는 지은 지 백여 년이 거의 다 되어가고 있었다. 근래 갈수록 날이 풀리고 있지만 오전 나절 창틀로 스며드는 외풍 은 감기 환자에게 버거웠다. 며칠째 감기가 떨어지지 않는 것이 그 증거였다. 종일 목이 터져라 수업을 하고 집에 가면 어쩔 땐 저녁 도 건너뛰고 곯아떨어지기 일쑤. 낫기는커녕 몸이 버텨낼 수가 없 는 환경이었다.

그런데도 왜 병원에 가지 않겠다고 버티는 거냐고?

상념이 이 대목에 이르러선 효주는 저도 모르게 표정이 심각해 졌다. 그건 그녀도 의문이었다. 감기 초기 증상이 나타났을 때 병 원에 갔더라면 지금처럼 고생하지도 않았을 것을 왜 지금까지 자 신의 몸을 돌보지 않은 건지. 이현이 가자고 해도 싫다고 센 척이 나 하고 있고. 객관적으로 보아도 그녀는 이현에게 자존심만 내세 우는 민폐형 여자였다. 마치 한 번도 어리광을 부려보지 못한 여자 처럼. 평생 치를 다 모아서 이현에게 나쁜 짓을 하는 그런 민폐형 말이다.

"하암."

방금까지 병원에 가지 않겠다고 말싸움을 했는데 체면 구기게 자꾸 하품이 나왔다. 잘 수도 없고, 미칠 노릇이었다. 그걸 이현이 피식 웃으며 힐끔 보았다.

"주무시라니까요."

아, 짜증 나. 어쩜 매번 저렇게 나를 다 알고 있다는 듯 쳐다볼까. 고맙다고 생각하다가도 저럴 땐 괜히 울컥한다. 괜찮다고 쏘아붙여야 하는데 망했다. 수면제라도 발라놓은 건지 저 말이 자장가인 양 눈이 감긴다.

잠에 못 이겨 사르르 눈을 감는 효주를 보며 이현이 피식하고 미소 지었다.

"……고집은."

이현은 차를 갓길에 잠시 댔다. 가는 동안 편히 자라고 효주의 잠자리를 봐주기 위해서였다. 효주의 시트를 뒤로 젖혀 거의 눕듯이 만들어주고 외투를 벗어서 덮어주었다.

"이 여자, 튕기는 것도 은근히 예쁘네."

쌔근쌔근. 효주의 숨소리가 깊어지는 걸 들으면서 이현은 다시 차를 출발시켰다.

싫다는 효주를 데려간 곳은 이현의 사촌 형이 운영하는 고급 클리닉이었다. 클리닉은 대로변에 위치하지도, 병원 표시의 간판이 걸려 있지도 않았다. 모던한 외관만 보면 갤러리라고 오해할 만큼 고급 주택가에 조용히 숨어 있었다.

"여기가 병원이라고요?"

짙은 화강암과 통유리로 이루어진 모던한 건축물을 효주가 잔뜩 얼어서 올려다보았다.

"사촌 형 병원이니까 안심하시고 따라오세요."

병원 유리문을 밀고 이현이 앞서 들어갔다. 그런 이현을 놓칠세라 효주도 얼른 뒤따라 들어섰다. 바깥보다 더 세련된 내부 인테리어에 효주의 눈이 휘둥그레졌다.

"어서 오세요."

그들이 들어서자 마네킹 비율의 세련된 여자가 데스크에서 몸을 일으켰다.

"어서 오세요. 예약은 하셨나요?"

예약제로 운영되는 클리닉에 예약도 없이 불쑥 들어온 이현과 효주를 보고 데스크 여자가 당황을 감추지 못했다.

"예약은 안 했지만 백이현이라고 말하면 알 겁니다."

이현의 고급스럽고 당당한 포스에 눌린 여자가 잠시 기다리라는 말을 중얼거리며 어디론가 사라졌다. 아마 직접 원장에게 가서 낯선 손님의 방문을 알리려는 것 같았다. 그리고 얼마 지나지 않아 쿵쿵 발소리가 들리면서 계단에서 흰 의사 가운을 걸친 젊은 사내가 반색하며 내려왔다.

"이 자식, 한번 들르라던 게 언제인데 이제 와."

이현의 사촌 형, 백동현이었다.

"오랜만이야, 형."

이현이 한 손을 들어 아는 체를 하자 동현이 저벅저벅 걸어와서 이현을 와락 끌어안았다.

"자식, 자주자주 연락 좀 해."

"알았어."

이현이 웃으면서 대답했다. 이현을 놓아준 동현이 의아하다는 듯 효주를 쳐다보았다.

"그런데…… 이분은 누구신지?"

이현이 데려온 손님이라는 걸 모르지 않았지만 지금 동현이 묻는 건 그런 게 아니었다. 이현이 어떤 녀석이던가. 여자에게 눈곱만큼도 관심을 보이지 않던 녀석이 아니던가. 그런데 불쑥 여자를 데려왔다. 그것도 눈이 동글동글한 게 무척이나 예쁜 여자.

호기심을 이기지 못하고 동현이 효주를 힐끔거리자 이현이 웃으면서 효주를 소개했다.

"이분은 나랑 같이 근무하는 정효주 선생님이셔. 그리고 여긴 여기 닥터로 있는 제 사촌 형입니다."

이현의 소개에 효주가 수줍은 얼굴로 동현에게 인사를 건넸다.

"안녕하세요. 정효주라고 합니다."

"네, 안녕하세요. 백동현입니다."

동현도 두 손을 앞으로 모으고 정중하게 인사를 받았다.

"그런데 둘이 어떤 사이이신지……?"

"네?"

동현의 노골적인 질문에 효주가 눈을 동그랗게 떴다.

"혹시 두 분이 사귀시는지?"

"아뇨. 저흰 그런 사이 아닌데……."

"그럼 누구신지?"

끈질긴 호구 조사에 효주는 당황해서 도와달라는 듯 이현을 쳐다보았다.

"당황하시잖아. 그만 좀 해. 그리고 궁금해하는 게 뭔 줄 알겠는데 지금은 그런 걸 논할 때가 아닌 것 같네. 일단 정 선생님 진료부터 부탁할게. 감기 걸린 지 한참 됐는데 떨어지질 않네. 열도 나고 기침도 계속하시고."

"아, 일단은 내 환자다 이거지."

그제야 동현은 끈질기던 조사를 멈추고 간호사를 호출했다. 효주를 검사실로 보내고 이현을 자신의 진료실로 안내했다. 가는 길에 슬그머니 동현이 다시 조사에 들어가려고 하자 이현이 와락 성질을 냈다.

"그 어떤 질문도, 소설도 쓰지 마. 형이 쓰는 소설 대체로 뻔하니까."

이현의 매도에 동현이 억울하다는 듯 외쳤다.

"내가 뭐? 뭐 어쨌다고."

"부탁할게. 진료나 잘 봐줘. 며칠째 감기가 안 떨어져서 고생하고 있으니까."

"그러니까 어째 더 수상한데."

"그만 좀 하자."

실랑이를 벌이면서 그들은 진료실로 들어섰다. 의학 서적만 잔뜩 꽂혀 있는 딱딱한 진료실. 하지만 크게 나 있는 창밖 풍경은 달랐다. 백년은 넘었음 직한 벚꽃 나무가 한창 흐드러지게 꽃을 피워내고 있었다. 아름다운 창밖 풍경에 동현의 뒤를 따라 들어서던 이현이 감탄을 했다.

"여긴 여전히 멋지네."

"그렇지? 여전히 죽이지?"

오랜만에 방문한 사촌 동생을 대접하려는 듯 동현이 진료실 한

쪽에 구비되어 있는 진열장으로 걸어갔다.

"응."

이끌리듯 창가로 다가간 이현이 바깥 풍경에 푹 빠져서 대답했다. 커피 머신을 눌러 커피를 내리고 동현이 이현의 뒤로 다가왔다.

"그래서 내가 여기다 병원을 지었잖아. 저래 봬도 저 벚꽃 나무, 아마 네 외조부보다 나이가 많을걸."

"그래. 그렇게 보인다."

"그런데 말이야. 정말 너희 무슨 사이야?"

이현이 바깥 풍경에 빠져 있는 지금이 질문할 좋은 기회라고 여긴 동현이 다시 효주의 이야기를 끄집어냈다.

"왜 다시 안 물어보나 했다."

이현이 비아냥거리듯 대답했다. 퉁명스런 대답이 돌아오자 동현이 눈을 가늘게 떴다. 이 녀석 봐라.

"그럼 별 사이 아니네. 잘됐네. 딱 내 스타일이던데…… 여성스럽고 화장도 진하지 않고 하늘하늘하고 허리도 한 줌이고."

이현의 눈빛이 점점 차가워졌다.

"눈독 들이지 마."

"오호. 왜, 네 여친이라도 돼?"

동현의 미끼를 이현이 덥석 물었다. 이현이 얼굴을 붉히며 머뭇거렸다.

"아직은 아니지만…… 앞으로는 그렇다고 할 수 있지."

쑥스러워하는 이현의 반응에 동현이 눈을 크게 떴다.

"진짜?"

122

물어놓고도 이현의 입에서 그런 말이 나왔다는 게 믿기지 않았다. 사실 대부분의 사람들이 속고 있었지만 이현은 대단한 성격의 소유자였다. 신경질적이고, 까탈스러운 완벽주의자였다. 천재적인 두뇌를 가졌으면 뭘하나. 제 맘대로 되지 않으면 자신은 물론이고 주위 사람까지 들들 볶는 것을.

어릴 때 사고로 엄마를 잃고 큰 수술을 여러 번 받아야 했던 이현이 안쓰러워 그걸 다 받아주고 있지만 과연 여자 친구는 그럴 수 있을까?

"그럼 여기까지 와서 거짓말을 할까."

"사귀자고는 해봤어?"

"아직 못 했어."

"으하하. 그럴 줄 알았어. 그 여자가 너 싫다고 그러지?"

이현의 성질을 알면 당연히 싫겠지. 아마 이현을 피해 지구 반대편까지 도망가고 싶을 거다.

동현이 배를 잡고 낄낄거리자 이현이 입을 꽉 다물었다. 이현의 싸한 반응에도 아랑곳 않고 동현은 아예 바닥을 구를 듯이 계속 웃어 젖혔다.

"아이고, 배야. 살다 보니 이런 날도 오네. 천하의 백이현이 여자한테 매달리고 말이야. 웃긴다."

"웃지 마. 웃지 말라고."

이현의 얼굴이 터지기 일보 직전이었다. 그제야 깨갱한 동현이 겸연쩍게 웃음을 그쳤다.

"뭘 그렇게 화를 내. 무섭게."

아닌 게 아니라 이현이 화를 낼 땐 진짜 무서웠다. 아무도 말릴 수 없었다. 곱상한 외모에서 독사 같은 독설을 뿜어내곤 했다.

"미안. 근데 조금만 봐줘. 터질 것 같으니까."

심각해 보이는 이현의 표정을 보며 동현이 조심스레 되물었다.

"그 정도야?"

"형은 몰라. 요새 내가 얼마나 고전하고 있는지. 형은 노력하지 않아도 여자가 줄줄 따르잖아. 내 심정 죽었다 깨어나도 모를 거야."

"그야 그렇지."

동현이 팔짱을 끼며 의기양양하게 대꾸하자 이현의 눈이 다시 뾰족해졌다. 동현이 슬그머니 팔짱을 풀었다.

"짜증 나니까 그런 걸로 잘난 척 좀 하지 말아줄래."

"그런데 여자 맘 얻기가 그렇게 힘들어? 너 정도 외모에 능력이면 가만있어도 여자가 붙을 텐데, 널 좋아하지도 않는 여자한테 왜 사서 고생이야?"

정곡을 찔리자 이현이 움찔했다. 그리고 자존심이 상하는 듯 동현을 노려보았다.

"형도 지연이 마음 하나 못 잡았으면서 어디서 잘난 척이야."

"야, 그게 언제 적 이야기인데……."

지연은 동현의 옆집 살던 조그만 여자애로 어린 동현의 마음을 완전히 사로잡았던 첫사랑이기도 했다.

"됐고, 어떻게 하면 여자 맘을 쉽게 얻을 수 있는지 빨리 말해 봐."

이현의 고압적인 요구에 동현이 기가 찬다는 듯이 머리를 긁적거렸다. 뭐 이런 싸가지가 다 있어. 이 싸가지가 내 사촌 동생이었지. 에휴.

"잘 들어. 넌 일단 그 싸가지 밥 말아먹은 말투부터 고쳐야 해. 여자들이 질색하거든."

"걱정 마. 그건 조심하고 있으니까."

이현의 천연덕스러운 대꾸에 동현이 욱했다.

"그런데 왜 나한텐 계속 싸가지 없이 구는 건데? 내가 그렇게 만만해?"

어린애처럼 열 받아 하는 동현이 웃겨 이현이 피식 웃었다. 그러자 동현이 더 파르르 떨었다.

"어쭈. 지금 웃어?"

"형이 좀 봐줘. 나도 숨 쉴 구멍이 있어야 할 것 아니야. 그나마 형한테만이라도 편하게 있자."

그제야 감동한 듯 동현의 표정이 누그러졌다. 자신에게만큼은 가식을 떨지 않겠다는 말이 아닌가.

"좋아. 인정. 그런데 둘이 어디까지 갔어?"

연애 잘하는 것도 능력이라고, 이것도 써먹을 데가 있다니. 매번 잘난 사촌 동생에게 밀리기만 하던 동현은 이번이 제대로 위신을 세울 기회라고 생각하며 오만한 포스로 물었다. 무뚝뚝한 표정으로 팔짱을 끼고 있던 이현이 한쪽 눈을 치켜떴다.

"뭐를?"

"진도, 진도 말이야. 어디까지 갔냐고? 키스는 했어? 잠자리는?"

예상 못 한 질문이었던 듯 이현의 얼굴이 발그레해졌다. 한참 뜸을 들이던 이현이 모기만 한 목소리로 말했다.

"……손 한 번? 그것도 엉겁결에."

"음, 상황이 심각하구나."

이현이 급히 되물었다.

"뭐가?"

"아무래도 너 철벽녀에게 걸린 것 같아."

동현이 심각한 표정으로 진단을 내리자 이현이 눈살을 찌푸렸다.

"철벽녀가 뭔데?"

"너는 미국에 오래 살아서 잘 모르나 본데, 철벽녀란 남자의 접근을 철저하게 차단하는 여자를 지칭하는 것으로 철벽녀에게 걸린 남자는 밤마다 이불을 쥐어뜯으며 독수공방에 괴로워해야 하지."

"……비슷은 한 것 같네."

이현이 떨떠름하게 수긍했다.

"그렇다고 영 방법이 없는 건 아니야. 철벽녀도 단박에 사로잡을 비법이 내겐 있단 말이지."

동현이 자신만만하게 자신의 가슴을 두드려 보였다.

"그게 뭔데?"

이현이 다급히 되물었다.

"워워. 숨넘어가겠다."

"그러니까 그게 뭐냐고?"

그때, 책상 위 인터폰이 날카롭게 울리며 정적을 갈랐다.

"검사가 끝났나 보네. 잠시만."

동현이 등을 돌리고 인터폰 수화기를 드는 걸 지켜보다가 이현은 창가로 걸어갔다. 흐드러지게 꽃을 피운 벚꽃 나무에 세월의 흔적이 여기저기 새겨져 있었다.

사실 서울 시내에 산재해 있는 수많은 병원을 두고 굳이 동현의 병원으로 효주를 데려온 건 감기 치료가 목적이 아니었다. 치료는 핑계일 뿐, 이유는 다른 데 있었다.

제일 먼저 동현에게 효주를 보여주고 싶었다. 그만큼 이현은 동현을 믿고 있었다. 사고를 당하고 방 안에 틀어박혀 세상과 담을 쌓았던 어린 그를 세상 밖으로 이끌어준 이가 동현이었다. 이현이 마음을 열기까지 끈질기게 기다려준, 고마운 사람이기도 했다.

그래서 제일 먼저 동현에게 효주를 보여주고 싶었다. 그것을 저 능글능글한 인간이 알기나 할지. 아마 모르겠지?

"야, 백이현, 네 미래 여친 결과 나왔단다."

"뭐라고 하는데?"

창가에 기대어 있는 이현의 모습이 한 폭의 화보 같다고 생각하며 동현이 검사 결과에 대해 설명했다.

"다행히 독감은 아니라네. 가벼운 인후염 같다니까 진료 보고 처방해줄게. 약 타서 먹여."

"다행이네."

결과를 듣고 이현의 얼굴이 확 밝아지자 동현이 기겁을 했다.

"너 그렇게 웃지 마."

"왜?"

다시 무뚝뚝해진 이현이 뚜벅뚜벅 걸어오자 동현이 주춤주춤 뒤로 물러나며 외쳤다.

"그렇게 멋있게도 걷지 마."

"뭘 말이야."

별 흰소리를 다 듣겠다는 듯 이현이 심드렁하게 책상 위에 걸터앉았다.

"너같이 반지르르하게 생긴 놈들이 제일 밥맛이야."

"그만해라."

"정 선생인가 뭐시긴가한테 확 차여버려라."

"아, 거참. 그만하라니까."

듣기 싫은 소리를 연속해서 들으니 인내심이 바닥난 듯 이현의 눈이 뾰족해졌다. 그때, 똑똑 소리가 나고 진료실 문이 열렸다. 효주가 안으로 들어서자 이현이 얼른 책상에서 내려왔다.

"괜찮으세요?"

순식간에 표정을 뒤바꾼 이현을 보며 동현이 고개를 절레절레 흔들었다.

"가증스럽긴."

이현이 고개를 휙 돌려 동현을 노려보며 이를 악물고 조용하게 말했다.

"그만해라."

그리고 다시 효주에게 고개를 돌렸다.

"정말 괜찮으신 거죠?"

"네……."

걱정이 가득 담긴 물음에 효주가 수줍게 대꾸했다. 뭔 큰 병이라고 저렇게 걱정을 하시는지. 이현의 지나친 호의에 괜히 동현의 눈치가 보일 지경이었다.

삐딱한 표정으로 둘을 지켜보고 있던 동현이 흠흠 하고 목을 가다듬었다. 그리고 근엄한 의사 선생으로 돌아가서 효주에게 지시했다.

128

"이리 와서 앉으세요."

효주를 진료 의자에 앉히고 간단히 목의 상태를 살폈다.

"염증이 있네요. 며칠 약을 드셔야겠어요. 3일 치 처방해드릴 테니까 드셔보시고 그래도 안 나으면 다시 오세요. 그땐 꼭 혼자서."

그러면서 힐끔 이현을 놀리듯이 쳐다보았다. 이현이 입을 꽉 다무는 게 느껴지자 얼른 다시 효주를 보며 싱긋 웃었다.

병원을 나선 뒤 이현은 곧장 효주의 집으로 차를 몰았다. 그런데 희한하지. 이현은 고작 두 번 남짓 가본 것이 다인 효주의 집을 제집보다 더 쉽게 찾아내는 것이 아니겠는가.

"오늘은 당연히 차 한잔 주실 거죠?"

막 차에서 내리려던 효주가 의아해서 고개를 돌리자 이현이 능청스런 표정으로 시동을 끄고 있었다.

"네?"

"병원도 데려다줘, 공짜로 치료도 받게 해줘. 차 한잔 정도는 주실 거잖아요."

"……아, 그게 그렇게 되나요?"

"네. 아무리 서로 돕고 산다지만 세상에 공짜가 어디 있습니까."

"그, 그런 거겠죠?"

희한한 논리라고 생각하면서도 효주는 자신 없이 되물었다.

"네, 당연하죠. 그리고 그런 게 아니라 원래 그런 겁니다. 자, 가시죠."

그러고 나서 이현은 앞장서듯 가차 없이 먼저 내렸다. 도살장 끌려가듯 따라 내린 효주를 이현은 묵묵히 압박했고, 효주를 앞세워 집 안으로 입성하는 데 성공했다.

"와, 집이 아기자기하네요."

효주의 뒤를 따라 거실로 올라선 이현이 감탄하듯 두리번거렸다. 여자가 사는 집은 처음 와본다는 듯 거실 탁자에 전시된 도자기 인형을 하나하나 들어서 요리조리 관찰했다.

"도자기 인형 좋아하시나 봐요? 정말 많이 모으셨네요."

얼른 차만 먹여 보낼 심산으로 곧장 주방에 들어가 있던 효주가 고개를 들고 난처한 음성으로 대꾸했다.

"그렇게 좋아하는 건 아닌데 이리저리 모으다 보니 그렇게 됐네요."

효주는 난처해서 미칠 것 같았다. 집에 남자를 들인 건 처음인데다 다른 사람도 아니고 맘에 두고 있던 이현이었다. 집을 구경하는 이현의 일거수일투족에 온 신경이 쏠렸다.

"신기하다. 커튼도, 벽지도 핑크색이네. 그러고 보니 테이블보도 핑크색이네요. 집이 너무 예쁜걸요."

"그, 그렇죠?"

물을 끓이던 효주가 거실 쪽 이현의 동태를 살피면서 큰 소리로 대꾸했다. 얼른 차를 주고 보내야지, 신경이 쓰여 미칠 것 같았다.

거실 벽에 걸린 예쁜 액자 하나하나를 감상하던 이현은 헐레벌떡 주방에서 나오는 효주의 인기척을 느끼고 빙그레 미소 지었다. 그를 집에 들이고 불편한 기색이 역력한 효주였다. 그도 오래 머물 계획은 없었다. 병원에서 처방받은 저녁 약만 챙겨 먹이고 일어날 생각이었던 것이다.

"앉으세요……?"

잔뜩 긴장한 채로 소파에 앉아 그를 부르는 효주. 그리고 테이블 위에 모락모락 김이 오르는 머그잔 두 개.

"아, 네."

몰래 웃음을 삼킨 이현은 능청스레 효주의 옆자리로 가서 털썩 앉았다. 긴장한 효주가 반대쪽 가장자리로 바짝 붙는 걸 느끼며 웃음을 꾹 참았다.

"잘 마시겠습니다."

씩씩하게 잔을 들어 따뜻한 차를 한 모금 마신 이현이 눈을 휘둥그렇게 떴다.

"와, 무슨 차가 이렇게 맛있지."

과장된 칭찬에 효주가 볼을 붉혔다.

"그렇게 맛있어요?"

"네, 달고 시고 뜨겁고. 제가 좋아하는 삼박자를 다 갖췄는걸요."

어쩐지 놀림받는 것 같아 효주가 눈을 가늘게 떴다.

"설마 저 놀리시는 건 아니죠?"

"제가 그럴 리가요. 그런데 이건 무슨 차입니까? 빨간 것이 시중에서 맛보긴 힘든 맛인데요."

이현이 과장되게 칭찬을 늘어놓자 효주가 의심을 거두고 들고 있던 잔을 내려놓았다.

"저희 집 마당에 오래된 석류나무가 한 그루 있거든요. 매해 늦여름마다 열매가 가득 달려요. 대부분을 이웃에 나누어주고 남는 건 설탕에 절여서 이렇게 차로 마셔요."

"그렇다면 더 영광인데요. 정 선생님이 직접 담근 차를 제가 마시고 있는 것 아닙니까."

차 한 잔에도 감동을 금치 못하는 이현을 효주는 물끄러미 응시했다. 원해서 간 건 아니지만 이현 덕분에 병원에 가서 치료를 받을 수 있었다. 그런데도 고작 이 차 한 잔이 뭐라고 그렇게 인색하게 굴었는지. 부담스러워했던 것이 살짝 미안해지려고 했다.

"오늘 고마웠어요, 백 선생님."

이현이 들고 있던 잔을 내려놓았다.

"고마운 걸 아는 사람이 그렇게 애를 먹여요?"

"그게……."

"아프면 병원에 가야지. 정 선생님은 정말 혼 좀 나야 해요."

방금 전까지 너스레를 떨던 사람과 동일 인물이 맞는지. 이현의 직선적인 발언에 효주는 입이 마르는 것 같았다.

"이상한 짓 안 할 거니까 이리 와봐요. 열나나 보게."

"아니, 괜찮아요. 이제 열 내렸어요."

효주가 질색하며 사양했지만 이현은 코웃음을 칠 뿐.

"이리 와보라니까요."

거의 윽박에 가까운 명령조에 효주가 울상이 되어 이현에게 다가갔다. 엉덩이를 미적거리며 다가오는 효주에게 이현이 혀를 찼다.

"거참, 사람 이상하게 만드네. 누가 잡아먹는대요?"

그러면서 사정거리 안에 들어온 효주의 팔목을 잡아채서 자기 쪽으로 끌었다.

"아, 앗."

균형을 잃고 이현의 가슴에 풀썩 쓰러진 효주. 엉겁결에 효주를 안고 얼음이 된 이현. 아주 가까이에서 둘은 눈 한 번 깜박하지 못

하고 서로를 응시했다. 그렇게 한 3초가량 지났을까. 효주가 후다 닥 떨어져 나왔다.

"죄, 죄송해요."

효주가 어쩔 줄 몰라 하며 사과를 했다.

"아뇨. 제가 죄송하죠."

당황했는지 이현도 사과를 했다. 그리고 어색해진 분위기. 둘 다 말이 없어진 가운데 시간만 흘렀다. 갑자기 이현이 벌떡 일어섰다. 장승처럼 우뚝 선 이현을 효주가 놀란 눈으로 올려다보았다.

"갈게요. 약 챙겨드시고 저 가고 나면 한 번 더 문단속하세요."

"……그럴게요."

이현의 볼이 평소보다 붉어진 것 같다고 생각하며 효주가 천천히 고개를 끄덕였다.

이현이 가고 효주는 도로 소파로 가서 앉아 있었다. 그러나 쓰러지던 그녀를 단단히 지지해주던 이현의 품을 떠올리고는 자리에서 벌떡 일어났다.

"아, 어떡해. 미치겠네."

그리고 다시 소파에 주저앉았다.

"아, 내가 왜 그랬을까."

아무리 떨쳐내려 해도 이현에게 안겼던 느낌이 떨쳐낼 수 없었다. 외려 이현의 호흡, 체온, 체취 같은 사소한 부분까지 세밀하게 복기가 되었다.

"미쳤어, 정효주. 거기가 어디라고 쓰러져."

효주는 근처에 있는 쿠션을 가져와 거기에 대고 미친 듯이 소리를 질렀다.

5.

　효주의 집을 방문했던 그날을 기점으로 이현은 더 대담하게 다가왔다. 쳇바퀴처럼 평이하게 돌아가던 그녀의 일상에 이현이라는 남자 하나가 추가된 것이다. 방과 후의 비밀스런 만남도, 늦은 밤 집 앞에서의 아쉬운 작별도 이제 자연스레 여기게 되었다. 점점 이현이 주는 안락함에 길들여지고 있었다.

　그러나 이런 만남은 오래 지속될 수 있는 성질의 것이 아니었다. 이현이 주는 달콤한 당근을 계속 받아먹으면 안 되었다. 왜냐하면 이건 진짜가 아니니까. 목적이 있는 만남이니까.

　그날, 친구의 화원에서 이현이 말했다. 효주의 수줍어하는 성격을 고치게 도와주겠다고. 그러니까 이 만남은 목적이 달성될 때까지 한시적으로 유지되는 것이었다. 시한부 만남이란 뜻이다.

　그래서 효주는 하루에도 몇 번씩 이러면 안 되는데, 정말 이러면 안 되는데, 하며 이현을 멀리하자고 다짐했다. 그러나 온갖 끼로 무장된 이현을 거부하기란 불가능했다. 연애 경험이 아예 전무한 효주에겐 특히 더.

멀리하자고 결심을 굳혀도 정작 당사자를 만나면 아이스크림처럼 사르르 녹아버리고 마는 몹쓸 결의. 지키지도 못할 결심을 매일매일 반복하는 자신이 이젠 모자라게 느껴질 정도였다.

효주는 한숨을 내쉬었다.

"하아."

나도 이제 모르겠다. 될 대로 되라지.

"그래서 땅이 꺼지겠어요?"

불만스런 음성에 고개를 돌리자 노인이 일손을 멈추고 의아한 시선을 보내고 있었다. 그제야 효주는 제가 딴생각에 사로잡혀 무슨 짓을 하고 있었는지 깨달았다. 선별한 옥수수 씨앗들을 바구니에 던져 넣는다는 것이 그만 노인의 가슴팍에 던지고 있었던 것이다.

"죄송해요, 아저씨."

벌떡 일어난 효주가 수선스레 노인의 어깨와 무릎을 털기 시작했다. 아까운 옥수수 씨앗들이 우수수 바닥으로 떨어지는 걸 보며 노인이 미간을 찡그렸다.

"저걸 아까워서 어쩌나."

"쓸 만한 걸로 골라서 주워 담을게요……."

"됐어요. 바구니에 있는 걸로도 이미 충분하니까 그냥 앉아요."

"……네."

노인의 만류에 시무룩해진 효주가 도로 의자에 앉았다. 그런 효주를 물끄러미 응시하던 노인이 입을 열었다.

"오늘따라 안 하던 짓을 다 하고. 요새 무슨 일 있어요?"

노인이 잔소리를 안 하려고 해도 안 할 수 없는 상황이었다. 넋이 빠진 채로 토끼장엔 앵무새 밥을, 새장엔 토끼풀을 넣어주는 바람에 노인이 와서야 동물들은 주린 배를 채울 수 있었고, 온실 바닥을 비질하고는 문을 활짝 열어놓고 나와 열대성 작물들이 힘을 잃고 축 늘어져 있었기에 노인의 지적은 당연한 것이었다.

"제가 왜 이러는지. 죄송해요."

그렇다고 이현의 집중 애정 공세에 설레어 상습적으로 밤잠을 설쳤다고 말할 수도 없는 노릇. 미안해서 어쩔 줄 몰라 하는 효주를 노인이 빤히 응시했다. 그러다가 빙그레 미소를 지었다.

"괜찮아요. 이미 충분히 면역이 되어 있어요."

"네에?"

효주가 눈을 동그랗게 떴다.

"우리 집에도 정 선생 같은 사람이 하나 있거든요."

아저씨 집에 내가 하나 더 있다고? 그게 무슨 말이지? 노인의 뜬금없는 발언에 효주가 영문 모를 눈빛을 하자 노인이 헛웃음을 터트렸다.

"벌써 까먹었어요? 우리 집에 와 있다는 내 손자 녀석 말이오."

"아아……."

어려서 엄마를 잃어 외로움을 많이 탄다는 그 꼬마아이. 그제야 이해했다는 듯 효주가 고개를 끄덕여 보였다.

"그런데 아저씨, 아저씨 손자분이 왜 저랑 같다는 거예요?"

"……그게 참, 정 선생이 우리 손자를 오해할까 봐 말하기 조심스럽기는 한데."

대답하기 난감한 듯 뜸을 들이던 노인이 다시 입을 열었다.

"아니, 정 선생, 요즘 젊은 애들은 다 그래요?"

평소 손자에 대한 불만이 많았는지 노인의 음성은 격양되었다.

"뭐가요?"

노인이 깡그리 뭉뚱그려 지칭하는 젊은이 중 하나가 효주였다. 다소 긴장할 수밖에 없었다.

"이건 하루 종일 전화기만 끼고 있어. 말을 걸어도 건성, 불러도 쳐다보지도 않아. 눈이 빠져라 전화기만 보고 있는 탓에 나랑 눈도 잘 안 마주쳐줘."

"아, 혹시 손자분 폰이 스마트폰인가요?"

"……한국 들어와서 바로 최신형으로 바꾸었으니까 그렇겠지."

떨떠름하게 대꾸하는 노인을 의미심장하게 주시하며 효주가 의자를 끌어 바짝 다가갔다.

"그렇다면 요금제랑 고지서를 잘 살펴보세요. 요즘 사행성 온라인 게임이 많아서 쉽게 중독되기 쉽대요. 특히 미국에서 왔으면 어울릴 친구도 많이 없을 거 아니에요."

"……아마 그렇겠지."

노인이 고개를 끄덕였다.

"그러니까요."

효주가 확인 사살하듯 추임새를 넣자 노인이 효주의 두 손을 와락 움켜쥐었다.

"하나만 더 물어봐도 돼?"

"당연하죠."

"요즘 밖으로만 도는 것이 아무래도 불안해. 외롭다고 아무나 만나고 다니는 건 아닌지. 여지껏 제 앞가림을 똑소리 나게 잘하는 녀석이니 그럴 리 없겠지만 그래도 혹시나 싶어서. 그 애가 잘못되거나 불행해지면 내가 죽어서 딸아이 얼굴을 어떻게 보겠어."

하나뿐인 손자에 대한 걱정으로 노인의 얼굴이 울 것처럼 흐려져 있었다. 안쓰러운 감정이 물밀 듯 밀려와 효주가 노인의 손등을 다독여주었다.

"평소에 손주분 자주 안아주고 사랑한다는 말도 자주 해주세요……. 우리 식물도 그렇잖아요. 정성을 쏟으면 시들시들하다가도 금세 생생해지잖아요. 사람도 그래요……. 사랑을 받는 만큼 행복해지는 것 같아요."

원론적인 이야기였는데도 노인은 감동받은 눈치였다. 효주를 바라보는 눈동자가 물기로 촉촉해져 있었다.

"……정 선생은 참 착해. 그런데 그거 알아? 죽은 내 딸아이와 정 선생은 정말 많이 닮았어."

노인이 눈물을 훔치며 말했다.

"정말이요? 어떤 점이요?"

부드러운 물음에 노인이 회상에 잠기듯 눈을 내리깔았다.

"정 선생과 내 딸아이는 고운 마음씨를 가진 예쁜 사람들이지. 사람을 편안하게 만드는 특별한 재주를 가지고 있고. 딸아이를 키우면서 난 정말 행복했었지. 나같이 무심한 아비를 얼마나 사랑해주던지. 딸아이가 죽고 난 뒤 다시는 딸아이 같은 존재는 만나지 못할 줄 알았는데……. 딸아이가 정 선생을 보내준 건지, 딸아이가 죽고 얼마 지나지 않아서 정 선생이 내 눈앞에 나타난 거야. 그래서인지 난

정 선생이 꼭 내 딸아이처럼 여겨져. 정 선생이 행복했으면 좋겠어."

"아저씨……."

가슴이 먹먹해져 제대로 된 대답을 할 수 없었지만 효주의 눈동자는 감동으로 일렁이고 있었다.

"언제 한번 꼭 우리 집에 와. 우리 손자도 정 선생을 보면 좋아할 거야. 녀석이 나처럼 예쁜 건 귀신같이 알거든."

싫지 않은 칭찬에 결국 효주가 얼굴을 붉혔다.

평범한 자신을 매번 예쁘다고 해주는 노인. 어디가 그리 예쁘냐고 물으면 항시 같은 답이 돌아왔다. 보이지 않는 것들이 보이는 나이가 바로 내 나이라고. 내 나이가 되어보면 정 선생도 알 거라고.

고아나 마찬가지인 효주였다. 착하다, 예쁘다, 무조건 편들어주는 노인의 존재가 그저 소중할 수밖에 없었다.

어려서 부모를 잃고 효주는 할머니의 희생으로 어른이 되고 교사가 될 수 있었다. 그러나 그러면 뭘하나. 정작 호강시켜줄 할머니는 기다려주지 않는 것을. 착한 아이로서 할머니를 기쁘게 해드릴 시간은 폭주하고 있을 것을. 곧 할머니마저 잃으면 정말 세상에 혼자가 되는데, 효주는 그런 생각만으로도 막막했다. 어릴 때처럼 어찌할 바 모르는 철부지가 된 기분이었다.

그래서 더 화원 원예에 매달렸다. 이것이 마치 자신을 잡아줄 동아줄인 양 매달렸다. 주변인들은 수군거렸다. 가진 것 없는 가난뱅이 여교사가 철도 없다고. 돈도 안 되는 원예 일에 매달린다고.

그러나 그건 그들이 아무것도 모르고 하는 소리였다. 이 자상한 노인과 아름다운 화원이 없었다면 그녀는 버티지 못했을 것이다.

그나마 웃고 다닐 수 있는 여유를 여기서 찾고 있었던 것이다.

언젠가 노인의 정체가 궁금해 학교에 문의해보았다. 하지만 돌아오는 답변은 그저 얼버무리듯 소속되지 않은 양반이니 신경 끄라는 말뿐. 누구도 속 시원히 노인에 대해서 말해주지 않았다. 그래서일까? 노인과 화원이 불안했다. 신기루처럼 그녀의 인생에서 하루아침에 사라져버릴 것 같아서.

그리고 그날도 이현은 어김없이 효주를 집에 바래다주었다. 이현의 차가 효주의 동네에 도착했다. 효주가 골똘히 생각에 잠겨 있는 것 같자 이현은 골목을 비추던 헤드라이트를 껐다.

"벌써 도착했나요?"

효주는 당혹감을 감추지 못하고 창밖을 두리번거렸다. 오래된 가로등이 서 있는 익숙한 골목 풍경. 그녀의 동네가 맞았다.

"네, 한참 전에."

이현의 대답을 듣고 효주는 더 당황스러웠다. 사람을 옆에 두고 매너 없이 딴생각이나 하다니. 자신의 실례를 인정하며 효주가 얼른 사과했다.

"……죄송해요."

"괜찮습니다. 전 막 대하셔도 되는 놈이니까요."

"네에?"

뼈 있는 농담에 효주가 눈에 띄게 당황했다. 어쩔 줄 몰라 하는 효주를 지켜보던 이현이 피식 웃었다.

"농담한 건데."

"아, 농담……. 네."

하지만 왜 농담이 농담으로 들리지 않는 걸까.

"지금 생각하시는 거 그거 맞습니다. 저 삐쳤습니다."

놀란 효주가 작게 숨을 들이켜자 이현이 쑥스러운 듯 시선을 피하며 말했다.

"차에서 오는 내내 말도 안 하시고 아는 척도 안 하시니까 기분이 썩 좋지는 않더라고요."

"제가 그랬나요. 그랬다면 죄송해요."

어딜 가나 주목받던 사람이었다. 이런 무심한 대접과 같은 상황이 흔치 않은 경험일 것이다. 기분도 좋지 않을 거고.

"당연히 죄송하셔야죠."

자신이 말해놓고도 실없게 느껴졌나 보다. 이현이 피식 웃으니 효주도 따라 웃고 말았다.

그리 늦은 시간이 아님에도 인적 없는 어두운 골목, 아늑한 차 안 공간. 마치 헤어지기 싫은 그들을 위한 맞춤 공간 같았다. 그리고 오늘따라 이현의 눈빛이 왜 이리 그윽하게 느껴지는지. 점점 빨라지는 자신의 심장박동을 느끼며 효주는 얼굴을 붉혔다. 달아오른 얼굴을 들키지 않기 위해 창가 쪽으로 고개를 돌렸다.

안 돼! 백 선생님은 멀쩡한데 왜 내가 설레고 난리야. 정말 구제 불능이야.

효주가 스스로를 자책하며 뜨거워진 뺨을 식히고 있는데 이현이 불쑥 입을 열었다.

"참, 내일은 뭐 하세요? 스케줄 없으시면 저랑 근교로 바람 쐬러 가실래요?"

"죄송해요. 사정이 있어서 내일은 안 될 것 같아요."

거절하는 효주의 얼굴로 그늘이 드리워졌다. 내일은 할머니가 계신 요양원을 방문하는 날이었기 때문이다. 효주가 조심스레 거절하자 이현이 한쪽 눈썹을 치켜세웠다.

"어떤 사정인지 저도 알면 안 될까요?"

"그게…… 다음에 말씀드릴게요. 주말 잘 보내시고 학교에서 봬요."

뭐가 그리 급한지 효주가 콩 볶아먹듯 인사를 하고 차에서 내리려 했다. 이현은 얼른 효주의 팔목을 잡았다. 효주가 놀란 눈으로 이현과 이현에게 잡힌 팔목을 쳐다보았다.

사실 이현은 효주의 선배, 소영에게 살짝 귀띔을 받은 후라 효주의 스케줄을 알고 있었다. 그러나 비밀로 하고 싶은 눈치라 끝까지 모른 척한 것일 뿐인데 이렇게까지 효주가 선을 그을 줄은 몰랐다.

"매주 일요일마다 요양원에 가신다고 김소영 선생님께 들어서 알고 있어요."

효주가 눈을 크게 떴다.

"이번에는 저랑 함께 가시죠."

이현의 입에서 요양원이라는 말이 튀어나온 것도 놀라운데 거기다 요양원에 함께 가자고까지 하다니. 생각지도 못한 상황에 효주는 얼이 빠졌다. 그러다 간신히 정신을 수습해서 되물었다.

"……왜요?"

효주의 입에서 흘러나온 대답에 이현은 김이 확 새는 것 같았다. 왜냐니! 이 여자야. 같이 있고 싶으니까. 어쭙잖은 핑계를 대서라도 당신을 만나고 싶으니까. 하지만 그렇다고 속내를 드러낼 수도 없다. 아직 효주의 마음을 정확히 모르기에. 속내를 내색했다가 효주가 어떻게 나올지 짐작조차 가지 않았기에.

"내일 별로 할 일도 없고 해서……."

간신히 생각해낸 핑계가 구질구질하다고 생각하면서 이현은 얼굴을 붉혔다. 동시에 아침에 마주쳤던 외조부의 성난 얼굴을 떠올렸다. 한국에 들어와서 매일같이 밖으로만 도는 손자가 못마땅한지 외조부, 이 노인은 이번 주말에도 나갈 거면 아예 짐을 빼서 나가라고 엄포를 놓았다.

그가 한국에 들어오길 학수고대하던 이 노인이었다. 밖으로만 도는 손자에게 서운한 마음이 드는 건 당연지사. 그럼에도 이현은 불나방처럼 효주에게 달려드는 자신을 통제할 수 없었다. 어느새 깊어진 감정이었다. 속수무책으로 끌려갈 수밖에.

그런데 이현의 속도 모르고 효주는 쉬이 동행을 허락하지 않았다.

"말씀은 고맙지만 거절할게요."

효주가 단박에 거절하자 이현은 당황스런 마음을 감추지 못했다.

평소 거절을 모르던 마음 약한 효주가 오늘따라 단호해 보였다. 혹시 같이 갈 사람이 있어서 거절하는 걸까? 그렇대도 문제 될 건 없는데. 쥐 죽은 듯이 운전만 할 자신 있는데.

"혹시 동행이 있어서 이러시는 거라면 괜찮습니다. 민폐가 안 되도록 조용히 입 다물고 있을게요."

"동행은요. 그런 거 없어요."

이현이 저렇게까지 매달리는데도 효주는 여전히 단호했다. 단박에 고개를 가로저어 보였다. 물론 동행도 없다고 하고.

"……그런데 왜?"

포기할 줄 모르는 이현을 보며 효주는 한숨을 내쉬었다. 효주가 동행을 거절한 건 딱히 이유가 있어서가 아니었다. 그럼에도 단박에 거절할 수 있었던 건 그녀의 본능이 싫다고 거부했기 때문이다.

"백 선생님과 밥을 먹고 차를 마시고 영화를 보는 건 괜찮아요. 하지만 요양원은 달라요."

"그거랑 그게 뭐가 다른지 저는 잘 모르겠어요. 뭐가 다른 거죠?"

부드럽게 따지고 드는 이현의 표정이 진지했다. 효주는 살짝 한숨을 내쉬었다. 이현은 별 차이를 못 느끼겠지만 효주가 느끼기엔 큰 차이가 있었다. 그것도 북극과 남극의 거리만큼이나 멀게. 그리고 그 이유를 이현에게 말하는 데에는 약간의 용기가 필요했다.

효주는 마른침을 삼키고 이현을 바라보았다. 그가 긴장하는 게 느껴졌다.

"……백 선생님은 거기 갈 이유가 없는 사람이에요. 우리 할머니 모르시잖아요. 내 아픔까지 나눌 수 있는, 제 사람이 아니시잖아요. 우린 남이잖아요."

효주가 선을 긋는 발언을 하자 둘 사이에 정적이 흘렀다. 충격을 받은 듯 이현이 한동안 말을 잃었다. 잠시 후 이현이 거칠게 머리를 쓸어 올리며 말했다.

"남이라니…… 섭섭하네요."

"그래도 제가 드릴 말씀은 그것밖에 없어요. 죄송해요."

온통 이현으로 도배된 나날이었다. 이젠 이현과 적정한 선을 유지할 필요가 있었다. 동행을 거절한 것이 효주가 정한 이현과의 최소한의 거리였다.

이번에도 이현은 순순히 물러나지 않았다. 어두운 차 안에서 도전적으로 효주를 쏘아보았다.

"아뇨. 지금 그 말씀, 제가 정정해드릴게요."

"……뭐, 뭐를요?"

"저는 거기 갈 이유가 없는 사람이 아니에요. 저는 정 선생님의 직장 동료이기도 하지만 사적으론 친구이기도 해요. 친구끼린 원래 내 가족 네 가족 따로 없는 거잖아요. 그러니까 정 선생님의 할머니는 곧 제 할머니와 마찬가지라는 뜻이죠. 그러니 말리지 마세요. 내일 저도 할머니께 인사드리러 갈 거니까."

이현은 격양된 어조로 이상한 설득을 펼쳤다. 그런 이현을 효주는 멍하니 지켜보았다. 원래 이현이 말을 잘하는 사람이라고 생각했다. 하지만 이번에는 최고였다. 말도 안 되는 논리라는 걸 알았지만 점점 설득당하고 있었으니.

그렇다고 이대로 순순히 당할 순 없었다. 할머니는 그녀에게 가장 아픈 구석이었다. 그것마저 이현에게 침범당하고, 의지하게 된다면……. 하아, 생각만으로도 무서웠다. 그래서 효주는 이번에도 단호하게 거절했다.

"그래도 안 돼요."

철옹성처럼 표정을 굳히고 있는 효주를 이현이 빤히 쏘아보았다. 마치 속내까지 파고들듯. 하지만 아무것도 얻어낼 수 없자 이현은 시니컬한 표정을 지었다.

이 여자가 정말, 사람 무안하게 하는 데는 일가견이 있네.

"정 선생님과 가까워진 줄 알았더니 혼자만의 착각이었군요. 우리 사인 여전히 원점에 머물러 있었네요."

효주는 무릎 위에 올려두었던 주먹을 꽉 쥐었다. 이현의 기분이 상해도 어쩔 수 없었다. 어차피 한번 겪어야 할 수순이라면 약해지면 안 되었다. 이 고비만 넘기면 서로 다칠 일이 없을 테니까. 참아야 했다.

자꾸만 약해지려는 마음을 다잡으며 효주는 얼른 차에서 내렸다.

"월요일에 봬요."

매몰차게 인사하는 효주를 따라 이현도 내렸다. 쫓기는 사람처럼 효주가 빠른 걸음으로 걸어가고 있었다. 도망치듯 가는 효주의 뒷모습을 보며 이현은 기가 찼다. 짧게 헛웃음을 터트렸다. 저 여자가 정말, 사람을 뭐로 보고.

"아뇨! 그렇다면 요양원에서 봬요. 미리 가서 기다리고 있을게요."

막 대문을 열려던 효주는 움찔해서 이현을 쳐다보았다. 한 치의 양보도 안 되겠다는 듯 이현이 도전적인 눈빛을 하고 있었다. 대체 무슨 생각인지. 거리를 두려는 내 맘을 알고 저러는 건지. 고집스런 이현의 표정에 효주는 심란함을 감추지 못함과 동시에 체념했다.

저렇게까지 나오는 사람을 무슨 수로 말리겠어. 항복이다.

"알았어요. 같이 가요. 대신 일요일 새벽 여섯 시쯤에는 오셔야 할 거예요. 출발을 서두를 거거든요."

이현이 작게 예스를 외쳤다. 이현이 쾌재를 부르자 효주가 도리질을 치며 집 안으로 들어갔다.

"여섯 시까지 도착하면 되죠? 거기까지 편안하게 모실 테니까 마음 푹 놓으세요. 좋은 꿈꾸시고요."

담벼락 너머로 이현의 유쾌한 음성이 들렸다. 막 현관으로 들어서려던 효주가 멈추어 섰다. 효주의 표정이 눈에 띄게 어두워졌다.

"하아."

이현은 정말 좋은 사람이었다. 오빠처럼, 친구처럼, 연인처럼 다가와 그녀의 외로운 생활을 풍요롭게 만들어주었다. 반면 그녀에게 가장 두려운 사람이기도 했다. 그를 만나고 하루하루가 아름다웠다. 매일이 설레고, 매일이 즐거웠다. 다시 혼자가 되기에 너무 많은 것을 알아버린 것이다.

전날 김밥 재료를 미리 준비해두었던 효주는 새벽 네 시에 알람 소리에 기상했다. 미리 불려둔 쌀을 밥통에 넣고 취사 버튼을 누르고 욕실로 가서 뜨거운 물을 틀었다.

"으흠……."

쏟아져 내리는 뜨거운 물을 맞으며 효주는 이번에 새로 구입한 브랜드 샴푸를 노려보았다. 며칠 전 화장품 가게를 지나다 충동적으로 구매한 것으로 사놓고도 쉬이 손이 가지 않던 것이었다. 비싼 몸값답게 용기도 화려했다.

"반품은 무슨……."

샴푸 액을 짜서 적신 머리에 문지르자 싱그러운 샴푸 향이 사방으로 번졌다. 코로 스며드는 싱그러운 냄새에 효주는 그나마 남아 있던 잠도 확 깨는 것 같았다. 향기도 돈으로 살 수 있는 세상. 돈이면 뭐든 가능한 세상. 효주는 이래서 돈이 좋은 거구나 싶었다.

"고작 샴푸 하나로 이렇게 행복해질 수 있다니."

하긴 그녀도 물질 만능주의의 가장 큰 수혜자였다. 재단의 도움으로 교사 월급으로는 꿈도 못 꿀, 고가의 시설에 할머니를 모시고 있지 않은가.

"으흠. 아침부터 꿀꿀하게."

재빨리 잡생각을 털어내고 효주는 몸에 묻은 비누 거품을 씻어냈다. 젖은 머리를 수건으로 둘둘 감고 욕실에서 나와서는 곧장 주방으로 향했다.

"어디 보자……."

냉장고를 열자 선반에 전날 준비해둔 김밥 재료가 보였다. 재료가 든 통을 모두 꺼내어 식탁 위에 펼치고 효주는 벽에 걸린 시계를 확인했다. 시간은 여유 있는 편이었다. 아직 시간이 한참 남아 있었지만 미리 나가서 이현을 기다리고 싶었다. 그러려면 아무래도 서둘러야 할 것 같았다.

효주는 집중해서 김밥을 말았다. 유부초밥도 만들고, 미리 씻어둔 딸기와 오렌지를 잘라 통에 가득 담는 것도 잊지 않았다. 어제 사둔 생수와 커피까지 챙기고 효주는 뿌듯한 표정을 지었다.

"다 됐다."

정성 들여 만든 도시락을 차곡차곡 가방에 집어넣고 효주는 얼른 방으로 뛰어 들어갔다. 거울 앞에 서서 몸단장을 시작했다. 놀러 가는 것도 아니고 멋 부릴 건 아니었지만 그래도 맨얼굴로 가는 건 예의가 아니었다. 거울 앞에 서서 드라이어로 젖은 머리를 말리고 스킨과 로션 위로 비비까지 살짝 펴 발라주었다.

"이 정도면 괜찮겠지."

색깔 있는 립글로스로 마무리하고 효주는 거울 속 자신에게 웃어주었다. 그리고 옷장으로 가서 활동하기 편한 청바지와 흰색 티셔츠, 옅은 파스텔 톤의 봄 점퍼를 껴입었다.

"이크. 늦겠다."

몸단장까지 끝내자 시계추가 막 여섯 시를 가리키려 했다. 숨고를 틈도 없이 효주는 핸드백과 도시락통을 채어서 현관으로 달려갔다.

집에서 나오는 효주를 발견하고 차에 기대어 있던 이현이 몸을 일으켰다. 청바지에 눈부시게 흰 셔츠, 스니커즈 운동화. 오늘도 이현의 패션은 완벽했다.

"많이 기다리셨어요?"

효주가 수줍게 물었다.

"아뇨. 방금 왔습니다."

"네에……."

참새들이 지저귀는 상쾌한 아침이었다. 바짝 말린 머리에서 기분 좋은 향기까지 폴폴 나는.

"그거 이리 주시고 먼저 타세요."

"네."

이현이 효주에게서 도시락 가방을 건네받고 차 문을 열어주었다. 뒷좌석에 짐을 넣고 이현도 운전석에 올랐다.

효주가 안전벨트를 찾아 한참을 두리번거리자 이현이 불쑥 몸을 기울였다.

"제가 매드릴게요."

예상치 못한 친절에 효주가 기겁하고 손사래를 쳤다.

"괜찮아요. 제가 하면 돼요."

"아뇨. 정 선생님 하는 대로 놔두다간 하루 종일 걸리겠는데요."

그리고 이현은 반대편 안전벨트를 찾아 몸을 더 기울였다. 바로 앞에 이현의 얼굴이 있자 효주는 긴장해서 숨 쉬는 것도 잊어버렸다. 숨을 쉬지 않는데도, 이상하지? 이현의 근사한 스킨 냄새를 맡을 수 있었다. 그리고 안전벨트를 찾고는 있는지 미적미적, 이현의 행동이 굼벵이보다 느렸다.

"빨리 좀…… 하시면 안 돼요?"

"뭐를요?"

효주가 채근하자 몸을 기울인 상태에서 이현이 고개를 들었다. 아슬아슬한 거리에서 시선이 마주쳤다. 이현이 놀리듯 재차 물었다.

"뭐를요? 제대로 말씀하셔야 제가 알죠."

"이, 일부러 이러시는 거죠? 제가 맬 거니까 저리 가세요."

"그럴 거 없습니다. 다 됐거든요."

찰칵 하고 안전벨트 버클이 맞물리는 소리가 났다. 효주의 안전벨트를 채워주고 이현이 제자리로 돌아갔다.

기껏 태워주겠다고 새벽같이 달려온 사람에게 못된 말이나 하고. 금세 후회한 효주는 이현의 눈치를 살폈다.

"제 눈치 보지 마십시오. 저는 괜찮습니다."

화를 낼 만도 한데 이현은 아무렇지도 않아 보였다. 태연했다. 그런데 그게 더 신경 쓰였다.

"그러시면 제가 더 미안하잖아요."

효주가 사과하자 이현이 한숨을 내쉬며 입을 열었다.

"미안하다느니 죄송하다느니 우리 사이에 이제 그런 말은 그만하죠. 대신 오늘처럼 이렇게 저한테 소리치고 싶으면 소리치고, 화내고 싶으면 화내십시오. 다 받아드릴 테니까요. 대신 약속 하나만 해주시면 됩니다."

"……뭐를 약속하면 되죠?"

사태 파악이 안 된 효주가 눈을 깜박여 보였다. 눈앞의 이현이 풀기 어려운 공식 같았기 때문이다.

"화를 내고 소리치고, 다 좋습니다. 대신 다른 남자한테 이런 모습 보여주지 마십시오. 이런 건 저한테만. 아시겠죠?"

조건을 내거는 이현의 눈은 장난기가 말끔하게 걷혀 있었다. 최면에 걸린 듯 효주가 천천히 고개를 끄덕여 보였다.

효주에게 약속을 받아낸 이현은 그제야 안심하고 입꼬리를 올려 웃을 수 있었다. 그럴 수밖에 없었던 것이 그를 만나고 효주가 비약적으로 발전해 있었기 때문이다. 효주는 예전의 소심한 여자가 아니었다. 훨씬 밝아지고 말이 많아졌다. 가끔 그의 농담에 큰 소리로 웃음을 터트리다가 지레 놀랄 정도로.

웃을 때, 삐칠 때, 화낼 때 효주의 얼굴에 생기가 돌았다. 눈이 반짝반짝, 입은 활짝. 아름다웠다. 그리고 이현은 그 모든 걸 온전히 그의 것으로 하고 싶었다. 지금처럼 아직 자신의 매력을 모르는, 가장 방심해 있는 틈을 노려서.

"이제 출발할까요?"

스스로가 비겁하다고 생각하면서도 언제 그랬냐는 듯 이현은 평소의 그로 돌아와 있었다. 원하는 걸 가지려면 약간의 반칙도 필요한 법이니까.

"네."

그의 말에 여전히 얼어 있던 효주가 무작정 고개를 끄덕였다. 거칠게 두근거리는 자신의 심장 소리를 들으며.

새벽 도로는 한산했다. 러시아워도 없고, 신호 대기도 그다지 걸리지 않았다. 쭉쭉 속도를 내어 탁 트인 고속도로에 진입할 수 있었다.

평소 시외버스를 이용하던 효주로선 황송할 정도로 편안한 환경이 아닐 수 없었다. 무거운 도시락통을 들고 시외버스 터미널까지 지하철을 타고 가서 시외버스를 타기까지의 번거로운 과정에 도착하기도 전에 지치곤 했다.

"가방이 꽤 무겁던데 안에 뭐가 들었어요?"

이현의 물음에 고급 가죽 시트의 호사스러움에 취해 있던 효주가 자세를 바로 했다.

"별거 없어요. 김밥하고 과일이 다예요."

평소 할머니가 드시기 쉽게 웬만하면 한입 거리로 준비했고, 그래서 이번엔 김밥과 유부 초밥이었다. 물론 이현도 먹을 수 있게끔 넉넉하게 싸는 것을 잊지 않았고.

"김밥을 손수 싸신 거예요?"

놀랍다는 듯 이현의 눈이 휘둥그레졌다.

"네."

당연한 것을 왜 묻는 건지. 효주는 고개를 끄덕여 보였다.

"잘됐다. 안 그래도 집 김밥 먹고 싶었는데."

기대로 이현의 눈이 초롱초롱해지자 효주는 괜히 부담스러웠다. 어릴 때부터 할머니를 대신해 살림을 해왔다지만 그다지 손맛에 자신이 없었기 때문이다.

"맛은 보장 못 하니까 너무 기대하지 마세요."

"아닙니다. 정 선생님이 손수 만드신 거라면 분명 맛있을 겁니다. 그래서 말인데, 실례인 건 알지만 김밥 조금만 미리 맛보면 안 될까요. 일찍 나오느라 아침을 걸렀더니 속이 쓰려서."

"당연히 드려야죠!"

속이 쓰리다는 말에 효주가 허둥지둥 뒷좌석으로 몸을 굽혀 도시락 가방을 가져왔다. 그걸 이현이 흐뭇하게 힐끔거렸다.

도시락 뚜껑을 열자 고소한 참기름 향기가 퍼졌다.

"김밥이다."

이현이 정갈하게 담긴 김밥을 힐끔 보며 감탄을 감추지 못했다. 맛있는 냄새로 인해 입 안에 군침이 돌았다. 그런데 문제는 운전 중이라 손을 사용하기 어려웠다.

"어쩌죠? 이래선 먹기 힘든데."

난처한 듯 이현이 효주를 쳐다보았다. 효주도 난감한 표정이 되었다. 이 상황에선 그녀가 김밥을 먹여주는 게 제일 자연스런 모양새였다.

잠시 망설이던 효주는 결심을 굳히고 김밥 하나를 집어 들었다.

"드세요."

이현의 입가에 김밥을 가져다 대었다.

"감사합니다."

김밥이 이현의 입 속으로 쏙 사라졌다. 동시에 효주의 얼굴도 발그레해졌다. 마치 연인들이나 할 법한 닭살스러운 짓을 지금 그들이 하고 있는 것이다. 안전벨트에 이어 김밥 먹여주기까지, 어쩐지 속이 쓰릴 정도로 배고프다는 것도 거짓말이 아니었을까 하는 의문이 효주의 뇌리를 스치고 지나갔다.

그러나 계속 의심하기엔 이현이 김밥을 너무 잘 받아먹었다. 효주가 주는 족족이 냠냠거리며 잘도 먹었다. 양은 넉넉히 준비해왔다. 도시락통 5단 꽉꽉 채워왔기에 상관없었다. 다만 저렇게 과식하다가 목이나 막히지 않을는지 그것이 걱정이었다.

"여기 물 드세요."

차갑게 해둔 생수병을 따서 이현에게 건넸다.

"고맙습니다."

안 그래도 목이 막혔다는 듯 이현이 생수병을 받아 허겁지겁 마셨다. 그리고 빈 통을 효주에게 건네주었다.

"김밥 더 드릴까요?"

"아뇨. 배가 꽉 찼습니다."

"네……."

도시락통을 닫고 갈무리하고 있는데 이현이 말했다.

"할머니 몫까지 제가 너무 많이 먹었나요?"

"아뇨. 이렇게 많이 남은걸요. 그리고 백 선생님 드시라고 넉넉하게 싸와서 그런 걱정 안 하셔도 돼요."

"그런가요……. 실은 이십 년 만에 처음 먹는 집 김밥이었거든요. 너무 맛있어서 멈출 수가 없었어요."

이현이 겸연쩍은 표정으로 말하자 효주가 아리송한 표정으로 물었다.

"그러면 그동안은 쭉 사서 드셨나 봐요."

"네."

"소풍 때도요?"

"이십 년 동안 한국에 없었으니까 소풍 땐 패스."

"그동안 한국에 계시지 않아서 못 드셨나 봐요."

"그런 셈이죠."

외국에서 김밥 재료를 구하기도 번거로울 테니까. 효주가 고개를 끄덕여 보였다.

그 후로 둘은 말이 없었다. 양 갈래로 아름다운 시골 풍경이 지나가는 쭉 뻗은 고속도로를 응시하며 자기만의 생각에 잠겨들었다. 그런데 어찌 된 건지 김밥은 이현이 먹었는데 효주가 졸기 시작했다. 새벽같이 일어나서 도시락 준비한다고 곤했기 때문이다. 그에 비해 이현은 식곤증의 마수도 피해 가는 짱짱함을 보였다.

금세 꾸벅꾸벅 졸기 시작하는 효주. 그걸 본 이현이 한숨을 내쉬며 한 손을 뻗어 흔들리는 얼굴을 받쳐주었다. 자면서도 편안함을 느낀 걸까. 효주는 이현의 손바닥에 얼굴을 비비며 편안한 자세를 취했다.

"이 여자, 차만 타면 자네. 내가 그렇게 편한가? 이제 열 받으려고 하네."

시니컬한 투덜거림과 달리 효주의 턱을 받치는 손길은 부드럽기 짝이 없었다.

부지런히 달린 이현의 자동차가 목적지에 도착했다. 이현은 차 안에서 고개를 쭉 빼고 희고 말끔한 외관의 건물을 올려다보았다.

"다행히 시설은 괜찮아 보이네."

언뜻 보아도 관리가 잘되어 있는 요양원이었다. 말끔하게 정비되어 있는 것이 입구부터 남달랐다. 관리자의 손길이 세심하게 닿아 있었다.

"여기 들어오려고 부자들이 줄을 선다더니 그 말이 사실이었구나."

효주의 할머니가 입원해 있는 요양원은 대형 병원의 체인으로 운영되는 고급 요양원이었다. 그리고 그걸 이현이 어떻게 알고 있느냐면 요양원의 지주격인 재단을 그의 친가에서 운영하고 있었기 때문이다. 물론 패밀리인 이현도 작지 않은 지분을 가지고 있었고.

현재 재단 운영은 재단 이사장 겸 병원 원장으로 재직하고 있는 이현의 백부가 하고 있었고 백부의 아들, 이현의 사촌 형도 유능한 개업의로 명성을 떨치고 있었다.

그런데 이 잘나가는 고급 병원에 어떻게 효주 같은 서민이 할머니를 입원시킬 수 있었냐면 거기엔 이현의 외할아버지, 이 노인의 공이 컸다. 현재 세화여고 이사장으로 재직 중인 이 노인이 자신이 아끼던 효주의 사정을 안타깝게 여기고 효주의 할머니를 이현의 친가 쪽 재단의 복지 혜택을 받을 수 있도록 연계시켜준 것이다.

물론 효주는 그런 사실을 까맣게 모르고 있었다. 그가 세화여고 이사장의 하나뿐인 외손자라는 것도, 이 거대 재단의 지분을 가진 로열 패밀리라는 것도.

당분간 효주에겐 비밀로 할 작정이었다. 소심한 여자니까, 그 사실을 알면 당장 자신을 불편해할지 모른다. 하지만 비밀이 영원할 수 없다는 걸 이현도 모르지 않았다. 언젠가는 그의 배경에 대해 털어놓을 작정이었다. 단, 그들의 사이가 지금보다 더 단단하게 공고해진다는 가정하에.

한숨을 내쉰 이현은 고개를 돌려 여전히 꿈나라를 헤매고 있는 효주를 바라보았다. 차만 타면 잠들어버리는 야속한 여자.

"자는 모습이 예뻐서 봐준다."

하긴 효주가 이러는 데에는 그의 탓도 컸다. 매일 하루도 빼먹지 않고 효주를 여기저기로 끌고 다니는 이가 바로 이현이었으니.

조만간 보약이라도 한 재 지어 먹여야 하나 생각하며 이현은 효주를 깨우기 시작했다. 조금 더 자게 두고 싶지만 목이 빠져라 손녀를 기다리고 있을 효주의 할머니를 생각해서라도 더는 지체할 수 없었다.

"이제 일어나셔야죠."

이현의 달콤한 재촉에 효주가 천천히 눈을 떴다. 뿌연 시야가 이현으로 점점 들어차자 효주가 배시시 웃었다.

"백 선생님이다."

잠에서 덜 깬 듯 효주의 음성은 갈라져 있었다.

"네에, 저예요."

이현이 부드럽게 대꾸했다.

"진짜 백 선생님이다."

하지만 그게 다였다. 효주가 눈을 감았다. 이현이 당황했다.

"다시 잠드시면 어떡해요? 일어나셔야죠."

"조금만 더 잘래요……. 조금만 더……."

"그렇다면 할 수 없죠. 제가 이 방법까지는 쓰지 않으려고 했는데."

좋은 말로 할 때 깰 것이지. 이현이 버튼을 눌러 창문을 내렸다. 순식간에 차 안으로 찬바람이 밀려들었다. 확 내려간 기온에 효주가 부르르 몸을 떨었다.

"추워요……."

"당연히 추워야죠. 잠 깨라고 연 건데."

그리고 이현의 무식한 방법이 통했다. 무언가에 놀란 듯 효주가 벌떡 일어나 앉았다.

"여기가 어디죠?"

당황한 듯 효주가 마구 두리번거리면서 물었다.

"주무실 때 도착했어요."

"제가 또 잤군요. 미안해서 어쩌나. 깨우지 그러셨어요."

또 잠든 것이 미안해 효주가 어쩔 줄 몰라 했다.

"괜찮아요. 방금 도착했어요. 그런데 정 선생님, 여기."

이현이 자신의 입가를 툭툭 치는 제스처를 취했다. 효주가 눈을 동그랗게 떴다.

"네?"

"아닙니다. 아무것도."

이현이 고개를 가로저어 보였다.

"왜 그러시는데요?"

"아무것도 아니라니까요."

그러면서 이현은 시선을 피했다.

"에이, 여기 뭐가 묻었나 보네."

자신의 입가를 닦던 효주는 축축한 것이 손에 묻어 나오자 허둥지둥 입가를 훔쳤다.

미쳤어, 정효주. 이젠 자다가 침까지 흘리니.

"저 많이 흉했죠?"

무안해하는 효주에게 이현이 고개를 가로저어 보였다.

"아닙니다. 저도 자면서 가끔 침도 흘리고 합니다."

물론 새빨간 거짓말이었다. 그런데 그걸 효주도 느꼈는지 의심의 눈길을 거두지 않았다.

"그거 거짓말이죠?"

"아뇨. 진짠데요."

"거짓말 같은데?"

"정말입니다."

거듭된 효주의 추궁에 이현은 진땀을 흘렸다. 남자로서 매너 한 번 지키기 힘들다고 생각하며.

"진짜요?"

"저는 거짓말 같은 거 못하는 사람입니다."

그제야 안도한 듯 효주의 표정이 밝아졌다.

"천천히 내리세요. 먼저 내릴게요."

효주가 한결 밝아진 표정으로 차에서 내리자 이현이 긴장을 풀었다.

'정말 쉬운 게 하나도 없구나.'

그러고 보니 여자에 대해 모르는 것이 너무 많은 것 같았다. 방금 일도 그렇다. 고작 자다가 침 흘린 것 가지고 여자들은 예민하게 군다.

'침 좀 흘린 게 어때서.'

여자란 참으로 복잡하고 복잡한 존재라고 생각하며 고개를 절레절레 흔들던 이현은 뒷좌석에서 문이 벌컥 열리자 움찔하고 다시 자세를 바로 했다. 또 뭐지?

효주가 몸을 숙이고 들어와 도시락 가방을 챙겼다.

"짐 좀 챙겨갈게요."

"아, 제가 들고 내릴게요."

"괜찮아요. 제가 들면 돼요."

효주가 도시락 가방을 들고 가버리자 이현이 한숨을 푹 내쉬었다. 튼튼한 이 팔은 두었다 뭐에 쓰려고. 저런 건 나한테 맡기면 안 되나?

허둥지둥 차에서 내린 이현은 얼른 효주에게서 도시락 가방을 빼앗아 들었다.

"제가 괜찮지 않습니다. 이러려고 따라왔으니까요."

보란 듯이 이현이 도시락 가방을 들어 올려 보였다. 그에 효주의 얼굴이 더욱 붉혀졌다.

"자, 그럼 가실까요."

이현이 앞장서면서 말하자 효주가 고개를 끄덕였다.

"네."

그들은 산 아래 우뚝 솟아 있는 희고 아담한 요양원 건물로 나란히 걸어갔다. 불쑥 이현이 입을 열었다.

"여긴 공기가 좋네요."

구불구불한 산길을 계속 달려왔기에 산과 산 사이 꽉 막힌 곳에 위치한 줄 알았다. 그런데 웬걸. 아래로 멀리 내려다보이는 거대한 호수는 예상 밖이었다. 그와 같은 생각인 듯 효주도 호수에 시선을 주고 있었다.

"여기 환자들은 좋겠습니다. 매일 저런 풍경을 볼 수 있을 테니까요."

"꼭 그렇지만도 않아요……."

효주는 씁쓸하게 대꾸하고 이현을 쳐다보았다. 효주의 시선을 느끼고 이현이 고개를 돌려 효주를 보았다.

"뭐가 그렇지 않다는 겁니까?"

이현이 조용한 음성으로 물었지만 효주는 생각에 잠길 뿐 쉬이 대답을 내어놓지 못했다. 이현은 모른다. 이 아름다운 요양원이 가진 아픔을. 이렇게 아름다운 풍경이 있으면 뭘하나. 저걸 제대로 즐기지 못하는 환자가 태반인데. 이곳의 환자 절반 이상이 수족을 제대로 쓰지 못했다. 자기 몸보다 조금 큰 침상 안에서 살아가고 있었다.

수족을 자유로이 쓸 수 있는 환자라고 딱히 사정이 다르진 않았다. 수족이 멀쩡한 대신 정신세계가 고장 나 있었기 때문이다. 그들을 사람들은 치매 환자라고 불렀고.

그리고 수족을 쓰지 못하든 인지능력을 상실했든 가족들에게 버거운 건 마찬가지인가 보다. 이 잘 꾸며진, 파라다이스가 노인 환자들로 넘쳐나는 것을 보면. 그리고 그 넘쳐나는 환자들 중의 하나가 바로 효주의 할머니였다.

"그건 제가 말씀드리지 않아도 곧 아시게 될 거예요."

'그리고 다신 여기를 온다고 고집 피우지 않겠지. 괜찮아. 이현도 평범한 사람이야. 너무 많은 걸 기대하지 말자.'

그렇게 속으로 자신을 다독인 효주가 웃으면서 말했다.

다시 산책하듯 큰길을 따라 걸어 올라가자 간병인이 밀어주는 휠체어에 앉아 정원을 산책하는 환자들이 몇몇 눈에 띄었다. 추위를 탈까 봐 담요로 꽁꽁 둘러져서 모자 아래로 눈만 쏙 내밀고 있었지만 산책이 좋은지 다들 웃고 있었다. 그걸 눈여겨본 이현이 말을 꺼냈다.

"우리도 할머님 모시고 저렇게 산책 나와요.

"그래요, 할머니가 무척 좋아하실 거예요."

6.

요양원 입구가 가까워질수록 효주의 표정이 밝아졌다. 곧 할머니를 만날 수 있다는 기대로 효주가 발걸음을 빨리할 때였다. 건물 입구에서 하얀 제복을 입은 의료진들이 우르르 뛰어나왔다.

"박 간호사는 호수 전망대로, 김 간호사는 뒤뜰 벤치로 가. 그리고 맡은 구역은 샅샅이 뒤져. 저번처럼 의자 아래 숨어 있을 수도 있으니까."

"네!"

"네!"

간호사들에게 지시를 내리는 넉넉한 몸매의 중년 여인은 효주가 익히 알던 사람이었다. 할머니 병실이 있는 5층 병동을 책임지는 수간호사였기 때문이다.

"수간호사님, 무슨 일 생겼나요?"

뿔뿔이 흩어지는 부하직원들을 주시하며 한숨을 내쉬던 수간호사가 효주를 발견하고 깜짝 놀란 표정으로 얼굴을 붉혔다.

"……오셨어요?"

수간호사의 표정이 심상치 않다고 생각하며 효주는 목을 빼서 간호사들이 사라진 길을 쳐다보았다.

"네. 할머니 뵈러 왔어요. 그런데 무슨 일인가요?"

"실은…… 조말순 씨가 갑자기 사라지셨어요."

효주의 할머니 이름이 조말순이었다.

"할머니가요……?"

할머니가 행방불명되었다는 소식에 효주의 표정이 흐려졌다.

"짐작으론 보호자분 마중 나간 것 같긴 한데 그래도 저번처럼 방문객 차에 숨어서 시내로 나갈까 봐……. 일단 주차장으로도 직원 보냈으니까 걱정 마세요. 금방 찾을 수 있을 거예요."

"저도 도울게요."

"그럼 저희야 고맙죠. 안 그래도 점심시간이라 직원들이 하나같이 바쁘거든요."

효주가 돕겠다고 나서자 수간호사가 눈에 띄게 좋아했다. 걱정스럽게 듣고 있던 이현도 나섰다.

"저도 돕겠습니다."

그에 효주가 이현에게 고개를 가로저어 보였다.

"아뇨. 백 선생님은 저희 할머니 얼굴두 모르시잖아요. 여기 생각보다 좁아요. 차 타고 바깥으로 나가지만 않으면 금방 찾아낼 수 있어요. 그러니까 저기 벤치 보이시죠. 저기에 잠시 앉아 계세요. 할머니 찾으면 저리로 모시고 갈게요."

"듣고 보니 그러네요. 할머니 생김새도 모르면서 제가 어떻게 찾는다는 건지."

"미안해요."

"아뇨. 그러니까 저기 앉아서 기다리고 있으면 되죠?"

"네. 그럼."

효주가 수간호사와 함께 뛰어가버렸다. 졸지에 혼자 남겨진 이현이 한숨을 내쉬었다.

"어찌 된 여자가 맨날 바빠. 차에 타면 자고, 이야기 좀 하려면 도망가버리고. 그나저나 사라진 할머니를 빨리 찾아야 할 텐데……."

터덜터덜 벤치로 가서 앉았다.

그런데 금방 온다던 사람이 한참 지나도 감감무소식이었다. 효주가 올 때까지 마냥 기다리고 있으려니 꼴도 처량했고.

"배도 고프고……."

아침에 차에서 김밥 몇 알 얻어먹은 게 다였다. 한창때의 이현으로선 당연히 허기가 질 수밖에 없었다.

"조금만 꺼내 먹을까."

옆자리에 놓아두었던 도시락 가방을 힐끔 쳐다보았다.

"아니지. 김밥 싼다고 새벽부터 일어나서 고생했을 텐데 그럴 순 없지. 기다렸다가 다 같이 먹어야지."

"그래도 몇 알 정도는 괜찮지 않겠어?"

뒤에서 불쑥 들린 음성에 이현이 뛸 듯이 놀랐다. 그럴 수밖에 없는 것이 주위로 개미 새끼 한 마리도 없었다. 내내 혼자였다. 근처를 지나가는 사람도 없었다. 그런데 이 무슨 해괴한 음성이란 말인가.

"잘못 들었나? 귀신이 곡할 노릇이네."

고개를 갸우뚱하며 잘못 들은 거라고 치부해버리려고 하던 때였다. 한차례 이현을 놀라게 한 그 목소리가 다시 말했다.

"나 귀신 아닌데."

이현이 기겁하며 두리번거리며 몸을 일으키자 그제야 슬그머니 벤치 아래 숨어 있던 노파 하나가 모습을 드러냈다.

"으앗, 누굽니까? 누군데 숨어서 그러는 겁니까."

큰 덩치로 엉금엉금 잔디 바닥을 기어서 나오는 노파를 보며 이현은 기가 찼다. 사람을 놀래키는 데에도 정도가 있지.

"거기 숨어서 뭘 하신 겁니까."

따지는 듯한 말투에 노파가 어깨를 움츠렸다.

"무서워, 오빠. 화내지 마."

어림잡아 팔순이 넘어 보이는 노파였지만 표정이 어린애처럼 천진난만해 보였다.

"……방금 저한테 오빠라고 하셨습니까?"

못 들을 것을 들었다는 듯 이현이 썩은 표정을 지었다.

"응, 오빠. 그것도 완전 잘생겨서 딱 내 스타일 오빠."

큰 덩치에 어울리지 않게 얼굴을 붉히는 노파를 보며 이현은 완전히 넋이 나갔다. 노파는 치매 환자였던 것이다. 그리고 그 사실이 이현의 멘탈을 붕괴시켰다. 치매 환자는 생전 처음이었기에 어떻게 대해야 할지 도무지 감이 안 왔다. 그저 당황해서 바라보고만 있을 수밖에.

이현과 같은 반응이 익숙한 듯 노파는 개의치 않았다. 외려 먹이를 노리는 하이에나처럼 효주의 도시락에 군침을 흘렸다.

"그런데 거기에 든 것 좀 나누어주면 안 될까?"

"이, 이걸요?"

예상치 못한 상황에 부딪히자 이현은 얼른 도시락 가방을 안아 들었다. 마치 치매 노파로부터 가방을 지키려는 듯이.

"응. 배가 고파서 여기서 꼬르륵꼬르륵 소리가 나고 있어."

그걸 증명하듯 노파가 환자복을 들추며 배를 보여주려고 했다. 이현이 얼른 노파의 손목을 잡아서 제지했다.

"그건 안 보여주셔도 됩니다."

"진짠데. 나 배 무지 고픈데."

단호한 이현의 표정을 보고 노파가 어리광 부리듯 말했다.

"그래도 안 됩니다."

어리광이 통하지 않자 노파는 갑자기 입을 삐죽거리기 시작했다. 울음을 터트릴 듯한 기세에 이현이 당황해서 말했다.

"김밥, 드릴 테니까 울지 마세요."

"진짜? 먹어도 돼?"

"그런데 다는 못 드려요."

효주의 할머니는 맛도 보지 못한 김밥이었다. 주인이 따로 있는데 완전히 내어줄 순 없었다. 나누어줄 순 있어도.

"괜찮아. 나 요새 다이어트 시작했거든. 그렇게 많이는 못 먹어."

이현의 허락이 떨어지자 언제 울려 했냐는 듯 노파가 싱글벙글 했다.

"이리 와서 앉으세요."

이현이 옆자리를 두드려 보이고 도시락 가방을 열었다.

"응."

노파가 얌전히 와서 앉았다. 그 모습이 어린애 같다고 생각하면서 이현은 도시락을 펼쳤다. 앙증맞게 싼 김밥이 모습을 드러내자 얌전하던 노파가 돌변했다. 맨손으로 적극적으로 달려들었다.

"어? 어? 천천히, 천천히요."

다이어트는 무슨. 많이 못 먹는다는 노파의 말은 뻥이었다. 어찌나 게걸스럽게 먹는지 김밥이 쑥쑥 줄어들었다. 제대로 씹고는 있는 건지. 저렇게 쑤셔 넣다간 배탈 나기 십상인데 말이다.

"이거 진짜 진짜 맛있어. 오빠도 먹어봐."

그래도 매너가 있는 노파였다. 그에게 먹어보란 말도 하고. 하지만 매너랑 배탈은 다른 문제였다. 저대로 먹다간 체하는 건 시간문제였다.

"그만 드세요."

이현은 도시락을 하늘 위로 높이 치켜들었다. 갑자기 도시락이 사라지자 노파가 정지 화면처럼 얼음이 되었다. 사태 파악이 끝나자 노파는 간절한 표정을 지으며 이현을 쳐다보았다.

"그래도 안 됩니다."

이현은 고개를 가로저어 보였다. 김밥이 아까워서가 아니었다. 노파의 건강이 걱정되어서였다. 그러나 그의 맘도 몰라주고 노파는 상실감을 넘어선, 3대가 폭삭 망한 표정으로 울려고 했다.

"왜 그래……."

간절한 애원에 이현은 약해지려는 마음을 다시 다잡았다. 그리고 김밥이 아까워서 이러는 것이 아니라고 다시 한 번 자신을 설득했다.

"이거 다 드셨다간 정말 큰일 납니다."

"아니야. 아직 반도 못 먹었는데? 아직 배고픈데?"

먹다가 빼앗긴 게 서러운지 금세 노파의 눈가에 커다란 눈물방울이 주렁주렁 매달렸다.

"그, 그래도 안 됩니다."

이현은 고개를 절레절레 흔들어 보였다.

"히잉. 히잉. 잉. 나쁜 오빠! 우리 언니한테 다 이를 거야."

언니한테 이른다는 말에 이현은 움찔했다. 내가 뭘 어쨌다고 그래!

"언니한테 이른다니요? 제가 뭘 어쨌다고?"

우리 효주 김밥도 나누어줘, 말동무도 해줘, 이렇게 좋은 오빠가 어디 있다고. 그 언니라는 사람은 코빼기도 안 보이는구만. 그 언니란 사람도 그래. 동생이 여기서 이러고 있는데 그것도 모르면서. 언니 자격 없네.

이현이 속으로 구시렁거리거나 말거나 노파의 관심은 오로지 김밥이었다. 김밥을 먹고 말겠단 신념으로 이현에게 달려들었다.

"잉, 히잉. 그거 줘. 빨리 줘. 이리 내란 말이야."

어린애처럼 달려드는 노파에게서 김밥을 사수하기란 쉽지 않다. 황소도 때려잡을 손으로 앙탈 부리듯 가슴팍을 퍽퍽 쳐왔다. 도시락통을 하늘 높이 치켜들고 있던 터라 그대로 맞고 있을 수밖에 없었지만 그도 인간이었다. 부아가 나는 건 어쩔 수 없었다. 참는 데도 한계가 있지. 퍽퍽, 연달아 주먹이 배를 가격해오자 더 이상 견디지 못하고 소리를 꽥 지르고 말았다.

"그만 좀 하세요!"

깜짝 놀란 노파가 당황해서 얼음이 되었다. 그러다가 잠시 후, 동그래진 눈으로 히끅히끅 딸꾹질을 하는 것이 아닌가.

"으흠……."

저절로 한숨이 새어 나왔다. 정신 수준이 아이나 다름없는 노파를 윽박질렀다는 자책도 들었다.

이현은 노파의 손이 닿지 않는 곳에 도시락통을 치우고 엉덩이를 움직여 노파에게 다가갔다.

"그것 보세요. 욕심 부리니까 이렇게 되잖아요."

노파는 온통 눈물범벅에 김 가루가 여기저기 묻어 있는 것이, 꼭 손이 많이 가는 다섯 살 아이처럼 보였다. 휴지를 찾아 얼굴을 닦아 주었지만 노파는 그게 더 분한 듯 큰 소리로 사방이 떠나가라 울음을 터트렸다.

"흐어엉! 내가 우리 언니 오면 다 일러줄 거야!"

노파는 숨도 안 쉬고 울어 젖혔다. 당황한 이현이 노파를 달래기 시작했다.

"뚝, 뚝. 자꾸 울면 무서운 아저씨가 잡아가요!"

"히끅히끅. 거짓말 마. 세상에 무서운 아저씨가 어디 있다고."

치매가 걸렸어도 나이는 무시 못 하는지 무서운 아저씨는 통하지 않았다. 으름장도 통하지 않자 이현은 미칠 것 같았다. 회유에 들어갔다.

"제가 잘못했으니까 그만 우세요. 네?"

노파를 살며시 끌어안고 등을 살살 매만져주었다. 방송 어느 프로에선가 이런 식으로 어린애를 재우던 장면이 있었다. 제발 노파에게도 통하길 바라며. 하지만 노파는 서럽다는 듯 더 큰 소리로 울었다.

"흐엉, 엉, 엉, 으엉엉……."

"뚝! 뚝 하시라니까요."

숨도 쉬지 않고 울던 노파가 갑자기 울음을 멈추자 이현은 반색을 했다. 울음을 그쳤구나 싶었는데 이번엔 노파가 구역질을 시작했다.

"으욱. 으으욱."

"어? 괜찮으세요?"

"우으엑!"

그리고 갑자기 가슴이 뜨끈해지자 이현은 정신이 다 혼미해지는 것 같았다. 시큼한 토사물 냄새도 올라왔다. 비위가 약한 이현은 저도 모르게 헛구역질을 했다. 그런데 뭘 잘했다고, 노파가 더 크게 울어 젖히는 것이 아닌가. 고생한 건 그인데 얄밉게 언니를 찾으며.

"우왕. 언니! 언니!"

이현은 정말 울고 싶었다. 이 몰골을 해서 어떻게 다시 효주를 보냐는 말인지. 할 수만 있다면 노파처럼 큰 소리로 울고 싶었다. 그런다고 사태가 해결되지 않겠지만.

"가만히 좀 계세요."

울고 있는 노파를 품에서 떼어내고 노파의 얼굴을 살폈다. 불린 김을 입가에 너덜너덜 달고 있는 것 말고는 별다른 이상이 없어 보였다.

문제는 토사물을 뒤집어쓴 자신의 몰골이었다. 셔츠는 이미 재생 불가 상태였다. 화장실에 가서 수돗물로 씻는다고 해결될 얼룩이 아니었다. 오늘을 위해서 새로 산 비싼 셔츠였는데.

이현은 씁쓸한 표정으로 사망한 셔츠에게 애도를 표했다. 그리고 현실을 직시했다. 짜증 난다고 해서 없던 일로 되는 것도 아니고 노파가 사라지는 것도 아니었다. 수습은 온전히 그에게 있었다. 그러니 침착하게 사태를 해결하는 것만이 난관을 극복하는 길이었다.

이현은 도시락 주머니를 뒤져 효주가 챙겨 넣은 듯한 냅킨을 한 움큼 끄집어냈다. 그리고 일단 노파의 입 주위부터 닦아주는데, 노파는 만족을 모르는 늙은이였다.

"나 코 풀래."

이 무슨 청천벽력과도 같은 말인지. 노파의 맹랑한 지시에 이현은 얼음이 되고 말았다.

"허어."

헛웃음밖에 나오지 않았다. 그러나 말똥말똥 순진하게 바라보는 노파의 요구를 차마 외면할 수 없었다.

"……흥 하세요."

쭈뼛쭈뼛 냅킨을 노파의 코에 가져다 대고 말하자 노파가 힝 하고 힘을 주어 코를 풀었다.

'윽.'

무슨 대포 소리도 아니고. 동시에 뜨끈하고 물렁한 것이 휴지 안에 가득 차는 것이 느껴졌다. 이현은 질겁하고 휴지를 뗐다. 정말 오늘 평생 치의 놀랄 일을 다 겪고 있었다. 보고 싶은 효주는 코빼기도 보이지 않고, 효주의 할머니는 무사한시, 그린데 왜 나는 이 치매 할머니를 돌보고 있는 건지.

어찌 생각하면 한국에 들어온 것 자체가 판단 미스였을 수도 있다. 친구, 회사 파트너의 반대를 뿌리치고 들어온 한국이었다. 도도한 그의 인생에 한 줄기 행운인지, 한 줌의 오점인지. 효주를 보고 첫눈에 사랑에 빠질지 그 누가 알았겠는가. 그리고 덤으로 이 치매 노파까지. 정말 돌겠네.

"하아."

돌아버릴 것 같은 심정을 긴 한숨을 뿜어내는 걸로 위안 삼으려 했지만 불운은 거기서 끝나지 않았다. 노파의 요구는 끝이 보이지 않았다.

"잠이 와. 안아서 재워줘."

정말 이 노인네, 미친 것 아니야. 이현은 울컥해서 외쳤다.

"그쪽 언니한테 재워달라고 하세요."

노파가 움찔해서 그의 눈치를 봤다. 그러나 그것도 잠시. 계속 재워달라고 떼를 부렸다. 타들어가는 그의 속도 모르고, 뭘 잘했다고. 그러나 치매 노파를 계속 구박할 수도 없어 이현은 냅킨으로 토사물 덩어리만 대충 해결하고 노파를 무릎 위에 눕혔다. 이왕 망가진 옷, 망가진 정신세계. 아픈 노파에게 봉사나 하자 싶었다.

그런데 잠시 후, 어디선가 비명 소리가 들렸다. 막 잠들려던 노파가 고개를 번쩍 치켜들었다.

"어허, 자야죠."

"이힝."

잠투정하듯 노파가 그의 배에 마구 파고들었다.

"그만. 얌전히 자야죠."

"하지만 오빠, 저 사람들 너무 시끄러워."

그러고 보니 그 말도 맞았다. 저 멀리 여자들이 계속 꽥꽥거리며 뛰어오고 있었다. 멀리 떨어진 여자들을 무슨 수로 말린다 말인지. 그래도 이현은 체념조로 노파를 진정시켰다.

"네, 네. 조용히 시킬게요."

여자들 무리가 다가왔다. 자세히 보니 아까 병동에서 뛰어나오던 간호사 무리였다.

"환자분! 거기서 뭐 하세요!"

"어머! 어떻게 해. 또 방문객 괴롭히고 있었나 봐."

"할머니!"

여자들은 노파를 재우고 있는 이현을 발견하고 혼비백산했다. 이현이 눈살을 찌푸리며 쉬잇 하고 입에 손가락을 가져다 대었다. 대충의 상황을 파악한 듯 간호사들도 고개를 끄덕였다. 그런데 문제는 따로 있었다. 그리고 그 문제가 이현을 의기소침하게 했다.

간호사들 뒤에서 효주가 걸어 나왔다.

"백 선생님······."

효주는 충격을 받은 듯했다. 멍한 표정으로 제대로 말도 못 했다. 그에 이현의 고개가 풀썩 꺾였다. 효주에게 이런 몰골을 보이다니. 이현의 심정은 참담하고 비참했다.

"어머, 이걸 어째. 토했잖아!"

갑자기 수간호사가 돌고래 같은 비명을 질렀다. 안 그래도 찜찜한데 모두의 시선이 몰리자 이현은 딱 돌 것 같았다. 덩치 큰 수간호사와 치매 노파를 태평양 한가운데로 던져버리고 싶었다.

"김 선생은 병동에 가서 휠체어 가져와."

"네."

"환자가 밖에서 토한 채로 잠들어 있으니까 갈아입을 옷 준비해놓고 있어."

그러나 수간호사는 그의 우려와 달리 프로페셔널한 직업여성이었다. 간호사들에게 명령을 내리고 병동에 전화를 걸어 환자를 위해 사전 조치를 취했다.

"백 선생님…… 이게 어떻게 된 거예요……? 저희 할머니가 왜 여기에……."

효주의 목소리를 듣고 잠든 줄 알았던 노파가 한쪽으로 실눈을 떴다.

"우리 언니 왔다……."

그리고 다시 까무룩 잠든 노파.

"그렇다면 이분이 정 선생님의……?"

"네. 저희 할머니예요. 그런데 어떡해요. 백 선생님 옷이……."

미안해서 어쩔 줄 모르는 효주.

"괜찮습니다. 신경 쓰지 마십시오. 우선 할머님부터."

치매 노파가 효주의 할머니였다니. 충격이었다. 어떻게 받아들여야 할지. 이게 불운인지 기회인지. 하지만 단 하나, 지금 알 수 있는 건 노파를 안전한 병동으로 보내 쉬게 해야 한다는 것.

그런데 잠든 노파를 휠체어로 옮기는 것이 쉽지 않았다. 여자 여럿이 낑낑거리며 달려들었지만 이현의 손을 빌려서야 간신히 휠체어에 태울 수 있었다. 노파를 휠체어에 앉히는 도중 간호사 하나가 기겁했다.

"어머, 환자 배 좀 봐. 대체 뭘 먹었기에."

"진짜네. 뭘 드셨기에."

간호사들이 휠체어에 앉은 노파 주위로 우르르 몰려들었다. 고개를 갸웃거리며 노파의 상태를 체크하는 간호사들을 보며 이현이 뜨끔한 표정을 지었다. 그러다가 뒤로 돌아보는 수간호사와 정통으로 시선이 마주쳤다.

"여기 입원한 분들은 다들 지병 하나씩은 가지고 있는 고령의 환자들이에요. 환자들이 달라는 대로 주면 나중에 큰일 나요. 죄송하지만 다음부터는 조심해주셨으면 좋겠네요."

수간호사의 정중하지만 날 선 지적에 이현이 즉각 고개 숙여 사과했다.

"죄송합니다. 다음부터는 조심하겠습니다."

이현의 사과를 받은 수간호사가 이번에는 효주에게로 시선을 돌렸다. 수간호사가 말했다.

"환자분은 저희가 챙길 테니 보호자분들은 따라오지 마세요. 보호자분 왔다는 걸 알면 저번처럼 잠 안 자려고 할 테니까요. 한두 시간 푹 잘 수 있게 면회는 나중에 해주세요."

수간호사의 당부에 효주가 고개를 숙여 보였다.

"네, 할머니 잘 부탁드립니다."

"당연하죠. 아, 그리고 저분."

수간호사가 힐끔 이현 쪽을 눈짓하며 효주에게 속삭였다.

"정 선생님 남자 친구시죠?"

수간호사의 은근한 말투에 효주는 당황해서 손사래를 쳤다.

"저희 그런 거 아니에요."

그러자 수간호사가 진심 아쉽다는 듯 말했다.

"그래요? 좋은 사람 같은데……. 아쉽네. 생판 처음 본 치매 노인에게 저렇게까지 잘해주는 사람 잘 없거든요. 혹시 썸 타는 사이

176

라면 저 남자 꽉 잡아요. 평생 정 선생님한테 잘할 거라고 내가 보증할게요."

"……그런 거 아니라니까요."

도시락 가방을 들고 졸래졸래 따라오는 이현의 눈치를 힐끔 살피며 효주가 얼굴을 붉혔다.

잠든 할머니가 간호사들에게 인계되고 소동이 일단락되자 효주는 이현을 위해 남성 환자복 상의를 하나 얻어 왔다.

"일단 이거라도 걸치고 계세요. 셔츠는 빨아드릴게요. 벗어서 저 주세요."

효주는 이현을 화장실에 들여보내고 그 앞에서 기다렸다. 잠시 후 환자복으로 갈아입은 이현이 어색한 표정을 지으며 걸어 나왔다.

"제 모습 이상하죠?"

"아뇨. 뭘 입어도 백 선생님은 화보 같아요. 멋있어요."

엄지손가락을 척 치켜 올려 보였다.

"에이, 거짓말은 나쁜 건데."

"진짠데."

효주의 능청에 이현이 웃음을 터트렸다. 그에 효주도 따라 웃었다.

하지만 이런 평화도 잠시, 낮잠에서 깨어난 할머니는 이현만 찾아댔다. 이현에게 꽂혀 손녀는 안중에도 없었다. 이현의 뒤만 졸졸 따라다니는 것이, 화장실도 따라 들어갈 기세였다.

결국 그들은 몇 차례의 소동을 더 겪고 나서야 요양원을 나설 수 있었다.

서울로 올라오는 차 안에서 효주가 말했다.

"그러니까 제가 따라오시지 말라고 그랬잖아요. 이게 무슨 꼴이에요."

효주가 미안해서 몸 둘 바를 모르자 이현의 입꼬리가 올라갔다. 마치 낮의 일을 더듬는 듯.

"그만! 낮의 일은 제발 그만 떠올리세요."

효주는 기겁하며 양손에 얼굴을 묻었다. 낮의 일을 떠올리는 것만으로도 효주는 낯이 화끈거렸다. 주책바가지 노인네 같으니라고. 백 선생님이 어딜 봐서 그쪽 오빠냐고. 하, 그리고 무슨 힘은 또 그렇게 센지.

"그만하세요. 정 선생님 잘못도 아닌데요, 뭐."

위로하듯 이현이 손등을 몇 차례 토닥여주었다. 부드러운 위로에 효주가 얼굴을 붉혔다.

"이런…… 벌써 도착해버렸네요. 최대한 천천히 밟는다고 밟았는데……."

차가 효주의 동네로 들어서자 이현이 아쉽다는 듯 투덜거렸다.

"일찍 도착한 만큼 쉴 수 있으니 잘됐잖아요."

"그렇긴 하네요."

그래도 아쉬운 듯 이현이 떨떠름하게 응수했다.

"오늘 고생 많으셨어요."

"고생은요."

"아뇨. 신세를 너무 많이 져서 이젠 정말 어떻게 갚아야 할지 모르겠어요."

"천천히 갚으셔도 됩니다. 기다리는 덴 자신 있으니까요."

이현의 넉살에 효주가 웃음을 터트렸다.

"네. 그 신세, 제가 하나도 놓치지 않고 다 갚을 거니까 꼭 기다려주셔야 돼요."

효주는 웃으면서 짐을 주섬주섬 챙겼다. 차에서 내리려는데 갑자기 이현이 불러 세웠다.

"정 선생님."

"네?"

막 차에서 내리려던 효주가 의아한 표정으로 이현을 쳐다보았다. 그러나 이현은 미적거리며 말 꺼내길 주저했다. 시선을 제대로 마주치지 못하고 얼굴까지 붉혔다.

백 선생님이 갑자기 왜 저러시지?

"저는…… 오늘이 참 좋았습니다."

"……네?"

거의 봉변 수준이었던 하루였다. 그런데 대체 뭐가 좋았다는 건지. 효주는 그저 의아할 뿐이었다.

"할머니, 정 선생님, 그리고 저 이렇게 셋이 있는 시간들이 그냥 다 좋았다구요."

"저 정말 괜찮은데. 이렇게 위로 안 해주셔도 돼요."

위로 차원에서 건네는 말이라고 짐작하고 효주는 씁쓸하게 대꾸했다. 그러자 이현이 급하게 덧붙였다.

"그럼 더 잘됐네요. 다음에도 저랑 같이 할머니 뵈러 가는 겁니다."

그제야 효주가 놀란 표정이 되었다. 거칠게 고개를 돌려 이현을 쳐다보았다. 이현이 싱긋 웃었다.

"저 안 데리고 가시면 알죠? 먼저 가서 기다리고 있을 겁니다."

순간 낮에 한 수간호사의 조언이 효주의 뇌리를 스치고 지나갔다.

'정 선생님, 저 남자, 좋은 사람 같아요. 꽉 잡아요. 평생 정 선생님한테 잘할 거라고 내가 보증할게요.'

몽글몽글한 것이 가슴 안에서 피어오르는 기분에 효주는 입을 다물 줄 몰랐다.

요양원에서의 떠들썩했던 주말이 지나가고 월요일이 돌아왔다. 아침 조례가 끝나고 어수선한 교무실에서 효주는 정신을 바짝 차리고 있었다. 조금 전부터 교감이 자꾸 힐끔거리는 것이 눈치가 이상했다. 다년간의 경험으로 보아 예감이 좋지 않았다.

"정 선생은 잠깐 나 좀 보고 가요."

아, 역시 교감이 그녀를 불렀다. 또 무슨 억지를 쓰려고 저러는 건지. 효주는 마음을 단단히 먹고 교무실을 가로질러 교감에게 다가갔다.

"부르셨습니까?"

앞에 가서 서자 교감이 서랍에서 종이 뭉치를 꺼냈다. 얼핏 보아도 두툼한 것이 꽤 많은 양이었다.

"그게 뭡니까?"

경계하듯 묻자 교감이 겸연쩍은 듯 제 뺨을 긁적여 보였다.

"정 선생도 알다시피 곧 있으면 학예회잖아요."

"네."

곧 학예회가 있을 거라는 걸 모르는 사람이 어딨다고 저렇게 뜸을 들이는 건지. 초조해진 효주는 입술을 꽉 깨물었다.

"그런데 말이에요, 학생들 좋으라고 개최하는 학예회인데 일거리가 너무 많네요. 교육청 승인을 받아야 할 공문이 한두 장이 아니야. 그러니 이번에도 정 선생이 수고 좀 해요. 여기 적힌 대로 꼼꼼하게 작성해서 기한 전까지 가지고 와요."

교감이 내민 서류는 엄청나게 분량이 많았다. 분량도 분량이지만 대부분 마감 기한도 촉박했다. 혼자서 감당하기엔 무리였다.

"이걸 어떻게 저 혼자서……."

어쩔 줄 몰라 하며 말했다.

"한가한 사람이 왜 그래요? 뻔히 다른 선생님들 바쁜 거 알면서!"

교감이 버럭하자 효주는 눈물이 날 것 같았다. 그녀가 한가하다니. 말도 안 되는 소리였다. 그녀의 수업 양도 다른 교사 못지않게 많았다.

"죄송하지만 이건 못하겠어요. 혼자서 해낼 수 있는 양이 아니에요."

효주는 울고 싶었다. 그렇지만 꾹 참고 말했다.

"어허, 이 세상에 안 되는 게 어디 있어요. 하면 되지. 잔말 말고 내 말 들어요. 기한 내 작성해서 내 책상 위에 올려놓아요."

그러나 골치 아픈 문제를 떠넘기기로 작정한 듯 교감은 뻔뻔하고 당당했다.

"교감 선생님, 그래도……."

"어허, 지금 나한테 대드는 거예요? 나랑 한번 해보자는 거야?"

평소와 달리 효주가 쉬이 물러날 기세가 아니자 교감이 울컥해서 책상을 쾅 소리 나게 내리쳤다. 그에 효주가 움찔했다.

"아닙니다. 그거 이리 주십시오."

"쯧쯧. 그러게 좋은 말로 할 때 듣지. 여기 있으니까 가서 일 봐
요."

꼬리 내린 효주에게 분풀이를 하는지, 교감은 팽개치듯 문서를
건네주었다. 그리고 효주가 꼴도 보기 싫다는 듯 회전의자를 돌려
등을 보였다.

"네……."

흐트러진 문서를 주섬주섬 주워들며 효주는 입술을 꽉 깨물었
다. 자신을 괴롭히는 교감이 미워서 죽을 것 같았다. 맘 같아선 당
장이라도 저 얼굴에 사표를 집어던지고 싶었다. 그렇지만 이번에
도 그러지 못했다. 사표를 내면 당장 속은 편하겠지만 더 큰 고난
이 기다리고 있을 걸 알기에. 억울하지만 이번에도 참을 수밖에 없
었다.

한편 효주가 교감에게 당하는 걸 지켜보던 이현은 한숨을 푹 내
쉬었다. 웬만하면 학교에서는 참견하지 않으려고 했지만 이번만
큼은 참기 힘들었다. 울화통이 터져서 미칠 것 같았다.

'저 바보가 정말.'

착해도 정도가 있지. 저걸 왜 다 받아주고 있는지. 그리고 유독
효주에게만 못되게 구는 교감, 다른 교사들도 그렇다. 입은 뒤서
뭐하는지. 교감이 저렇게 나올 때 어떻게 한 사람도 나서서 말리지
않는 건지. 이번 일로 나중에 효주에 원망받더라도 어쩔 수 없었
다.

내가 나서야지.

이현은 그대로 효주에게 저벅저벅 걸어갔다. 그리고 효주의 손에서 가로채듯 공문을 뺏어 들었다.

"그거 이리 주세요. 제가 할게요."

급작스런 사태에 효주가 얼어붙었다.

"……백 선생님이 그걸 왜?"

마치 귀신이라도 본 듯 효주가 물었지만 이현은 말없이 효주를 제 뒤로 보냈다. 그리고 대치하듯 교감과 마주 보았다.

뜻밖의 사태에 멍청하게 입만 벌리고 있던 교감이 퍼뜩 정신을 차렸다.

"그러게 그걸 백 선생이 왜……?"

교감은 의아함을 감추지 못했다. 그래서 이현은 당신이 정말 싫다는 감정을 숨기지 않고 싱긋 웃어 보였다.

"정 선생님은 학예회 준비로 바쁘시잖아요. 이런 건 후배인 제가 해야죠."

정말 참고 참아서 간략하게 말했다. 그래도 교감은 못 알아듣는 것 같았다. 젠장, 울화통 터지게.

"그래도 그렇지……. 이 많은 걸 백 선생 혼자서 어떻게 다 하려고요."

이현은 다시 심호흡을 하며 삐뚤어진 제 마음을 가다듬었다. 여긴 외조부의 세상이고, 또 학교라고 마음속으로 되뇌면서.

"여자인 정 선생님도 하시는데 제가 못하겠습니까? 걱정 마십시오. 며칠 밤만 꼴딱 새우면 될 겁니다. 정 안 되면 집에서 노는 노친네한테 도와달라고 하죠, 뭐."

교감은 집에서 노는 노친네가 세화여고 이사장이라는 걸 직감

했는지 갑자기 하얗게 질려 손사래를 쳤다.

"하핫, 젊은 사람이 밤을 새우면 쓰겠나! 그거 이리 주게. 내가 하겠네. 자넨 어서 가서 일 보게."

교감이 절절매자 효주가 고개를 번쩍 치켜들었다. 눈으로 보면서도 효주는 제가 보는 것이 믿기지 않았다. 세상에. 교감이 저런 사람이 아닌데. 대체 어떻게 된 일이지? 그러나 이현은 평소처럼 침착하기만 했다. 교감에게 정중하게 묵례하면서 들고 있던 서류를 되돌려주었다.

"이해해주셔서 감사합니다, 교감 선생님."

그리고 효주에게 고갯짓을 했다.

"가시죠, 정 선생님."

깜짝 놀란 효주가 대꾸했다.

"……네."

교무실을 나선 이현은 효주를 인적이 없는 공터로 데려왔다. 이현이 멈춰 서자 효주는 소심하게 주위를 두리번거렸다. 여긴 환한 대낮에도 유령이 나온다는 소문이 도는 응달진 쓰레기 소각장이었다. 만약 비밀 이야기를 하고 싶은 거라면 장소를 잘 택한 셈이었다.

"여긴 왜……?"

"정 선생님."

갑자기 이현이 몸을 휙 돌렸다. 이현은 평소와 달리 엄한 표정을 하고 있었다.

"사람이 착한 데에도 정도가 있지. 제발 상황을 봐가면서 행동하세요. 교감이 준다고 덥석덥석 받아들이지 마시고요."

이현은 정말 열 받은 것 같았다. 그리고 틀린 말이 아니었기에 효주는 고개를 푹 숙였다.

"……죄송해요."

효주는 풀이 죽어 제대로 대꾸도 못 했다. 이현이 말하지 않아도 그의 맘을 알고 있었기 때문이다.

"또 그놈의 죄송. 내가 지금 정 선생님한테 죄송하다는 소리나 듣자고 이러는 것 같아요?"

"……."

풀이 죽은 효주를 보며 이현은 후회하듯 눈을 질끈 감았다. 격앙된 감정을 가라앉히듯 느리고 긴 한숨을 뱉어냈다. 잠시 후 이현이 눈을 뜨고 그녀를 바라보았다. 다행히 평소의 차분한 눈이었다.

"지금 속으로 저 원망하고 계시죠?"

"네에?"

그러자 이현이 다정하게 웃어 보였다.

"……저는 정 선생님이 더 강한 사람이 되셨으면 좋겠어요. 거절할 건 거절할 줄 아는 그런 현명한 사람이요. 제 맘 아시겠어요?"

언제 화를 냈냐는 듯 이현은 차분한 그로 돌아와 있었다. 그러나 애정을 가진 상대에게서 자연스레 많은 것을 알게 되듯, 효주는 그의 화가 아직 풀리지 않았다는 것을 자연스레 알 수 있었다. 그래서 속상했다. 이현이 바라는 사람이 되어주지 못해서.

"앞으로 조심할게요."

풀이 죽어 대답하자 이현이 갑자기 그녀의 양어깨를 부여잡으며 시선을 맞추어왔다. 어깨를 파고드는 강한 손길에 효주가 움찔했다. 그래도 그는 강렬한 시선을 거두지 않았다. 파고들듯 그녀를 응시하며 속삭였다.

"사과하지 말아요. 내가 급해서 그런 거니까."

그러면서 이현은 손을 뻗었다. 다가오는 손을 보며 효주가 움찔했다. 곧 이현의 손가락은 다정하게 그녀의 머리카락을 귀 뒤로 넘겨주었다.

'으앗!'

간지럽고 부끄러웠다. 효주는 본능적으로 뒤로 물러났다. 갑자기 상황이 무안해져버렸다.

"아, 저도 모르게⋯⋯. 죄송합니다."

이현이 얼른 손을 거두어들이며 사과의 말을 중얼거렸다.

"아⋯⋯."

괜히 과잉 반응을 보인 것 같아 변명했지만 이미 상황은 어색해져버린 후였다.

한동안 그들 사이에 말이 없어졌다.

이현이 다시 희미하게나마 미소를 지어 보이며 말을 꺼냈을 때 굉장히 안도할 정도로.

"오늘 저녁 먹으러 가는 겁니다."

이현의 제의에.

"네."

효주가 수줍게 대꾸했다.

"곧 수업 시작하겠네요. 동시에 같이 나가면 그러니까 징 선생님 먼저 가세요. 저는 조금 기다렸다가 나갈게요."

이현이 손목시계를 확인하면서 말했다.

"그럼 저 먼저 갈게요. 천천히 오세요."

"네⋯⋯."

효주는 살짝 고개를 숙여 보이고 먼저 자리를 떴다. 멀어지는 효주를 이현은 어두운 눈길로 응시했다. 효주가 코너를 돌아서 완전히 자취를 감추자 느릿하게 혼잣말을 뱉어냈다.

"또, 원점이란 말이지."

7.

점심시간이 되었다.

효주는 평소처럼 교직원 식당에 가서 급식을 먹었다. 그런데 생각지도 못한 문제가 생겼다. 그것도 아주 난처한. 감히 까마득한 교무부장의 자리를 꿰어 차고 앉은 간 큰 신입 교사, 이현 때문이었다.

"목메겠다. 국물도 먹어가면서 들어요."

분명 듣기 좋은 음성이었다. 그럼에도 효주는 대꾸 없이 묵묵히 수저만 놀릴 수밖에 없었다. 굳이 고개를 들지 않아도 느낄 수 있었다. 효주의 맞은편이자 교무부장의 자리를 차지하고 앉은 이현을 향한 따가운 시선을 말이다. 또한 이현에게 자리를 빼앗기고 붉으락푸르락하고 있을 교무부장의 표정도.

"제가 앞에 앉은 게 그렇게 불편해요?"

이현이 재밌다는 얼굴로 물었다.

"당연하죠."

혹시 아침에 소각장에서 얼굴을 붉힌 일로 일부러 이러는 걸까? 에이, 설마. 백 선생님이 어떤 분인데. 고작 그런 사소한 일로 복수하듯 이러려고.

"왜요? 왜 제가 불편한 건데요?"

그런데 그 설마가 설마가 아닌 것 같았다. 아닌 척하면서 묻지만 이현의 미소 끝에 사악한 기운이 어려 있었다. 그녀를 난처하게 하려고 작정하고 이러는 것이 분명했다.

하지만 개인적인 원한을 갚기에 여긴 적당한 장소가 아니었다. 교직원 식당에는 각자의 자리가 암묵적으로 정해져 있었다. 그건 세화여고 역사만큼이나 오래된 불문율 같은 것으로, 막무가내인 교감이라 할지라도 피해 갈 수 없는 것이었다. 그런데 그 오랜 불문율을 와장창 깨트려버린 것이다. 그것도 까마득한 신입 교사, 이현이.

"백 선생님이 앉아 계신 그 자리, 누구 자리인 줄 아세요?"

"누구 자린데요?"

"교무부장님 자리란 말이에요."

효주의 조바심에도 정작 이현은 태연하기만 했다.

"그게 뭐가 문젠데요. 텅텅 비었는데 아무 데나 앉으면 되죠."

아무래도 이번 일은 그냥 넘어가면 안 될 것 같았다. 이현을 따로 불러 학교 돌아가는 사정에 대해 알려줘야 할 것 같았다.

"나중에 저랑 이야기 좀 해요. 네?"

"아, 데이트? 저야 좋죠."

이현은 끝까지 능청스러웠다. 그녀를 골탕 먹이는 데 재미 들린 사람처럼.

그래서 효주는 허기지지 않을 정도로만 배를 채우고 식당을 빠져나왔다. 그리고 기지개를 펴면서 신선한 공기를 힘껏 들이마셨다.

"아, 이제 좀 살겠다."

밥 먹던 내내 그들을 힐끗거리던 시선들. 정말 체하는 줄 알았다.

"어디 가실 건데요?"

그걸 보고 뒤따라오던 이현이 재밌다는 표정으로 물었다. 이현의 물음에 효주는 말없이 들고 있던 열쇠를 흔들어 보였다.

"그게 뭡니까?"

뜬금없이 열쇠라니. 의아한 듯 이현이 눈을 가늘게 떴다.

"과학실 열쇠요."

"혹시 또 일거리를 부탁받은 거면 당장 가서 돌려주고 못한다고 말하세요."

이현의 억측이 웃겨 효주가 풋 하고 웃음을 터트렸다.

"아니, 어떻게 이 열쇠를 보고 그런 생각을 했대요."

"그렇다면 그게 아닙니까?"

이현이 떨떠름하게 물었다.

"당연하죠. 제가 과학실 열쇠를 왜 빌렸게요. 백 선생님과 조용히 대화를 나누려면 거기만큼 좋은 곳이 없으니까요."

이현에 대해 모르는 것투성이였다. 이제 막 알아가는 단계였다. 그러니 원만한 관계를 유지해 나가기 위해선 대화가 필요했다. 그것도 시급하게. 그리고 보는 눈이 많은 학교에서 민감한 대화를 나누기에 과학실만큼 적격인 곳이 없었다. 항시 차가 비치되어 있어 그녀를 포함한 몇몇 교사들의 휴식처로 곧잘 사용되는 곳이었기 때문이다.

"아······. 네······."

그제야 수긍하듯 이현이 머리를 긁적여 보였다.

"자, 그럼 이제부터 저랑 과학실로 가실까요? 가서 제가 맛있는 차 타드릴게요."

따라오는 이현을 의식하며 효주는 먼저 앞장을 섰다. 과학실은 여기서 한참 먼 별관에 위치해 있었다.

별관을 향해 천천히 걸어가자 여기저기서 학생들이 인사를 건네 왔다.

"야, 저기 저기, 백이현 선생님이다."

"그러게. 국어 샘이랑 같이 있네."

이현을 힐끔거리며 키득거리는 학생들. 학생들의 관심이 이현에게로 쏠려들자 효주가 빙그레 미소 지었다.

"선생님, 저희랑 사진 찍어요."

좀 더 과감한 학생들은 이현에게 다가와 말을 걸었다.

"다음에."

이현이 딱 잘라 거절했지만 학생들은 포기를 몰랐다. 끈질기게 졸라댔다.

"잠시면 돼요, 선생님."

학생들의 성화에 결국 이현이 한숨을 내쉬며 항복을 선언했다.

"그럼 사진만 찍는 거다."

"네!"

이현이 허락하자 아이들이 환호성을 지르며 우르르 몰려들었다. 몰려드는 학생들로 뒤로 처지자 이현이 난처한 얼굴을 했다.

"정 선생님! 금방 갈게요. 거기서 기다리세요."

"천천히 가고 있을게요."

웃으면서 손을 흔들어준 효주는 멈췄던 걸음을 다시 옮겼다. 별관으로 가는 길은 평화로웠다. 그리고 며칠 사이 바람도 많이 따뜻해져 있었고.

"봄이구나……."

이런 게 일상의 행복인 건가. 매일 보던 교정이 갑자기 장밋빛으로 보이고 몸을 스치는 바람이 키득거리는 아이들의 웃음소리 같다.

"자식들, 하라는 공부는 안 하고 쓸데없는 질문만 한다니까요."

언제 왔는지 이현이 그녀와 어깨를 나란히 하고 투덜거리고 있었다. 그에 효주가 빙그레 웃으면서 말했다.

"말씀은 그렇게 하시지만 아이들을 좋아하시잖아요."

이현은 학생들에게 자상한 선생이었다. 그래서 아이들에게 더 인기가 있었고.

"……그런가요."

이현이 머쓱한 표정을 지어 보였다. 때마침 근처를 지나던 소영이 그들을 발견했다.

"어, 저거 효주잖아. 옆에 백 선생도 있네. 뭐야. 둘이 실실 웃으면서……. 가서 놀래켜줘야지."

금세 장난기가 동한 듯 소영이 숨을 죽이고 살금살금 다가왔다.

"정효주, 뭐가 웃긴데? 나도 알자. 응?"

뒤에서 불쑥 나타난 소영으로 인해 효주가 기함을 했다.

"선배!"

그에 비해 이현은 심드렁하게 반응했다.

"오셨어요?"

"응, 백 선생. 그런데 효주야, 내가 멀리서부터 봤는데 둘이 뭐 하고 있었어? 의심스럽게."

소영의 얼굴에 장난기가 가득하자 이현이 코웃음을 쳤다.

"뭐, 뭐가 의심스럽다는 거예요."

제 풀에 찔린 효주가 얼굴이 빨개져서 말까지 더듬었다. 당황한 효주를 대신해 이현이 나섰다.

"차 마시러 과학실 갈 건데 같이 가실래요?"

이현은 과학실 쪽으로 고갯짓을 해 보였다.

"안 그래도 목말랐는데 잘됐다. 나도 갈래."

소영이 반색을 하며 말했다.

"그러시든지요."

이현이 심드렁하게 대꾸하더니 심술 피우듯 먼저 걸어가버렸다. 그에 소영이 벙찐 표정으로 효주에게 물었다.

"내가 뭐 잘못했어? 백 선생 왜 저렇게 삐딱해?"

"글쎄요……."

난감했던 효주는 얼버무리듯 대답했다.

"그런데 너, 백 선생하고 언제 이렇게 친해졌대? 둘이 막, 차도 마시고 하는 그런 사이였어?"

"에이. 차 마시면 친한 사인가요."

소영과 수다를 떨며 과학실에 도착하자 과학실 앞에서 이현이 기다리고 있었다.

"잠시만요."

효주는 얼른 과학실 문을 열었다. 과학실은 대낮인데도 해가 들지 않은 탓에 컴컴했다. 효주는 일단 불부터 켜서 실내를 밝혔다. 뒤따라 들어온 소영이 말했다.

"차는 내가 탈게. 전부 녹차로 통일하면 되지?"

"네."

그사이 효주는 실험대 안에서 그들이 앉을 의자를 끄집어냈다.

"백 선생님, 저기 앉으세요."

효주가 건너편 의자를 가리키며 말했다.

"네."

그런데 이현은 효주가 권한 의자에 가서 앉지 않고 태연하게 효주의 옆자리 의자를 빼서 앉았다. 능청스럽게 옆자리를 꿰어 차는 이현을 보며 효주는 기함했다.

"이렇게 나란히 앉으면 선배가 이상하게 생각하잖아요."

효주는 소영의 눈치를 살피며 말했다. 안 그래도 그들을 의심하는 소영이었다. 이걸 보면 또 소영이 어떤 오해를 할지. 그에 이현이 대꾸를 하려는데, 불쑥 소영이 뒤로 돌아섰다.

"녹차 완성. 으응? 뭐야? 둘이 나란히 앉았네."

나란히 앉은 그들을 발견하고 소영은 의아한 표정을 했다.

"그게……."

효주가 당황해서 변명을 하려고 하는데 옆에 있던 이현이 효주를 제치고 나섰다.

"몸매가 멋지십니다. 이 자리에서 감상하기 딱 좋게……."

이현이 감탄하듯 말했다. 생각지도 못한 찬사를 듣고 당황한 소영이 눈을 동그랗게 떴다.

"그, 그렇지. 내 몸매가 좀 그래. 역시 백 선생은 센스가 남달라."

"네. 제 센스가 좀 남다르긴 하죠."

이현이 태연하게 대꾸했다. 칭찬은 고래도 춤추게 한다고, 그때부터 소영은 나긋나긋해졌다. 의심 따윈 저 멀리 던져버린 듯 환한 미소로 일관했다. 이현도 평소처럼 친절하게 굴었고. 분위기가 한결 가벼워지자 효주도 한시름 놓았다. 친절한 백 선생일 때의 이현이 얼마나 매력적인지를 실감하면서.

하지만 이현을 너무 만만히 본 것일까? 소영이 신이 나서 저 혼자 떠들고 있던 때였다. 이현이 불쑥 손을 뻗어 그녀의 머리카락을 귀 뒤로 넘겨주는 것이 아니겠는가.

"쿨럭!"

그 다정한 행동에 효주가 마시던 차를 뿜었다.

다행히 소영은 제 이야기에 심취해 있느라 그걸 보지 못했다. 속사정은 모르고 실험대 위가 엉망이 된 것만 속상한 듯 벌떡 일어났다.

"이 칠칠아. 물도 제대로 못 마시냐?"

소영이 휴지를 찾으러 가자 효주는 이현에게 눈을 부라렸다. 다른 사람을 앞에 두고 이 무슨 해괴망측한 짓인지.

"미쳤어요. 무슨 짓이에요."

너무 기함한 탓에 뒤로 넘어가기 직전이었다. 그러나 그는 얄미울 정도로 태연했다.

"뭐가요?"

느긋하게 차를 마시며 대체 뭐가 문제냐는 듯 효주를 쳐다보았다. 사람이 너무 어이가 없으면 멍청해진다던데, 딱 효주가 그 꼴이었다. 바보처럼 입을 헤 하고 벌려서 이현의 시선을 받아냈다.

그러면서 생각했다. 그녀가 알던 친숙한 백 선생은 어디로 가고 이런 괴물 같은 남자가 나타난 건지. 혹시 일란성 쌍둥이가 아닐까.

그때, 두루마리 휴지를 찾아온 소영이 걸어왔다.

"왜? 뭔데? 분위기가 갑자기 왜 이래. 둘이 싸운 거야?"

소영이 서먹해진 분위기를 눈치채고 실험대 위를 닦으면서 물었다.

"싸우긴요. 이렇게 사이가 좋은데……. 그렇죠, 정 선생님?"

제 말을 입증하듯 이현은 다시 손을 뻗어 효주의 머리칼을 정리해주었다.

"아하하, 그렇지요……."

수명이 1년은 단축된 것 같다고 생각하며 효주는 소영의 눈치를 살폈다. 다행히 소영은 아무것도 눈치채지 못한 것 같았다. 학생부 아이들이 제 말을 안 듣는다고 분개하며 고충을 털어놓기 바빴다.

"아니, 학생부 애들도 저러는 마당에 애들이 우리 말을 들을 것 같아."

"그렇죠. 교권 침해가 심각하죠."

소영이 분개하자 이현이 바로 맞장구를 쳐주었다. 오늘따라 죽이 잘 맞는 둘을 보며 효주는 부글부글 끓어오르는 속을 꾹 눌렀다.

"아, 맞다. 간부들을 교무실로 불러놓고 깜박하고 있었네. 백 선생, 효주야, 나 먼저 가야겠다. 둘은 천천히 와."

소영이 요란하게 퇴장하자 실험실로 갑자기 침묵이 찾아왔다. 소영이 있을 때는 몰랐다. 과학실 하얀 벽에 걸린 시계의 초침 소리가 원래도 저렇게 컸는지. 멋대가리 없이 천장에 달려 있는 형광등이 저렇게 침침했었는지.

얼마나 어색한지, 갑자기 가고 없는 소영이 그리워지려고 했다. 그러나 이현은 그녀와 생각이 달라 보였다. 방해꾼이 사라진 게 좋은 듯 즐거운 기색이 역력했다.

"드디어 우리만 남았네요. 그런데 그 표정은 뭐죠? 둘만 남아서 싫은 사람처럼."

그러면서 부드럽게 시선을 맞춰 오는 이현.

"그런 거 아니에요."

괜한 부담감에 이현의 시선을 슬쩍 피하며 대꾸했다.

"참, 저한테 하실 말씀이 있다고 하셨죠?"

이현이 손을 뻗어 귀를 스치듯 흐트러진 머리카락을 넘겨주었다. 그 다정한 행동에 효주는 숨이 막히는 것 같았다.

"제가…… 그랬나요."

분명 할 말이 있었던 것 같은데 지금으로선 기억을 되살릴 도리가 없었다. 하나도 기억이 나지 않았다.

그런데 목소리에 동요가 묻어났는지 이현이 살피듯 응시해왔다. 결국 효주가 먼저 긴장의 끈을 놓아버렸다.

"이상해지잖아요. 그렇게 보지 마세요."

항복을 선언하듯 시선을 피하며 속삭이자 이현이 그녀의 턱을 들어 올렸다. 효주가 자신을 똑바로 보게 했다.

"내 눈빛이 어떤데요?"

이현은 진지했다. 그녀는 이 상황이 당황스러울 뿐이었고.

"그런 거 몰라요……."

심장이 뚫고 나올 듯 두근거린다는 사실 외엔 아무것도 눈에 들어오지 않았다. 그럼에도 이현은 포기를 몰랐다.

"뭘 모른다는 거죠?"

그녀에게서 정확한 대답을 듣기 전까지 놓아주지 않을 태세였다. 왜 항상 이 사람의 페이스에 말려드는 건지. 효주는 눈을 질끈 감았다.

"그런 눈으로 보면 아무 생각도 할 수 없잖아요."

떨리던 음성으로 대답을 내어놓자 이현이 낮게 웃었다.

"최근에 들은 말 중에서 제일로 맘에 드는군요."

그러면서 이현은 장난치듯 그녀의 머리를 흩트려 놓았다.

"아이, 뭐예요……."

효주의 작은 항의에도 이현은 환한 웃음을 멈추지 않았다.

"미안해요. 그런데 대답이 너무 귀여워서……."

그 후로 이현은 민망할 정도로 그녀에게서 시선을 떼지 않았다. 다정한 눈빛과 감미로운 음성으로 효주의 심장을 고문했다. 이현의 다정한 눈빛을 보고 있는 건 정말 특별한 느낌이었다. 말로 설명하기 힘든 강한 충족감이 몸 안에 차오르는 기분이었다. 항상 느끼는 기지만 이현은 그녀에게 너무 고마운 사람이었다. 이렇듯 함께 있는 것만으로도 힘이 되어주는 그런 사람이었다.

"고마워요, 항상."

떨리는 음성으로 속삭이듯 말하자 이현이 피식하고 미소 지었다.

"뭐가요?"

"그냥 다요."

고마운 걸 말하자면 셀 수 없을 정도로 많지만 감사를 담은 진지한 눈빛과 표정으로 대신했다.

"음, 고맙다면서 인사치레가 너무 짧은 것 아니에요. A4 용지 빡빡하게는 아닐지라도 좀 더 자세히, 섬세하게 저한테 표현해주셨으면 좋겠는데."

이현의 눈동자가 장난기로 반짝이자 효주가 얼굴을 붉혔다.

"뭐예요……."

부끄러워하는 효주가 귀여운 듯 이현이 낮게 낄낄거렸다.

그때, 드르륵 하고 과학실 문이 열리는 소리가 났다. 열린 문으로 체육 담당, 민 선생이 들어섰다.

"정 선생, 있잖아."

그러다 이현을 발견하고 민 선생은 의아한 표정을 했다.

"어, 백 선생도 있었네."

"네. 그런데 무슨 일로 그러세요?"

뜬금없는 방해꾼에 이현이 눈살을 찌푸리며 물었다.

"아, 정 선생께 급히 여쭤볼 게 있어서요."

그제야 제 볼일이 기억난 듯 민 선생이 말했다.

"말씀하세요."

효주가 엉거주춤 일어나서 민 선생에게로 걸어갔다.

"며칠 후 개교기념일 체육대회 말인데. 아무래도 나보단 선생이 총무를 맡아줬으면 해서. 내가 그날 바쁘잖아. 일일이 돈까지 계산

하면 실수할 게 뻔해."

그러면서 민 선생은 컴퓨터로 출력해온 목록을 효주에게 들이밀었다.

"제가 한번 볼게요."

"고마워. 난 숫자라면 딱 질색이잖아."

민 선생을 친절하게 응대해주는 효주.

비리비리한 체육 교사에게 예쁘게 웃어주는 효주를 지켜보며 이현의 표정은 점점 더 싸늘해졌다. 어쩐지 속이 타는 것 같아 이현은 차갑게 식은 녹차를 한 모금 마셨다. 그럼에도 타는 속을 가라앉힐 수 없었다. 외려 쉬이 끝날 것 같지 않은 저들의 대화로 인해 속이 더 뒤집어지는 것 같았다.

물론 그를 이렇게 만든 원흉은 저 자식이었다! 오늘따라 민 선생의 면상이 왜 더 재수 없게 느껴지는 것인지. 효주는 왜 저 자식에게 예쁘게 웃어주는 것인지. 하염없이 속만 부글부글 끓었다.

효주와 체육대회 경비를 의논하던 민 선생은 점점 대화에 집중을 할 수 없었다. 실험대에 삐딱하게 걸터앉아 자신을 노려보고 있는 백 선생 때문이었다. 평소에도 은근히 까칠하게 굴더니 지금은 아예 한 대 칠 듯한 얼굴로 노려보고 있지 않은가. 그런데 희한하지. 딱히 말로 시비를 거는 것도 아닌데도 저 사내와 눈길이 마주치면 묘하게 긴장된다 말이다.

특히 지금 저 눈.

딱히 뭐라 지적할 수 없게 교묘하게 기분 나쁜 눈동자 말이다. 정말 마음에 들지 않았다. 그렇다고 힘깨나 쓰는 체육 교사로서 어디다 털어놓을 수도 없는 노릇. 털어놓아봤자 매너 좋은 수학 교사를 비방한다는 오명만 쓸 것이 분명했고.

"민 선생님, 제 말 듣고 계세요?"

멀리서 들리는 듯한 효주의 음성에 민 선생은 퍼뜩 정신을 차렸다. 자신도 모르게 어느새 이현과 기 싸움을 벌이고 있었던 것이다.

"아, 네. 말씀하십시오."

즉시 경비 목록으로 주의를 돌렸지만 숫자놀음은 그에게 너무 어려운 과제였다. 젊다는 이유로 총무 노릇을 하고 있지만 끔찍하게 싫은 것이 돈도 안 되는 이 총무라는 직책이었다.

그나마 항상 정 선생이 도와줘서 얼마나 다행인지. 정 선생은 세화여고의 천사였다. 정 선생이 도와주지 않는다면 큰일 날 뻔했다.

"여기 이 부분은 저도 이상하네요. 교무실에 가져가서 체크해볼게요."

"그래 주실래요? 저는 검산을 해도 계속 틀리게 나오더라고요."

"걱정 마세요. 엑셀 프로그램 돌리면 금방이니까요."

역시 정 선생은 천사였다. 날개만 없다 뿐이지. 화색을 띠던 민 선생의 곁으로 이현이 다가왔다.

"제가 도와드릴까요?"

바로 곁에 이현이 서 있자 민 선생은 화들짝 놀랐다. 방금 전까지 분명 저기서 노려보고 있었는데 이상하네.

"아, 백 선생, 그래 줄래요?"

민 선생은 이현이 서글서글 웃으면서 경비 목록을 채가는 걸 지켜봤다.

"음. 여기, 그리고 여기가 잘못됐네요. 이 부분만 고치면 되겠는데요."

쓱 훑어보는 것만으로도 어디가 잘못됐는지를 찾아낸 이현이 효주에게 매력적인 미소를 흘렸다. 그에 효주가 얼굴을 붉혔고.

"어, 정말이네요."

이현을 보는 효주의 표정이 거의 숭배에 가까웠다.

자신만 보면 으르렁거리던 망할 놈의 수학 교사가 왜 효주에겐 저렇게 달콤하게 웃는 건지. 민 선생은 뱃속이 뒤틀리는 것 같은 거북함을 느꼈다. 그렇지만 민 선생의 수난은 거기서 끝나지 않았다. 효주에겐 그렇게 달콤하게 웃어주던 이현의 눈빛이 그를 향하자 다시 싸늘하게 변했기 때문이다.

"민 선생님, 앞으로 이런 일은 제가 도와드려도 될까요? 정 선생님 같은 여자분보다 아무래도 같은 남자인 제가 편하지 않겠습니까?"

분명 제의가 아니라 명령이었다. 앞으로 효주에게 잡무를 맡기지 말라는 경고를 내포한.

"그럴까요……?"

그렇게 민 선생은 이현에게 등을 떠밀려 금세 과학실 밖으로 추방당하고 말았다. 자신을 거부하듯 굳게 닫힌 과학실 앞에서 민 선생은 멍청하게 서 있었다.

방금 뭐였지? 뜻밖의 것을 목격한 것 같은데?

하지만 민 선생은 퍼뜩 도리질을 쳤다.

"내가 예민한 걸 거야. 그치?"

세상살이로 그가 터득한 교훈이 있다면 강한 상대가 걸어오는 싸움은 피하는 것이 상책이라는 것이었다. 이현이 고슴도치처럼 구는 이유가 뭐든 간에 거기에 끼어들 의도 같은 건 눈곱만큼도 없었다. 상대가 자신의 본심을 알아줬으면 좋겠다고 생각하고 민 선생은 석연치 않은 걸음을 내디뎠다.

효주는 민 선생을 과학실에서 몰아낸 이현을 흘겨보았다. 이현은 작은 전투에서 얻은 승리에 도취된 듯 말없이 차를 마시고 있었다.

"사람 무안하게 그렇게 보내면 어떡해요? 민 선생님이 무슨 생각을 하시겠어요?"

민 선생에게 함부로 군 이현을 벌하듯 이현의 손에서 찻잔을 가로채었다. 점심시간이 거의 끝나가고 있었다. 곧 종이 칠 시간이었다.

"내 앞에서 민 선생님 편을 드는 겁니까?"

잔을 씻고 젖은 손을 닦고 돌아서자 이현이 벽에 기댄 채 팔짱을 끼고 있었다.

"여기서 유치하게 편이 왜 나와요? 그리고 네 편, 내 편이 어디 있어요? 동료끼리."

새침하게 응수하며 지나치자 이현이 얼른 따라붙었다.

"어디 있긴요. 여기 있네요. 정 선생님은 무조건 제 편이셔야죠. 그게 바로 우리 공식이죠."

다섯 살 애도 아니고 꼭 여기서 네 편, 내 편을 찾아야 하는 건지. 효주는 어이가 없었다. 저렇게 억지를 부릴 땐 정말 저 남자의 머릿속을 열어보고 싶었다.

"제발 그놈의 내 편 타령은 그만두세요. 우린 성인이라고요."

"좋습니다. 싫다면 그 소린 안 할게요. 대신 제 부탁 하나만 들어주십시오."

부탁이라는 말에 과학실 문을 열려던 효주는 움찔하고 몸을 굳혔다. 이현이 말하는 부탁이란 건 절대 호락호락하지 않을 거라는 걸 이미 경험으로 체득한 그녀였다. 그게 무엇이든 간에 무수한 고민과 갈등이 동반되리라는 건 굳이 듣지 않아도 알 수 있었다. 하지만 언제나 앞서가는 건 이성보다 호기심이었다. 맞다. 언제나 그랬다. 이 남자한테는 이성보다는 감정이, 절제보다는 욕망이 앞섰다.

그러니 이번에도 역시 그녀가 진 게임이었다. 결국 유혹에 넘어가서 딱딱하게 되묻고 말았다.

"부탁이 뭔데요? 상당히 어려운 거면 들어드리기 힘들구요."

낚았다는 듯 이현의 눈동자로 묘한 광채가 스치고 지나갔다.

"마음먹기에 따라서 아주 간단한 겁니다. 앞으로 다른 사람들 부탁 같은 건 들어주지 마십시오. 상대가 누구든 간에 정 선생님이 힘들어지는 건 모조리 거절하세요."

효주가 잡고 있던 문에서 손을 떨구었다. 그리고 천천히 돌아서 이현을 마주 보았다.

"그건 싫은데요."

효주의 조용한 대꾸에 이현이 의외라는 듯 눈을 치켜떴다. 하지만 곧 본연의 침착함을 회복하고 조용히 그녀를 응시해왔다.

그들 사이로 무거운 안개 같은 긴장감이 퍼져 나갔다. 날카롭게 그녀의 표정을 살피던 이현이 곧 무거운 한숨을 내쉬었다.

"저는 정 선생님이 다른 사람들의 부탁에 시달리는 게 너무 싫습니다. 본인이 맡은 일만으로도 힘드시잖아요. 그러니 제 부탁, 들어주세요."

"남들 부탁은 들어주지 말라고 하면서 왜 백 선생님 부탁은 들어달라고 하시는지……. 그리고 왜 제 귀에는 백 선생님 부탁이 명령같이 들릴까요?"

어려운 상황에 처할 때마다 이현이 안타까워하며 나서서 도와줬다. 그러니 이현의 조언은 당연한 것이었다. 그런데도 왜 울컥 화가 치미는 것일까. 이현이 틀린 말을 한 것도 아닌데.

"저 먼저 갈게요."

효주는 쓴웃음을 지으며 차갑게 등을 돌리고 과학실을 나섰다. 빠른 속도로 복도를 걸어가고 있는데 뒤따라 나온 이현이 과학실 앞에 서서 외쳤다.

"압니다. 지금은 제가 미우실 겁니다. 그래도 이번만큼은 저도 양보 못 합니다. 제 뜻대로 밀어붙일 겁니다. 그러니 단단히 각오하셔야 할 겁니다."

텅 빈 복도로 울려 퍼지는 이현의 음성. 그건 마치 그녀의 공허하고 부끄러운 마음에 던지는 돌팔매질 같은 것이었다. 그럼에도 그녀는 걸음을 늦추지 않았다. 오늘처럼 부끄러운 적이 없었으니까.

꺾인 복도로 효주가 사라졌다. 자책으로 이현의 표정이 침울해졌다.

"유치하게…… 미친놈."

그리고 이현은 거칠게 자신의 얼굴을 쓸어내렸다. 그도 안다. 방금은 주제넘은 짓이었다. 부탁을 가장한 명령이 그녀의 약점을 할 퀴고, 아프게 할 걸 알면서도 그 알량한 조언을 멈출 수 없었다. 민 선생에게 그렇게 예쁘게 웃어주지 말라고 부탁하면 될 것을. 굳이 그녀의 아픈 부위를 후벼 팠다.

하지만 그도 할 말이 있었다. 변명하자면 효주의 관심이 민 선생에게 옮겨가는 걸 지켜보고 있자니 화가 나서 미칠 것 같았다. 당장 민 선생을 밀쳐내고, 그녀는 내 것이라고 외치고 싶었다. 단순한 질투라고 치부하기엔 과할 정도로 흥분하고 분노했던 것이다.

"혹시……?"

이런 감정이 사랑이라는 건가? 내가 그녀를 사랑하고 있는 건가? 문득 스친 깨달음에 이현은 벼락을 맞은 듯한 강한 충격에 휩싸였다.

"……설마."

멍한 표정으로 도리질을 치며 부정을 해봤지만 겨우 손바닥으로 하늘을 가리는 격이었다. 이미 오래전부터 시작된 감정을 자신만 깨닫지 못하고 있었던 것이다.

이현은 오늘에서야 사랑이라는 감정이 사람을 얼마나 추하게 하는지 깨닫게 되었다.

퇴근길, 효주는 끝까지 이현과 눈을 마주치지 않은 채로 쌀쌀맞게 교무실을 나섰다. 그리고 소영과 자주 가던 카페를 찾았다. 평일 오후 카페는 조용하고 평화로웠다. 구석 자리에 여대생으로 보이는 여자 하나가 노트북에 빠져 있을 뿐.

효주는 우울한 눈빛으로 창밖에 펼쳐진 도심 거리를 응시했다. 그러나 그녀의 두 눈은 실제로 무엇을 보고 있는 것이 아니었다. 자신의 어두운 내면세계를 헤매고 있었다. 과학실에서 이현에게 정곡을 찔린 후로 쭉 이런 상태였다.

'상대가 누구든 간에 부탁은 절대 안 됩니다.'

이현의 강인한 목소리가 되살아나자 효주는 아랫입술을 지그시 깨물었다. 내 기분은 생각도 안 해주는 무심한 남자. 하지만 나에게도 사정이란 게 있단 말이다. 마냥 호구라서 궂은일을 도맡는 건 아니란 말이다.

"나에 대해 아무것도 모르면서……."

그녀가 초등학교를 다닐 무렵이었다. 학교에서 돌아왔지만 평소처럼 텅 빈 집만 그녀를 쓸쓸하게 반겼다. 그래서 늘 그랬듯이 밥상보를 들추어 차려진 점심밥을 먹고 티브이를 틀어 종일 만화영화, 드라마를 보았다. 그러다 심심해지면 숙제를 하고, 그러다 또 심심해지면 아무도 없는 마당에 나가 어슬렁거렸다. 지금에 와서 생각해보면 그건 어린애가 감당하기 힘들 만큼의 커다란 외로움이었지만 그땐 그걸 인식하기도 힘든 어린 나이였다. 그저 산다는 것이 지리멸렬하고 가치가 없게 느껴졌다.

남을 돕기 시작한 건 그때부터였다. 살아갈 보람을 느끼기 위해 몸이 불편한 옆집 할머니의 거동을 돕고, 반 친구의 모자란 공부를 도왔다. 그들이 기뻐하는 모습에 그녀가 더 기뻤다. 드디어 남을 위해 사는 데서 살아갈 이유를 찾아낸 것이다.

"사람이 오는 것도 모르고 뭘 그리 보고 있어?"

소영이 효주의 맞은편 자리에 털썩 주저앉았다. 그제야 효주는 천천히 눈을 깜박이며 현실 세계로 돌아왔다.

"오셨어요?"

알은체를 하자 목이 타는지 소영이 그녀의 물 잔을 가져가 벌컥벌컥 마셨다. 소영은 학예회 준비로 학생부를 지도하는 바쁜 나날을 보내고 있었다. 그렇기에 그녀보다 퇴근도 늦었고.

빈 물 잔을 탁자 위에 내려놓은 소영이 효주를 빤히 응시했다. 머쓱해진 효주가 괜히 제 뺨을 쓸어 보였고.

"그런데 오늘따라 너, 엄청 이상하다. 너답지 않게 나사 풀린 사람처럼 굴지를 않나, 도망치듯 퇴근하질 않나. 수상한 게 한두 가지가 아니야."

대꾸할 말을 찾아 효주가 머뭇거리는 사이, 그새를 참지 못하고 소영이 말을 이었다.

"만약에. 이건 정말 만약인데. 너, 이러는 거 혹시 백 선생 때문이니?"

핵심을 찔러오는 소영으로 인해 효주가 거칠게 숨을 삼켰다.

"사랑싸움하는 거면 네가 져줘라. 너 그렇게 교무실에서 나가고 안 그래도 죽상이던 백 선생이 완전히 풀이 죽었잖아."

"사랑싸움은요……"

사랑싸움이라니. 말도 안 되었다. 그들이 사귀는 것도 아니고, 사랑하는 사이도 아닌데.

"그럼 네가 이러는 게 백 선생 때문인 건 맞네."

소영의 채근에 효주가 한숨을 내쉬었다.

"네……."

"너네 하는 행동 보니 싸운 거 확실하네. 그렇다면 낮에 과학실에서 싸운 거야?"

"싸우긴요. 언쟁은 벌였지만……."

"우와, 독한 계집애. 끝까지 오리발이네. 근데 왜 싸운…… 아니 언쟁한 건데? 넌 모르겠지만 백 선생 너만 보면 헤벌쭉 웃잖아. 그런 사람이랑 싸우기도 힘들 텐데……."

소영이 골똘하게 쳐다보자 효주는 얼굴을 붉히며 시선을 피했다. 취조당하는 기분이 이런 건가? 하아. 목 탄다.

효주는 소영에게 양해를 구하고 카운터에 가서 물을 부탁했다. 벌컥벌컥 물을 들이켜고 나니 속이 좀 진정되는 기분이었다. 그렇게 타는 속을 다스리고 테이블로 돌아오던 효주가 갑자기 기겁했다.

"어! 백 선생!"

소영이 귀에 대고 큰 소리로 천연덕스럽게 대꾸하고 있는 휴대폰이 바로 그녀의 것이었기 때문이다.

"전화기 이리 줘요."

뛰어가서 휴대폰을 가로채려 했지만 소영은 뒤로 물러나며 효주의 손길을 가볍게 피했다.

"효주 옆에 있냐고? 우리가 있는 곳이 어디냐고? 그걸 백 선생이 왜 묻는 건데? 효주랑 나랑 어디에 있는지 백 선생이 알아서 무얼하게."

소영의 표정에 장난기가 가득했다.

"선배, 그만 좀 해요."

항의를 해도 소영은 손을 내저어 보일 뿐 효주를 상대해주지 않았다.

"효주에게 줄 것이 있다고? 급한 거야? 급한 거 아니면 내일 학교에서 줘. 뭘 그걸 굳이 지금 주려고 해.”

이현을 약 올리듯 소영은 실실 웃어 가면서 통화했다.

“안 되겠어요. 전화기 이리 내요.”

거칠게 휴대폰을 빼앗아 든 효주가 소영을 노려보았다. 소영이 제 배를 쥐고 소리 죽여 낄낄거리는 걸 보면서 효주가 전화를 받았다.

“저예요, 백 선생님.”

……아, 네.

소영의 장난에 말려 꽤나 진땀을 뺀 듯 이현의 목소리가 평소답지 않게 흔들리고 있었다.

“그런데 무슨 일로 저한테 전화하셨어요?”

딱히 전화를 걸어온 용무가 이현에게 없다는 걸 알고 있었다. 그럼에도 아직 화가 풀리지 않았다는 걸 이현에게 알려주고 싶었다.

-지금 어디십니까? 제가 그리로 가겠습니다.

“아뇨. 오늘은 뵙고 싶지 않네요. 내일 학교에서 봬요. 끊을게요.”

단호하게 전화를 끊고 효주는 참았던 숨을 뱉어냈다. 제 안의 분노를 이현에게 돌리고 있는 자신을 질책하면서.

“우와. 너, 방금 대단했어. 무서운 얼굴로 아뇨. 오늘은 보고 싶지 않네요. 끊을게요, 라고 말하는데 내 심장이 막 오그라들더라.”

효주가 쌀쌀맞게 통화하는 걸 지켜보던 소영은 혀를 내둘렀다.

“그렇게까지 심하게 말하진 않았어요.”

효주가 얼굴을 붉히며 변명하듯 말했지만 소영은 단호하게 고개를 가로저었다.

"아니야. 백 선생이 너한테 잘못 많이 했나 보다. 방금 너 엄청 무서웠어. 꼭 소리 질러야 무서운 건 아니잖아. 그러니까 말해 봐. 무슨 일이 있었는지. 내가 상담해줄게."

소영에게 말하면 이 답답한 속이 조금이라도 풀릴까?

그래, 소영에게 객관적인 조언을 듣는 것도 나쁘지 않을 거야. 잠시 망설이던 효주가 결심을 굳히고 소영을 응시했다. 소영이 살짝 긴장했다.

"……탓을 하자면 오롯이 제 잘못이에요. 백 선생님은 잘못한 게 없어요."

"그러니까 대체 네 탓이 뭐냐고?"

입이 타는지 소영이 물 잔을 들고 입을 축였다.

"선배가 가고 민 선생님이 과학실로 절 찾아오셨어요. 체육대회 경비 관련으로 저에게 도움을 받으시려는 것이었는데……."

"그래서?"

답답하다는 듯 소영이 곧장 채근했다.

"민 선생님 가시고 나서 백 선생님이 갑자기 화를 내시는 거예요."

"어떻게?"

"앞으로 민 선생님 부탁은 물론이고 다른 사람 부탁도 절대 들어주지 말래요. 그것도 다짜고짜 명령조로. 근데 그게 말이 돼요? 자기가 뭐라고 나한테 이래라저래라 하는 건데요. 그래요, 최근에 백 선생님 도움 몇 번 받았어요. 그건 인정해요. 그래도 그렇지. 자기가 뭔데. 자기가 뭐라고."

갈수록 효주가 흥분하자 가만히 듣고 있던 소영이 이제야 이해가 간다는 듯 고개를 아래위로 크게 끄덕끄덕거렸다.

"백 선생이 옳은 말 했네."

"선배! 내 말 지금까지 뭐로 들었어요. 내가 백 선생님 때문에 기분이 상했다고요."

"너 은근히 이기적이다. 네 기분만 생각하고 백 선생 기분은 생각도 안 하지."

소영의 지적에 효주는 당황스러웠다. 이 시점에서 소영이 왜 이현의 기분 따위를 운운하는 건지 도무지 이해되지 않았다.

"효주야, 너 같은 연애치는 나 같은 사람 말 잘 들어야 해. 자, 지금부터 중요한 이야기다. 귀담아들어. 백 선생이 왜 여기저기 불려다니면서 똥 빠지게 고생하는 너를 도와주겠어?"

귀를 쫑긋 세우고 있던 효주가 급당황했다.

"……백 선생님은 좋은 사람이니까요."

주저하듯 내어놓은 대답에 소영이 매몰차게 고개를 가로저어 보였다.

"땡. 틀렸어. 남자가 여자한테 시간과 정성을 들일 땐 답이 하나야. 바로 상대에 대한 호감, 관심 때문이야. 백 선생이 너한테 호감을 가지고 있다는 거지. 그런데 자기가 호감을 가진 여자가 은근히 인기가 많아. 여기저기서 막 찔러봐. 그러니 오늘 과학실에서 백 선생 기분이 어땠겠어? 너는 막 바보처럼 민 선생 보고도 웃고, 백 선생 보고도 웃었겠지. 내 말 맞지?"

소영의 조언에 완전히 허를 찔린 기분이었다. 효주의 얼굴에 핏기가 가셨다.

"네……. 그랬죠……."

자신감을 완전히 상실한 투로 대꾸하자 소영이 쯧쯧 혀를 찼다. 단지 충고를 하는 사람치곤 과하게 기분이 좋아 보이는 경향은 있었지만.

"네가 다 잘못했네. 그러니까 앞으로도 계속, 쭉, 잘못해. 백 선생 보는 앞에서 민 선생이랑 팍팍 어울리라고."

"네…… 네에?"

습관적으로 고개를 끄덕이던 그녀가 얼굴을 치켜들었다. 그러거나 말거나 소영은 뭐가 즐거운지 연신 피식피식 웃고 있었다.

"나, 사실 지금 진짜 기분 좋다."

"선배 기분이 왜 좋은데요?"

찝찝한 기분에 사로잡힌 효주는 미간을 찌푸리며 물었다.

"일단 너한테 근사한 연하의 남자가 생길 것 같고, 방금 통화로 그 남자가 완전히 너한테 목을 매고 있다는 사실도 알게 됐잖아. 그러니까 이쯤 되면 축배를 들어야 하지 않겠어."

"지금 누굴 누구한테 갖다 붙이는 거예요. 선배가 백 선생님의 마음을 어떻게 알아서. 안 그래도 머리가 아파 죽겠구만. 하여튼 그러니까 술은 다음에 마셔요. 오늘은 기분도 그렇고 컨디션도 별로예요."

효주가 지끈거리는 이마를 꾹꾹 누르면서 거절하자 소영이 팔짱을 끼며 투덜거렸다.

"다 가진 년이 튕기기는. 알았어. 너 컨디션 별로 같긴 해. 오늘은 일찍 들어가서 쉬어."

"선배도 다른 약속 잡지 말고 집에 바로 가세요. 요즘 학예회 일로 매일 피곤하잖아요."

"알았어. 대신 찻값 계산은 네가 해."

소영이 명쾌하게 내미는 계산서를 효주가 웃으면서 받아 들었다. 그러면서 생각했다. 세상의 모든 일이 찻값 계산 같았으면 좋겠다고.

8.

　어제 이현과 언쟁을 벌이고 효주는 다음 날 출근해서도 기분이 좋지 않았다. 쉬는 시간마다 아닌 척하며 이현의 동태를 살피기 바빴다. 이현도 어제 일이 신경 쓰이는지 내내 굳은 표정으로 입을 다물고 있었다. 하기는 어제 그런 일을 겪고 기분 좋을 사람이 어디 있겠는가.

　"아……. 사과해야 되는데……."

　평소 잘만 달고 살던 그 '죄송합니다'가 왜 이리 입에서 안 떨어지는지.

　"넌 죽어야 돼……. 죽어라. 죽어."

　효주는 용기 없는 자신을 책망하듯 책상에다 쿵쿵 제 머리를 박았다. 사실 어제 이현의 조언은 그녀에게 아주 적절한 것이었다. 그의 말대로 그녀의 몸이 열 개도 아니고 적당한 거절은 필요한 것이었다.

'하지만 그 쉬운 일이 나한텐 쉽지 않은걸……. 오랜 시간 단단히 굳어진 성격이잖아.'

단단하게 굳어진 성격을 하루아침에 뜯어고치긴 무리가 있었다. 그리고 또 성격을 어떻게 고쳐야 할지도 모르겠고.

"정 선생님, 잠시 저 좀 보세요."

화난 듯한 음성에 효주가 고개를 들었다. 한 선생이었다. 그런데 한 선생의 표정이 그다지 밝지 않았다.

"무슨 일인데요?"

곧 수업 종이 울릴 텐데 무슨 일로 찾아온 건지. 효주는 의아함을 숨기지 않고 물었다.

"진로 결과 데이터, 제대로 확인하신 거 맞아요?"

효주의 우려대로 한 선생은 책상 위에 결과지를 팽개치듯 내려놓았다. 그리고 씨근덕거리며 효주를 노려보았다. 예상치 못한 돌발 상황에 효주는 어안이 벙벙했다. 진로 결과지는 한 선생의 업무였다. 그녀는 한 선생의 부탁으로 도와준 정도였고. 그래도 효주는 화를 꾹 참는 인내심을 보였다.

"뭐가 잘못됐는데요?"

"몇 군데 데이터가 틀렸잖아요. 그것 때문에 방금 교감 선생님께 야단맞았고요."

한 선생의 따지는 듯한 말투를 듣고 있자니 와락 짜증이 났다.

'부탁할 땐 애교스럽게 잘만 웃더니. 사람을 물어뜯을 기세네. 물에서 건져줬더니 보따리 내놓으라는 심보네.'

그때 문득 효주의 뇌리로 아침 소각장에서의 이현의 조언이 스치고 지나갔다.

'사람이 착한 데에도 정도가 있지. 제발 상황을 봐가면서 행동하세요. 교감이 준다고 덥석덥석 받아들이지 마시고요.'

효주는 이제야 이현이 말한 뜻을 알 것 같았다. 한 선생에게 베푼 선의가 오히려 한 선생의 성장을 방해하고 있었던 것이다. 후배에게 독이 되는 선의라면 그건 선의가 아니었다. 이번 사태는 자신의 오만이자 어리석음이 낳은 결과였다. 그러니 이제 착한 선배의 가면을 벗어던질 때가 온 것이다.

"한 선생님."

효주의 딱딱한 음성에 기세등등하던 민주의 표정이 살짝 경직되었다.

"왜, 왜요?"

그래도 자존심은 있는지 센 척 되받아쳤다.

"데이터지 앞장에 뭐라고 적혀 있죠?"

"……그게 왜요?"

고개를 들자 민주가 경계하듯 쳐다보고 있었다.

"여기 보세요. 담당자, '한민주'라고 기재되어 있잖아요."

그녀는 담당자 란을 콕 짚어 보여주었다.

"이 데이터지의 담당자는 제가 아니라 한 선생이에요. 그리고 자신이 맡은 일에 최소한의 확인도 안 하는 건 너무하지 않나요? 제게 따지기보다 먼저 자신을 반성하는 것이 우선 같네요."

민주가 모욕감에 사로잡힌 듯 어금니를 악물었다. 그녀의 조언이 틀리지 않았기 때문이다.

"……알았어요."

순순히 인정하기에는 자존심이 허락하지 않은 듯 데이터지를 거머쥐는 민주의 손이 미세하게 떨렸다.

"그리고 여긴 학교라는 이름의 사회예요. 집에서 부리던 어리광은 통하지 않아요. 그동안은 동생같이 여겨져 도와주었지만 이제 더는 힘들어요. 시간이 걸리더라도 혼자 힘으로 일을 처리해보세요. 그래야 일도 늘고 그래요."

"그깟 일 좀 몇 번 도와줬다고 잘난 척하지 말아요. 잘난 체할 주제도 아니면서……."

원색적인 힐난에 효주가 눈을 크게 뜨고 얼어붙었다.

"뭐라고요?"

"왜요? 틀린 말 아니잖아요."

효주의 속을 박박 긁어놓고 한 선생은 책상 위에서 데이터지를 채어서는 오만하게 등을 돌렸다. 찬바람이 쌩하도록 도도하게 걸어가는 한 선생을 효주가 심란한 표정으로 지켜보았다.

효주의 표정이 심상치 않자 지나가던 소영이 다가왔다.

"표정이 왜 그래? 아까 한 선생이랑 이야기하던데, 혹시 다투었어?"

그에 효주는 옅은 한숨을 내쉬고 업무일지를 작성하기 시작했다.

"글쎄요……."

다투었다기보단 언쟁을 벌였다는 게 맞는 말이겠지.

"글쎄요가 아니고 한 선생 표정도 심상치 않아. 얼굴이 벌게져서 씩씩거리고 있어."

"한 선생이 그러고 있어요?"

효주는 한숨을 내쉬며 볼펜을 내려놓았다.

"응. 분이 안 풀리는지 지 머리까지 쥐어뜯고 있는데."

"웃기네요. 당한 건 전데."

한 선생이랑 싸웠다고 효주가 아쉬울 건 없었다. 효주랑 척을 져서 아쉬운 사람은 한 선생이었다. 부탁은 매번 한 선생이 해오고 있었으니까.

"네가 당했으면 됐다. 한 선생, 은근히 뒤끝 많아 보이잖아. 괜히 건드렸다가 골치 아플 거 같아서 나도 섣불리 나서지 못했거든. 하여튼 저런 유형은 조심해야 해. 그러니까 특히 너도 조심해. 만만해 보여가지고 한 선생 같은 여우한테 홀라당 잡아먹히지 않으려면."

"비유도 참……. 알았어요. 조심할게요."

"나 간다."

소영이 효주의 어깨를 두드려주고 제자리로 돌아갔다. 소영이 가자 금세 효주의 얼굴에 그늘이 드리워졌다.

한 선생과 싸워서 일방적으로 당한 건 그녀인데도 어쩐지 마음이 무거웠다. 한 선생의 자존심을 건드려 되돌릴 수 없는 관계가 되고 말았다는 자책에서였다. 하지만 깊이 생각해보면 오늘과 같은 충돌은 예견된 것이나 마찬가지였다.

효주의 선의를 당연하게 여기던 한 선생이었다. 한 선생의 감정이 상하지 않는, 좋은 거절이란 있을 수 없었다. 그러니 이왕 틀어진 관계, 앞으로 일어날 한 선생과의 마찰에 괜히 상처받거나 마음 상하지 말아야 할 것이다. 이미 한 선생의 마음은 돌이킬 수 없는 상태로 변해버렸고 상대는 전쟁을 시작했다. 어찌 되었든 한 선생에게 빌미를 제공한 건 자신이었으니.

이현과 화해도 못 하고 한 선생과 얼굴까지 붉히게 된 효주는 심란해서 미칠 것 같았다. 마음을 다스려보아도 도무지 손에 일이 잡히지 않았다. 그래서 수업이 없는 틈을 타 이 노인이 있는 화원으로 발걸음을 돌렸다.

수업이 한창인 교정은 적막할 정도로 조용했다. 작은 새가 이 나무 저 나무로 바쁘게 날아다니는 것 빼곤 평화 그 자체였다.

"……좋다."

효주의 입가에 미소가 지어졌다. 그래도 힘들 때마다 숨 쉴 수 있는 곳이 있다는 것이 얼마나 행운인지 모른다. 이곳마저 없었다면 정말 여기서 버티지 못했을 것이다.

익숙한 길을 따라 걸어가자 저 멀리 화단에서 작업 중인 이 노인이 보였다.

"아저씨."

종종걸음으로 뛰어가자 이 노인이 고개를 들었다. 효주를 발견하고 이 노인이 의아한 표정을 지었다.

"이 시간에 어쩐 일이에요? 수업은요?"

매일 일정한 시간에 방문하던 효주였다. 그런 효주가 뜬금없는 시간에 나타났으니 이 노인으로선 놀랄 수밖에 없었다.

"이 시간엔 항상 수업이 없어요."

대꾸하는 효주의 표정이 심상치 않았다. 이 노인이 들고 있던 호미를 내려놓았다.

"잘됐네요. 나도 마침 쉬려고 했는데. 나랑 차 한잔할래요?"

"네."

이 노인의 제의에 기쁜 듯 효주가 고개를 끄덕여 보였다.

이 노인은 효주를 피라미드를 축소해 놓은 듯한 모양의 유리 온실로 데려갔다. 온실 안은 태양빛을 받아 한여름을 연상케 할 만큼 더웠다. 이 노인이 곧장 차를 타러 가자 효주가 얼른 말했다.

"제가 탈게요."

"내가 초대한 거니까 저기 앉아서 쉬어요."

이 노인이 고개를 돌려 플라스틱 의자를 가리켜 보였다.

"그냥 서 있을게요."

"그러든가."

이 노인이 차를 준비하는 동안 효주는 입고 있던 외투를 벗어서 팔에 걸치고 갖가지 열대 식물을 구경했다.

"이건 못 보던 건데 새로 심으셨어요?"

진귀해 보이는 난초를 가리키며 효주가 물었다. 이 노인이 고개를 돌려 효주가 가리키는 화분을 유심히 보았다.

"아, 그거……. 올 초에 일본 대학에 교수로 있는 후배 녀석이 갖다주더라고. 내가 이걸 취미로 키우는 걸 어떻게 알아서는."

그리고 뭐가 그리 즐거운지 껄껄껄 웃는 이 노인. 그러고 보니 뭔가 이상했다. 학교 일용직인 이 노인의 취미가 고급 난 재배이고, 후배가 일본 대학 교수이다. 거기다 점잖은 태도와 말투. 수상한 점이 한두 가지가 아니었다.

"뭘 그리 생각하고 있어요? 불러도 모르고."

"아, 제가 그랬나요?"

"이리 와서 앉아요."

이 노인이 플라스틱 테이블 위에 녹차를 우려낸 양은 주전자를 내려놓으며 말했다. 난롯불에 일그러진, 오래된 양은 주전자를 보고 효주가 퉁명스레 말했다.

"주전자 하나 사드린다니까요."

"아직 멀쩡한데 뭐하려고요."

이 노인이 차를 따르면서 말했다.

"인체에 알루미늄이 쌓이면 해롭다니까 걱정돼서 그러죠. 매일 저걸로 차 끓여 마시고, 갑자기 저 못 알아보시면 어떡해요."

"내가 걱정돼요?"

이 노인이 효주에게 차를 건네며 물었다.

"당연하죠."

효주의 대답에 이 노인이 흐뭇한 미소를 지었다. 그리고 효주를 따라 자신도 녹차를 마시기 시작했다.

"음, 그래도 차는 맛있네요."

"당연하죠. 내가 끓인 건데."

"치, 그런 게 어딨어요."

"그런 게 여기 있지 어딨어요."

이 노인과 실랑이를 하면서 효주의 표정이 밝아졌다. 역시 여기를 오길 잘했다고 생각했다.

"그런데 아까 표정이 안 좋던데. 무슨 일 있었어요?"

이 노인이 컵을 내려놓으며 물었다. 이 노인의 물음에 효주의 표정이 다시 어두워졌다. 그것을 이 노인이 걱정스레 지켜보았다.

"제 표정이 그랬나요?

"⋯⋯그래요. 그러니까 말해봐요. 이 늙은이가 도와줄 수도 있잖아요."

잠시 망설이던 효주가 고개를 들고 이 노인을 응시했다.

"아저씨, 저한테 몹쓸 콤플렉스가 있나 봐요. 정말 하기 싫은데도 상대방이 부탁하면 그걸 전부 거절 못 하고 나중에 보면 전부 들어주고 있거든요. 사람들은 이런 저를 보고 착하다고 해주지만 저는 그게 듣기 싫어요. 마치 콩쥐 콤플렉스 같잖아요."

가만히 들어주던 이 노인이 진지한 표정을 했다.

"내 생각은 달라요. 거절을 못 하는 사람은 대개 심성이 착한 사람이거든요. 공감 능력 때문에 감정이입도 잘하는 편이고요. 그래서 부당한 부탁일지라도 거절하지 못하는 경우가 많지요. 하지만 더 깊이 들어가면 부당한 건 타인이 아니라 본인일 수도 있어요. 그건 나를 존중하는 마음이 작아져서 생기는 부작용 같은 거거든요. 그러니 타인을 도와주면서 느끼는 만족감보다 나를 더 사랑하도록 노력해봐요. 꾸준히 연습하다 보면 언젠가 진정한 내 자신을 만나게 될 테니까."

"아저씨……."

있는 그대로의 나를 사랑하라는 아저씨의 조언은 정말 멋졌다. 효주가 감동받은 표정이 되자 이 노인이 머쓱하게 웃어 보였다.

"그렇게 감동받은 눈으로 보지 말아요. 이 나이가 되면 이 정도 언변은 갖추게 되는 거니까."

"아저씨 말대로 나를 사랑하는 법을 연습할게요. 진정한 나를 만나게 될 때까지……."

"내가 보기엔 정 선생, 지금도 충분히 진정성 있는 사람이에요. 싸구려 물선에 병품 라벨을 붙였다고 해서 명품이 될 수 없듯이 명품으로 온몸을 치장하고 있다고 해서 그 사람 자체가 명품이 될수 없는 거잖아요. 중요한 건 정 선생 내면에 담겨 있는 가치예요. 마음속에 따뜻함을 품고 있는 사람이 진짜 명품이니까요. 그러니까 알겠죠? 너무 스스로를 자책하지 말고 있는 그대로도 사랑해줘요. 지금의 나도, 달라진 나도 전부 나니까."

지금의 나도 부정하지 말라는 당부를 끝으로 이 노인이 다정하게 미소 지었다.

"아저씨……"

효주는 가슴이 먹먹했다. 내색하진 않았지만 최근에 일어난 여러 가지 일들로 많이 혼란스러웠다. 희한하지. 왜 애를 쓰면 쓸수록 상황이 원치 않는 방향으로 자꾸 어긋나기만 하는지.

교감의 부조리한 지시도, 한 선생의 불만도, 온몸으로 부딪혀오는 이현도 그저 그녀에겐 버겁기만 했다. 그렇다 보니 자존감은 바닥에 떨어진 지 오래. 어쩔 땐 스스로가 벌레같이 느껴질 정도다.

그러나 이제 그녀에게도 희망이 생겼다. 스스로를 사랑하지 않아서, 존재의 가치를 상대에게 찾아서 그런 거였다면 달라질 수 있다. 아니, 꼭 달라질 거였다. 그리고 효주는 그렇게 계속 속으로 최면을 걸듯 되뇌며 이 노인에게 환한 미소를 지어주었다.

"아저씨…… 고맙습니다."

달라질 수 있다는 희망만으로도 효주의 얼굴에서 환하게 빛이 나자 이 노인이 자상한 눈빛을 했다.

"그래요. 그렇게 한 걸음 한 걸음 앞으로 나아가는 겁니다."

"네……"

효주가 결의에 찬 표정으로 고개를 끄덕여 보였다.

"아, 참……."

마주 웃던 이 노인이 갑자기 뭔가를 떠올린 듯 인상을 썼다. 효주가 영문 모를 표정을 했다.

"왜 그러세요?"

"저번에 정 선생이 부탁했던 장미 묘목 말이에요. 학예회에 쓴다던."

"네."

장미 묘목이 거론되자 효주는 살짝 긴장했다. 안 그래도 장미 묘목을 구하지 못해 골머리를 앓던 차였기 때문이다.

"그런데 아침에 장미 농원에서 연락이 왔어요."

"거기서 뭐라고 하던가요?"

효주가 반색하며 물었다.

"마침 오늘 다른 배달 건으로 서울에 올라올 일이 있다고 하지 뭐예요. 그 참에 우리 묘목도 학교로 배달해준다고 하고요."

"진짜요?"

반가운 소식에 효주는 뛸 듯이 기뻤다. 생각보다 장미 묘목을 구하기 힘들었기 때문이다.

이 노인의 인맥을 통해 수소문해서 적당한 묘목을 구했다 치더라도 운송비로 예산을 초과하게 생긴 것이었다. 장미 묘목 몇 그루만 팔아선 수지가 맞지 않는다고 비싼 운송비를 요구하거나 농원으로 와서 직접 묘목을 찾아가라는 입장이 대부분이었다. 그런 마당에 무료 배달이라니. 효주로선 그저 감지덕지할 수밖에 없었다. 묘목을 빨리 받으면 묘목이 땅에 안전하게 생착하는 과정도 지켜볼 수 있었고. 효주의 입장에선 이점이 한두 가지가 아니었다.

"그런데 문제가 있어요."

다소 껄끄러운 문제인 듯 이 노인이 굳은 표정을 했다.

"뭔데요?"

잘 나가다가 장애물을 만난 격이었다. 효주의 표정이 자연스레 어두워졌다.

"그쪽 작업이 다 끝나고 학교로 온다는데……. 아무래도 도착 시간이 많이 늦어질 것 같네요."

거절해도 상관없다는 투로 이 노인이 말했다.

"아, 네……."

살짝 망설였지만 효주는 이 기회를 놓치지 않기로 했다. 이번 기회를 놓치면 언제 다시 묘목을 받을 수 있을지 기약할 수 없었기 때문이다. 물론 그땐 운송비도 추가될 테고, 예산이 초과되면 교감의 잔소리도 옵션으로 따라붙을 것이고. 아무리 생각해도 이번 기회는 놓칠 수 없는 황금 노다지와 같은 것이었다. 그러니 늦더라도 무조건 묘목을 받아야 했다.

"기다릴게요. 기다릴 수 있어요."

"그럴래요? 그러면 농원에 그렇게 연락을 해놓을게요."

효주가 그렇게 나올 줄 알았다는 듯 이 노인이 고개를 끄덕여 보였다.

모두가 퇴근하고 없는 여교사 휴게실에서 효주는 장미 묘목이 배달되길 기다리고 있었다.

"밤이 되니까 춥네."

난방이 충분히 되고 있는데도 한기가 느껴졌다. 열을 내듯 양팔을 교차시켜 문질러보아도 한기가 쉬이 가시지 않았다.

"따뜻한 차라도 한잔 마셔야겠다."

효주는 몸을 돌려 간식 선반으로 걸어갔다. 여교사들이 쓰는 휴게실답게 한쪽 벽면 가득 간식이 채워져 있었다. 효주는 개별 포장된 녹차 티백 하나를 터서 머그잔에 담았다. 그리고 전기 포트 스위치를 누르고 물이 끓기를 기다렸다.

이러는 사이에도 혹여 배달 기사에게서 전화가 들어와 있을까 봐 휴대폰을 확인하는 걸 잊지 않았다. 여전히 휴대폰엔 전화도, 문자도 들어와 있지 않았다. 누구도 그녀를 찾지 않고 있었다.

"이게 뭐 하는 짓인지……."

효주가 씁쓸하게 중얼거리던 사이, 전기 포트가 요란한 김을 뿜어냈다. 효주는 미리 준비해두었던 머그잔에 물을 붓고 뜨거운 차를 마시면서 창가로 향했다. 그러나 창밖은 암흑에 잠겨 있었고 보이는 거라곤 아무것도 없었다. 그럼에도 효주는 무료함을 달래기 위해 까만 풍경을 응시하고 또 응시했다.

이상한 일이었다. 오늘따라 혼자 있는 이 시간이 왜 이렇게 무료하게 느껴지는지. 효주는 괜한 조바심에 애꿎은 휴대폰만 계속 만지작거리고 있었다. 배달 기사가 도착하려면 아직 한참이나 멀었는데 말이다.

"으음……."

평생 외로움을 한 몸처럼 달고 살았던 그녀였다. 그러니 이런 감정의 변화는 당황스러울 수밖에 없었다.

그리고 효주는 이 불편한 변화가 어디에서 연유하는지 알고 있었다. 혜성처럼 나타나서 단 몇 달 만에 그녀의 생활을 잠식해버린 남자, 이현 때문이었다. 그리고 이현은 그녀가 지금 생각하지 않으려고 애써 노력하고 있는 남자이기도 했다.

매일을 이현과 함께했다. 함께 밥을 먹고, 차를 마시고, 가끔 영화도 보았다. 사람이든, 환경이든, 그 어떤 것이든 무언가에 익숙해진다는 건 신기한 경험이었다. 동시에 두려운 경험이기도 했고. 이렇듯 그 사람이 사라진 시간을 견디지 못하는 머저리 같은 여자가 되고 말았으니. 그래서 더더욱 이현을 밀어냈는지도 몰랐다. 이현을 받아들이는 순간, 그가 자신의 전부를 차지하고 말 거라는 두려움에서.

어제 커피숍에서 소영이 말했다. 이현이 그녀를 여자로 보고 있다고. 이현이 보이는 그것이 동정이 아니란다. 남자가 여자에게 보이는 호의란다. 질투란다. 그렇기에 과학실에서 민 선생을 질투한 것이라고 한다.

"……그 말이 정말일까?"

이현을 두고 그런 불경한 상상을 해도 되는 것일까?

뭉게뭉게 피어나는 생각들로 효주가 허우적거리고 있을 때, 휴게실 밖에서 누군가 똑똑 문을 두드렸다.

"정 선생님, 저 백이현입니다. 안에 계시죠?"

이현의 음성에 창밖을 응시하던 효주가 거칠게 돌아섰다. 그리고 경직된 눈으로 닫힌 문을 바라보았다.

"백 선생님……?"

이현이 이 시간에 어쩐 일이지?

밖에 서 있는 이가 이현이라는 걸 깨닫는 순간 효주의 심장이 미친 듯이 뛰기 시작했다. 동시에 효주는 부정할 수 없는 불편한 진실도 깨달았다. 애써 외면하고 있었지만 실은 내내 저 사람의 연락을 기다리고 있었다고. 그래서 휴대폰을 확인하고 또 확인한 것이었다고.

불이 켜져 있는데도 안에서 아무런 반응이 없자 이현이 미간을 찌푸렸다.

"이상하네. 안에 아무도 없나……?"

조금 전 복도에서 마주친 수위의 말로는 효주가 아직 학교 안에 있을 거라고 했다. 그렇다면 이 시간에 효주가 갈 곳은 뻔하지 않은가. 바로 여기 여교사 휴게실. 거기다 방금 살짝 인기척도 들린 것 같고. 하지만 지금은 아무 반응이 없는 걸 보니 아무도 없는 것인가 싶었다. 아니, 어쩌면 그녀가 과학실에서 있었던 불미스런 일로 그를 피하려고 하는 것일 수도 있었다.

"그렇다면 난감하네……."

이현은 제 손에 들려 있는 2인분의 초밥을 노려보았다. 효주가 잘 먹기에 일부러 멀리까지 가서 사 온 초밥인데, 괜한 짓을 한 것일까?

그때, 휴게실 문이 열리고 효주가 나타났다.

"대답이 없으시기에 안 계시는 줄 알았습니다."

효주를 보고 이현이 반색했다.

"……이 시간에 어쩐 일이세요."

효주는 살짝 경직된 표정이었다.

"초밥 사 왔는데 같이 드실래요?"

그러면서 이현은 들고 있던 초밥 도시락을 올려 보였다. 이현이 초밥을 사 오리라곤 예상하지 못했던 듯 효주가 당황한 표정을 감추지 못했다.

"들어오세요."

"네."

효주의 허락이 떨어지고, 이현은 효주를 따라 안으로 들어섰다.

"앉으세요."

"네."

효주가 자리를 권하자 이현은 쑥스러워하며 소파로 가서 앉았다.

"여긴 처음이시죠?"

"네. 처음입니다."

이현은 주변을 두리번거렸다. 여자들만 쓰는 공간답게 환하고 따뜻했다. 포근한 공기, 좋은 냄새, 그리고 효주. 스산한 복도와 대비되어 마치 다른 세상 같았다. 추방당하기 싫었다.

"그러셨을 거예요. 여자들만 우글거려서 그런지 남자분들은 여기 근처만 와도 질색하세요."

이현이 마실 차를 타러 가면서 효주가 말했다.

"그런가요……."

남자들이 질색하는 건 수줍어서 그런 걸 거라고 설명해주고 싶었지만 이현의 코도 석 자였다. 금남 구역에 침입한 셈이었다. 누가 누굴 가르칠 입장이 아니었다.

그렇게 이현이 낯선 환경에 적응하려고 애쓰는 사이, 효주가 전기 포트 스위치를 눌렀다. 잠시 후 보글보글 물이 끓는 소리가 어색한 정적을 가로질렀다.

"녹차 어떠세요?"

초밥엔 녹차가 어울릴 거란 판단에 효주가 고개를 돌려 이현을 바라보며 물었다. 딴생각에 잠긴 듯 멍하게 있던 이현이 즉시 자세를 바로 했다.

"아…… . 녹차 좋네요."

평소와 달리 긴장해 있는 이현의 표정이 웃겨서 효주가 빙그레 미소 지었다.

"드세요."

녹차를 타서 이현에게 내밀자 이현이 공손하게 받아 들었다.

"감사합니다."

그사이 효주가 초밥 포장을 풀었다.

"이거 혹시…… 그때 그 집 초밥이에요?"

언젠가 영화를 보고 이현이 데리고 가주었던 분위기 좋던 일식집을 떠올리며 효주가 놀라서 물었다.

"네. 그 집 맞아요. 그때 잘 드시길래 가서 사 왔어요."

효주의 놀란 표정을 보고 이현이 머쓱하게 대답했다. 효주의 말대로 그때 그 집, 이현의 단골 일식집에서 사 온 초밥이었다. 평소 뭐든 가리는 것 없이 잘 먹는 효주였지만 한꺼번에 많은 양을 먹지는 못했다. 그런데 어느 날 데려간 그의 단골 일식집 초밥은 효주의 입에 맞았는지 앉은자리에서 초밥 한 접시를 뚝딱 해치우는 것이 아니겠는가. 그래서 저녁도 못 먹고 장미 묘목을 기다리고 있을 효주를 생각해 일부러 차를 타고 멀리까지 가서 사 오는 길이었다.

"저 때문에…… . 죄송해서 어쩌죠."

"괜찮습니다. 마침 저도 이 집 초밥이 먹고 싶었거든요."

"그래도……."

"미안하시면 남기지 말고 다 드십시오. 저는 그걸로 됐으니까요."

그러면서 이현이 동봉되어 있는 나무젓가락을 반으로 쪼개서 건네주었다.

"감사합니다."

"네……."

나무젓가락을 수줍게 받아 든 효주는 초밥 도시락을 열었다. 윤기가 자르르 흐르는 생선 살들의 향연. 저절로 입에 침이 고였다. 보기에 좋은 떡이 먹기에 좋다고 초밥은 정말 맛있었다. 남기지 말라던 이현의 당부가 무색할 정도로 효주는 빠른 속도로 초밥을 흡입했다. 그런 효주를 지켜보던 이현이 흐뭇한 미소를 지었다.

금세 포장해 온 초밥을 싹 비워냈다. 아삭한 락교 몇 개만 수줍게 남아 있을 뿐.

"정말 맛있네요."

"그렇죠. 이 집 초밥이 입에 맞으실 줄 알았어요."

부스럭부스럭. 텅 빈 포장지를 정리하면서 이현이 대답했다. 어질러진 탁자 위를 정리하는 이현을 보면서 효주는 묘한 표정을 지었다. 참 희한한 일이었다. 어제만 하더라도 다시는 안 볼 사이처럼 얼굴을 붉혔는데 이렇듯 아무렇지도 않게 이현과 마주 보고 있었다.

거기다 이현은 평소와 같았다. 여전히 다정하고 배려심이 깊었다. 이현에겐 과학실에서의 언쟁이 별일 아니었던 것일까. 대수롭지 않게 넘어가는 사건에 불과했던 것일까.

하지만 효주는 달랐다. 그 일로 고민하고 제대로 잠도 이루지 못하고 있었다. 너무 많은 감정을 쏟아붓고 있었다. 그렇기에 효주는 그날의 일이 물처럼 흘러가도록 놔둘 수 없었다. 이현에게 제대로 사과를 하고 넘어가고 싶었다. 자신이 옹졸해서 그런 거라고, 정중하게 설명하고 싶었다.

"그날…… 미안했어요."

불쑥 꺼낸 사과에 탁자를 정리하던 이현의 손길이 멈추었다. 그리고 살짝 놀란 눈으로 효주를 응시했다.

"내내 사과하고 싶었어요. 다 옳은 말씀이었는데 울컥해서 화를 냈어요. 후회하고 있어요."

효주는 두 손을 마주 잡고 비틀었다. 그리고 바닥을 내려다보았다.

"그럴 것 없어요."

이현이 짧게 말하고 효주의 두 손을 가만히 잡아주었다.

"정 선생님도 그동안 마음고생하셨을 거잖아요. 그렇죠?"

이현이 부드러운 어조로 말했다.

"그걸 어떻게……?"

효주의 눈동자가 여리게 흔들렸다. 이현이 천천히 말했다.

"정 선생님, 마음 약하신 분이잖아요. 아주 조용하고 아주 상냥하고, 어떤 쪽으로든 문제를 일으킬 성싶지 않은 아주 성실한 사람. 그래서 때때로 걱정됐어요. 마음이 약한 사람은 자신도 모르게 종종 곤란한 지경에 빠지니까요."

이현의 말이 계속될수록 효주의 눈이 점점 커졌다. 이현의 말대로 종종 곤란한 지경에 빠지고 있었으니까. 어제 한 선생의 일만 봐도 그렇다. 한 선생의 편의를 봐주려고 한 선의의 행동이 도리어 한 선생을 나태하게 만들었다. 그리고 돌이킬 수 없는 상황까지 가 버리게 했다.

조금의 긴 침묵이 흐르고, 효주가 갑자기 고개를 푹 수그렸다.

"백 선생님 말씀대로 요즘 생각이 많네요. 제가 인생을 잘못 살고 있는 건지…… 혼란스럽고……."

"말해보세요. 최근에 정확히 무슨 일이 있었던 거죠?"

"백 선생님도 아시다시피 저는 학교 재단의 도움을 많이 받고 있어요. 할머니 일도 그렇고, 스펙도 여기 선생님들에 비해서 많이 떨어지는 편이고요."

자신의 약점을 좋아하는 상대에게 털어놓는다는 건 힘든 것이었다. 피가 바짝바짝 마르는 과정이었다. 그래서 효주는 잠시 뜸을 들였다.

"계속하세요."

"그래서 웬만한 일엔 싫은 티도 못 냈어요. 학교에 도움이 되는 사람이 되고 싶었거든요. 그런데 그러면 그럴수록 부작용만 생기네요. 어느새 모두가 제 희생을 당연하게 여기고 있거든요."

올해 막 부임한 한 선생조차 거기에 편승해서 그녀를 무시하고 있지 않은가.

"무슨 말씀하시는지 알겠어요."

이현이 생각에 잠긴 투로 말했다.

"제 맘…… 이해하시겠어요?"

"아뇨. 솔직히 말씀드리면 이해하지는 못하겠어요. 저는 정 선생님처럼 그렇게 마음 좋은 사람이 아니라서 말이죠. 만약 누가 나

234

에게 부당한 일을 하라고 한다면 그 자리에서 얼굴을 한 대 갈겨 버렸을 거니까요. 하지만 정 선생님의 경우에 어떻게 이런 일이 일어난 건지는 이해하겠어요."

이현은 말을 멈추고 효주를 보며 상냥하게 물었다.

"제 말뜻 아시겠어요?"

"조금은······."

효주가 불안한 얼굴로 고개를 살짝 끄덕여 보였다. 자신의 용기 없음을 책망하고 있구나, 라고 생각하며. 그러나 그런 지레짐작과 달리 이현이 다시 꺼낸 말은 그녀를 놀라게 하기에 충분했다.

"전혀 이해한 얼굴이 아닌데요."

"네······?"

어리둥절해서 되묻자 이현이 웃으면서 말했다.

"아주 예전에 한 여자가 있었어요. 자기 음식을 가져다가 이웃에게 나누어주던 착한 여인이었죠. 남편은 아내가 하는 짓을 못마땅해했고. 음식을 나누어주러 나간 아내를 붙잡아 세우고 남편은 그 바구니에 든 게 뭐냐고 물었어요. 여인은 겁을 먹고 이 안에 든 건 음식이 아니라고, 꽃이라고 대답했어요. 여기서 잘못된 건 누구일까요? 남편일까요? 거짓말을 한 가련한 그 여인일까요?"

효주가 어리둥절한 표정으로 큰 눈을 깜빡이자 이현이 웃으면서 다시 말했다.

"헷갈리시죠. 그런데 그거 아세요? 제가 드린 질문에는 애초부터 답이 없었어요. 저는 세상에 선도 없고 악도 없다는 주의예요. 그러니 답은 대답하는 사람이 만들기 나름이라고 생각해요. 그러니까 앞으로 걱정하지 마세요. 정 선생님에게 이런 일들이 일어나는 건 하늘이 당신을 시험하기 위해서일 거예요. 아무렴요. 우리를 시험하기 위해서예요. 스스로 더 나은 사람이 되도록. 최소한 나는 그렇게 생각해요."

효주는 큰 눈만 깜박였다. 그러나 가슴은 터질 듯 벅찼다. 이현은 날카로운 책망도, 달콤한 위로도 하지 않았다. 효주가 이현의 말을 가슴에 되새기며 아무 말도 하지 못하자 이현이 쑥스러운 듯 제 뺨을 긁적였다.

"방금 제가 너무 잘난 척했나요. 그런데 어쩌죠? 진짜 잘나서 그런 건데……."

"네에?"

어색하던 공기가 단박에 즐거워졌다. 효주가 눈을 동그랗게 뜨자 이현이 웃으면서 말했다.

"또, 농담을 다큐로 받아들이신다."

"……방금은 농담 아닌 것 같던데요."

"에이, 좀 봐주세요. 저도 지금 부끄러우니까요."

두 사람의 눈이 마주쳤다. 그들은 동시에 웃어버렸다.

밤이 늦어서야 배달 트럭이 도착했다. 거기다 해가 져서 작업이 힘들다고 작업 기사는 묘목을 내려놓자마자 줄행랑을 쳤다.

"뿌리가 마르기 전에 심어야 하는데."

덩그러니 쌓인 장미 묘목을 보며 효주는 속상함을 감추지 못했다. 어떻게 구한 묘목인데, 이대로 죽일 수야 없었다.

효주의 뒤에서 모든 과정을 지켜보고 있던 이현이 손목시계를 확인하며 눈살을 찌푸렸다. 시곗바늘이 정각 열 시를 가리키고 있었다. 거기다 하늘이 묵직한 것이 금방이라도 비가 쏟아질 것 같았고.

"묘목은 내일 심는 걸로 하죠."

이현이 말하자 효주가 난처한 표정을 했다.

"힘들게 여기까지 왔는데 죽어버리면 불쌍하잖아요."

그러면서 효주가 묘목을 들어서 옮기기 시작했다. 이현이 나지막이 한숨을 내쉬었다.

저 여자는 묘목만 불쌍하지, 자기 기다려준다고 이 시간까지 기다리고 있는 나는 안중에도 없지. 할 수 없지. 비 오기 전에 빨리 끝내고 가는 수밖에.

"도울게요. 뭐부터 하면 될까요?"

이현이 나서자 효주가 흙 묻은 손으로 손사래를 쳤다.

"아뇨. 옷 버려요. 이런 일 해본 적도 없으면서."

그러나 작정한 듯 이현은 소매를 걷으며 효주의 지시를 기다렸다.

"이깟 옷, 세탁하면 그만이죠."

잠시 망설이던 효주가 고개를 들고 하늘을 쳐다보았다. 금방이라도 비를 뿌릴 것 같은 하늘. 체념하듯 이현을 보면서 말했다.

"제가 묘목을 심으면 백 선생님은 삽으로 흙을 퍼서 구덩이를 메워주세요."

효주의 지시가 떨어지자마자 이현이 삽을 들었다. 그리고 힘껏 흙을 퍼서 구덩이에 던져 넣었다.

"이렇게 하면 되는 거죠?"

"잘하시네요."

"이 정도야, 뭐."

효주가 감탄하자 이현이 겸연쩍은 듯 얼굴을 붉혔다.

"손이 정말 빠르시네요."

이마에 흐르는 땀을 닦으며 효주가 말했다. 정말로 이현은 일머리가 좋은 편이었다. 일일이 지시하지 않아도 제 몫을 척척 해냈다. 귀하게 자란 사람 같지 않게 손이 야무진 게 흙 다루는 솜씨도 보통이 아니었다.

"빨리해야 빨리 갈 것 아닙니까. 거기다 심는 도중에 비라도 내리면 어쩝니까. 흙이 다 쓸려갈 텐데, 그러면 또 정 선생님이 마음 아파하실 테고. 그러느니 차라리 제가 하는 게 편합니다."

그렇게 기특한 생각까지 하고 있을 줄이야.

"고마워요."

그는 하늘에서 내려온 천사였다. 그것도 잘생긴. 그렇게 효주가 얼굴을 붉히고 있는데 갑자기 이현이 하늘을 올려다보았다.

"왜 그러세요?"

효주가 당황해서 물었다.

"우려했던 대로 비가 오기 시작하네요. 서둘러야겠습니다."

이현의 우려는 금세 현실로 다가왔다. 점점 빗줄기가 굵어지기 시작했다.

"비가 언제까지 온대요?"

"이번 주말까지요. 다음 주부터 갠다네요."

"큰일이네요. 그때까지 묘목이 살 버터주어야 할 텐데."

효주의 걱정에 이현도 근심 섞인 표정이 되었다.

점차 빗줄기가 거세졌다. 흘러내리는 빗물로 시야가 흐릿했다. 작업이 끝났을 때 효주와 이현은 흠뻑 젖어 기진맥진한 상태가 되었다.

"여교사 휴게실에 마른 수건이 있을 거예요. 가서 몸 좀 말리고 가실래요?"

효주가 얼굴의 빗물을 훔치며 힘겹게 제의하자 이현이 고개를 저으며 반대했다.

"아뇨. 제 차에도 마른 수건이 있으니까 그걸로 대충 닦고 차라리 집에 가서 옷부터 갈아입는 게 좋을 것 같아요."

"그게 좋겠네요."

효주는 이현의 도움을 받아 작업에 쓰던 삽과 괭이를 구석에 정리해 두었다. 그리고 이현의 차가 있는 주차장으로 뛰어갔다.

"발밑 조심하세요."

어두운 빗길을 우려한 듯 이현이 걱정스레 말했다. 야심한 밤, 따갑게 내리치는 빗줄기. 그리고 든든한 이현. 효주의 입가에 따뜻한 미소가 떠올랐다.

차에 타자 이현은 트렁크로 가서 수건을 챙겨왔다. 시트에 뚝뚝 떨어지는 물방울을 우울하게 보고 있던 효주가 반갑게 수건을 받아 들었다.

"감사합니다."

비싼 차를 망치기 전에 얼른 자신의 옷에서 떨어진 물기부터 닦았다.

"몸부터 닦으라니까 지금 뭐 하시는 거예요."

퉁명스런 음성과 동시에 폭삭한 수건이 효주의 머리를 감쌌다. 당황해서 돌아보자 이현이 수건으로 그녀의 머리를 감싸고 있었다.

"이러지 마시고 백 선생님부터 닦으세요."

"가만히 있으세요."

효주의 만류에도 이현은 물러서지 않았다. 저항하는 효주의 머리를 단단하게 잡고는 젖은 머리를 닦아나갔다. 그에 체념하듯 효주가 말했다.

"……이러면 백 선생님이 감기 걸리신다니까요."

"괜찮습니다. 전 튼튼한 남자니까요."

한참 후 효주의 머리가 어느 정도 마르자 이현이 뒤로 물러났다.

"이 정도면 응급처치는 된 것 같네요."

그리고 이현은 그제야 자신의 젖은 몸을 대충 닦기 시작했다. 찬 바람만 나오던 히터에서 뜨거운 바람이 나오기 시작했다. 차 안이 금세 훈훈해졌다. 몸을 대충 닦은 이현이 차에 시동을 걸었다.

"출발하겠습니다."

그들을 태운 차가 빗속을 뚫고 달려 나갔다. 차가 막 교문을 지날 때였다. 거친 빗줄기가 가느다란 묘목 위로 쏟아지고 있었다. 가느다란 묘목 줄기가 위태롭게 흔들리자 효주가 근심 어린 표정이 되었다. 제대로 뿌리가 내려줘야 할 텐데.

"걱정 마세요. 다 잘될 거예요."

이현이 위로하듯 효주의 손등을 부드럽게 매만져주었다. 그 따뜻한 손길에 효주가 미소를 머금었다.

이현은 정말 좋은 남자였다. 결혼하면 좋은 남편이 될 테고 아이가 태어나면 좋은 아버지가 될 것이 분명했다. 누가 될지 모르지만 이현을 차지하는 여자가 제발 그걸 알아주었으면 좋겠다고 효주는 간절히 바랐다.

"그렇게 빤히 쳐다보시면 저 좀 부끄러운데."

앞을 보는 줄 알았던 이현이 불쑥 장난스럽게 말했다. 그에 효주가 웃으면서 맞장구쳤다.

"어쩌죠? 오늘따라 엄청 잘생기셔서 눈을 뗄 수가 없네요."

효주의 칭찬에 이현의 입꼬리가 귀까지 올라갔다.

빗길을 달려 어느새 효주의 집 앞까지 도착했다. 비는 잠시 소강상태였다. 젖은 채로 오래 있었기에 그들은 일단 각자 집으로 가기로 했다.

"너무 늦어서 차는 다음에 마시도록 하죠."

"네. 조심해서 들어가세요."

차에서 내리려던 효주가 아차 하는 얼굴로 이현을 돌아보았다. 지켜보던 이현이 한쪽 눈썹을 추켜 올렸다.

"오늘 여러모로 고마웠어요. 내일 저녁은 제가 살게요. 드시고 싶은 거 생각해놓으세요."

"그렇게 할게요."

이현이 웃으면서 대답했다. 그에 효주가 부드러운 미소를 되돌려주고 차에서 내리려 했다. 그런데 갑자기 이현이 그녀를 붙잡았다.

"잠시만요!"

막 차 문을 열려던 효주가 고개를 돌렸다. 그런데 정작 이현은 불러놓고 말이 없었다. 몹시 긴장한 표정으로 그녀를 쳐다보기만 했다.

갑자기 왜 저러시는 거지? 그러고 보니 오는 내내 뭔가 고민 있는 사람처럼 심각한 표정이었어. 말수도 거의 없었고.

효주가 의아해하는 사이, 결심을 굳힌 듯 이현이 숨을 크게 들이켰다. 그리고 서서히 효주에게 다가왔다. 이현의 돌발 행동에 효주가 당황하며 눈을 크게 떴다.

"······왜 그러세요?"

다가오는 이현을 피해 주춤주춤 물러나며 효주가 말했다. 막다른 곳까지 밀리고, 이현의 얼굴이 바로 눈앞에 있자 효주는 정신을 차릴 수 없었다. 머릿속이 쾅쾅 울려대고 심장이 팔딱팔딱 뛰며 가슴에서 튀어나오려고 했다.

뭐 하시려는 거지? 설마······ 키스?

"정 선생님······."

이현이 속삭이듯 효주를 불렀다. 이현의 열띤 시선에 효주는 숨이 막히는 것 같았다. 호흡이 가팔라지고 공기가 모자랐다. 견딜 수 없어 회피하듯 눈을 내리깔고 시선을 피했다.

"정 선생님, 저를 보세요."

나직한 요구에 효주가 주저하면서 고개를 들었다. 더는 가까워질 수 없을 만큼 바로 앞에 이현이 있었다. 빠르게 열기가 치솟았다. 서로의 코끝이 닿을 것처럼 아슬아슬했다. 밤하늘처럼 변한 이현의 눈동자에 눈앞이 아찔했다.

"정 선생님······."

그의 떨림이 느껴지자 효주는 미칠 것 같았다. 이러면 안 되는데, 이현이 욕심났다. 이현을 가지고 싶었다. 하지만 동시에 그러면 안 된다는 것도 알고 있었다. 이현은 지금 젊은 혈기에 휘둘리고 있는 것이었다.

비 오는 밤, 관능적으로 피부에 달라붙은 블라우스. 한창때의 청춘. 젊은 사내의 욕망을 부추기기에 충분한 조건이었기 때문이었다.

하지만 다르게 생각하면 인생은 짧았다. 영원히 사는 것도 아니고 눈 한번 질끈 감고 받아들여도 되지 않을까. 지나가는 바람처럼 붙들 수 있는 사람은 아닐지라도 잠시라도 곁에 둘 수 있지 않을까.

사실 최근 들어선 효주도 힘들었다. 이현은 그녀를 여자로 있게 하는 남자였다.

점점 의식하게 되는 이현의 매력을 무시할 수 없었다. 그의 체취와 단단한 근육. 함께 있으면 자신이 한없이 여성스럽게 느껴졌다.

또 그는 알면 알수록 신비한 남자였다. 유쾌하고 편안해 보이는 건 어쩌면 가면일 수도 있었다. 상대하기 편할 거라는 처음의 편견을 깨고, 그는 말수가 적고 여러 가지 면에서 자기 절제가 뛰어났다. 그리고 어쩐지 그녀는 그의 과묵하고 듬직한 성격이 훨씬 더 마음에 들었다.

효주의 침묵을 승낙으로 받아들인 이현이 잠자코 효주의 턱을 들어 올렸다. 효주가 고개를 들어 이현을 바라보았다. 온몸을 스치는 기대감에 효주의 입술이 가늘게 떨렸다. 그에 이현이 고개를 내려 효주의 입술을 머금었다. 따뜻한 감촉에 입술이 덮이자 효주의 속눈썹이 파르르 떨렸다.

입맞춤은 짧았다. 잠시 머물러 있다가 떨어져 나갔다.

입술을 떼고 최소한의 거리를 만든 이현이 효주를 응시했다. 그리고 나지막이 말했다.

"이제야 모든 것이 제자리를 찾은 것 같네요."

그에 입맞춤의 여운에 취해 있던 효주가 눈을 번쩍 떴다. 사태를 파악하자 경악해서 얼굴이 백지장처럼 하얗게 질렸다.

내가 방금 무슨 짓을 한 거지? 백 선생과 키스를 하다니. 이건 안 될 말이야.

"죄송해요!"

효주는 이현을 와락 밀어냈다. 불시에 뒤로 밀린 이현이 당황할 새도 없이 효주가 구르듯이 차에서 내렸다. 그리고 차 문을 얼마나 힘껏 닫았는지 차가 휘청거릴 정도였다.

혼란스러워 미칠 것 같은 기분에 효주는 집으로 가는 걸음을 빨리했다. 물론 성인 남녀가 사귄다고 해서 크게 문제 될 건 없었다. 그러나 그녀가 근무하는 학교는 사립 여고였다. 올해 갓 부임한 초임 교사를 꼬드겼다는 오명을 쓰기에 효주는 지켜야 할 것이 많은 사람이었다. 할머니의 쾌적한 노후를 위해서 계속 재단의 도움을 받아야 했다. 이런 짓은 불구덩이에 화약을 지고 뛰어드는 꼴이었다.

등 뒤로 달칵하고 차 문이 열리는 소리가 나자 집으로 향하던 효주가 움찔했다.

"정 선생님!"

이현의 목소리에 대문을 열려던 손이 덜덜 떨렸다. 간신히 문을 여는 데 성공하고 안으로 들어서서 헐떡거리며 문에 기대었다. 철문의 냉기가 젖은 옷을 타고 등으로 파고들었다.

"정 선생님, 제 말 듣고 계신 것 다 압니다."

선전포고 같은 어투에 효주의 눈이 커다래졌다. 효주는 몸을 숨기듯 웅크리고 철문에 귀를 가져다 대었다.

"저 때문에 기분 상하셨다면 사과드릴게요. 하지만 전 방금 일, 절대 후회하지 않습니다. 언젠가는 일어났어야 될 일이고, 지금이 그 시기가 된 것뿐이니까요."

이현의 고백에 효주의 눈동자가 마구 흔들렸다. 마음 같아선 당장 대문을 열고 뛰어나가 이현을 안아주고 싶었다. 하지만 그래선 안 된다는 것도 알고 있었다. 관계가 되돌릴 수 없을 만큼 틀어지기 전에 자신이 멈춰야 했다.

효주의 묵묵부답에도 이현은 말을 이어나갔다.

"드릴 말씀이 있습니다. 이제 정 선생님은 제 시선을 피하지 않고, 저와 편하게 대화도 나눌 수 있게 되었습니다. 예전에 비해 많이 좋아지셨죠."

그의 말은 사실이었다. 그녀는 이제 더는 그를 두려워하지도, 어려워하지도 않게 되었다. 외려 그를 더 좋아하게 되고 말았다. 그래서 더 겁이 났다. 그러니 그녀를 도와주려던 애초의 목적을 달성한 그에게 이제 그녀를 만날 이유 같은 건 없었다.

하지만 이현이 사라진 삶을 과연 견딜 수 있을까? 그 생각에 머물자 효주는 검은 먹구름이 짙게 드리우는 것 같은 고통에 입을 틀어막았다.

떨리던 효주의 눈길이 대문 빗장을 향했다. 이걸 열고 나가서 그에게 말하는 거다. 바라는 건 뭐든 하겠으니 조금만 더 곁에 있어달라고. 하지만 다시 자신을 다잡았다.

'안 돼. 바보같이 굴지 마.'

효주가 대문 안에서 갈등하는 사이, 이현이 다시 입을 열었다.

"알아요. 각자의 삶에 충실해야 한다는 걸. 하지만 정 선생님, 저는…… 저는……."

감정이 격해진 듯 이현이 말을 제대로 잇지 못했다.

이상하리만치 침묵이 길어지자 어둠 속에서 효주의 눈동자가 마구 흔들렸다.

왜 이렇게 조용하지? 설마 가버린 걸까?

"……이런 제가 부담스러우시죠? 저도 이런 제가 싫네요. 오늘은 이만하고 학교에서 뵐게요."

잠시 후, 차에 시동이 걸리는 소리가 들렸다. 효주는 손톱이 파고들 만큼 주먹을 꽉 움켜쥐었다.

각자의 삶에 충실해야 한다고? 무슨 뜻이지?

9.

이현은 각자의 삶에 충실하자던 자신의 말을 충실히 이행했다. 주말 내내, 효주가 백 번도 넘게 휴대폰을 확인했지만 이현에게선 연락 한 통 없었다. 애꿎은 휴대폰만 괴롭히던 지루한 주말이 지나가자 효주는 차라리 숨통이 트이는 것 같았다. 싸늘한 반응이 돌아올지언정 이현과 직접 부딪치는 게 나을 것 같았다. 어차피 그들은 사귄 것도 아니었다. 끈적한 관계는 더더욱 아니었고. 맘만 먹으면 얼마든지 예전의 동료 사이로 돌아갈 수 있었다.

그렇지만 막상 출근한 교무실에선 착잡한 눈길로 이현의 빈자리를 주시할 수밖에 없었다. 출근 시간이 훌쩍 지났는데도 이현이 출근을 않고 있었다. 지각 한 번 하지 않던 사람이 여직 감감무소식이라니. 효주는 슬그머니 걱정이 되기 시작했다.

백 선생님께 무슨 일이 생긴 걸까, 어디가 아프기라도 한 걸까?

그때 지지직거리는 마이크가 켜지고 조례가 시작되었다. 교무실에 교감의 깐깐한 목소리가 울려 퍼졌다.

"월요일 시작부터 좋지 않은 소식을 전하게 되었네요. 백이현 선생이 감기 몸살로 오늘 결근하게 되었습니다. 선생님들도 아시겠지만 요즘 밤낮 기온 차가 큰 환절기가 아닙니까? 각자 알아서들 건강 잘 챙겨서 업무에 차질이 없으시길 바랍니다."

이현의 공석을 메워야 하는 교감은 끝까지 불편한 심기를 고수했다.

반면 이현이 아프다는 비보에 효주의 눈동자가 무너지듯 흔들렸다.

그 사람이 감기 몸살이라고? 그렇다면 원인은 비를 맞은 그날일 거야. 그러면 나 때문에 그 사람이 아픈 거네. 어떻게 해.

그 후로 조례가 어떻게 흘러갔는지도 몰랐다. 모든 신경이 집에서 몸져누워 있을 이현에게 가 있는 통에 눈앞이 흐릿했다.

숨 막히는 조례 시간이 지나고, 멍하니 앉아 있던 그녀는 어깨에 닿는 손길에 깜짝 놀라 고개를 들어 올렸다.

"이걸 어쩌지. 큰일이네."

소영이 이현의 빈자리를 노려보면서 혀를 찼다.

"왜 그러세요?"

효주가 의아해하자 소영이 한숨을 내쉬며 어깨를 으쓱해 보였다.

"백 선생이 우리 반 아이들 모의고사 성적표를 가지고 갔거든. 수학 점수만 따로 체크해놓는다고 빌려가서는 갑자기 결석하는 법이 어디 있어. 학부모들에게 오늘 성적표 배포한다고 알림문자 해놔서 오늘 꼭 그거 나누어 줘야 하거든."

효주가 벌떡 일어나서 이현의 책상 앞에 무릎을 꿇고 앉았다.

"저번에 보니까 백 선생이 성적표 같은 뭉치를 여기 서랍에 넣더라고요."

효주가 책상 서랍 손잡이를 거칠게 잡아당겼다. 하나 서랍은 단단히 잠겨 있었다. 애꿎은 서랍만 요란하게 덜컹거렸다. 그녀 때문에 아픈 사람이었다. 어떤 이유로든 이현이 욕먹는 게 싫었다. 동료의 신뢰를 잃게 하는 건 더더욱 싫었다.

"흐음……. 어쩌지."

미친 듯이 서랍을 흔드는 효주를 보며 소영이 입가를 문지르며 생각에 잠긴 표정을 지었다. 그러다 반짝하고 아이디어가 떠오른 사람처럼 효주를 쳐다보았다.

"효주야, 나 방금 해결책이 생각났다."

구세주라도 되는 양 쳐다보는 소영의 눈길이 부담스러워 효주가 슬그머니 몸을 일으켰다.

"뭔데요?"

"네가 나 좀 도와줘라."

소영이 효주의 손을 와락 움켜쥐었다.

"뭘 어떡해요?"

말을 해야 도와주지. 효주가 답답해서 퉁명스레 물었다.

"교직원장부 보면 백 선생 주소가 있을 거야. 너, 오후 수업 없잖아. 내가 택시비 줄 테니까 백 선생 집에 가서 서랍 열쇠 좀 받아다줘."

효주의 눈이 커다래졌다.

"……제가요?"

당황한 효주가 당장 소영의 손을 뿌리쳤다. 어려운 부탁은 아니었지만 지금은 그럴 수 있는 상황이 아니었다. 지난번 이현과 그 난리를 쳤는데 어떻게 이현의 집을 가고 그의 얼굴을 본단 말인가. 말도 안 되었다.

"효주야, 제발."

소영이 효주의 허리에 매달렸다.

"나 좀 살려줘라. 안 그래도 성적표, 원래는 저번 금요일에는 나눠줘야 했거든. 오늘도 안 주면 항의가 빗발칠 거야. 학부모들이 성이 나서 교장실로, 교무실로 마구 전화할 거라구."

소영의 말은 과장이 아니었다. 세화여고는 문턱이 높은 만큼 이곳에 자식을 보낼 정도면 교육열이 남다른 집안이라고 할 수 있었다. 깐깐한 학부모들이 소영의 실수를 그냥 넘길 리 없었다. 벌떼처럼 민원을 넣을 것이 분명했다.

효주가 체념하듯 말했다.

"알았어요. 수업 끝나는 대로 출발할게요."

"정말이지? 우왕, 이 은혜 잊지 않을게. 조만간 내가 거하게 한턱 쏠게. 먹고 싶은 거 있으면 생각해둬."

소영이 팔짝팔짝 뛰면서 기뻐했지만 효주는 떨떠름한 미소만 지었다. 하아, 집으로 찾아간다고 하더라도 이현이 문이나 열어줄지. 현재론 미지수였다. 그날, 이현은 비 맞고 고생만 실컷 하다가 마지막에 문전박대까지 당했다. 그런 마당에 그녀를 제대로 상대나 해줄지 의문이었다.

"너무 기대하지 마세요. 노력은 해볼게요."

"무슨 말이야. 내가 미리 백 선생한테 연락해놓을 테니까 너는 열쇠만 받아 오면 돼."

소영이 자신만만하게 말했다. 한결 밝아진 얼굴로 소영이 수업에 들어가자 효주도 주섬주섬 수업 준비물을 챙겼다. 그 후로 정신이 하나도 없었다. 간신히 수업을 끝내고 효주가 교문을 빠져나왔을 때는 막 정오가 지날 때였다.

택시에서 내린 효주는 보안이 철통같은 빌라 단지를 얼떨떨하게 응시했다.

"여기에 백 선생님이 사신단 말이지."

효주는 괜히 주눅이 들어 두리번거렸다. 높다란 담장으로 둘러싸인 빌라는 언뜻 봐도 그녀 같은 서민들은 꿈도 못 꿀 고급 주거지였던 것이다.

막 상경한 촌뜨기처럼 입구에서 머뭇거리는 효주를 발견하고 입구 초소에서 보안 요원이 나왔다.

"잠깐만요. 무슨 일로 오셨습니까?"

보안 요원의 제지에 효주는 이현의 이름을 댔다. 이현이 미리 연락을 해놓은 듯 보안 요원은 그녀의 이름만 확인하고 수월하게 보내 주었다.

엘리베이터에서 내려 이현의 집 앞에 서자 효주는 잠시 심호흡을 하며 숨을 골랐다. 그렇게 헤어지고 이현을 다시 보려니 몹시 긴장되고 초조했다. 학교 앞 편의점에서 구입한 즉석 죽과 통조림이 든 봉투를 들어 올려 눈높이와 맞추었다.

"나도, 너도 여기에 심하게 안 어울린다. 어쩔래? 나랑 같이 들어갈래? 아니면 여기서 얌전히 기다리고 있을래?"

그러나 녀석들은 중립이었다. 그 흔한 부스럭거리는 소리도 내지 않고 숨죽여 있는 걸로 자신의 의사를 표현했다.

"너도 가고 싶다고? 그래, 그러자. 나도 같이 갈 동무가 있으면 좋지."

혼잣말을 중얼거리는데 갑자기 현관문이 열렸다. 깜짝 놀라 고개를 들자 이현이 헉헉거리며 위태롭게 문에 기대어 있었다.

"왔으면 벨을 누르시지. 가신 줄 알았잖아요."

이현은 많이 수척해져 있었다. 반듯한 골격이 더 도드라져 보였고 거친 호흡이 새어 나오는 입술은 메말라 있었다.

깜짝 놀란 그녀가 다가가 그를 부축했다. 훅 하고 그의 마른 몸에선 열기가 끼쳐왔다.

"괜찮으세요?"

그의 겨드랑이로 파고들어 그의 몸을 어깨로 받치자 그가 희미하게 미소 지었다.

"……신기하다. 안 올 줄 알았는데 진짜로 왔어."

그의 나른하고 졸린 듯한 눈빛에 그녀는 시선을 피했다.

"……열쇠 받으러 온다고 미리 연락드렸잖아요."

그녀는 축 늘어진 그를 부축해서 밝은 대리석이 깔린 집 안으로 들어섰다.

"침실이 어디예요?"

그녀는 초인적인 의지로 이현의 무게를 온몸으로 견뎌냈다. 백 선생이 아무리 날씬하다고는 하나 180이 훌쩍 넘는 장신이었다. 여자의 힘으로는 아무래도 한계가 있었다.

"저기로……."

그가 침실로 보이는 방으로 손을 뻗는다 싶더니 그나마도 툭 떨어졌다. 지금 상태로 봐선 그녀에게 현관문을 열어준 자체도 기적이었다. 굼벵이처럼 기어오지 않았다면 모를까, 현관까지 걸어오기란 불가능해 보이는 몸 상태였다.

"헉…… 헉……."

힘은 그녀가 쓰고 있는데 이현이 연신 신음을 뱉어내고 있었다. 그녀는 초능력에 가까운 힘으로 간신히 그를 침실까지 옮기는 데 성공했다. 하지만 문제는 그 후부터였다. 이미 기력이 다한 그녀에게 침실 입구에서 침대까지는 실크로드 대장정에 맞먹는 거리였다.

"백 선생님, 제발 힘을 내세요."

하지만 갈수록 그는 정신을 차리지 못했다. 열이 오른 그의 몸은 불덩어리 같았다. 낑낑거리며 겨우 침대에 다가가는 데 성공한 그녀는 그를 눕히려다가 다리에 힘이 풀려 발을 헛디디는 실수를 범하고 그대로 중심을 잃어 그와 함께 침대로 쓰러지고 말았다.

졸지에 이현의 아래에 깔리게 된 그녀는 간신히 힘겨운 신음 소리만 뱉어냈다.

"아야……."

축 늘어진 이현의 무게가 온몸을 압박해왔지만 그녀는 기진맥진해서 눈을 감았다. 서로의 몸이 완전히 밀착된 난감한 자세였지만 기운을 모조리 소진한 터라 손가락 하나 까딱할 힘도 없었다.

이대로 잠시 쉬려던 그녀의 의도가 곧 좌절되고 말았다. 탈진해 있는 그녀의 귓가로 연속해서 뜨거운 사내의 숨결이 퍼부어졌다.

"하아. 하아. 하아……."

열이 심하게 오른 이현의 호흡은 굉장히 불규칙하고 거칠었다. 그녀는 낑낑거리며 혼신의 힘을 다해 자신을 완전히 덮치고 있는 그의 몸을 밀쳐내려 했다. 하나 이미 기운을 모조리 소진한 그녀의 힘으로는 역부족인지, 그는 꿈쩍도 하지 않았다.

"백 선생님! 백 선생님! 잠시만 일어나 보세요. 네?"

그녀는 걱정스런 얼굴로 그를 깨우기 위해 그의 어깨를 마구 흔들었지만 그는 꿈쩍도 하지 않았다. 겁이 더럭 난 그녀는 다시 한 번 더 격렬하게 그를 흔들기 시작했다.

"백 선생님! 이러다 큰일 나요. 어서 열을 내려야 해요."

그녀의 노력이 통했는지 꿈틀꿈틀 그의 몸에 힘이 들어갔다. 반가움에 그녀가 더 힘차게 그를 흔들었다. 힘겹게 고개를 든 그가 열에 들뜬 눈으로 그녀를 내려다보았다.

"정 선생님……?"

그는 힘겹게 그녀를 부르고는 희미하나마 입꼬리를 올려 보였다.

"네, 저예요. 정신이 좀 드세요?"

그녀가 반색해 보였다.

"하, 이제 웃는다……. 다행이다……. 정말 다행이다."

의미가 불분명한 혼잣말을 웅얼거리던 그의 고개가 아래로 풀썩하고 떨어졌다. 그가 의식을 잃자 그녀는 멍청해져서 천장을 주시했다.

'이제 웃는다, 라니? 무슨 뜻으로 한 말이지?'

하지만 길게 생각하고 있을 여유가 없었다. 그의 몸이 점점 뜨거워지고 갈수록 호흡이 거칠어졌다. 잠시나마 간신히 비축한 힘을 모아 그를 밀쳐내는 데 성공한 그녀는 그를 탈출하자마자 서둘러 간호를 시작했다. 욕실에서 마른 수건을 찾아 물을 적셔서 그의 이마에 올려놓은 다음 침실과 거실을 뒤지고 다니면서 약봉지를 찾았다. 집 안을 샅샅이 뒤졌지만 약봉지 비스무리한 것도 나타나지 않자 그나마 찾아낸 약상자에서 해열제를 꺼내었다. 해열제와 물컵을 협탁에 내려놓고 침대에 걸터앉아 그의 머리를 무릎 위로 안아 올렸다.

"백 선생님, 해열제예요. 이걸 먹어야 열이 내려요."

쌕쌕거리던 그가 천천히 실눈을 떴다. 그리고 그녀를 알아본 듯 희미하게 미소 지어왔다.

그가 천천히 눈을 감았다 뜨며 수긍을 해오자 그녀는 그의 입술 사이로 알약을 밀어 넣고 물컵을 입에 가져다 댄 후 서서히 물을 흘려 넣어주었다. 잠시 후, 그의 목울대가 크게 꿀꺽하더니 알약을 삼키는 데 성공했다.

"잘하셨어요."

그녀는 부드러운 손길로 그의 이마에 달라붙은 젖은 머리카락을 쓸어 넘겨주었다.

"말 잘 들었으니까 상을 줘야겠네요."

땀으로 축축해진 그의 옷과 침구를 갈아주어야겠다고 결심한 그녀는 안고 있던 그의 머리를 조심스레 내려놓고 자리를 뜨려 했다. 그러나 갑자기 와락 손목을 움켜잡는 완력에 깜짝 놀랐다.

"가지 마세요."

자신의 손목을 쥐고 있는 사내의 손에서 서서히 시선이 옮겨갔다. 어느새 정신을 차린 이현이 강하게 그녀를 직시하고 있었다.

"곁에 있어요."

그의 메마른 입에서 새어 나온 간청에 그녀의 눈동자가 격렬하게 흔들렸다.

"백 선생님……."

"잠시라도 좋아요……. 이대로 잠시만…… 있어줘."

그의 흐린 눈은 그녀를 제대로 보려고 애쓰고 있었다.

"……그럴게요."

그녀는 다시 침대에 걸터앉았다. 그리고 자신의 손목을 잡은 그의 손을 부드럽게 매만져주었다.

"아무 데도 안 가고 여기 가만있을게요."

그녀는 안도해서 잠든 그를 지그시 내려다보았다. 그를 보고 있자니 가슴이 콕콕 쑤시듯이 아리면서 눈물이 날 것 같았다.

"아프지 마세요."

차라리 자신이 아팠으면 좋겠다. 이제 정말 그에 대한 감정을 확실하게 알 것 같았다. 지금까진 자기방어기제로 부정하고 있었지만, 이젠 그를 사랑하고 있다는 걸 확실히 인정해야 했다.

"……제발 그만 아파요."

그녀는 그의 손을 부여잡고 뺨에 가져다 대었다. 그날 밤, 장대비에 노출된 채로 그녀를 도와 장미 묘목을 심은 탓에 몸에 무리가 간 것이리라.

"백 선생님께 전 늘 짐만 되는 존재네요. 더 이상은 안 되겠어요. 백 선생님 나으시면 이런 관계, 그만두자고 확실하게 말씀드려야겠어요."

그녀의 속삭임이 들리는지 그의 눈꺼풀이 파르르 떨렸다. 그의 눈가로 눈물이 맺혔다. 마치 그녀의 말을 부정이라도 하듯이.

"백 선생님……."

당황한 그녀가 그의 눈물을 닦아주었지만 또다시 그의 눈가로 눈물방울이 맺혔다.

"왜 그러세요? 그렇게 많이 아프세요?"

고열이 심해서 눈물이 날 수 있다는 판단에 그녀는 근심 어린 얼굴로 계속 그의 눈물을 닦아줬지만 역부족이었다. 결국 그의 눈가에서 넘친 눈물은 뺨을 타고 내렸다.

"그만두면……."

그의 입술이 달싹거리며 무언가를 전달하고 싶어 하자 그녀는 얼른 귀를 그의 입술 가까이로 가져다 대었다.

"그만두면…… 가면…… 안 돼요……."

간신히 그의 말을 이해한 그녀는 얼음처럼 굳어버렸다. 그만두면 안 된다니. 제대로 뜻이나 알고 하는 말일까?

"하아……. 가지 마세요. 절 두고 가면…… 안 돼요……."

그가 허공으로 손을 뻗으며 마치 뭔가를 잡으려는 듯이 허우적거렸다.

"백 선생님, 제발 정신 차리세요."

그의 손을 잡아주며 그녀가 간절하게 외쳤다.

"어머니, 어머니, 절 두고 가시면 안 돼요. 어머니……."

이현의 간절한 헛소리에 그녀의 눈이 허공에서 멈췄다. 어머니? 방금 어머니라고 했지? 그에게 말 못 할 사연이라도 있나? 어떻게 이렇게 간절하게 어머니를 부를 수 있지?

평상시 그에게선 어두운 구석이라곤 털끝만큼도 보이지 않았어. 외려 항상 밝고, 따뜻한 기운이 넘쳤어.

입술을 깨물며 심란해하던 그녀는 곧 고갯짓을 하며 상상의 나래를 털어버렸다. 하기는 아픈 사람이 무슨 정신이 있어서 전후 상황을 파악해서 말할까. 그저 고열에 시달리며 헛소리를 하는 것뿐이야. 괜히 내 상상대로 상황을 끼워 맞추는 오류를 범하지 말자.

잠시 후, 약 기운이 도는지 점차 이현의 호흡이 안정되어 갔다. 그럭저럭 열도 잡혔다. 다소 한숨 돌린 그녀는 피곤한 표정을 지으며 관자놀이를 문질렀다. 창밖으로 해가 지고, 어느새 어둠이 자리 잡고 있었다.

방 안을 가로질러 전기 콘센트를 올린 그녀는 망설이듯 이현을 바라보았다. 많이 호전되고 있지만 아직 안심하기엔 일렀다. 열이 완전히 떨어질 때까지 지켜보는 것이 옳았다.

아픈 그를 방치하고 갈 수 없었던 그녀는 소영에게 전화를 걸어 전후사정을 설명하고 이현의 가방을 뒤져 찾아낸 책상 서랍 열쇠는 퀵서비스를 불러 학교로 보냈다.

열쇠까지 해결하고 나자 가벼워진 마음으로 이현의 간호에 집중할 수 있었다. 그녀는 그의 이마에 차가운 수건을 올려주고 그의 곁에 자리 잡고 앉았다. 여전히 잠에 빠진 그는 미동도 하지 않았다.

그녀는 침대 위에 무방비하게 놓인 그의 손을 가져와 두 손으로 감쌌다.

'어머니, 가지 마세요…….'

그의 외침이 아직도 귓가에 쟁쟁했다. 무방비하게 잠든 그는 가슴이 아릴 정도로 측은했다. 위로해주고 싶었다. 그녀는 천천히 고개를 내려 그의 이마에 입술을 가져다 대고 속삭였다.

이현은 서서히 눈을 떴다. 그리고 멍하니 시커먼 천장을 응시하며 어둠에 적응하려 애썼다.

"하아……."

이번 감기는 정말 지독했다. 여전히 눈이 뻑뻑하고 목이 쓰라렸다. 그뿐만 아니라 온몸이 두드려 맞은 것처럼 쑤시고 결렸다. 주말 내내 고열에 시달렸는데도 별 차도가 느껴지지 않았다.

감기가 쉽게 떨어질 것 같지 않다고 생각하며 고개를 돌리다 그대로 얼음처럼 굳었다. 놀람으로 그의 눈이 점점 커졌다. 서서히 명료해지는 시야로 엎드린 채로 잠들어 있는 효주의 모습이 들어왔다.

"정 선생님이 왜 여기 있는 거지?"

곰곰이 기억을 되살리던 이현은 갑자기 와락 인상을 구겼다.

"이런…… 내가 문을 열어줬잖아."

문제는 문을 열어준 것까지만 기억이 난다는 데 있었다. 그 후론 필름이 끊긴 것처럼 기억이 전혀 없었다. 아마 문만 겨우 열어주고 그대로 정신을 놓아버린 것 같다.

"아휴, 어떻게 거기서 쓰러지냐."

효주에게 못 볼 꼴을 보였다고 생각하니 와락 짜증이 밀려왔다.

"일단 씻고 보자. 씻고 나면 정신이 조금 차려지겠지."

하지만 욕실로 가기 위해 침대에서 몸을 일으키려던 이현은 다시 놀라고 말았다.

이게 뭐지?

당황해서 시선을 내리자 믿기지 않은 장면이 시야로 들어왔다.

대체 언제부터 그의 손을 잡고 있었던 것인지, 효주는 자면서도 그의 손을 꼭 쥐고는 놓아주지 않았다.

효주가 그의 방에서, 그의 손을 잡아주고 있다니. 현실인데도 어쩐지 믿기지 않아 이현은 슬며시 손을 뻗어서 효주의 뺨을 살짝 눌러보았다. 감기듯 느껴지는 말랑한 감촉.

"아……."

이현은 제 풀에 놀라 얼른 손을 거둬들였다. 세상에. 꿈이 아니었다. 진짜 효주, 살아 있는 효주였다.

"미운 짓만 하는 줄 알았더니. 이렇게 예쁜 짓도 할 줄 알고……. 그래요, 내가 힘들었던 만큼 당신도 힘들었을 거라고……. 그렇게 생각할게요."

그를 간호하는 것이 힘들었던 것일까? 한참을 요리조리 뜯어보고, 뺨을 건드려도 효주는 깰 줄을 몰랐다. 눈 밑에 시커멓게 그늘도 져 있고.

"하아. 이게 뭐야."

그리고 보니 멀쩡하던 방 안이 난장판으로 변해 있었다. 저것들은 또 어디서 꺼내온 것인지. 사방에 체온계, 대야, 물수건, 약상자 등이 폭탄 맞은 것처럼 널브러져 있었다.

"잠옷도 바뀌었잖아."

문을 열어줄 때만 해도 분명 파란색 잠옷을 입고 있었던 것 같다. 그런데 지금은 왜 겨울용 잠옷을 입고 있는지. 그렇다면 결론은 효주가 갈아입혔다는 건데.

"으흑."

효주가 자신의 벗은 몸을 봤다고 생각하니 민망했다. 절로 얼굴이 붉어졌다. 그래도 그다지 기분은 나쁘지 않았다. 외려 좋았다.

그날 효주와 그렇게 헤어지고 이현은 절망에 빠져 지냈다. 솔직히 그간 자신의 감정이 효주에게 부담이 될까 봐 얼마나 참았는지 모른다. 참고 참다가 터진 것이 그날 밤 입맞춤이었다.

물론 고백도 안 한 상태에서 입맞춤이라니. 성급한 감이 없진 않았으나 그래도 한 치의 거짓도 들어가지 않은 그의 진심이었다.

어느 정도 효주도 자신과 같은 마음일 것이라고 착각했기에 효주의 거절은 굉장한 충격을 안겨주었다. 효주가 다시는 만나주지 않을 것 같아 너무 괴로운 나머지 비를 맞고 돌아와선 옷도 갈아입지 못한 채로 잠들었다.

하지만 이렇게 간병을 해주고 있는 걸 보면 아직 희망이 남아 있는 것이다. 되살려놓을 희망의 불씨가 남아 있다는 것만으로도 이현은 미친 듯이 기뻤다. 그런데 기쁜 와중에도 눈꺼풀이 무거워지는 건 왜인지. 결국 이현은 밀려드는 잠을 뿌리치지 못하고 스르륵 깊은 잠에 빠졌다.

그리고 몇 시간이 흘렀다. 잠에서 깬 효주가 방을 나가는 것도 모르고 그는 깊은 숙면을 취했다.

"정 선생님!"

주방에서 달그락달그락 식기가 부딪치는 소리가 들리자 이현은 벌떡 일어나 앉았다. 텅 빈 방을 둘러보고 망설이지 않고 침대에서 내려왔다. 알 수 없는 충동에 이끌려 이현은 침실 문을 밀고 나갔다. 이사 온 지 며칠 안 된 집은 주인인 그에게도 낯설었다. 기다란 복도를 따라 걸어서 밝은 빛을 향해 나아갔다. 거실로 접어들자 어디선가 맛있는 냄새가 났다. 맞은편 주방에서 나는 냄새였다. 주방으로 몸을 튼 이현의 눈이 커졌다. 분주히 주방을 오가는 효주를 발견한 것이다.

"아……."

다시는 효주를 개인적으로 만날 수 없을 줄 알았다. 그런데 이상하지. 효주가 그의 집, 그것도 바로 눈앞에 있었다. 효주만이 줄 수 있는 푸근함에 이현의 표정이 무방비하게 풀어졌다.

효주는 새하얗고 깨끗한 앞치마를 허리에 두르고 있었다. 그리고 그 모습에 이현은 즉시 마음이 편안해지는 것을 느꼈다.

그때 인기척을 느낀 효주가 뒤를 돌아보았다. 멍하게 자신을 보고 있는 이현을 발견하고 어색하게 미소 지었다.

"깨셨네요. 조금 더 주무시게 조용히 하려고 했는데."

"그건 뭐예요? 뭘 만드시는 거예요?"

이현은 어색함에 가스레인지 위에서 보글보글 끓고 있는 냄비를 가리켜 보였다. 그에 효주가 수줍어하며 가스레인지 옆으로 비켜났다.

"죽을 끓여봤는데 입맛에 맞으실지 모르겠어요. 한번 드셔보실래요. 간이 맞는지 모르겠어서……."

"맛을 본다고 제가 알는지."

"도움이 될 거예요."

효주가 얼른 새 스푼으로 죽을 조금 퍼서 이현에게 건넸다.

"후후 불어서 드세요."

효주가 후후 하고 바람 부는 시늉을 하자 이현은 묘한 표정이 되었다. 스물일곱 살의 그가 그 순간만큼은 안도감을 느끼는 네 살짜리 꼬마가 된 것 같았기 때문이다.

"어때요? 많이 싱거워요?"

입에 스푼을 가져갔을 뿐인데 효주가 다그치듯 물었다.

"딱 좋은데요."

맛도 제대로 느끼지 못하고 이현이 얼결에 대답했다. 효주가 안도하며 이현에게서 등을 돌렸다.

"망친 줄 알았는데 다행이다. 잠시 식탁에 앉아 계실래요? 죽이 완성되는 대로 갖다드릴게요."

"네……."

효주의 지시에 이현은 식탁에 가서 앉았다. 그리고 분주히 움직이는 효주의 뒷모습을 응시했다.

"참, 약은 드셨어요? 처방은 받으신 것 같던데 아침에 약 드셨는지 모르겠네요. 안 드셨으면 죽 드시고 약 챙겨드릴게요."

이상했다. 효주는 평소 말이 많은 사람이 아닌데, 과하게 높은 톤으로 쉬지 않고 조잘거리고 있었다. 그러고 보니 효주는 지금껏 그와 눈 한 번 마주치지 않고 있었다.

"이런……."

'아, 그녀도 어색한 게 싫어서 억지로 밝은 척하고 있는 거였구나.'

"네? 저한테 뭐라고 하셨어요?"

이현이 저도 모르게 뱉어낸 탄성에 효주가 토끼같이 깜짝 놀라며 뒤를 돌아보았다.

"아뇨 아무 말도 안 했는데요. 하지만 정 선생님이 오셔서 너무 좋네요. 앓느라 하루가 다 지나갔는데도 정작 먹은 게 있어야죠. 기운 차리려면 뭐라도 먹어야 되는데 말이죠."

효주가 얼굴을 붉히며 시선을 피하는 걸 보고 이현은 확신을 얻었다. 벌떡 일어나 효주에게 걸어갔다.

"이리 주세요. 제가 할게요."

효주의 손에서 국자를 가로채어 직접 가스레인지 앞에 서서 죽을 휘저었다. 잠시 당황하던 효주가 얼른 이현을 만류했다.

"제가 할 테니까 앉아서 쉬세요."

"그럴까요?"

이현은 고분고분하게 국자를 돌려주었지만 그렇다고 자리로 돌아가지는 않았다. 효주의 옆에 서서 계속 효주의 동작을 지켜보았다. 그게 불편한지 효주가 퉁명스럽게 말했다.

"지금 저 감시하시는 거예요?"

"뭐를요?"

이현은 알면서도 모른 척 딴청을 피웠다.

"죽 맛없게 끓일까 봐 감시하는 거냐구요?"

"네. 감시 맞아요. 정 선생님 솜씨를 믿을 수가 있어야지요."

이현의 너스레에 기가 찬 듯 효주가 이현을 노려보았다. 효주와 눈이 마주치는 소정의 목표를 달성하자 이현이 싱긋 웃어 보였다. 그러자 효주의 얼굴이 귀까지 빨개졌다.

"화내지 마세요. 농담이에요, 농담."

"당장 가서 앉으세요."

효주가 단호하게 식탁을 가리키며 지시했다.

"네네."

잠시 후, 효주가 완성된 죽을 퍼서 이현의 앞에 놓았다. 제법 야채 알갱이가 보이는 것이, 먹음직했다.

"잘 먹겠습니다."

이현이 수저를 드는 걸 보고 효주도 수저를 들었다. 감기로 입맛이 없었지만 이현은 죽 한 그릇을 몽땅 비워냈다.

"더 드릴까요?"

"아뇨. 충분해요."

"방에 가서 약 가지고 올까요?"

"······그래 주실래요?"

"당연하죠."

효주가 부산하게 약을 가지러 가자 이현은 머쓱한 미소를 지었다. 효주가 있어서일까? 크고 썰렁하기만 하던 집이 어쩐지 아늑해진 느낌이었다. 식탁 위에 어지럽게 널린 죽 그릇도 어쩐지 정겹게 느껴지고. 마치 어린 시절로 되돌아간 느낌이었다. 마음이 편안해지면서 앞으로에 대한 막연한 불안감 같은 것도 느껴지지 않았다. 아늑하고, 편안한 완벽한 시간이었다.

"여기 약 가져왔어요."

효주가 약봉지를 부스럭거리며 내밀었지만 이현은 쉬이 약봉지를 받아들지 않았다. 대신 지금의 이 아늑한 시간이 조금이라도 연장되게끔 꾀를 부리기 시작했다.

"아, 갑자기 머리가 어지럽네요. 너무 무리해서 그런가······."

연기였다. 열은 나지만 미열이었고 며칠 약만 잘 챙겨 먹으면 되는 가벼운 증상만 남아 있었다.

"괜찮으세요?"

저렇게 화들짝 놀라서 걱정해주는 효주의 눈빛이 너무 좋았다. 그렇기에 컨디션이 좋아진 걸 들키고 싶지 않았다. 병세가 나아진 걸 알면 효주가 다시 거리를 두기 시작할 것 같았기에.

"안 괜찮네요. 약만 먹고 가서 누워야겠어요. 그런데 약을 먹을 기운도 없네요."

"제가 도와드릴게요."

효주가 약봉지를 터서 그의 손바닥 위에 쏟아주고 물컵을 들고 대기했다.

"삼키세요."

"네."

이현이 약을 입에 털어 넣자 효주가 얼른 물컵을 가져다 댔다. 얌전히 물을 받아 마신 이현은 속으로 웃음을 꾹 참았다. 그렇다고 완전히 거짓 연기는 아니었다. 아직 아픈 건 사실이었으니까. 여전히 몸에 기운이 하나도 없고, 미열이 나고 머리도 아팠다. 목도 칼칼해서 목소리도 이상했다. 그런데도 아픈 것이 이현은 너무 좋았다. 외려 더 아프면 좋겠다고 간절히 바랐다.

이현이 꾀를 부리는 줄도 모르고 효주는 이현을 침대에 눕혔다.

"잠시만 기다리세요. 가서 물수건 적셔 올게요."

욕실에서 수건을 적셔서 돌아오자 이현이 얌전히 누워 있었다. 이마 위에 적신 수건을 올려주자 이현이 움찔했다. 그런 이현이 어린아이같이 귀여워 효주가 웃으면서 말했다.

"차갑죠?"

"가보셔야 되는데 죄송합니다."

"그런 말씀 마세요. 얼른 회복이나 하세요."

웃으면서 말하던 효주의 표정이 점점 굳었다. 이현의 상태가 이상했다. 좀 전까지만 해도 멀쩡하던 사람이 갑자기 창백해져선 덜덜 떨고 있었다.

"왜 그러세요?"

의자에서 벌떡 일어나 이현에게 다가갔다.

"거짓말해서 벌 받았나 봅니다. 다시 열이 나네요."

그러면서 이현이 웃어 보였다.

"세상에."

이현의 이마를 짚던 효주는 깜짝 놀랐다. 이마가 불덩어리였다.

"119 부를게요. 병원부터 가는 게 좋겠어요."

"해열제면 됩니다. 전화하지 마세요."

휴대폰을 찾아 돌아서려던 효주를 이현이 제지했다.

"그래도……."

이현이 단호한 표정으로 고개를 가로저어 보였다. 그러나 표정과 달리 그의 눈은 열로 인해 점점 흐려지고 있었다. 효주가 즉시 설득에 나섰다.

"열이 심해지고 있어요. 이대로 열을 방치하다간 큰일 날 거예요."

"그럼…… 해열제를…… 더 주세요……."

이현의 의지가 너무 강해 꺾을 수가 없었다.

"그러면 안 돼요. 큰일 나요."

"아뇨. 병원이라면…… 이제…… 지긋지긋합니다. 죽어도 병원은 안 갈 겁니다."

더는 이현을 설득할 수 없었다. 구급차를 부른다 해도 이현이 병원행을 거부하면 도리가 없었다. 효주는 체념하듯 한숨을 내쉬고 약상자를 열어 해열제 두 알을 이현에게 먹였다.

그리고 응급조치로 바깥 공기가 들어오도록 침실 창과 방문을 활짝 열고 이현이 덮고 있던 이불도 멀리 치웠다. 그걸 이현이 오한에 오들오들 떨면서 가만히 지켜보았다.

"추우시죠?"

"참을 만합니다."

"해열제 먹었으니까 조금 있으면 열이 떨어질 거예요. 그때 이불 덮어드릴게요."

"네……."

이현이 착하게 대답하면서 눈을 감았다. 하지만 겁이 날 만큼 숨소리가 거칠어졌다.

"백 선생님. 백 선생님."

효주가 이현의 손을 꼭 잡아주었다.

"하아, 하아……."

이현이 마른 입술을 달싹거렸지만 쉬이 말이 되어 나오지 않는 것 같았다.

"이렇게 아프면서 왜 병원은 안 가신다는 거예요."

이현에게 아무 도움도 되지 못한다는 자괴감에 효주가 원망스레 말했다. 그에 이현이 실눈을 떠서 효주를 바라보았다.

"……저는 괜찮으니까 ……속상해하지 마세요."

창백한 얼굴로 미소 짓는 이현. 효주의 안에서 뭔가가 울컥하고 치밀어 올랐다.

"누가 그래요. 내가 속상하다고."

"그러게요. 착각도……."

눈을 뜨고 있는 것도 힘든지 이현의 눈이 다시 감겼다. 효주가 입술을 지그시 깨물었다.

'바보 같은 사람.'

안다. 그날 비를 맞고 돌아서던 이 사람의 초라한 어깨를. 그래서 이 사람이 아팠다는 것도.

이렇게 좋은 사람인데. 그깟 자존심이 뭐라고, 재단 후원이 무엇이라고 나는 내 맘까지 숨기면서 이 사람을 힘들게 할까. 이 사람이 아프면 내가 더 아픈 것을.

그렇게 이현은 밤새 앓았다. 창밖으로 희미하게 동이 트고서야 간신히 열이 잡힐 정도로.

"다행이다."

효주가 초췌한 미소를 지었다. 숨소리가 안정적인 것이 이제 한결 편안해 보였다. 밤을 새워 간호한 보람이 있는 것이다.

"나중에 전화할게요. 푹 자요."

좀 더 차도를 지켜보고 싶었지만 출근 준비를 하러 집에 가야 했다. 이현이 아프다고 그녀까지 결근할 순 없는 노릇이니까.

10.

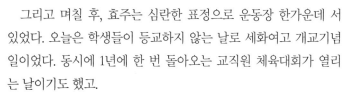

　그리고 며칠 후, 효주는 심란한 표정으로 운동장 한가운데 서 있었다. 오늘은 학생들이 등교하지 않는 날로 세화여고 개교기념일이었다. 동시에 1년에 한 번 돌아오는 교직원 체육대회가 열리는 날이기도 했고.

　그런데 오늘이 체육대회라는 걸 하늘도 아는 것일까? 학교 본관 건물 뒤로 펼쳐진 하늘이 눈이 시리도록 파랬다. 힘차게 펄럭이는 국기 게양대 태극기는 또 어떻고. 바람까지 도와주는 완벽한 체육대회였다.

　쾌청한 날씨. 가뿐한 컨디션. 체육대회를 즐기기에 더할 나위 없는 조건이었다.

　그럼에도 효주는 조금도 즐겁지 않았다. 바로 그녀와 대치하듯 반대편 팀에 서 있는 이현 때문이었다.

현재 효주는 피구 결승전 한가운데에 선수로 들어와 있었다. 그리고 며칠 만에 간신히 출근한 이현이 상대팀 주전으로 뛰고 있었고.

'아픈 사람이 스탠드에 앉아서 쉬고 있을 것이지, 왜 경기에 참가해서 무리를 하고 있는 것인지.'

단순한 고뿔일 줄 알았던 이현의 감기는 예상보다 심각했다. 고열을 동반한 폐렴으로 진단받고 일주일 동안 입원해야 했다. 그리고 말이 일주일이지, 이현이 사라진 학교의 일주일은 효주에게 길고 지루하기만 했다. 이현이 속히 완쾌해서 출근하기를 매일매일 바랐다.

그렇게 바랐는데 하필 출근하는 날이 체육대회라니. 그것도 상대팀 주전 선수로 말이다. 병이 나았다곤 하지만 이현은 무리하면 안 되는 환자였다. 상황이 꼬여도 너무 꼬이고 있었다. 속상한 마음에 효주의 표정이 시무룩해져선 이현을 바라보며 한숨을 내쉬었다.

그때였다.

"정효주, 공!"

소영의 날카로운 외침과 동시에 공이 매섭게 날아왔다.

"으앗."

몸을 틀어 간신히 피한 효주는 서늘해진 가슴을 쓸어내렸다. 휴. 방심하는 사이에 큰일 날 뻔했다.

"야, 정신 어디다 빼놓고 다니는 거야. 똑바로 못해!"

경기장 밖에서 소영이 매섭게 질책을 해왔다.

"미안해요!"

"그러니까 잘 좀 해!"

자기는 벌써 공을 맞고 탈락해 나갔으면서 참견만큼은 최고인 소영이었다. 그래도 대회에 임하는 자세는 누구보다도 멋졌다. 효주는 웃으면서 소영에게 손을 흔들어 보였다.

결승전이라서 그런 것일까. 피구 경기인데도 분위기가 장난이 아니게 과열되고 있었다. 지면 안 된다는 열기로 여기저기서 기합 소리가 터져 나왔다. 다들 필사적으로 뛰고 있었다.

"화이팅!"

"화이팅!"

게임에서 진 팀이 뒤풀이 비용을 내야 하기도 했지만 더 큰 이유는 따로 있었다. 지기 싫고, 무조건 이겨야 한다는 자존심 대결이 되어버린 것이다.

경기가 후반부로 갈수록 경기장도 널찍해졌다. 선수 대부분이 공에 맞아 탈락해 나간 탓이다. 에이스 격인 몇몇 남자 교사들만 남아 팽팽한 대결 구도를 보였다. 그런데 어찌 된 건지 거기에 효주도 홍일점으로 끼어 있었다.

"정신 똑바로 차리자."

"집중하자. 집중."

동료들의 기합 소리에 효주도 덩달아 파이팅을 외쳤다. 그리고 상대팀을 노려보듯 응시했다. 효주는 마지막까지 살아남은 유일한 여교사였다. 방심하다가 허무하게 탈락해 나가는 우를 범할 수 없었다. 여자들의 자존심을 걸고 버틸 수 있을 때까지 버텨보리라, 강하게 다짐했다.

"파이팅!"

열의에 불타는 효주의 파이팅 소리를 듣고 이현은 미소를 머금었다. 예상은 하고 있었지만 효주는 심각한 몸치였다. 그러나 어찌나 열심히 임하는지, 공을 피하는 동작 하나하나가 대견하고 귀여웠다. 오랜만에 만난 효주는 여전히 아름답고 생기가 넘쳤다. 그래서 웬만하면 효주 쪽으로 공이 가지 않게 유도했다. 효주가 끝까지 살아남을 수 있었던 것은 실은 그의 숨은 조력 탓이었던 것이다.

그때, 효주의 앞을 민 선생이 막아섰다. 마치 제가 백마 탄 왕자라도 되는 것처럼 잔뜩 폼을 잡으며.

"괜찮으세요?

"아, 민 선생님."

민 선생이 보디가드처럼 앞을 막아서자 효주가 반색을 했다. 동시에 지켜보던 이현의 입매가 꽉 다물어졌고.

"힘드시면 제 허리 잡으세요."

그러면서 민 선생은 제 뒷 허리춤을 효주에게 내밀어 보였다.

"그래도 괜찮으시겠어요?"

"당연하죠."

효주는 겸연쩍게 웃으며 민 선생의 허리춤을 살짝 쥐었다. 그게 성에 안 차는지 민 선생이 더 세게 잡으라고 채근했다.

"에이, 그렇게 잡으면 잡으나 마나잖아요. 꽉 잡으세요. 이렇게 꽉."

그리고 민 선생은 시범을 보이듯 효주의 손을 감싸서 꽉 쥐어 보였다. 그에 효주가 얼굴을 붉히며 잡고 있던 옷자락을 고쳐 쥐었다.

"……이렇게요?"

"네."

그제야 성에 찬다는 듯 민 선생이 만족해했다. 그렇게 제 허리춤까지 내어준 민 선생은 살신성인의 자세로 효주를 보호해주었다. 그러나 아무리 도움을 받아도 약체인 효주는 여전히 그들 팀의 약점이었다. 상대팀에선 만만한 효주만 집중적으로 노렸다. 비리비리한 효주가 잡기 쉽다고 판단한 것 같았다.

"제 옷, 꽉 잡고 있으셔야 해요!"

"네."

날아오는 공을 피하며 효주가 정신없이 대꾸했다. 벌써 공이 스치듯이 지나간 아슬아슬한 상황이 여러 번이었다. 지금으로선 민 선생이 동아줄이나 마찬가지였다. 민 선생을 놓치는 순간 끝이었다.

경기가 막바지를 달려 상대팀에도 이현만 남게 되었다. 이현과 민 선생이 대치하듯 서서 팽팽하게 노려보았다. 간만의 구경거리가 생긴 덕에 여교사들의 눈이 반짝반짝했다. 물론 그 눈빛들이 모조리 이현에게 몰려서 그렇지.

경기는 쉬 끝날 생각을 하지 않았다. 성격은 허당인 민 선생이지만 체대 엘리트 출신이었다. 그러나 이현의 운동신경도 만만치 않았다. 서로의 실력이 막상막하였다.

이현은 아팠던 사람답지 않았다. 무서운 얼굴로 연신 공격해왔다. 이현이 강속구로 던지는 공을 피하는 건 대단한 에너지를 필요로 했다. 갈수록 체력이 고갈되면서 행동도 점점 굼떠졌다. 그러나 어찌 된 건지 이현의 공격은 녹슬 생각을 하지 않았다. 갈수록 빨라지고 정확해졌다.

"정효주! 공!"

소영의 외마디 외침에 효주가 고개를 번쩍 쳐들었다. 이현의 손을 떠난 공이 빠른 속도로 날아오고 있었다. 그들을 향해 비스듬히 날아오는 공. 둘을 한꺼번에 노리는 것 같았다. 다가오는 위기에 효주는 작게 비명을 지르며 주저앉았다. 하나 팡! 하고 둔탁한 소리만 났지, 전혀 아프진 않았다. 분명 소리는 크게 났는데 말이다.

"괜찮으세요?"

민 선생의 음성에 효주가 슬그머니 눈을 떴다. 민 선생의 발치 근처에 통통 구르는 공. 그렇다면 나 대신 민 선생님이 공에 맞은 것일까?

"어쩌죠? 제가 끝까지 살아남아서 도와드려야 했는데…… 제 손 잡고 일어나세요."

민 선생이 웃으면서 손을 내밀었다. 민 선생의 도움으로 얼떨떨하게 일어난 효주는 낭패스런 표정이 되었다.

"둘이 잘 어울린다."

"사겨라!"

거기다 민 선생과 그녀를 향해 쏟아지는 짓궂은 야유와 휘파람 소리. 효주는 정신이 하나도 없었다. 그리고 불난 집에 부채질한다고 거기에 소영까지 합세했다.

"그래, 효주야! 요즘 사내 커플이 대세란다! 이왕 이렇게 된 거 결혼해버려. 퇴직하고 두 사람 합해서 연금이 얼마야. 와! 살아 움직이는 중소기업이다, 야."

소영의 짓궂은 장난에 효주가 얼굴을 붉히며 기겁했다.

"그만 좀 해요!"

그러면서 힐끗 이현을 쳐다보았다. 이현이 괜히 오해하지 않았으면 좋겠다고 생각하며. 그러나 쳐다보는 걸 아는지 모르는지 이현은 눈을 내리깔고 냉랭한 표정을 유지하고 있을 뿐이었다. 어쩐지 속이 타는 것 같아 효주는 작게 한숨을 내쉬었다. 그게 부담감 때문이라고 여긴 건지, 곁에 서 있던 민 선생이 격려하듯 효주의 어깨를 두드려주었다.

"신경 쓰지 마시고 힘내세요."

"네."

민 선생의 응원에 효주는 다시 힘을 냈다. 민 선생에게 비장하게 고개를 끄덕여 보였다. 이현에게 미안하지만 팀의 자존심이 걸린 문제였다. 할 수만 있다면 이기고 싶었다.

불타오르는 승부욕에 효주가 주먹을 불끈 쥐어 보이자 팀원들이 박수와 격려로 열렬한 환호를 보내왔다. 하지만 그것도 잠시, 이현이 슬쩍 던진 공을 맞고 경기가 맥없이 끝이 나버렸다. 사람들이 환호성을 터트리며 이현 주위로 몰려들었다. 효주가 어깨를 늘어뜨렸다.

경기가 끝나고 사람들이 일시에 흩어지면서 금세 운동장이 어수선해졌다.

"제가 끝까지 지켜드렸어야 했는데……."

경기에서 진 게 분한 듯 민 선생이 씩씩거리면서 다가왔다.

"괜찮아. 너 잘했어."

소영이 다가와서 효주의 어깨를 다독여주었다.

"그래도 이겼으면 좋았을 텐데……. 죄송해요."

효주가 면목 없다는 듯 말했다.

"아니야. 여기까지 해준 걸로도 대견해. 너 몸치인 거 우리 다 알잖아."

"그래요. 잘하셨어요, 정 선생님."

소영과 민 선생의 위로에 효주가 조용히 미소 지었다. 그때, 소영이 두리번거리면서 말했다.

"어? 사람들이 다 가고 있네. 우리도 가자."

"그럴까요?"

덩달아 두리번거리면서 민 선생이 대답했다.

"가자, 효주야."

소영이 효주에게 고갯짓을 했다.

"네, 선배."

대답하면서 효주는 본능적으로 두리번거리면서 이현을 찾았다. 이현은 아직도 사람들에게 둘러싸여 있었다. 저렇게 지척에 있는데도 잘 보이지 않았다.

오랜 기간 보지 못한 탓일까? 다가가서 말을 걸고 싶었지만 선뜻 그러지 못했다. 어쩐지 이현이 멀게만 느껴졌다.

"그런데 말이야. 민 선생, 너 막 사람 차별하고 그러는 거 아니다."

앞서가는 줄 알았던 소영이 불쑥 멈춰서더니 민 선생을 노려보았다. 그리고 따지듯 말했다.

"뭐, 뭐가?"

소영이 가자미눈을 해서 노려보고 있자 민 선생이 당황해서 말까지 더듬었다. 지켜보던 효주도 같이 당황했고.

"갑자기 왜 그래요, 선배."

"아무리 생각해도 은근히 기분 나쁘네. 민 선생, 너는 하루 종일 효주만 챙기고. 나는? 나는 왜 본 체도 안 하는 건데?"

소영과 민 선생은 고교 동창으로 세화여고에서 다시 만난 막역한 사이였다. 최근 소영이 민 선생을 살짝 의식하기 시작하는 눈치였고.

"그건 경기 때문에 어쩔 수 없이 그런 거잖아. 거기다 너는 정 선생과 달리 씩씩하잖아. 혼자 잘해내잖아."

효주가 보기에 민 선생도 수상했다. 따지고 드는 소영을 제대로 쳐다보지 못하고 얼굴까지 붉히고 있었다.

"효주만 여자라 이거지. 난 여자도 아니라 이거지."

제 머리 제가 못 깎는다고, 민 선생의 속내를 알 리 없는 소영은 단단히 뿔이 나 있었다. 소영의 억지가 길어질 것 같자 중재를 위해 효주가 나섰다.

"선배, 그만 좀 하세요. 선배가 제일 먼저 공에 맞고 탈락해 나갔잖아요. 그래서 민 선생님이 못 챙겨드린 걸 가지고 누가 누구 탓을 해요."

그러자 소영이 고개를 휙 돌려 가자미눈으로 흘겨보았다. 효주가 움찔했다.

"그러게. 운동 신경 하면 이 김소영인 내가 백 선생 공에 제일 먼저 죽었어. 어쩐지 백 선생의 사심이 느껴지지 않아?"

"……어휴. 선배도 참. 백 선생님이 그러실 리가 없잖아요."

"아니야. 그 자식, 평소 나를 방해꾼처럼 취급했어. 거기다 민 선생, 너, 너도, 서운해. 나는 사람 취급도 안 하지. 효주만 보호하지."

다시 자신에게로 화살이 돌아오자 민 선생이 사색이 되었다. 그런 민 선생이 애처롭게 느껴져 효주가 웃으면서 사과했다.

"선배 저러는 거 제가 사과드릴게요. 기분 푸세요."

"아뇨. 그런 걸로 저한테 사과하지 마십시오."

효주의 사과에 민 선생이 화들짝 손을 저어 보였다. 그러면서 자기는 괜찮다는 말만 연발했다. 그걸 소영이 심술궂게 웃으면서 지켜보았고.

그때, 서 있는 그들 근처로 사람들이 무리를 지어 우르르 지나 갔다. 민 선생을 보며 웃고 있는 효주와 새빨개진 민 선생. 그리고 제삼자처럼 뚝 떨어져 서 있는 소영. 상상력을 자극하기 좋은 그림이었나 보다. 지나가던 사람들이 짓궂은 농담을 마구 던져댔다.

"우리 민 선생, 얼굴이 빨갛네. 그렇게 정 선생이 좋아?"

"하긴 오늘도 둘이 딱 붙어서 분위기 좋더라고."

"얼레리 꼴레리."

"정 선생과 그렇고 그런 사이래요?"

얼토당토않은 야유에 민 선생이 울컥했다.

"정 선생님과 저, 그런 사이 아닙니다."

하지만 순진한 민 선생을 놀리는 데 재미 들린 사람들은 더 낄낄거렸다.

"누가 뭐래?"

"왜 화를 내고 그래. 무섭게."

민 선생이 당하는 게 고소한 듯 소영까지 낄낄거렸다. 그런 소영을 보며 효주가 경악했고.

"효주야, 다들 제정신 아닌 것 같지? 나사가 완전히 풀린 것 같지?"

곁에서 소영이 낄낄거리면서 말했지만 효주는 쉬이 대답하지 못했다. 경직해서 한 곳만 응시했다. 사람들 뒤로 이현이 천천히 걸어오고 있었기 때문이다.

이현이 결근하고 없는 동안, 효주는 많은 것을 깨닫게 되었다. 그의 부재로 효주는 새로운 눈을 뜨게 되었다. 그가 없는 학교가 얼마나 쓸쓸하고 허전한지 알게 되어버린 것이다. 평생 이현 없이도 씩씩하게 잘만 살아왔는데 말이다. 어떻게 이렇게 단시간에 이현에게 의지하게 된 것인지. 효주는 자신의 변화가 그저 얼떨떨하기만 했다.

하지만 이것 하나는 정확히 알 것 같았다. 이현을 완전히 새로운 시선으로 보게 된 것 말이다. 지금까지가 풋내기 연모였다면 이젠 한 사람의 성인으로 이현을 의식하게 되었다.

그래서일까?

예전이라면 의미를 두지 않았을 이현의 가벼운 시선, 미소 하나에도 괜히 떨리고 설레었다. 하지만 그녀의 이 애타는 변화에도 여전히 이현은 바쁜 남자였다. 체육대회 내내 이현은 여교사들에게 둘러싸여 있었다. 다가갈 틈이 없을 정도로.

물론 평소와 다름없는 새삼스럽지 않은 풍경이었다.

그런데 왜 오늘따라 가슴이 콕콕 찔리듯 아픈 걸까? 이게 바로 사람들이 말하던 질투라는 감정일까? 만일 이런 감정이 질투라면 질투에 대해서 다시 정의를 내려야 할 것 같다. 질투란 추악한 것이 아니라 아픈 것이라고. 그 아픔으로 상대의 소중함을 되새길 수 있다고 말이다.

효주가 심란한 표정으로 생각에 잠겨 있어도 소영은 계속 제 말을 이어 나갔다.

"하긴 오늘은 우리를 위한 날이지. 모처럼 스트레스에서 벗어날 수 있는, 그러니까 저렇게들 미친 거고. 어? 저기 백 선생 오네. 호랑이도 제 말 하면 온다더니. 잘됐다. 가서 좀 따져야겠다. 그런데…… 백 선생 표정이 좀 그러네. 왜 저러지?"

팔을 걷어붙이고 금방이라도 따지러 갈 것 같던 소영이 효주를 쳐다보았다.

"……아무래도 오늘은 안 되겠다. 백 선생 아우라가 장난이 아니다. 아, 참. 너, 백 선생 회식에 올 건지 체크는 했어?"

소영이 갑자기 생각난 듯 물었다. 효주는 난처한 표정으로 고개를 가로저어 보였다.

"……어쩌죠? 지금이라도 가서 물어볼까요?"

그러자 소영이 답답하다는 듯 말했다.

"넌 총무면서 인원 파악도 안 하고 뭐 했냐?"

"백 선생님이 참가하실 줄 몰랐어요. 당연히 오늘도 결근하실 줄 알았죠."

소영이 곧장 지나가던 이현을 불러 세웠다.

"백 선생! 백 선생!"

이현이 멈춰 서더니 소영을 쳐다보았다. 소영이 물었다.

"정 선생이 백 선생만 빼놓고 안 물어봤다길래. 오늘 회식에 백 선생도 참석할 거지?"

그러자 이현의 시선이 효주에게로 옮겨갔다. 그리고 처음부터 효주가 거기 있는 것을 알았다는 듯 시선을 고정시켰다.

이현을 너무 오랜만에 봐서 그런 걸까. 그 순간, 효주의 가슴이 두근하고 뛰었다. 맥박이 빨라지면서 호흡도 불규칙해졌다. 그런 효주와 달리 이현은 침착했다. 심해를 떠올리게 하는 짙은 눈으로 효주의 반응을 지그시 바라볼 뿐이었다.

이현이 말없이 효주만 보고 있자 곁에 서 있던 소영이 안달했다.

"백 선생? 내 말 듣고 있는 거야? 회식 어쩔 건데? 참석할 거야, 말 거야."

"……글쎄요. 회식이 있다는 소리는 금시초문이라서."

이현은 여전히 시선을 효주에게 두고 비아냥거리듯 대꾸했다.

"회식이 있는 것도 몰랐다고?"

이현의 심사가 틀린 원흉이 효주라고 확신한 듯 소영이 효주를 빤히 쳐다보았다. 소영이 그러자 민 선생도 효주를 빤히 쳐다보았다. 모두가 보내는 무언의 압박을 견디지 못하고 효주가 입을 열었다.

"……백 선생님도 오실 거죠?"

이현이 입을 꽉 다무는 걸 보며 곧바로 아차 싶었지만 이미 쏟아진 물이었다.

"보고요."

이현은 쌀쌀맞은 대답만 내어놓고 그대로 걸어가버렸다. 멀어지는 이현의 등을 주시하던 소영이 효주를 비난하듯 쳐다보았다.

"말본새가 그게 뭐냐. 네가 회식에 안 왔으면 좋겠는데 부득불 온다면 어쩔 수 없지. 딱 그런 뉘앙스잖아. 그래도 그렇지, 백 선생은 또 왜 저런대. 그런 걸로 싸하게. 평소답지 않게 풀도 죽어 보이고. 저럴 거면 하루 더 쉬지 뭐하러 와서 무리한대."

곁에서 듣고 있던 민 선생이 끼어들었다.

"으응, 무슨 소리. 백 선생 경기할 때 날아다니는 것 못 봤어?"

경기에서 져서 그런지 민 선생의 음성에 뒤끝이 잔뜩 실려 있었다. 민 선생이 그러거나 말거나 소영이 그렇지, 하고 성의 없이 대답하곤 다시 효주를 쳐다보았다.

"효주야, 너 며칠 전에 백 선생 집에 갔었지? 그날 무슨 일 있었어? 어째 백 선생 표정이 영 그렇다."

"일은요……."

효주가 심란한 표정으로 고개를 가로저어 보였다.

"그래? 그렇다면 진짜 백 선생 컨디션이 별로인가 보네. 오늘 회식엔 참석 못 하겠다."

추측성 결론을 내리고 귀찮다는 듯 소영이 손을 내저어 보이자 효주가 말했다.

"선배, 저는 화원에 들렀다가 갈게요. 먼저 가 계세요."

"거기 꿀 발라놓았냐? 아침에 갔으면 됐지 왜 하루에 두 번씩이나 가."

소영이 투덜댔다.

"아저씨가 며칠 결근하셔서 제가 아침저녁으로 가서 챙겨야 해요. 죄송해요. 끝나는 대로 곧장 갈게요."

효주가 사정을 설명하자 소영이 골똘하게 생각에 잠긴 표정이 되었다.

"그런데 효주야, 그러고 보니까 이상하다. 정원사 아저씨랑 백 선생이랑 마치 둘이 짠 것처럼 같은 날짜로 결근하고 있잖아."

"그게 뭐가 이상해. 개인 사정이 있으면 결근할 수도 있고 그렇지."

곁에서 조용히 듣고 있던 민 선생이 무뚝뚝하게 반론을 내놓았다. 효주가 웃으면서 말했다.

"그러게요. 사정이 있으면 결근 날짜가 겹칠 수도 있죠. 그리고 마치는 대로 빨리 갈 거니까 처음부터 많이 마시면 안 돼요. 아셨죠?"

"쳇. 내가 애냐? 하여튼 간에 별나다니깐. 알았으니까 빨리 와야 돼. 알았지?"

"네."

효주가 손을 흔들면서 반대편으로 걸어가자 소영이 갑자기 민 선생에게 바짝 달라붙었다. 민 선생이 화들짝 놀라며 긴장했다.

"민 선생 보기에 아까 저 둘이 수상하지 않았어? 둘 다 정색을 하고 있는 게 아무래도……."

그리고 소영이 뜸을 들이자 민 선생이 조바심 내며 물었다.

"아무래도 뭐?"

"보통 사이가 아닌 것 같아. 너랑 효주랑 딱 붙어서 공 피해 다닐 때 백 선생 눈빛 못 봤지?"

"공 피하기도 바쁜데 어떻게 상대 선수 표정까지 보겠어."

민 선생이 커다란 손으로 자신의 머리를 긁적이며 대답하자 소영이 버럭했다.

"으이그. 덩치는 산만 해가지고, 눈치 좀 키워라. 맨날 공만 차지 말고 책도 읽고 영화도 좀 보라고."

소영의 훈계에 갑자기 민 선생이 빙그레 웃었다. 그리고 소영의 어깨에 팔을 둘렀다.

"눈치 없는 건 너도 마찬가지인 것 같은데."

소영이 기겁하며 민 선생을 떨쳐냈다.

"조그만 게 죽을라고. 내 주먹 맛 좀 볼 테야."

"말은 바로 하라고. 내가 그렇게 조그맣지는 않지."

"으응……? 네가 요즘 안 맞아서 근질근질하다고?"

그리고 소영은 그대로 민 선생의 얼굴에 주먹을 꽂았다.

"윽. 그렇다고 진짜로 때리며 어떡해."

민 선생이 아픈 볼을 움켜쥐며 엄살을 피웠다.

"그러니까 어른한테 대드는 거 아니다. 가자. 배고파 죽겠다."

"여자가 무식하게……."

민 선생이 뒤따르면서 투덜거리자 소영이 고개를 휙 돌려 째려 봤다. 민 선생이 얼른 딴청을 피우자 소영이 어이없다는 듯 웃었 다. 그에 민 선생도 배시시 따라 웃었다.

화원에 들른 효주는 부지런히 몸을 움직였다. 이 노인의 부재로 해야 할 일이 산더미였다.

"서둘러야겠다."

효주는 제일 먼저 볕이 잘 드는 곳에 내어놓았던 화분부터 온실 안으로 옮겼다. 흙이 말라 있는 화단에 일일이 물까지 주고 나자 어느새 주위가 어둑어둑해져 있었다.

"벌써 시간이 이렇게 되었네."

빨리 오라던 소영의 당부를 떠올리며 효주는 서두르기 시작했 다. 재빨리 흙바닥을 쓸고, 혹시 모를 도난에 대비해서 온실 문을 닫아거는 것도 잊지 않았다.

하지만 효주는 화원을 나서며 마지막으로 한 번 더 꼼꼼하게 둘 러보는 것을 잊지 않았다. 이 노인을 대신해서 일을 한다고 했지만 그래도 혹시 몰랐다. 미처 못 보고 놓친 게 있을 수도 있었다.

식물은 온도에 민감한 존재였다. 봄이 왔다고는 하지만 아직 일교차가 컸다. 세심하게 챙기지 않으면 밤새 얼어 죽을 수도 있었다.

하지만 그녀의 조바심에도 화원은 평소처럼 평온해 보였다. 여전히 고요하고 편안한 분위기를 유지하고 있었다.

"아, 이상하게 아쉽네. 내가 뭘 놓친 거지?"

재차 확인까지 했는데도 꼭 무언가를 놓친 기분이었다. 쉬이 발길이 떨어지지 않았다.

대체 내가 무얼 놓친 걸까?

스스로도 의아해하면서 효주는 천천히 화원을 걸어 다니며 다시 한 번 확인했다. 그러다 효주는 구석에 가지런히 세워져 있는 이 노인의 노란 장화를 발견했다.

"아저씨 거잖아."

장화도 제 주인의 부재를 아는 것일까? 덩그러니 세워진 모습이 쓸쓸해 보였다.

그제야 효주는 아무리 쓸고 닦아도 계속 부족하게만 느껴졌던 이유를 알 것 같았다. 이 노인의 빈자리. 그것이 효주를 계속 허전하게 했던 것이다.

"빨리 오셔야 할 텐데……."

이현이 없는 학교처럼, 이 노인이 없는 화원도 효주에게 그저 쓸쓸하기만 했으니까.

운동장을 빠져나온 이현은 곧장 자신을 질책했다. 속 좁게 이게 뭐 하는 짓인지. 고작 질투 따위에 져서 효주에게 못되게 굴고 있었다. 지금이라도 돌아가서 효주를 붙잡을까? 며칠 보지도 못했잖아. 보고 싶었잖아.

하지만 금세 이현은 고개를 가로저었다. 하루 종일 효주의 곁에 딱 달라붙어 있던 체육 교사, 민 선생을 떠올리며.

"내가 왜? 필요하면 자기가 와서 말 걸겠지."

솔직히 경기가 끝나고 효주가 와서 말을 걸어줄 줄 알았다. 몸은 이제 괜찮은 거냐고 걱정해줄 줄 알았다. 그런데 웬걸, 자신은 안중에도 없고 민 선생 그 자식이랑 딱 붙어서 시시덕거리는 모양새라니.

"아우!"

그 장면을 떠올리는 것만으로도 이현은 짜증이 났다. 애꿎은 제 머리만 마구 쓸어 넘겼다. 그때, 주머니에 넣어두었던 휴대폰이 큰 소리로 울렸다.

누구지?

이현은 한숨을 내쉬며 휴대폰을 꺼내 들었다.

"여보세요?"

-할애비다.

그의 외조부였다.

"네, 할아버지. 어쩐 일이세요?"

최대한 아무렇지 않게 침착하게 대꾸했지만 그게 외조부의 분노에 불을 질렀나 보다. 갑자기 외조부가 언성을 높였다.

-네에? 방금 네라고 대답한 것이냐?

"……네."

외조부가 외출한 틈을 타 몰래 집을 빠져나왔으니 노여움은 당연한 것이었다.

-네 이놈! 지금 어디에 있느냐? 내 당장 그리로 차를 보낼 테니.

"그러실 필요 없습니다. 지금 학교에 와 있거든요."

-뭐라고? 아직 몸도 성치 않은 녀석이 거기가 어디라고 가. 얼른 돌아오지 못할까.

외조부의 성화에 이현은 짜증스레 한숨을 내쉬었다.

"……이제 다 나았어요. 걱정하지 마세요. 그리고 회식까지 참석하고 갈게요. 그런 줄 아세요."

-이 녀석이…….

"가봐야 해서 그만 끊습니다."

재빨리 전화를 끊고 이현은 곤욕스런 표정을 지었다.

"내가 어린애도 아니고……."

물론 그를 아끼는 외조부의 마음을 모르진 않았다. 하나밖에 없던 귀한 딸을 잃고 매일같이 손주 걱정에 노심초사하는 노인의 애틋한 마음을 말이다. 알기에 최대한 맞춰주곤 있지만 가끔씩 버거운 건 어쩔 수 없었다.

"백 선생! 아직 안 가고 있었네?"

멀리서 민 선생과 걸어오던 소영이 이현을 발견하고 아는 체를 했다. 이현은 휴대폰을 주머니에 넣고 웃으면서 몸을 돌렸다.

"회식 장소가 어디라고 했죠?"

방금 전 효주에게 쌀쌀맞게 굴던 사람이 맞나 싶게 이현이 방실방실 웃고 있자 소영이 눈을 가늘게 떴다.

"아픈 거 아니었어? 회식에 오게?"

소영이 날카롭게 물었다.

"아팠으면 오늘 오지도 않았죠."

이현이 심드렁하게 대꾸했다.

"으응……. 그래? 이제 다 나았나 보네."

"네. 그런데 정 선생님은 어디 가시고 두 분만?"

이현이 두리번거리며 효주를 찾자 민 선생이 나섰다.

"정 선생님은 잠시 화원에 들렀다가 오신답니다."

친절하게 설명해주는 민 선생을 이현이 의아하다는 듯 힐끗 쳐다보았다. 소영이 웃으면서 나섰다.

"아, 방금 전까지 우리 셋이 함께 있었거든."

"아, 네. 그럼 저는 이만."

이현이 차가운 단답형의 대답만 내어놓고 등을 돌려 가버리자 소영이 어이없다는 듯 투덜댔다.

"뭐지? 저 싸가지 없음은……."

"역시 백 선생은 보기보다 도도한 것이 호락호락하지 않네. 하긴 저 얼굴로 착하기까지 하면…… 그건 반칙이지."

민 선생이 멀어지는 이현을 응시하며 혼잣말처럼 중얼거리자 소영이 코웃음을 쳤다.

"도도는 무슨……. 나중에 봐라. 아주 재밌는 구경을 하게 될 거다."

"재밌는 구경?"

뜬금없는 소리에 민 선생이 눈을 동그랗게 떴다. 그에 소영이 다시 코웃음을 쳤다.

"나중에 효주 오면 지금 내 말이 무슨 뜻인지 알게 될 거다."

학교를 나선 효주는 빠른 걸음으로 회식 장소로 걸어갔다. 시끌벅적한 가게로 들어서자 달아오른 공기, 매캐한 고기 연기가 효주를 맞이했다. 시간이 얼마 지나지 않은 것 같은데도 이미 분위기가 절정을 향해 달려가고 있었다.

"아……."

사람들 속에서 이현을 발견하자 효주는 입술을 꽉 깨물었다. 이현을 보자 너무 반가워서 가슴속에 확 불길이 이는 것 같았다. 같은 공간에 그가 있다는 것만으로도 기쁘고 들떴다. 힘이 나는 것 같았다.

"여기야, 여기."

입구에서 미적거리는 효주를 발견하고 소영이 손을 흔들었다. 소영은 이미 많이 취해 있었다. 안 그래도 활달한 성격인데 회식이라는 날개까지 다니 몹시 들뜬 상태였다.

사실 말이 체육대회지, 본 경기는 뒤풀이 술자리였다. 여기 세화여고는 교칙이 엄격한 사립 여고 특성상 교직원들도 보수적인 편이었다. 술자리도, 회식도 웬만하면 자제하는 분위기였다. 그러나 1년에 단 한 번, 오늘은 달랐다. 오늘만큼은 윗선의 눈치를 보지 않아도 되는 공식적인 술자리였다. 회식에 목말랐던 젊은 교사들이 친분을 쌓고 회포를 풀 수 있는 유일한 날이기도 했다. 그러다 보니 개인 사정으로 체육대회에 불참하더라도 뒤풀이에는 나타나는 우스꽝스러운 사태가 종종 연출되기도 했다. 그만큼 모두가 고대하는, 완벽한 출석률을 보이는 뒤풀이라고 할 수 있었다.

"정 선생님, 여기 앉으세요!"

민 선생이 효주를 위해 비워놓은 제 옆자리를 두들기며 큰 소리로 효주를 불렀다.

"네."

효주는 어색하게 웃으며 자리에 가서 앉았다.

"조금 덥네요."

효주가 재킷을 벗고 있는데 민 선생이 불만스런 표정을 지으며 턱 끝으로 소영을 가리켜 보였다.

"김 선생 좀 보세요. 취해서 난리도 아닙니다."

"……그러네요. 벌써 많이 취한 것 같네요."

뭐가 그리 신나는지 히죽거리고 있는 소영을 보며 효주가 걱정스레 대꾸했다.

"어이, 거기! 지방 방송은 좀 끄지."

효주의 합류로 흐트러진 분위기를 바로잡으려는 듯 소영이 큰 소리로 주의를 주었다.

"죄송합니다."

효주가 웃으면서 사과하자 소영이 다시 히죽 웃으며 팔꿈치를 앙증맞게 튕겼다.

"자, 다시 게임을 시작합니다."

취한 소영은 분위기 메이커 역할을 톡톡히 해내고 있었다. 효주가 오기 전까지 하고 있던 게임이 다시 재개되었다. 얼떨결에 게임에 동참하게 효주는 어수룩하게 단박에 걸리고 말았다.

"으하하하. 효주, 너야. 너, 마셔."

소영이 즐거워하며 박수를 쳐대었다.

"선배."

울상이 되어 소영을 애절하게 쳐다보았지만 먹히지 않았다. 외려 주위를 선동해서 어서 마시라고 합창을 했다.

"노처녀 정 선생아, 넌 좀 취해야 해. 그래야 남자가 붙지. 평소처럼 뻣뻣하게 굴면 질려서 남자가 도망간다."

"알았어요."

효주가 시무룩하게 벌주를 집어 들었다.

"정 선생님 술 못 마신다고 들었는데, 괜찮으시겠어요?"

곁에서 민 선생이 걱정스런 표정으로 물었다.

"한 잔 정도는 괜찮아요."

"에이, 그래도 그럴 순 없죠. 여기 흑기사요! 제가 정 선생님 대신 마실게요."

그러면서 민 선생은 효주가 들고 있던 술잔을 가로챘다. 소영이 민 선생을 노려보았다.

"야! 네가 왜 효주 흑기사야. 효주 흑기사는 저기…… 저기에…… 따로 있는데."

소영이 꼬부라진 목소리로 저기, 저기에, 하면서 어딘가를 가리키자 사람들의 시선이 일시에 손짓을 따라갔다. 하지만 소영이 가리킨 곳은 누가 누군지 분간이 가지 않는, 검은 머리만 우글우글한 난리 법석 한복판이었다.

"에이. 뭐야, 싱겁게. 난 또 진짜 정 선생 흑기사가 따로 있는 줄 알았잖아."

소영의 장난에 말렸다는 듯 중년의 생물 교사가 투덜댔다. 그에 소영이 박수를 치며 기뻐했다.

"속았죠? 헤헤. 자, 게임을 다시 시작하기 전에 정 선생 벌주부터 마무리 지읍시다. 민 선생, 정 선생 벌주 마실 거야, 말 거야. 대신 마셔줄 거면 얼른 마시고."

효주의 흑기사를 자청해놓고 그냥 넘어가려는 민 선생의 꼼수를 소영이 지적했다. 그에 효주가 민 선생의 손에 들린 벌주를 빼앗아 들며 말했다.

"민 선생님도 그만 마시세요. 취하셨어요. 이건 그냥 제가 마실게요."

"그래도……."

민 선생이 만류하기도 전에 효주는 단숨에 벌주를 들이켰다.

"으……."

쓰디쓴 알코올이 넘어오는 느낌에 효주는 와락 미간을 찌푸렸다. 술은 언제 마셔도 적응하기 힘들었다. 취하는 느낌 또한 싫었다. 하지만 다들 즐거워하고 있는 회식 자리였다. 못 마신다고 괜히 뒤로 빼며 산통을 깰 순 없는 노릇이었다.

평소 얌전하던 효주가 대범하게 원샷을 해버리자 다들 흥분했다.

"안 나오면 쳐들어간다. 쿵짝짝 쿵짝."

소영이 신이 나서 다시 게임을 재개했다.

"괜찮으세요? 술 약하시잖아요."

걱정스레 지켜보던 민 선생이 물었다. 민 선생의 물음에 효주가 난감한 표정을 지어 보였다. 사실 효주는 알코올에 취약한 체질을 타고났다. 소영이 주는 대로 받아 마셨다간 몸도 가누지 못하게 될 게 분명했다.

"아무래도 저는 기회를 봐서 조용히 빠져나가는 게 좋을 것 같아요."

민 선생에게만 들리게끔 작게 속삭이자 민 선생이 힘껏 고개를 끄덕여 보였다.

"네. 제가 그때 망봐드릴게요."

"그래 주시면 고맙구요."

나쁜 짓을 작당하는 듯 속삭이던 둘은 시선이 마주치자 계면쩍게 웃고 말았다. 그걸 멀리서 이현이 지켜보고 있는 것도 모르고. 아름다운 여교사들에 둘러싸여 있으면서 정작 이현은 그다지 즐거워 보이지 않았다. 입을 꽉 다문 채로 인상만 쓰고 있었다.

벌주 게임도 시들해진 소영이 갑자기 무언가 생각난 듯 박수를 치며 말했다.

"맞다. 우리 효주 취하면 재밌어지잖아. 누가 효주한테 술 좀 권해봐."

소영이 익살스레 사람들을 부추겼다. 평소 효주에게 호감을 보이던 노총각 영어 선생이 엉거주춤 일어났다.

"정 선생님, 오늘 마지막까지 살아남아 고생하셨어요. 제 술 한 잔 받으세요."

효주가 경기에서 끝까지 살아남은 걸 치하하며 효주에게 술잔을 내밀었다.

"감사합니다."

영어 교사의 덕담에 효주도 몸을 일으켜 어색한 미소를 지으며 술을 받았다.

"사실 오늘 정 선생님을 다시 봤습니다. 보기보다 운동신경이 있으시더라고요."

"네, 감사합니다."

효주가 머쓱하게 웃으면서 술을 들이켰다. 그때 소영이 영어 교사에게 시비 걸듯이 말했다.

"박 선생, 우리 효주한테 보기보다 운동신경이 있는 것 같다라니. 지금 남자라고 유세하는 거야."

취하면 목청이 대포처럼 커지는 소영이었다. 또 무슨 말로 사람을 기함하게 하려고 그러는지 겁이 난 효주가 얼른 소영을 만류했다.

"선배, 취했어요. 이제 그만 마셔요."

그러자 소영이 단호하게 검지를 흔들어 보였다.

"노, 노. 나 안 취했어. 멀쩡해. 그리고 보니 둘이 은근히 잘 어울린다. 내가 박 선생하고 너 잘되라고 화합주 만들어줄게. 기다려 봐."

소영이 맥주와 소주를 잔에 마구 뒤섞기 시작했다. 비율이 엉망인 폭탄주를 만들어서 박 선생과 효주에게 각각 내밀었다.

"마셔들 봐. 이거 마시면 나중에 애도 순풍순풍 잘 낳는다."

말도 안 되는 소리에 민 선생이 마시던 물을 뿜었다. 울상이 된 효주가 손사래를 치며 항의했다.

"그만 좀 해요. 내가 다 부끄러워요."

하지만 포기할 소영이 아니었다. 소영이 떼를 쓰기 시작했다.

"안 마시면 나 운다. 울 거야."

취한 소영이 떼를 쓰기 시작하자 효주가 몰래 민 선생에게 눈짓했다.

'민 선생님이 어떻게 좀 해봐요.'

그러자 민 선생이 눈빛으로 답했다.

'제가 어떻게요? 정 선생님이 말려보세요.'

민 선생에게서도 답을 찾을 수 없자 효주는 우선 소영을 달래기 위해 한숨을 푹 내쉬며 술잔을 입으로 가져갔다. 단숨에 들이켜고 소영을 노려보며 이를 꽉 깨물었다.

"술에 무슨 짓을 했는지 더럽게도 쓰네요. 선배, 내일 술 깨고 봐요."

효주가 던진 음산한 경고에도 소영은 신이 나서 박수를 쳐댈 뿐.

"아하하하. 내 술 마셨으니까 너네 오늘부터 1일이다."

민 선생이 슬그머니 일어나서 낄낄거리며 즐거워하는 소영의 뒤로 다가갔다. 그리고 체포하듯 소영을 끌어안고 밖으로 나갈 태세를 취했다.

"네네. 바람을 쐬시면 술이 깰 거예요."

"싫어. 안 나갈래. 한창 재밌단 말이야."

"네네."

민 선생이 땡강 부리는 소영을 달래며 질질 끌고 나갔다. 그게 또 재밌는지 소영이 박수를 치며 낄낄거렸다.

"저래 가지고 내일 수업이나 할 수 있을지."

민 선생에게 끌려 나가는 소영을 보며 효주가 한숨을 내쉬었다. 하지만 남 걱정할 때가 아니었다. 방금 전에 받아 마신 폭탄주가 슬슬 위력을 발휘하려고 했다.

점점 취기가 오르면서 정신이 몽롱해지고 눈앞도 흐릿해졌다.

"왜 이러지. 이러면 안 되는데."

정신을 차리기 위해 효주는 제 뺨을 두드리면서 자리에서 일어났다.

"어디 가시게요?"

폭탄주 희생양 동지인 영어 교사, 박 선생이 걱정된다는 듯 물었다.

"화장실에 가서 세수 좀 하려고요."

"네에."

이해한다는 듯 박 선생이 고개를 끄덕여 보였다. 박 선생도 슬슬 취기가 오르는지 눈이 반쯤 풀려 있었다.

화장실은 건물에서 제법 떨어진 외딴 곳에 위치했다. 낡은 세면대 앞에 선 그녀는 찬물을 끼얹으며 달아오른 뺨을 식혔다.

그러다 효주는 고개를 들고 세면대 위 흐릿한 거울을 응시했다. 연달은 냉수마찰로 얼얼해진 뺨을 타고 물방울이 뚝뚝 흘러내리고 있었다.

"하아."

백열등의 흐린 조명으로도 감출 수 없는 감정이 효주의 눈동자에서 일렁이고 있었다. 그리고 그것이 이현 때문이라는 걸 알기에 효주는 복잡한 심정을 감출 수 없었다.

대회가 끝나고 운동장에서 마주쳤을 때, 이현은 그녀에게 화가 난 사람처럼 굴었다. 그렇기에 회식 자리가 마냥 편하지만은 않았다. 특히 곁눈질로 멀리 있는 이현의 딱딱한 표정을 확인한 후론 정신이 하나도 없었다. 온 신경이 이현에게 쏠리는 통에 연신 벌주 게임에 걸려들었다. 다행히 그녀를 누구보다 잘 아는 소영이 취한 덕분에 모면하곤 있지만 이런 식으로 가다간 사람들이 그녀를 수상하게 여길 수도 있었다.

왜, 사랑과 재채기는 숨길 수 없다고 하지 않은가. 이현을 사랑하는 마음을 언제까지 숨길 수 있겠는가.

이런 마음, 이현에게 들키는 것도 시간문제였다. 그렇다고 비겁하게 계속 아닌 척할 수도 없는 노릇. 비록 먼저 고백할 용기는 없지만 그렇다고 마음을 숨기는 짓 따위 하지 않을 것이다. 기회가 된다면 당당하게 좋아한다고 고백할 것이다.

이현이 거절한다고 해도 상관없었다. 이현의 마음은 이현의 것이었다. 그녀가 이래라저래라 할 성질의 것이 아니었다.

생각 정리를 끝낸 효주는 한숨을 내쉬고 고개를 들었다. 그러다 거울 속에서 민주를 발견하고 깜짝 놀랐다.

"한 선생……?"

"무슨 생각을 그렇게 하시는지…… 이제야 절 보시네요."

팔짱을 끼고 화장실 타일 벽에 기대어 있던 민주가 몸을 일으켰다.

"나 기다렸어? 나한테 할 말 있어?"

"네. 제가 할 말이 너무 많거든요."

오늘따라 민주의 표정이 이상했다. 눈이 번들거리고 입도 삐죽거리는 것이 금방이라도 사고 칠 사람처럼 보였다.

그리고 효주의 우려는 금방 사실이 되어 나타났다. 민주의 눈빛이 먹이를 노리는 하이에나 같았다.

"무섭게 왜 그래……?"

"무서운 건 내가 아니죠. 정 선생님이죠."

"그게 무슨 말이야?"

다가오는 민주를 피해 뒷걸음질 치며 물었다.

"튕기다가 받아주다가, 또 튕기다가…… 마지막엔 질투심을 팡! 자극해주시고."

"무슨 소리야."

대체 민주가 무슨 소리를 하는 건지 효주는 의아함을 숨기지 못했다.

"또 순진한 척하네. 남자 다루는 솜씨가 보통이 아니더구만."

"이봐, 한 선생, 말 좀 가려서 해."

따지려는 효주를 민주가 단칼에 가로막았다.

"그건 내가 당신한테 할 소리지. 당신이 얼빠진 민 선생을 껴안고 난리를 칠 때 백 선생님 표정이 어땠는지 알아? 이제 그만하고 백 선생님 좀 놓아줘요. 그 사람, 당신이 생각하는 것보다 훨씬 대단한 사람이야. 이 학교 재단이 얼마나 부잔 줄 알죠. 사립 초중고 몇 개나 가지고 있잖아."

뜬금없이 재단 운운하는 민주의 말을 이해할 수 없어 효주가 눈을 가늘게 떴다. 그런 효주의 반응에 민주가 코웃음 쳤다.

"설마 몰랐다고 하진 않겠죠?"

"……뭘?"

"재단 이사장님 하나뿐인 손자가 백 선생님이라는 사실, 정말 몰랐다는 거예요? 그럼 백 선생님 친가에 대해서도 모르는 건가?"

효주는 숨이 턱 막히는 것 같아 아무 말도 못 했다. 충격으로 창백해진 효주를 보고 민주가 사악하게 웃었다.

"그럼 내가 말해줄 테니까 잘 들어요. 당신 할머니가 입원해 있는 그 병원을 포함해서 큰 의료 재단을 가진 집안이 백 선생님 친가고, 외가는 여기 재단이고. 그 외 또 놀랄 사실 하나. 백 선생님

직업은 알아요? 설마 진짜 수학 교사인 줄 아는 건 아니겠죠?"

효주의 반응에 그녀를 갖고 노는 데 희열을 느끼는 듯 민주가 이현의 집안 이야기를 술술 토해냈다.

"……그럼 아니야?"

"순진하긴. 그렇게 빵빵한 집안을 놔두고 뭐하러 여길 다니겠어요. 잠시 귀국해 있는 것일 뿐, 백 선생님 사업체는 미국에 따로 있는 것을. 자기가 누굴 건드리고 있는지도 모르고 어설픈 여우 짓이나 하고. 내가 경고 하나 해줄까요? 올라가지 못할 나무는 쳐다보지도 말라고 했어요. 괜히 상처받지 말고 지금이라도 그만둬요. 댁 사정에 백 선생님은 올라가지 못할 나무일 테니까."

제 할 말을 다 한 민주는 후련한 표정이 되었다.

"충격을 많이 받은 것 같은데…… 미안하게 됐네요. 충격받은 척 연기한 거면 그것도 말고."

사과 같지도 않은 사과를 중얼거린 민주가 몸을 돌리더니 화장실을 빠져나갔다. 텅 빈 화장실, 작은 공간 안에서 효주는 손가락 하나 까딱할 수 없었다. 얼음물을 뒤집어쓴 것처럼 하얗게 질려 있었다.

민주의 말을 듣고도 도무지 믿기지 않았다. 실은 이현이 대단한 집안의 사람이고 따로 사업체를 가지고 있다는 것을.

"그, 그럴 수도 있지……."

그들이 무슨 사이라고. 친하게 지냈을 뿐, 실질적으로는 아무 사이도 아니지 않나. 그러니 굳이 말하라면 동료 정도일 뿐. 왜 미리 말하지 않았나 싶다가도 자신의 배경을 설명해야 할 의무가 이현에게 있을 턱이 없었다.

"……그래. 그 사람이 잘못한 건 없지."

그러나 언제나 진실해 보이던 이현이었다. 제 감정을 가감 없이 드러내며 다가오는 이현이 그녀에겐 그저 눈부실 뿐이었다. 그런데 그 진실해 보이던 태도와 행동들이 모조리 거짓을 바탕으로 하고 있었다니.

세상에서 가장 가깝다고 느껴지던 이현이 이젠 가장 모를 사람이 되어버리자 효주는 망치로 거세게 한 대 맞은 기분이었다.

"이제 겨우 사랑한다는 걸 깨달았는데. 용기 내어 고백하려고 했는데."

간신히 연 마음의 문이 비참하게 난도질당하는 것 같아 효주는 눈물을 삼켰다.

11.

간신히 눈물을 수습한 효주가 화장실을 나섰다. 이현이 벽에 기댄 채로 그녀를 응시하고 있었다.

"백 선생님······?"

효주의 목소리에 이현이 미소 지으며 몸을 일으켰다.

"기다리고 있었어요. 취하신 것 같아서."

아, 평소의 이현이었다. 부드러운 미소, 감미로운 눈동자. 이현이었다. 그런데 이상하지. 평소의 이현인데. 그저 이현일 뿐인데.

본능적으로 뒷걸음질 쳐졌다.

"괜한 걸음 하셨네요. 저 취하지 않았어요. 멀쩡해요."

효주는 너무 혼란스러웠다. 보저럼 만난 이현보다 상처반은 자신 생각만 하고 싶었다. 하지만 그마저도 쉽지 않았다.

"어디 가세요. 제 말 아직 안 끝났는데."

이현이 와락 선홍빛 입매를 일그러뜨리면서 저벅저벅 걸어왔다. 그리고 그녀의 어깨를 움켜쥐었다.

"하아."

어깨를 부여잡는 손길에 효주는 연약한 신음을 터트렸다.

어쩌라고. 대체 나보고 어쩌라고 이러는 건지. 등줄기로 이는 짜릿한 감각에 견디지 못하고 눈을 질끈 감았다.

내가 왜 이러지. 이러면 안 되는데.

눈물이 날 것 같았다. 고작 이런 사소한 스킨십에도 무너지는 자신이 너무 바보 같았다. 동시에 자신을 내버려두지 않는 이현이 야속했고.

"그날 간호, 감사했습니다. 덕분에 열도 내리고 빨리 회복했어요."

이현이 속삭였다. 악마 같은 감미로운 속삭임에 효주는 눈을 질끈 감았다.

야속한 사람, 자꾸 이러면 어쩌자고.

자꾸 흔들어대는 이현이 야속했다. 조금 전 화장실에서 민주가 말했다. 그는 부유하고 똑똑하다고.

아무리 생각해도 나랑 어울리지 않는 조건이었다. 그러니 더 내가 추해지기 전에 조용히 보내줬으면 했다.

그래서 효주는 더 차가운 표정으로 더 표독스레 말했다.

"그럼 다행이고요. 이제 가봐야겠어요. 잡지 마세요."

이현이 흠칫하고 몸을 굳히는 게 느껴졌지만 상관없었다. 이현도 아팠으면 좋겠으니까. 나만 아프면 이 사랑이 너무 슬프니까.

이현을 뒤로하고 걸음을 옮겼지만 너무 의식한 나머지 단순히 걷는 동작인데도 엄청나게 고통스러웠다. 그럼에도 효주는 할 수 있는 게 이것밖에 없었다. 지금 당장은 이현이 미웠으니까. 미워 죽겠으니까. 어떤 조언도, 책자의 글귀도 눈에 들어오지 않을 것 같았다. 당장은 이현을 피할 수밖에 없었다.

"왜 저를 피하시는 건데요? 제가 뭘 잘못했나요?"

이현이 뒤에서 외쳤다. 송곳 같은 말투였다. 효주는 움찔하고 걸음을 멈추었다. 잘못? 잘못이라면 이현은 너무 큰 잘못을 저질렀다. 한 여자의 마음과, 생활과, 앞으로의 일생을 슬프게 했으니까.

"하아."

효주는 두 손바닥에 얼굴을 묻었다. 괴로웠다. 밉고 꼴도 보기 싫은데, 그런데도 이현이 좋았다. 진심이 아닌 걸 알면서도 그가 좋았다. 대체 어쩌라고. 날 보고 어쩌라고 이러는지.

나는 그렇게 대단한 사람이 아닌데 대체 어쩌라고, 그렇게 속으로 비명을 지르는데 이현이 성큼성큼 다가왔다. 그리고 그녀의 어깨를 부여잡고 몸을 확 돌려세웠다. 갑자기 몸이 빙그르르 돌려지자 그녀가 거친 신음을 흘렸다.

"상대방에게 최소한의 예의는 지키셔야죠. 제 눈을 똑바로 보면서 대답하셔야죠."

냉랭하지만 격렬한 긴장감이 흐르는 이현의 눈동자. 효주는 마른침을 꿀꺽 삼켰다. 조금이라도 움직이면 그 자리에서 찢겨나갈 것 같은 위압감이었다. 효주가 몸을 떨었다.

"……왜 이러시는 거예요?"

무력한 기분에 휩싸여 효주가 물었다. 이현은 어이없다는 듯 실소를 흘렸다.

"정말 그걸 몰라서 물으세요?"

이현은 애절하게 효주를 응시했다. 정말 모르는 걸까? 속 타는 이 마음을.

"네, 모르겠어요. 왜 백 선생님이 이러시는지. 우리 사이가 대체 뭐라고……."

마음속에 들끓고 있는 의문과 원망이 목소리에 실려 힘 있게 튀어 나갔다.

"……뭐라고요?"

이현이 충격으로 숨을 들이켜는 것이 느껴졌지만 효주는 또다시 원망을 쏟아냈다.

"저한테 예의를 바라기 전에 먼저 예의를 지켜주세요. 화장실 앞에서 이러고 있는 거 불쾌하네요."

"……정 선생님."

이현이 달래듯 그녀를 불렀다. 그럼에도 효주는 냉랭한 태도를 버리지 않았다.

"이제 이런 짓 그만해요, 우리."

부잣집 도련님인 이현에겐 한때의 불장난일지도 모른다. 그러나 그녀는 달랐다. 무심코 던진 돌멩이에 그녀의 세상이 모조리 파괴될 수도 있었다. 그러니 이제 불장난은 그만. 슬프지만 현실로 되돌아가야 할 때였다.

"더는 따로도, 개인적으로도 연락하지 마세요. 이제 그만해요, 우리."

잠시 멋진 꿈을 꾼 거라고 생각하자. 달콤한 꿈에서 깨면 허전하겠지만 그래도 인생은 계속되는 거니까. 효주는 눈물이 날 것 같았지만 꾹 참았다. 장난에서 시작된 관계였을지라도 그녀는 진심이었다.

"누구 맘대로 끝이라는 거예요."

이현은 포효하듯 외치며 효주를 와락 끌어안았다.

"애 좀 그만 태워요. 정 선생님 때문에 미쳐버릴 것 같아요."

어깨에 고개를 파묻고 격렬하게 속삭이는 이현.

그의 뜨거운 속삭임이 귓가를 파고들자 효주는 아무런 생각을 할 수 없었다. 멍하니 허공만 응시했다. 상처받은 건 그녀인데 왜 이현이 더 아파하고 있는 것처럼 느껴질까.

"저 좀 보세요. 이렇게 정 선생님 때문에 괴로워하고 있잖아요. 제발 제대로 저를 봐주세요. 이렇게 좋아하고, 원하고 있잖아요. 모르겠어요?"

수줍고도 격렬한 고백이었다. 그리고 그것이 그녀를 미치도록 기쁘게 했다. 허무하게 끝나버릴 사랑이었다. 이현의 입을 통해서 그나마 형태를 이룬 것이다. 그러니 그의 한마디, 한마디가 너무나도 소중했다. 그녀의 세포 하나하나에 각인처럼 새겨졌다.

하지만 점점 머릿속은 차가워져간다. 더는 그를 믿지 못해서일까? 아니면 뻔한 결론을 향해 달려간다는 걸 알기 때문일까? 복잡하던 감정도 점점 담백해졌다.

냉정을 회복한 효주는 이현을 밀어냈다. 이현은 뒤로 순순히 밀려나주었다.

"마음은 고맙지만 우리가 정말 어울린다고 생각하세요?"

또박또박 묻자 이현의 표정이 서서히 무너졌다. 그리고 그녀의 마음도 무너져 내렸다.

"대체 무슨 결론으로 우리가 어울리지 않는다고 생각하시는 겁니까?"

이현은 다급해 보였다.

"……모든 것이요. 우리 조건이 하늘과 땅 차이인데 어떻게 우리가 어울릴 수 있겠어요. 왜 미리 말씀 안 하셨어요. 그랬다면 지금처럼 배신감을 느끼지도 않았을 텐데……. 하긴, 잠시 노는 여자한테 굳이 그런 세세한 것까지 설명할 필요도 없었겠죠."

"지금 무슨 소릴 하시는 겁니까?"

효주의 비릿한 웃음에 이현은 충격을 받은 것 같았다.

"네, 알아요. 제가 백 선생님 배경을 알고 들러붙을까 봐 말 않으셨을 수도 있겠죠. 그러실 필요 없는데……."

이현이 그림처럼 멍하니 효주를 응시했다. 그에 다시 효주가 말했다.

"저도 제 현실은 잘 알거든요. 솔직히 그동안 백 선생님 만나면서 몸에 맞지 않은 옷을 걸친 것처럼 불편하기도 했고요."

"저는…… 저는…… 그런 게 아니었는데……."

촛불처럼 꺼져가는 말투로 이현은 제대로 반박도 못 했다.

"이제 변명하지 않으셔도 돼요. 백 선생님은 나중에 훨씬 좋은 분 만나실 거잖아요. 그러니 저도 백 선생님 거절했다고 죄책감 느끼지 않을래요."

계속 씩씩한 표정을 유지하기란 무척이나 어려웠다. 거울을 보지 않아도 자신의 일그러진 미소를 느낄 수 있었다. 그러나 마무리는 더 비참해진 쪽의 몫이었다. 그나마 좋은 기억이라도 건질 수 있게 밝고 명랑하게 작별하는 것이다. 그게 이현을 사랑했던 자신에 대한 마지막 예우였다.

"할 말 다 했으니까 먼저 들어갈게요."

효주는 창백하게 서 있는 이현에게서 먼저 등을 돌렸다. 그리고 차라리 후련하다고 생각했다. 이현을 만나고 행복했지만 반대로 밤잠을 설칠 만큼 고민도 많이 해야 했다. 비겁하지만 구설수에 올라 직장에서 잘릴까 봐, 할머니의 노후를 비참하게 만들까 봐 매일 전전긍긍했었다. 정말 비겁한 사랑이 아닐 수 없다.

그래서 효주는 다짐했다. 다시는 사랑 같은 거 하지 말자고. 손익계산을 따지는 자신 같은 여자는 사랑할 자격이 없다고. 사랑을 우롱하는 짓 따윈 다시는 하지 말자고 그렇게 다짐했다.

"정 선생님."

이현의 거친 부름에 효주가 우뚝 멈춰 섰다. 고개를 돌리자 이현이 말없이 위협감을 띤 표정으로 응시해왔다. 이현으로부터 전해지는 소름 끼치는 무언의 압력을 견디다 못해 결국 효주가 입술을 깨물며 먼저 시선을 피했다. 그녀가 해야 할 말은 다 했다. 이제 이현이 말하길 기다릴 뿐이었다.

"그게 정 선생님의 진심입니까?"

베일 듯 차가운 음성에 그녀를 향한 비난이 배어 있는 듯했다. 마지막을 직감한 그녀는 차오르는 슬픔을 외면하고 짧고 단호하게 대꾸했다.

"네."

다시 발걸음을 옮겼지만 그녀 안에서 미련, 슬픔, 얼떨떨함이 회오리치며 발걸음을 무겁게 했다.

"하, 정말이지…… 사람을 우롱하는 데에도 정도가 있지. 그만큼 날 신임하지 않는다는 거겠지만. 그래요. 그만합시다, 우리.”

그리고 이현은 효주의 곁을 차갑게 지나갔다.

“아…….”

이현이 멀어지고 있었다. 그리고 그건 그녀에게 아주 낯선 경험이었다. 왜냐하면 그는 지금껏 그녀를 배려하던 사람이었으니까. 먼저 등을 보이지 않는 고마운 사람이었으니까.

눈물이 나올 것 같아 효주는 얼른 입을 막았다. 이제 근처에 아무도 없으니 실컷 울어도 되는데도 효주는 그러지 못했다. 긴장을 풀지 않고 가까운 화단 바윗돌에 가서 몸을 의지했다.

아직 회식이 끝나려면 멀었다. 남은 시간이 얼마나 끔찍할지 미리 짐작할 수 있었다.

효주는 이현과 시간 차를 두기 위해 한참 있다가 회식 장소로 돌아왔다. 음식 냄새, 술 냄새가 범벅된 공기를 헤집고 들어선 효주는 사람들 눈에 띄지 않게 조용히 자신의 자리로 돌아가 앉았다. 절정이 지난 회식 자리는 남은 사람들이 삼삼오오 모여 머리를 맞대고 소곤대는, 늘어진 파장 분위기로 변해 있었다.

효주는 쓸데없는 호기심을 참지 못하고 이현이 있는 테이블을 훔쳐보았다. 몇몇이 빠져나가 썰렁해진 그녀 쪽 테이블과 달리 이현의 테이블은 여전히 분위기가 좋았다. 단 한 사람, 술을 연신 들이켜고 있는 이현만 빼고.

우습게도 그의 폭주를 부추긴 당사자 주제에 이현이 걱정되었다. 먼저 차버린 상대를 걱정하고 있다니. 자신은 정말 욕심 많은 여자였다.

“왜 이렇게 늦었어? 화장실 갔다가 사고라도 난 줄 알았잖아.”

옆 테이블 교무주임의 물음에 그녀는 억지로 이현에게서 시선을 떼어냈다. 갓 오십 대로 진입한 교무주임은 걱정스런 표정을 하고 있었다.

"무슨 일 있었어? 갑자기 얼굴이 많이 상했네."

그녀를 이리저리 살피는 교무주임의 시선에 그녀는 어색한 미소로 뺨을 문질렀다.

"바람 좀 쐰다고 밖에 오래 있었더니 그런가 봐요."

"그래. 아직 밤공기가 차. 감기 안 걸리려면 옷을 좀 더 챙겨 입고 다녀."

그녀의 얇은 외투를 지적한 교무주임은 다시 제 테이블의 동료들에게로 주의를 돌렸다. 다행히 교무주임 말고는 그녀를 눈여겨본 이가 없었다. 아무도 효주와 이현의 어색해진 기류를 눈치채지 못하고 있었다. 조금만 관심을 가져도 단박에 알아낼 수 있을 정도로 이현이 달라져 있는데도 말이다.

이현이 마시고 난 빈 술병이 테이블 위로 하나씩 늘어날 때마다 그녀의 고통도 커져갔다. 일분일초가 가시방석 같았다. 이현의 폭음에 제동을 가하게 어서 빨리 회식이 끝나길 바랐다.

"선생님들, 내일은 토요일입니다. 늦잠 푹 주무시고, 체력 회복하셔서 다음 주 수업에 차질 없도록 만전 기하시길 바랍니다. 그럼 오늘은 이만하고 다들 헤어집시다."

파장하자는 교감의 선언에 그녀는 만세라도 부르고 싶었다. 너무 고마워 교감의 벗겨진 이마에 입이라도 맞추고 싶은 심정이었다. 만일 그녀가 충동을 못 참고 실행에 옮긴다면 교감이 기겁하며 벌게진 얼굴로 노발대발하겠지만 뭐 어떤가. 애초부터 그녀에게 상상을 현실로 만들 용기 같은 건 없는 것을.

"김 선생은 최 선생이 데리고 갔어. 취해서 데려다준다나 뭐래나. 하여튼 요새 둘이 좀 의심스럽다니까."

가방과 외투를 챙겨 든 교무주임이 웃으면서 말했다.

"그런가요……."

교무주임에게 겸연쩍게 웃어준 그녀도 가방을 챙겨 자리에서 일어났다. 우르르 몰려 나가는 통에 입구가 소란스러웠다. 민주의 부축을 받은 채 비틀거리는 이현에게 눈길이 머문 그녀에게로 교무주임이 다가왔다.

"오늘따라 저 둘도 살짝 의심스러워. 백 선생이 아팠다가 오랜만에 와서 그런지 한 선생이 부쩍 백 선생을 챙기네. 아주 속이 빤히 보인다니까. 하여튼 요새 젊은 사람들, 감정 표현에 솔직해."

교무주임이 혀를 차자 그녀는 눈을 내리깔았다. 감정 표현에 솔직하지 못한 그녀로선 차라리 민주의 독단적인 성격이 부러웠다. 이현을 차지하기 위해 수단과 방법을 가리지 않던 그 무모함까지도 말이다.

효주는 술에 취한 동료들에 섞여 우르르 길거리로 쏟아져 나왔다. 다행히 아슬아슬하게 막차가 끊기기 직전이었다. 각자가 집으로 돌아가는 수단은 다양했다. 지하철을 타러 가는 이들, 버스 정류장으로 몰려가는 이들, 택시를 잡는 이들로 가게 앞은 아수라장이었다.

"백 선생 집이 어딘지 아는 사람 있어요?"

교감이 특유의 까랑까랑한 목소리로 말하고는 주위를 둘러보았다. 버스 정류장으로 걸어가려던 효주와 눈이 마주치자 교감이 그녀를 불렀다.

"정 선생, 저번에 백 선생 집에 간다고 조퇴하지 않았나?"

이미 교감은 술에 취해 몸을 가누지 못하는 이현을 그녀에게 전가하기로 결심을 굳힌 듯했다. 모두의 시선이 효주에게 몰렸다. 처녀가 조퇴하고 총각의 집으로 찾아갔다니 그럴 만도 했다.

"……백 선생님 책상 서랍 안에 성적표가 들어 있어서 열쇠 받으려고 간 것뿐이에요."

난처해진 그녀는 즉각 변명을 늘어놓았다.

"제가 백 선생님 모시고 갈게요. 집 주소만 가르쳐주세요."

민주의 당돌한 요구에 효주는 당황했다. 교감이 반색하며 은근한 어조로 말했다.

"그럼 한 선생이 수고해줄래요?"

"그럼요. 동기 좋다는 게 뭐예요. 제가 백 선생님 챙기는 건 당연한 일이죠."

민주가 자신만만하게 말하자 교감이 효주를 쳐다보았다.

"뭐 해요! 어서 한 선생에게 백 선생 집 주소 불러주지 않고."

교감이 옥박지르듯 재촉하자 효주는 얼른 이현의 집 주소를 말해주었다. 그리고 홀린 듯이 민주가 만취한 이현을 택시에 태우고 사라지는 걸 지켜보았다.

"오늘 밤 저 둘이 사달 난다는 데 만 원 건다. 요즘 젊은것들은 부끄러운 줄을 몰라."

빠르게 멀어지는 택시를 바라보던 교무주임이 혀를 차며 중얼거렸다.

설마 그러려고. 하지만 오늘 적극적이었던 민주의 행보를 보아 교무주임의 말대로 될 확률이 높았다. 특히나 백 선생은 만취해 있었어. 효주는 눈을 내리깔며 와락 두 팔을 감싸 안았다.

그 후로 넋이 나간 그녀는 하나씩 흩어지는 동료 교사들을 건성으로 배웅했다. 마지막까지 사람들을 챙기던 교감까지 택시에 몸을 싣고 사라지자 그녀는 완전히 혼자가 되었다.

황량하고 어두운 밤거리로 스산한 바람이 지나고, 그녀는 몸을 떨었다. 모든 일이 순식간에 일어났고, 지나갔다. 화장실 앞에서 고백하던 이현을 거절하고, 다른 여자가 이현을 채어 가는 일련의 과정들이 너무 빠르게 지나갔고, 이젠 돌이킬 수 없는 과거로 변해 있었다.

아무도 없는 거리에 홀로 남겨져서야 그녀는 이현이 영영 가버렸다는 현실을 직시할 수 있었다.

달리는 버스 안에서 효주는 멍하게 창밖만 응시했다. 승객이 거의 없는 버스는 고요했다. 가끔 덜컹거릴 뿐 흔한 라디오 소리조차 흘러나오지 않았다. 휙휙 스쳐 지나가는 야경만이 그녀의 시야를 어지럽혔다.

백 선생님은 지금쯤 집에 도착했겠지. 몸도 제대로 가누지 못하던데 한 선생이 집 안까지 따라 들어갔겠지. 그리고 백 선생님을 침대에 눕혀주겠지.

"하아."

이현을 부축하던 민주가 술에 취한 이현의 무게를 감당하지 못하고 이현과 같이 침대에 쓰러지는 장면이 연상되자 그녀는 두 눈을 질끈 감고 말았다.

'안 돼. 이제 나와는 상관없는 일이야. 그 사람 마음을 거절했잖아. 그러니 앞으로 이현이 어떤 행동을 하건 그건 그의 뜻이야. 너는 생각하면 안 돼.'

효주는 손톱이 파고들 정도로 주먹을 꽉 쥐었다. 그럼에도 애가 타서 미칠 것 같았다. 말없이 술만 들이켜던 이현의 우울한 얼굴이 계속 뇌리에 맴돌았다. 그가 다른 여자의 것이 된다는 생각만으로 심장이 얼어붙을 것 같았다.

"……푸흡."

웃겼다. 너무 웃겨서 효주는 시니컬한 웃음을 뱉어냈다.

이건 완전히 이율배반적이잖아. 그의 배경이 부담스럽고 그를 믿지도 못하면서 또 다른 여자에게 보내기 싫다니. 편할 대로 생각하는 내 이중적인 잣대. 참 역겹다.

하지만 좀 이기적이면 어때. 이현도 날 속였잖아. 민주가 말해주지 않았으면 계속 몰랐을 거잖아.

사랑은 처음인데 지금까지 남한테 피해 준 적도 없는데. 참고만 살았는데. 억울해. 억울해서 미치겠어. 왜 나만 참고 살아야 하는 건데. 이현을 이렇게 좋아하는데. 실은 이현을 놓아주기 싫잖아. 다른 여자에게 보내기 싫잖아. 후회하기 싫잖아.

"아저씨, 여기서 내릴게요. 세워주세요."

효주는 달리는 버스를 세워 내린 뒤 급히 지나가는 택시를 잡아 탔다.

기사에게 이현의 집 주소로 가달라고 하자 한참 후, 한 치의 오차도 없이 이현의 빌라 앞에 택시가 섰다.

'늦으면 안 될 텐데.'

택시비를 치르면서도 효주는 초조한 심정을 억누르지 못했다.

"감사합니다."

잔돈도 받지 않고 효주는 빌라 정문을 향해 뛰었다. 깊은 밤, 사방이 고요했다. 다행히 잠시 자리를 비운 건지 경비 초소도 비어 있었다.

'지금이야.'

차가운 공기를 뚫고 정신없이 정문을 통과했다. 당장이라도 보안 요원이 쫓아올 것 같아 힘껏 뛰었다. 얼마나 뛰었는지 머리끈이 풀어졌다. 사방으로 머리카락이 흩날리고 심장이 천둥처럼 뛰었다.

남자의 집에 가기 위해 숨어들다니. 평소라면 절대 하지 않았을 과감한 행동이었다. 하지만 뭐 어떠랴. 무모해도 기분만큼은 최고인 것을. 더 이상 그녀는 예전의 소심했던 그녀가 아니었다. 오늘만큼은 어리석고, 무모하고, 자유로운 존재였다.

"헉, 헉, 헉."

힘껏 뛴 부작용은 대단했다. 속이 다 울렁거렸다. 이현의 집 앞에서 한참이나 가쁜 숨을 골라야 했다. 숨을 고른 뒤 효주는 현관문으로 다가가서 인터폰 벨을 눌렀다.

딩동. 딩동. 딩동.

연달아 울리는 초인종 소리에도 안에서 묵묵부답이었다. 효주는 한 번 더 벨을 눌렀다.

딩동. 딩동. 딩동.

역시 또 반응이 없다.

효주는 더럭 겁이 났다. 민주가 만취한 이현을 다른 곳에 데려갔다면. 집에 오지 않았다면?

엄습하는 불안을 떨치듯 효주는 곧바로 휴대폰을 꺼냈다. 이현에게 전화를 걸면서 동시에 계속 초인종을 눌렀다. 하지만 야속하게도 이현은 전화도 받지 않았다. 속절없는 신호만 계속되며 그녀의 애를 태웠다.

벌써 돌이킬 수 없는 사태로 접어든 걸까? 안 돼.

"백 선생님! 안에 계세요?"

전화도 초인종도 안 되자 효주는 현관문을 두드리기 시작했다.

뻔뻔한 여자라고 손가락질을 받아도 좋았다. 이현의 마음을 돌릴 수만 있다면 이보다 더한 것도 할 수 있었다.

설령 지금 현관문을 열고 민주가 나온다고 해도 상관없었다. 더는 상처받지도 도망가지도 않을 거다. 이현은 나를 좋아한다고 당당히 말할 자신이 있었다.

꺼지라고 민주가 소리를 지르고, 화를 내어도 좋았다. 이현을 다시 가질 수 있다면 싸울 것이다. 싸워서 이길 자신도 있었다. 이제 더는 도망가지도, 비겁해지지도 않을 것이다. 이제 더는.

"백 선생님. 백 선생님!"

쾅쾅쾅. 효주는 손이 빨갛게 부어도 계속 차가운 철문을 두드렸다.

"백 선생님! 저예요. 효주예요. 문 좀 열어주세요."

효주의 간절한 바람이 통했던 것일까?

잠시 후, 견고한 성처럼 보이던, 절대 열릴 것 같지 않던 현관문이 거짓말처럼 열렸다. 그리고 열린 현관문 사이로 이현이 나타났다.

"백 선생님."

효주가 활짝 웃으면서 다가가자 이현이 흠칫하며 몸을 굳혔다.

"뭡니까?"

자다 깬 듯 이현은 어리둥절한 표정이었다.

"드릴 말씀이 있어요."

매달리듯 다가서자 이현이 눈을 가늘게 떴다. 현관문을 쥐고 있던 이현의 손등이 하얗게 변했다.

"아직 확인할 게 남았습니까? 제가 얼마만큼 비참해져야 직성이 풀리겠습니까. 가십시오."

그는 야멸치게 문을 닫으려고 했다. 그러나 닫히려는 문을 효주는 절박하게 부여잡았다.

"잠깐만요! 혹시…… 안에 한 선생이 있어서 이러는 거예요?"

금방이라도 눈물을 터트릴 것처럼 묻는 효주를 이현이 무뚝뚝한 얼굴로 바라보았다.

효주의 걱정으로 흐려진 눈동자가 금방이라도 눈물을 터트릴 것 같자 그는 이내 눈을 내리깔고 완강하게 잡고 있던 현관문을 놓고 손을 뚝 떨어뜨렸다.

"궁금한 게 그런 거라면 얼마든지 확인하세요."

그리고 길을 터주듯 이현은 옆으로 비켜섰다. 현관을 지나 집 안으로 들어선 효주는 길 잃은 양처럼 우두커니 서서 망연자실한 표정을 지었다.

이현의 말대로 집 안은 고요했다. 민주가 머물다 간 흔적도 없었다. 방금까지 이현이 자고 있었다는 걸 입증하듯 소파 한쪽이 푹 꺼져 있을 뿐이었다.

"보다시피 집엔 저 혼자 있었고, 거실은 엉망이네요."

뒤따라 들어온 이현이 한쪽 주머니에 삐딱하게 손을 넣고 그녀를 바라보았다. 할 말이 있으면 어서 하고 가라는 무언의 독촉과 함께.

그러나 그의 눈은 다른 말을 하고 있었다. 상처로 얼룩진 내면을 숨기지 못하고 아파하고 있었다.

"이제 가주실래요? 피곤해서 쉬어야겠어요."

이현이 통보하듯 차갑게 말하고 등을 돌렸다. 언제나 열려 있던 이현의 마음이 닫히고 있었다.

가슴으로 일시에 피가 몰리는 것 같은 통증에 그녀는 이를 꽉 물어 쏟아지는 감정들을 다스리기 위해 애썼다. 입이 마르고 맥박도 비정상적으로 빠르게 뛰었다. 이현을 잃을 걸 생각하니 초조해서 미칠 것 같았지만 푸대접은 당연한 것이었다. 한결같던 사람을 이렇게 몰아간 건 바로 자신이었으니까 더는 투정도, 원망도 부리면 안 되었다.

효주는 한달음에 달려가 이현의 등에 와락 껴안았다. 효주의 돌발 행동에 이현이 거칠게 숨을 삼켰다.

"제가 잘못했어요. 그동안 백 선생님 마음 알면서도 모른 척, 내가 다치는 것만 생각했어요. 하지만 이제 깨달았어요. 제가 백 선생님을 얼마나 힘들게 했는지. 얼마나 내가 나쁜 사람이었는지. 이제 알았어요. 백 선생님도 얄밉게 구는 제가 미우실 거예요. 죄송해요."

그동안의 잘못을 시인하는 건 효주에게 힘든 것이었다. 그럼에도 효주는 진심을 담아 마음을 표현했다.

고통이 묻어나는 효주의 사과에 이현이 몸을 떨었다.

"산 위에서 영화를 보면서 백 선생님이 그러셨죠. 저와 있으면 마음이 편안해진다고. 그래서 계속 함께 있고 싶다고. 하지만 그 후로 계속 저는 백 선생님께 상처만 드렸어요. 백 선생님 마음에 생채기만 냈어요. 그렇지만 저도 변명할래요. 나이만 먹었지 저도 모든 게 처음이에요. 남자도, 사랑도, 연애도, 뭐든 처음이었어요. 백치였어요. 그런 제가 이제 깨달아버렸어요. 백 선생님을 좋아해요. 사랑해요. 기회가 남아 있다면 백 선생님과 다시 시작하고 싶어요. 지금처럼 힘들게가 아니라 새롭게, 다시."

간절한 고백이 끝나도 이현은 좀처럼 반응이 없었다. 등을 돌린 채로 묵묵부답이었다.

'너무 늦은 건가.'

이현이 얼음같이 차가운 등만 보여주자 효주의 얼굴로 절망의 기색이 드리워졌다. 효주는 포옹을 풀고 힘없이 뒤로 한 걸음 물러났다.

"……죄송해요. 백 선생님 마음 불편하게. 불쑥 찾아와서 소란만 피웠네요."

격렬하게 고백하던 용기는 다 어디로 간 건지. 사과를 중얼거리는 효주의 목소리는 꺼져가는 촛불처럼 힘없이 사그라졌다.

"갈게요."

무참해진 마음을 채 수습도 못 하고 이현에게서 등을 돌렸다. 눈물이 날 것 같았지만 이를 깨물고 참았다. 안 그래도 그녀로 인해 힘든 사람이었다. 바보 같던 그녀를 좋아하느라 고생도 많이 했었다. 몸져눕기까지 했으니 말이다. 그러니 눈물까지 보여서 또 하나의 짐을 얹힐 순 없었다.

그렇지만 오늘의 고백만큼은 절대 후회하지 않을 것이다. 달콤한 사랑을 가르쳐준 백이현이란 남자도, 찬란했던 봄도 영원히 기억할 것이다. 그리고 또 달라질 것이다. 사랑하는 사람을 잃고서야 알게 된 뼈저린 경험을 바탕으로 부당한 일엔 맞서 싸우고, 원하면 쟁취할 것이다.

그런데 말이다. 이렇게 다짐하면 뭐하나. 이미 아픈데. 이렇게 아픈데. 가슴이 찢어지는 것 같은데. 도저히 포기가 안 될 것 같은데. 그때, 이현도 이런 기분이었을까? 만일 그랬다면 참 비참했겠다. 내가 정말 그에게 씻지 못할 잘못을 저지른 거구나.

"거기 서!"

이현의 거친 외침에 현관에서 신을 신으려던 효주는 얼음이 되었다. 얼떨떨해서 고개를 들자 이현이 성큼성큼 빠르게 다가오고 있었다. 이현은 여태 본 적 없는 거칠고 위험한 표정을 하고 있었다.

빠르게 다가온 이현은 석고상처럼 굳어 있는 효주를 와락 껴안았다. 그리고 효주의 목덜미에 고개를 파묻었다. 그녀의 눈동자가 허공에서 멈추었다.

"지금 눈물 참고 있는 거 다 압니다."

이현은 고통이 묻어나는 음색을 숨기지 않았다. 아니, 숨길 수가 없어 보였다.

이현은 고개를 들고 효주를 날카롭게 살폈다. 그러곤 다시는 놓칠 수 없다는 듯 더욱 강하게 끌어안았다. 빠르고 강하게 뛰는 이현의 심장 소리에 효주가 숨을 들이켰다.

"자존심이 상해서…… 견딜 수가 없었어요. 옹졸하지만 내가 받은 상처, 돌려주고 싶었어요. 하지만 아무리 생각하고 생각해도…… 나는 당신이 없으면 안 돼요. 당신이 없다는 상상만으로도 이렇게 숨을 쉴 수가 없는데 어떻게 당신을 보내겠어요. 가지 말아요. 내가 잘못했어요."

가슴으로 흘러 들어오는 뜨거운 한마디 한마디. 솟구치는 안도감에 효주는 지그시 눈을 감았다. 그제야 왈칵하고 눈물이 터져 나왔다.

'이 사람을 돌려주셔서 감사합니다. 정말 감사합니다.'

전지전능한 신에게 감사 기도를 하면서 펑펑 울었다.

격렬한 감정이 진정되자 이현이 고개를 들고 효주를 응시했다. 효주의 뺨으로 연신 흘러내리는 눈물을 보며 고뇌의 한숨을 쉬었다.

"울리기 싫었는데."

이현은 효주의 젖은 뺨을 쓸면서 말했다. 그 다정한 손길에 효주가 참고 있던 감정을 일시에 쏟아내듯 다시 왈칵 눈물을 쏟아냈다. 그러자 이현의 눈빛이 더욱 애틋해졌다.

"우는 건 싫지만 나 때문에 우는 거라고 생각하니 그건 나쁘지 않네요."

이현은 계속 흘러내리는 눈물을 닦아주었다.

"무슨 말이 그래요……."

효주가 웃음을 터트리면서 올려다보자 이현의 눈빛이 더욱 그윽해졌다.

"그래요. 나 때문에 울고, 나 때문에 웃으면서 그렇게 살아요. 이제 정 선생님 마음 알았으니까 다시는 놓아주지 않을 거예요. 마음 단단히 먹어요. 나 그리 좋은 남자 아니에요. 하지만 당신에겐 노력할게요. 죽도록 노력해볼게요."

"고마워요……."

이현은 이미 존재만으로도 감사한 사람이었다. 모질게 대해도, 쌀쌀맞게 대해도 언제나 한결같이 부딪혀오는 사랑스런 사람이었다. 이런 사람을 어떻게 사랑하지 않을 수 있겠는가.

자신의 닫힌 마음을 열고 진솔한 마음을 가르쳐주었다. 이현이 아니었으면 평생 제 안에 스스로 갇혀 살았을 것이다.

평범한 남자를 만나 평범한 사랑을 꿈꿨지만 누군가를 사랑하기에, 그녀는 너무 갇혀 있었다. 방어적이었고 상대가 비집고 들어올 틈도 주지 않았다.

사랑을 모르는 사람이 어떻게 사랑을 할 수 있었겠는가. 사랑하고 싶다던 소망은 그녀가 바뀌지 않고선 절대 이루어질 수 없었다.

그런데 이현은 해냈다. 그녀의 단단한 테두리를 부수고 들어왔다. 정말 대단한 남자가 아닐 수 없다. 그리고 그 대단한 남자가 현재 사르르 녹아버릴 것같이 달콤한 눈빛을 보내고 있다.

"오늘 밤, 나랑 함께 있어요."

이현의 지그시 내리뜬 짙은 눈동자로 열망이 일렁이고 있었다.

"네……."

의미심장한 눈길에 효주가 바르르 몸을 떨었다. 효주의 두려움을 읽고 그녀의 어깨를 감싸던 이현의 손에 힘이 들어갔다.

"오늘은 보내주지 않을 겁니다. 제 여자로 만들 겁니다."

이현이 깊고 허스키한 목소리로 선언했다. 이현의 검은 눈동자가 짙어지는가 싶더니 효주를 바짝 끌어당겼다. 더는 놓아주지 않겠다는 의지를 내포한 완력에 효주가 속절없이 끌려갔다.

"아하……."

이현이 고개를 천천히 내려 효주의 입술을 머금었다. 그리고 유영하듯 입술 위를 부드럽게 탐색했다. 거부하지 않고 효주는 이현이 주는 위안을 받아들였다.

애틋한 키스가 계속되면서 점차 애틋함이 쾌락으로 바뀌어갔다. 효주는 구원 같은 그 감정에 더욱 바짝 매달렸다. 이현의 팔을 붙잡고 있던 효주의 손이 어깨에 올라갔다가 따뜻한 촉감의 맨살을 더듬어 이현의 목에 휘감겼다. 순간 효주의 입술이 열리며 떨리는 한숨이 새어 나왔다.

이현이 고개를 들었다. 그는 연약한 그녀의 눈동자를 직선적으로 주시했다.

"정효주 씨, 당신을 원합니다."

이현의 거친 속삭임에 효주가 고개를 천천히 끄덕여 보였다. 이현이 다시 말했다.

"내가 얼마나 당신을 원하는지 당신은 죽었다 깨어나도 모를 겁니다. 아주 예전부터 당신의 모든 것을 받아들일 준비가 되어 있었어요."

그러면서 이현은 한 손으로 부드럽게 그녀의 얼굴을 어루만졌다.

"평생 행복하게 해줄게요. 약속해요."

이현의 표정은 신성한 결혼 서약을 하는 것처럼 몹시 진지했다. 진심이 전해지는 짙어진 그의 눈동자에 압도당한 그녀는 몸을 부르르 떨었다. 맞닿은 천과 천을 뚫고 거세게 뛰는 그의 심장박동이 그대로 전해졌다. 그녀의 허리를 감싸는 손도 미세하게 파르르 떨리고 있었다. 그의 열렬한 진심이 느껴지자 그녀의 안에서 따뜻하고 감미로운 감각이 퍼져 나갔다.

"그러니 어서 날 원한다고 말해줘요. 날 안심시켜줘요."

"그래요. 백이현 씨, 나도 당신을 원해요."

매일, 매 순간 언제나 나만을 지켜주는 나만의 남자. 사랑해요.

그리고 더 이상 생각할 겨를도 없었다. 이현의 입술이 곧장 내려왔고, 거칠게 그녀의 입술을 삼켰다. 효주는 아무런 저항도 하지 못하고 그저 그의 단단한 가슴이 전해주는 고동치는 심장의 울림에 몸을 떨었다.

누군가가 자신을 열렬히 원하고 있다는 사실은 그녀를 강력한 화학작용에 빠트렸다. 게다가 그 누군가는 다른 누구도 아닌 바로 이현이었다. 그녀가 처음으로 좋아한 상대이자 마지막까지 사랑할 남자였다.

그녀의 열린 마음을 알아차린 듯 그는 더욱 진한 키스를 열정적으로 퍼부었다. 이현의 손이 그녀의 부드러운 복부를 어루만지다가 원피스에 감싸인 허벅지로 내려가 마침내 치마 끝단을 찾아냈다. 이현은 전혀 힘들이지 않고 효주가 입고 있던 옷을 벗겨냈다.

그의 열정적인 행위에 효주의 머릿속엔 폭풍우가 휘몰아쳤다.

이제까지 한 번도 남에게 드러내지 않았던 육체였다. 이현이 자신을 탐험하는 동안 그녀도 더 이상 가만히 누워 앞으로 나가올 무엇인가를 기다리고만 있을 수가 없었다. 어떻게 해야 할지 잘 알지는 못했지만 두 손으로 이현의 어깨를 부둥켜안고 품속으로 파고들었다.

그에 이현은 힘찬 손길로 그녀의 가냘픈 허리를 끌어안고 굶주린 듯 다시 입술에 키스했다.

"이현 씨……."

이현이 이끄는 감각의 소용돌이는 굉장한 것이었다. 효주가 매달리듯 중얼거렸다.

"알아요. 당신 마음."

이현이 불분명한 목소리로 속삭였다.

이현의 애무가 점점 더 대담해졌다. 이현이 다시 입술을 덮치자 그나마 남은 이성도 점차 희미해졌다. 이현이 자세를 바꾸어 더욱 적극적인 행동을 취하자 효주는 절박하게 뛰고 있는 그의 심장 고동을 생생하게 느낄 수 있었다. 이현의 피부에서 느껴지는 열기와 욕망으로 효주는 전율했다.

자신에 대한 욕망이 그대로 드러나 있는 이현의 눈동자. 순간 효주는 처음으로 두려움에 휩싸였다. 하지만 이현의 다정한 입맞춤과 행위에 효주는 숨도 쉬지 못하고 새로운 경험 속으로 몰입해 갔다. 이현이 동작을 멈추었다.

"눈을 떠요. 그리고 나를 봐요."

"안 돼요."

효주는 감당하기 힘든 감각에 빠져 간신히 고개만 가로저었다.

"그래도 나를 봐요."

이현의 재촉에 눈을 떴다. 열정으로 짙게 변한 이현의 눈동자가 미소를 머금고 있었다.

"처음이라 힘들 거예요. 힘들면 참지 말고 말해요."

하지만 효주는 다시 한번 격렬하게 고개를 가로저어 보였다.

"아뇨. 이대로 계속해줘요."

이현이 여기서 멈추어버릴지도 모른다는 생각에 두려움이 일었기 때문이다. 그러자 이현의 눈빛이 그윽해지면서 알 수 없는 표정이 떠올랐다.

"정효주는 정말 바보 같아."

"……저 바보 맞아요."

진실한 사랑도 못 알아보고 내치기만 했던, 그 바보 말이다. 그에 이현이 낮게 웃으면서 고개를 내렸다. 그리고 효주의 입술을 머금으면서 속삭였다.

"그래요. 바보예요. 아름다운 바보."

두 사람이 하나가 되어 녹아내리는 순간 감각은 쾌락의 절정을 향해 치달았다. 그것은 다시 현실의 강을 건너 이성으로 되돌아오는 동안에도 사그라지지 않고 지속되었다. 땀에 젖어 나른해진 몸으로 현실로 돌아왔을 때 동시에 침묵도 함께 찾아들었다.

효주는 눈물이 날 것 같았다. 계속 눈을 감은 채 차마 이현을 쳐다보지 못했다. 그걸 알기라도 하듯 이현은 그녀의 허리를 감싸 안으며 자신에게로 바짝 끌어당겼다. 이현이 허스키한 목소리로 중얼거리듯 말했다.

"아무것도 생각하지 말아요."

생각이라니. 효주는 살짝 어이가 없었다. 이 상황에서 감히 어떻게 딴생각을 할 수가 있단 말인가. 웃기게도 효주는 지금 도저히 생각이란 걸 할 수가 없는 상태였다. 생소하고 아찔한 충격에 빠져 있었기 때문이다.

사랑하는 남자와 사랑을 나누는 행위가 이토록 아름답고 눈물 나는 것인지 전혀 몰랐던 탓이다. 그리고 자신 안에 깃들어 있던 열정이 이토록 크고, 깊을 줄 몰랐다. 자신 안에 깊이 숨어 있던 열정을 끌어 내어준 이현이 그저 고마웠다. 이현이 아니었다면 자신에게 이런 정열이 있는지도 모르고 살았을 것이다. 그러니 밖으로 표출하도록 리드해준 이현이 새삼 대단하게 여겨졌다. 동시에 이 나이가 되도록 서툰 자신도 한심하게 생각되었다.

"그만. 제발 그 조그만 머리 좀 그만 굴려요. 지금은 내가 도저히 방어할 여력이 없으니까 오늘은 이대로 안겨 있어요."

그리고 이현은 효주의 머릿속까지 봉쇄하려는 듯 효주를 안은 팔에 힘을 주었다. 숨이 막힐 만큼 꼭 안기자 효주도 체념하듯 눈을 감았다. 그리고 이현의 부드럽고 규칙적인 호흡에 맞추어 깊은 나락으로 빠져 들어갔다.

12.

효주가 잠에서 깨어났을 땐 커튼 사이로 비진 햇살이 온 방 안을 부드럽게 물들이고 있었다. 그리고 귀에 익은 음성이 들려왔다.

"그만 좀 해. 형까지 그러면 폭발할 것 같으니까."

명령조의 까칠한 음성은 이현의 것이었다. 멀리서 희미하게 들리기는 했지만 그의 목소리가 분명했다.

미처 잠에서 완전히 깨어나지 못하던 그녀의 머릿속이 반사적으로 긴장하기 시작했다. 효주는 불안을 감추지 못한 표정으로 슬그머니 일어나 앉았다. 그리고 흘러내리는 시트를 부여잡으며 침실을 둘러보았다. 어제의 흔적이 깨끗이 치워져 있는 침실은 이현의 성격답게 정갈하고 심플함, 그 자체였다. 자질구레한 소품은 아예 보이지 않았고 침대와 협탁, 스탠드, 서랍장 정도만이 넓은 침실을 채우고 있었다. 효주는 시트로 벗은 몸을 가리고 일어났다.

"내 옷이 어디에 있지."

일단 효주는 침대 시트를 둘러 벗은 몸을 가렸다. 어디에 꽁꽁 넣어 놓았는지 어제 입던 옷이 보이지 않았다. 급한 대로 서랍장을 열어 이현의 것으로 보이는 셔츠 하나를 꺼내 걸쳤다. 셔츠는 컸다. 포대 자루를 걸친 것처럼 몸을 완전히 감싸주었다.

셔츠를 입고 효주는 얼굴을 붉혔다. 이현의 셔츠를 입으니 마치 이현의 품속에 안긴 느낌이었다. 그래서인지 지난밤의 열정적인 기억들이 떠올랐다.

"미쳤어, 정효주."

뜨거워진 얼굴에 부채질을 하던 효주는 곧 짜증이 잔뜩 섞인 이현의 음성에 깜짝 놀랐다. 목석처럼 굳고 말았다.

"그걸 말이라고 해! 안 돼. 힘들어. 그러니까 형이 나 대신 큰어머니를 설득해줘. 형이 시간만 벌어주면 그사이에 어떻게 해볼 테니까."

형? 큰어머니? 귀에 와서 정확히 꽂히는 단어에 효주의 눈동자가 살짝 흔들렸다. 형이라면 혹시 그때 그 사촌 형?

"알았어. 조만간 어른들에게 가서 인사드릴 거야. 그러니까 그때까지만 형이 막아줘."

상대에게 설득이 먹히는지 갈수록 통화하는 이현의 음성이 누그러들었다. 나지막한 한숨을 끝으로 이현이 통화를 끝내자 그제야 효주는 침실을 나서 이현을 찾았다.

이현의 집은 꽤 많이 넓었다. 한눈에 들어오지 않을 정도로 복도가 길게 미로처럼 이어져 있었다. 그러나 이현을 찾기란 그리 어렵지 않았다. 활짝 열려진 방문이 힌트였다.

이현을 찾아 방 안으로 들어서던 효주는 호흡하는 것도 잊고 눈이 휘둥그레졌다.

"아……."

침실의 세 배는 되는 듯한 넓이의 직사각형 방 안엔 효주가 처음 보는 기계들이 빼곡히 들어차 있었다. 널따란 방 한가운데를 가로지르는 기다란 기능성 테이블 위로 대형 모니터들이 진을 치고 있었고, 벽면 책장은 두꺼운 원서로 도배되어 있었다.

'이것들이 민주가 말하던 것일까? 미국에 있다던 이현의 사업체…….'

그러고 보니 이현에 대해선 아는 것이 없었다. 이현이 세화여고 수학 교사로 재직하고 있다는 것. 그리고 학교 재단의 하나뿐인 손자라는 것. 친가 쪽은 더 대단한 집안이라는 것 정도. 그나마도 대부분이 민주의 입을 통해서 알게 된 사실이다.

스멀스멀 엄습하는 혼란에 효주의 표정이 점차 어두워졌다.

그때, 창가에 서서 머리를 쓸어 올리던 이현이 효주를 발견했다. 입구에 우두커니 서 있는 효주를 발견하고 이현은 겸연쩍은 표정을 지었다. 손에 쥐고 있던 휴대폰을 얼른 뒤로 숨기며.

"깼어요?"

"네."

수줍었던 효주가 시선을 피하며 대답했다. 즉시 이현이 눈을 가늘게 떴다.

"뭐예요. 지금 내 시선 피한 거예요?"

이현이 빠른 걸음으로 걸어서 효주의 양어깨에 두 팔을 걸쳤다. 그리고 얼굴을 바짝 들이밀더니 탐색하듯 진지한 시선을 했다. 코로 스며드는 근사한 향기에 효주는 얼굴을 붉혔다.

어젯밤, 서로의 마음을 확인하고 하나가 되었다고는 하지만 이현은 여전히 멋있었다. 보는 것만으로도 심장이 뛰었다.

"어, 정말 이상하네."

"뭐가요."

"지금 내 눈을 못 보잖아요."

"그런 거 아니에요."

효주가 자꾸 시선을 피하자 이현이 허리를 펴고 손으로 턱 끝을 문질렀다.

"으흠. 그런데 그 셔츠 어디서 많이 보던 건데……. 그거 제 거 아니에요?"

아, 맞다. 허락도 없이 셔츠를 꺼내 입었지. 효주는 당황해서 번쩍 고개를 치켜들었다.

"말도 없이 죄송해요. 제 옷이 안 보여서."

그러나 이현은 불쾌해하는 대신 사랑을 얻어낸 자만이 가지는 미소를 짓고 있었다.

"아뇨. 예뻐요. 굉장히 예뻐요."

이현의 달콤한 속삭임에 효주는 수줍게 눈을 내리깔았다. 그에 이현이 애가 타는 듯이 속삭였다.

"무슨 말이라도 해봐요. 이게 꿈이 아니라고 말해줘요."

간절함이 담긴 요구에 효주는 머뭇거리며 고개를 들었다. 그리고 자신과 같은 감정을 이현의 눈동자에서 발견했다. 이현이 떨고 있다는 것을 깨닫자 그녀 안에서 따뜻한 감각들이 퍼져 나갔다. 감미롭게 온몸을 장악해나가는 따뜻한 느낌에 효주는 몸을 떨었다.

"백 선생님……."

꿈이 아니라고 말해주고 싶었지만 다음 말을 이을 수 없었다. 오직 백이현이라는 남자만 눈에 담을 뿐.

"아직도 제가 백 선생님이에요?"

이현의 표정이 장난스레 변했다.

"그럼 뭐라고 불러요."

이현의 미소가 무척이나 눈부시다고 생각하면서 효주가 떨리는 음성으로 물었다.

"음. 백이현, 이현 씨, 이현아. 이 중에서 마음에 드는 걸로 골라 봐요."

"……."

백이현, 이현 씨는 그렇다 쳐도 이현아라니. 그건 너무하지 않나. 당황한 효수가 말문을 닫고 있자 이현이 더 짓궂게 장난쳤다.

"이봐요, 효주 씨? 정효주 씨! 내 말 듣고 있는 거예요? 왜 대답을 안 해요?"

"알았어요. 이제부터 백 선생님을 이현 씨라고 부르면 되죠?"

"네, 효주 씨."

"진짜 웃겨."

효주가 장난스레 눈을 흘겼다.

"이게 웃겨요? 그렇다면 큰일인데요. 우리 효주 씨 웃느라고 생활이나 제대로 할는지 모르겠네."

"어이없어."

그런데 학교에서는 호칭을 어떻게 해야 하는 걸까? 갑자기 이현 씨라고 부르면 당장 소영 선배부터 이상하게 생각할 텐데. 이 문제는 이현과 제대로 의논해봐야 되겠다.

그러고 보니 이제부터가 문제였다. 그들이 풀어야 할 문제가 한두 가지가 아니었다. 지금까지는 서로의 마음을 확인하지 못해 갈등을 빚었다면 이제부턴 좀 더 현실적인 문제에 접근해야 할 것이다. 학교만 해도 그렇다. 사내 연애가 다 그렇듯 비밀로 할 것인지 오픈할 것인지 같은 사소한 문제부터 당장 해결해야 했다.

사귀는 걸 비밀로 한다고 해도 문제가 끝나는 건 아니었다. 학생들까지 합치면 천 개가 넘는 감시 CCTV가 가동되고 있었다. 몰래 사귀려면 애로 사항이 엄청날 것이 뻔했다.

"정효주 씨, 경고하는데 날 앞에 두고 딴생각은 그만둬요."

갑자기 음산해진 이현의 음성에 효주가 퍼뜩 생각에서 깨어났다.

"네에?"

당황해서 눈을 동그랗게 뜨자 그게 더 열이 받는다는 듯 이현이 한숨을 푹 내쉬었다.

"날 앞에 두고 딴생각이 들어요? 아무리 내가 매달려서 사귀는 거라지만 이건 너무하잖아요."

"……제가 언제 딴생각했다고 그래요."

억울해서 외쳤지만 이현은 엄한 표정을 풀지 않았다. 잘못했다고 시인하기 전까지 봐줄 생각이 없어 보였다.

"잘못했다고 말해요. 어서."

이현의 계속된 압박에 효주는 머리가 핑핑 도는 것 같았다. 능청스러운 사람. 연애 경험이 얼마나 많기에 이렇게 능숙하게 나를 꼼짝 못 하게 하는 건지. 얄미워.

하긴 저 얼굴에, 저 미소에 안 넘어가는 여자가 없었겠지. 이현의 과거사가 얼마나 찬란했을지는 안 봐도 알 것 같았다.

하지만 그렇다고 이 시점에서 과거 연애 전력을 캐물을 수도 없는 노릇이고. 그녀와 만나기 전까지 무슨 짓을 했든 그건 이현의 자유였으니까.

하지만 이대로 지나가기엔 은근히 열이 받았다. 효주는 미간을 모으고 이현을 힘껏 노려보았다.

"연애 경험이 풍부하신가 봐요. 내가 딴생각하는 것도 잘 아시고."

분위기가 이상한 쪽으로 튀자 오해라는 듯 이현이 퍼뜩 손을 내저어 보였다.

"무슨 그런 무서운 억측을."

"그러시니까 더 의심되는데요. 말해봐요. 여자 친구 많았죠?"

효주가 눈에 힘을 꽉 주자 이현이 시선을 피했다. 솔직히 이현은 억울했다. 그가 알던 여자라곤 학교 선후배들이나 회사 여직원들이 다였다. 단지 그 여자들이 불나방처럼 달려들어서 그렇지. 그래서 여자들의 적극적인 대시에 기겁할 상황이 한두 번이 아니었지만 그래도 그는 효주에게 자신 있게 말할 수 있었다. 그가 사랑에 빠진 여자는 네가 처음이라고.

하지만 또 다르게 생각하면 이런 상황도 나쁘지 않았다. 질투란 사랑의 조미료 같은 거니까. 이 시점에서 적당히 쳐줄 필요가 있었다. 그래서 이현은 변명 대신 회피를 택했다. 효주가 질투해주길 바라면서 입을 열었다.

"왜요? 여자 친구 많았으면 질투하시게요?"

"어허."

기가 찬 듯 효주가 노려보았지만 이현은 자꾸만 풀어지려는 입매를 단단히 굳히며 시침을 뚝 뗐다.

"좋아요. 질투로 힘들어하는 것 같으니깐 이번 한 번만 봐줄게요. 대신 내 눈을 똑바로 보면서 내 이름 불러봐요. 네? 어서요."

꼬리를 내리면서도 조건을 내거는 이현의 영악함에 효주는 살짝 어안이 벙벙했다. 이름을 불러달라고? 지금 화난 게 누군데.

"이 상황에서 이름을 불러달라고요? 그런 말이 나와요?"

효주가 항의했지만 먹히지 않았다. 한 치의 양보도 없다는 듯 이현이 능청스럽게 받아쳤다.

"네, 저는 그런 말이 나오는데요."

"네에?"

"아직 제대로 제 이름 불러주시지 않았잖아요. 이제부터 백 선생님을 이현 씨라고 부르면 되죠? 라고만 말하면서 은근슬쩍 넘어갔잖아요."

끈질긴 사람.

"알았어요. 이름, 불러드리면 되잖아요."

이현이 팔짱을 끼면서 흥미진진하게 지켜보는 가운데 효주가 눈을 질끈 감았다.

"⋯⋯이현 씨."

아, 부끄러워.

하지만 효주의 부끄러움은 그걸로 끝나지 않았다. 이현이 은근한 어조로 화답을 해온 것이다.

"네에, 효주 씨."

이현의 화답에 효주의 얼굴이 화르륵 불타올랐다. 서로의 이름을 부르는 것이 이토록 부끄러운 것이었다니. 그러나 그는 한 번으로 만족하지 못했다.

"한 번 더 불러줘요. 제 이름."

아, 어떡해.

"이현 씨……."

"네, 효주 씨."

또다시 이현이 화답해왔다. 그의 음성이 그리 멀지 않은 곳에서 들렸다. 따뜻하고 부드러운 감촉이 입술로 내려앉자 효주는 흠칫하며 깊게 숨을 들이마셨다. 좋았다. 사랑하게 된 사람이 이 사람이라서. 감사해서 눈물이 날 것 같았다.

효주는 이현의 목에 팔을 두르고 자신이 받은 사랑을 이현에게도 나누어주었다. 가슴이 먹먹했다. 이 아름다운 남자가 너무 사랑스러웠다. 너무 애틋해서 무서워지려고까지 했다.

지금 생각하면 처음 만난 순간부터 이현을 사랑한 것 같다. 인정하지 않았던 탓에 먼 길을 돌아왔지만 더는 도망치지 않을 것이다. 이 사람을, 이 사랑이 끝나지 않게 지켜낼 것이다.

기나긴 키스가 끝나자 효주는 수줍어서 고개를 들지 못했다. 괜히 주의를 돌리려 헛기침을 하며 방 안을 둘러보는 척했다.

"이것들은 다 뭐예요?"

효주가 딴청을 피우자 이현이 빙그레 웃었다.

"궁금해요?"

"네."

컴퓨터 쪽에 문외한인 효주가 보기에도 범상치 않은 기기들이었다. 특히나 이현의 직업에 관계되어 있다고 생각하니 궁금하지 않을 수가 없었다.

"흐음....... 한창 분위기 좋은데 효주 씨가 궁금하다고 하니 어쩔 수 없죠."

이현이 효주에게 손을 내밀었다.

"이리 와봐요."

이현은 효주를 모니터로 이끌고 갔다. 효주의 눈이 호기심으로 반짝였다. 그게 귀여웠는지 이현이 미소 지었다. 진지하게 마우스를 클릭해 새로운 화면을 띄워 보였다.

"이게 뭐 같아요?"

이현이 마우스를 클릭하며 진지하게 새로운 화면을 띄워 보였다. 효주가 미간을 찡그린 채 고개를 가로저었다. 이현이 알 것 같다는 표정으로 말을 이었다.

"보세요. 이건 스냅챗이라는 건데 사진과 동영상을 친구들과 공유할 수 있는 모바일 메신저라고 해요."

"……스냅책?"

효주는 아리송한 표정이 되었다. 처음 듣는 단어였다. 솔직히 그녀는 컴맹에 가까웠다. 업무를 위해 한글이나 엑셀, 파워포인트 등의 단순한 기능 프로그램만 숙달했지 요즘 세대들이 능숙하게 다루는 SNS 등에 대해선 아는 게 거의 전무했다.

"아뇨. 스. 냅. 챗이요."

그가 웃음기 머금고 틀린 말을 정정해주었다.

"미국에서 대학 다닐 때, 우리나라로 치면 동아리라고 하죠? 거긴 동아리 같은 모임을 사교 클럽이라고 부르거든요. 사교 클럽에서 만난 친구들과 재미로 앱을 만들곤 했는데 어쩌다 보니 스냅챗을 개발했지 뭐예요."

"정말요……?"

효주는 감탄을 금치 못했다. 동시에 어두워지는 마음 한편은 어쩔 수 없었다. 두려웠다. 정효주란 정사각형처럼 알기 쉬운 여자에게 백이현이란 남자는 너무 어려운 과제였다. 차라리 평범한 남자였으면 좋겠는데, 이현은 무엇 하나 평범한 것이 없었다. 집안도, 머리도, 직업도.

"그게 그렇게 신기해요?"

얼이 빠진 효주가 귀엽다는 듯 이현이 싱긋이 웃었다. 정말 미소조차 특별한 남자였다. 이런 남자가 왜 자신을 택했는진 모르겠지만 이것 하나는 알 것 같았다.

백이현이라는 남자가 자신을 사랑하고 있고, 자신 역시 이현을 사랑하고 있다는 사실 말이다.

하긴 남녀 사이에 공식이 어디 있겠는가. 그렇다면 애초에 『신데렐라』라는 동화도 인기를 끌지 않았겠지. 세상에는 짝사랑이나 실연 등으로 해답이 정해져 있지 않은 일들이 많았다. 그 설명할 수 없는 현상의 대표적인 것이 바로 사랑이라는 감정이었고.

"자, 보세요. 이건 페이스북이라는 거예요. 스냅챗이랑 어떻게 다르냐면……."

이현이 열심히 설명해주었지만 애초에 페이스북조차 사용해본 적이 없던 효주에겐 무리였다. 하지만 효주는 성실한 학생이 되어 열심히 경청했다. 자신이 개발한 프로그램을 설명하는 이현의 반짝거리는 눈동자가 엄청나게 아름답다고 감탄하면서.

"정말 대단하네요."

설명을 다 듣고 효주가 입을 딱 벌리자 이현이 으쓱한 표정을 지었다.

"정말요?"

사랑하는 여자에게 인정받아서인지 이현의 표정이 기쁨으로 가득했다.

"네. 정말요."

효주는 크게 고개를 끄덕여 보였다.

"생각하시는 것만큼 그리 대단한 건 아닙니다. 그냥 제 취미 생활의 일종이라고나 할까요?"

이현은 잘난 척하는 모습까지 사랑스러웠다.

"아니에요! 정말 굉장해요. 잘 모르는 저 같은 사람도 있는걸요."

연신 이어지는 칭찬에 이현이 뺨을 긁어 보였다.

"그럼 칭찬으로 여기다 뽀뽀해주실래요?"

그리고 이현은 불쑥 뺨을 내밀어 보였다. 어처구니가 없어 효주는 너털웃음을 터트렸다.

"뭐예요. 잘 나가다가 왜 또 그리로 빠지는 거예요. 어머!"

효주는 말을 끝까지 이어 나가지 못했다. 이현이 그녀를 번쩍 안아 올렸다.

"뭐 하시는 거예요. 얼른 내려주세요."

"상은 침대에서 받도록 하겠습니다."

버둥거리던 효주의 얼굴이 빨개졌다.

"설마 지금 그걸 하자는 건 아니겠죠……?"

이현은 대답 대신 발로 침실 문을 열었다. 침대 위에 효주를 내려놓고 양팔로 효주를 가두었다.

"네. 그 설마가 그 설마 맞습니다. 그동안 제 속을 무지 태우셨잖아요. 이제 그쪽이 절 책임지셔야죠. 우린 오늘부터 연인으로서 1일째니까요."

그리고 이현은 효주의 입술을 빼앗았다. 효주의 눈이 동그래졌다. 오늘부터 1일째라고? 그건 어제 술 취한 소영이 민 선생과 날 보며 아무렇게나 뱉어내던 농담이 아니던가.

효주의 혼란스러움을 뚫고 다시 이현의 속삭임이 파고들었다.

"어제 그 말을 듣고 제 속이 얼마나 뒤집어진 줄 아십니까? 당장 가서 그쪽 테이블을 뒤집고 효주 씨를 끌고 나오고 싶은 걸 얼마나 참았게요. 그러니 이제 책임지세요."

그러면서 이현의 입술은 귓바퀴로 옮겨갔다. 귓불에 닿는 따뜻하고 촉촉한 감촉에 효주가 신음을 흘렸다.

"아하……. 어떻게요……?"

"평생 제 곁에 있겠다고 맹세하세요. 그러면 그동안의 과오는 전부 용서해드릴게요."

"그런 간질간질한 말을 어떻게……."

하지만 효주는 더 이상 말을 이을 수가 없었다. 그저 이현의 뜨거운 입술을 느끼며 부르르 떨 뿐이었다.

"곧 맨 정신이 아니실 겁니다. 정신을 잃을 만큼 제가 기쁘게 해드릴 거니까요."

무서울 정도로 적극적인 구애였다. 그리고 그 구애만큼이나 침대에서 적극적인 이현이었다.

그날 저녁, 이현과 효주는 작은 의견 차이를 보이고 있었다.

"하아, 우리 할아버지 참 눈치 없다니까. 이 화창한 주말에 손자는 왜 보자고 하시는 건지. 손자 장가보내기 싫으신가 보네."

이현은 외조부의 호출을 받은 후로 내내 이런 상태였다. 잠시면 된다고, 자신이 돌아올 때까지 집에서 기다려달라는 이현과 그럴 수 없다는 효주. 서로의 입장 차가 확연해서 좁혀질 기미가 보이지 않았다.

"내일 출근하려면 쉬어야죠. 오늘은 이만 헤어져요."

이현이 불만을 터트려도 효주는 완강했다. 신발을 신기 위해 현관으로 걸어갔다.

"그러니까 금방 갔다 온다니까요. 보세요. 바깥이 아직 환하잖아요. 하루가 끝나려면 한참 멀었는데 벌써 집에 간다는 게 말이 돼요? 우리 이제 막 사귀기로 했는데."

신발을 꿰어 신는 효주를 졸래졸래 따라간 이현이 끝까지 불만을 터트렸지만 효주는 단호하게 고개를 저어 보일 뿐이었다. 효주 생각엔 어차피 내일 학교에서도 이 핑계 저 핑계로 하루 종일 붙어 다니고도 남을 이현이었다. 그러니 굳이 이현이 없는 집에 홀로 남아 있을 필요가 없다는 것이 그녀의 입장이었다.

"갈게요. 나오지 마세요."

"진짜로 가시게요. 제가 이렇게까지 잡는데도?"

"네."

효주가 웃으면서 단호하게 대꾸하고 작별 인사를 하듯 손을 흔들어 보이자 이현이 어깨를 축 늘어뜨렸다.

"정말 고집 센 여자야. 내가 이런 여자를 좋아하게 되다니. 하늘도 무심하시지. 할 수 없죠. 잠깐만 기다리세요. 효주 씨 가는 김에 저도 같이 나가게."

끝까지 투덜거리며 이현은 차 키를 챙겨 효주의 뒤를 따라 집을 나섰다. 현관문을 밀고 나와 빌라를 나오면서 효주가 말했다.

"제가 집에서 기다리고 있으면 이현 씨 맘이 급해서 할아버님 제대로 못 뵐 거 아니에요. 할아버님은 이현 씨가 보고 싶어서 부르시는 건데, 그러면 안 되잖아요. 그러니까 오래오래 있다가 오세요. 아시겠죠? 저는 이번 주에 체육대회가 끼어서 어쩔 수 없이 저희 할머니 뵈러 못 갔지만 이현 씨는 다르잖아요. 할아버님이 가까이 사시잖아요. 이현 씨 보고 싶어 하시기 전에 자주 찾아가서 얼굴 보여드리세요. 네?"

"그런 건 걱정 안 해주셔도 되거든요."

이현이 불만스레 대꾸하자 효주가 눈을 치켜떴다. 이현답지 않은 말투였기 때문이다.

"무슨 말씀이 그래요."

"효주 씨가 그런 걱정 안 해주셔도 안 그래도 그 양반 얼굴 거의 매일 보다시피 하는걸요."

"아……. 그렇다면 다행이구요."

외조부를 매일 본다는 이현의 설명에 안심하듯 효주가 표정을 풀었다.

"안 그래도 입원해서 일주일 내내 갑갑하게 붙어 있었는데 왜 또 호출을 하시는 건지."

한창 효주와 분위기 좋은 시간을 가지고 있었던 이현으로선 작금의 상황이 미치고 환장할 지경이었다. 효주와 어떻게 이어진 사이인데. 어렵게 이어진 만큼 아직 안심할 수 없었다.

이현이 그러거나 말거나 효주는 제 뜻을 굽히지 않았다. 외려 집까지 바래다주고 간다는 이현을 뿌리치고 어른 기다리게 하는 거 아니라며 택시를 불렀다. 주말 오후라서 그런지 택시는 금방 도착했다.

"먼저 갈게요. 운전 조심하시구요. 내일 학교에서 봬요."

"네. 전화 드릴게요. 아, 아니. 마치는 대로 집 앞에 잠시 들를 거니까 전화 꼭 받으셔야 해요."

눈앞에서 택시 문이 닫히려고 하자 이현이 안타깝다는 듯 외쳤다.

"그러지 마시라니까요. 그냥 내일 학교에서 보는 걸로 해요. 그럼 갈게요."

그길로 야속하게 택시 문이 닫히고, 효주를 태운 택시가 쌩하니 출발했다. 닭 쫓던 개 지붕 쳐다본 격이 된 이현이 망연자실하게 멀어지는 택시를 응시했다.

"아! 할아버지는 정말······."

이현도 웬만하면 오늘 같은 날엔 외조부의 부름 따위 무시하고 넘어가려고 했다. 그러나 전화기에서 흘러나온 외조부의 음성이 평소와 다르게 유난히 낮았다. 통화를 시작하는 첫 음절부터가 착 가라앉은 것이 꼭 어디가 안 좋은 사람처럼, 무시하고 넘어갈 수 없을 정도로.

"이번에도 별일 아니시라고 하시면 폭발할지도 모르는데."

어느새 양치기가 되어버린 외조부를 떠올리며 이현은 터덜터덜 주차장으로 걸어갔다.

택시를 타고 가던 효주는 아이처럼 불만을 터트리던 이현을 떠올리며 풋 하고 웃고 말았다. 아직 이현에 대해 모든 것을 안다고 말할 순 없지만 지금까지 겪어본 바로는 이현의 성격이 그리 호락호락하지 않다는 건 확실했다. 제 기분이 내킬 땐 상대를 녹여버릴 듯 천사처럼 굴다가도 불만이 생기거나 기분이 나쁘면 어떤 형식으로든 그걸 표출하고 넘어가는 사람이었다.

방금도 그랬다. 외조부의 전화를 받고 투덜거리면서도 외조부의 부름을 거절하지 못했다. 그건 책임감 있는 좋은 성격이었다. 하지만 그러고 나서 효주에게 집에 가지 말고 기다려달라 조를 땐 나쁜 아이의 대표적인 성격 같았다.

그러고 보니 소영에게 심술을 부릴 때, 민 선생에게 까칠하게 굴 때, 요양원에서 할머니에게 자상하게 대해줬을 때, 교감에게 단호하게 대응했을 때. 이현의 성격을 한 가지로 정의하긴 힘들 것 같았다.

하지만 효주는 깊게 생각하지 않기로 마음먹었다. 이현은 그녀가 사랑하는 사람이었다. 착한 남자라서 이현을 사랑하는 것이 아니었다. 그냥 이현이기에 사랑하는 것이었다. 그리고 이현도 그녀가 그녀이기에 사랑하는 것일 거다. 그건 정말 확신할 수 있었다.

사랑하는 사람에 대해선 그 사람을 알려고 애쓰지 않아도 저절로 많은 것을 알게 된다. 이현도 그녀를 좋아하기 시작하면서 그녀의 소심한 성격을 단박에 눈치챘을 것이다. 그럼에도 그녀를 대하는 태도가 항상 일관되었다. 어떤 상황에서도 잘해주었다. 외려 더 나은 사람이 되려고 그러는 것이라고 그녀를 지지해주었다.

그리고 그건 이제 효주도 마찬가지였다. 이현이 믿어준 만큼 그녀도 이현에게서 어떤 모습을 보아도 일관되게 사랑할 자신이 있었다. 이제 그녀에게 이현은 그저 이현일 뿐이었다. 멋지고, 잘생기고, 잘난 배경을 가진 사람이 아니라 그냥 이현이었다. 앞으로 이현이 어떤 모습을 보여주더라도 그녀가 사랑할 수밖에 없는 남자, 백이현 말이다.

"아저씨, 날씨가 좋네요. 창문 좀 열게요."

"네, 그러세요."

택시 기사에게 양해를 구하고 효주는 창문을 완전히 내렸다. 달리는 택시 뒷좌석으로 바람이 마구 밀려들면서 효주의 머리카락이 날렸다.

봄기운은 딱딱한 중년 사내의 마음도 녹이나 보다. 신호를 받아 잠시 정차하자 택시 기사가 뒤를 돌아보며 유쾌하게 말했다.

"이제 완전히 봄이 온 것 같네요. 바람도 따뜻하죠?"

"네. 바람도, 날씨도 따뜻한 봄이네요."

그렇게 대꾸하는 효주의 입가에 부드러운 미소가 머물렀다.

"조금 전에 배웅하던 잘생긴 사람, 아가씨 남자 친구죠?"

"……그걸 어떻게 아셨어요?"

효주가 살짝 놀라며 되묻자 택시 기사가 빙그레 미소 지었다.

"나같이 목석같은 사람도 금방 눈치챌 정도로 아가씨한테 푹 빠져 있던데 그걸 어떻게 모르겠어요. 중년 아재의 오지랖 같지만 말할게요. 그 사람이랑 아가씨, 둘이 잘 어울리던데 앞으로 잘해봐요."

"……감사합니다."

택시 기사의 덕담에 효주가 웃으면서 대답했다. 신호가 풀리고 다시 택시가 출발하자 택시 기사는 운전에 열중해서 더는 말을 걸어오지 않았다. 조용히 달리는 차 안에서 효주는 물끄러미 바깥 풍경을 응시했다.

택시 기사의 말대로 완전히 봄이었다. 바람도, 공기도, 땅도 파스텔 톤으로 도배된 듯 따뜻하기만 했다. 누군가로 인해 달라진 세상. 세상이 너무나도 아름다워 보였다. 도로변을 하얗게 장식한 저 풍요로운 벚나무들도, 상큼한 봄 냄새도 그저 아름답게만 보였다. 갑자기 울컥하고 눈물이 날 것 같았다. 꽁꽁 얼어 있던 그녀의 세상에도 이제 따뜻한 봄이 왔으니까.

그때, 효주의 상념을 뚫고 가방에 넣어두었던 휴대폰이 울렸다.

이 시간에 누구지……? 이현과도 방금 헤어졌고 주말에 연락이 올 만한 데는 거의 없었다.

의아해진 효주는 가방에서 휴대폰을 꺼내 발신자를 확인했다. 생전 처음 보는 모르는 번호였다. 효주는 조심스레 전화를 받았다.

"여보세요?"

-정 선생 번호 맞나요?

상대방의 음성에 효주가 미간을 좁혔다. 어딘가 많이 익숙한 음성이었다.

"네……. 전데요."

-아, 내가 전화를 똑바로 했나 보네. 나예요, 나. 모르겠어요, 정 선생?

안도하듯 확 풀어진 상대의 음성. 효주의 눈이 동그래졌다. 설마 정원사 아저씨?

"아저씨……?"

아저씨가 내 번호를 어떻게 알고?

전화를 걸어온 상대가 이 노인이라는 걸 깨닫자 효주가 놀란 표정이 되었다. 몇 년을 함께 근무해도 따로 연락한 적이 없었기 때문이다. 그리고 개인 사정으로 일주일째 결근하던 이 노인이었다. 이 노인에게 우환이 생긴 건 아닌지 슬슬 걱정이 되던 차였다.

-이제야 내 목소리를 알아듣나 보네요.

"그동안 결근하셔서 얼마나 걱정했는지 몰라요."

반가움과 걱정이 묻어나는 효주의 목소리에 이 노인이 낮게 웃었다.

-정 선생이 그렇게 걱정해주니까 조금 계면쩍네요. 자주 연락하고 살 걸 그랬어요.

"무슨 말씀이세요. 이렇게 전화 주신 것만으로도 얼마나 반가운지 모르는데……."

-그래요. 앞으로 자주 연락하고 살아요, 우리.

"네, 아저씨."

효주가 웃으면서 대꾸했다.

-그런데 정 선생, 오늘 잠시 나한테 시간 좀 내줄 수 있겠어요?

생각지도 못한 의외의 부탁에 효주가 살짝 경직된 표정을 했다. 그걸 느꼈는지 이 노인이 얼른 말을 이었다.

-저번에 손주 녀석이 미국에서 들어와 있다고 했잖아요.

"……네, 그러셨죠."

그때 아저씨 말로는 엄마를 잃은 가련한 사내아이라고 하셨지, 아마.

-그런데 요즘 녀석이 아파서 통 기운이 없네요. 이 늙은 할아비 말도 잘 안 듣고. 그래서 말인데, 정 선생이 오늘 잠시 우리 집에

와서 손주 녀석 좀 보고 가면 어떨까 싶어서요. 그 녀석이 제 애비 닮아서 정 선생 같은 예쁜 아가씨한테는 약하거든요.

"아, 네……."

이 노인의 갑작스런 부탁에 솔직히 많이 당황스러웠다. 그러나 몇 년을 알고 지내도 남에게 아쉬운 소리 한 번 하지 않던 이 노인이었다. 오죽 손자가 걱정되면 이런 부탁을 해올까 싶었다.

-정 선생 시간 안 되면 어쩔 수 없고요.

풀이 죽은 이 노인의 음성.

"아니에요! 어차피 집에 들어가는 택시 안이었어요. 주소만 말씀해주시면 차 돌려서 곧장 그리로 갈게요. 주소만 말씀해주세요."

……그래요? 이거 고마워서 어쩌지.

효주의 승낙이 특효약인 듯 이 노인의 음성이 단박에 밝아졌다.

효주는 이 노인이 불러주는 주소를 그대로 택시 기사에게 전달했다.

"갑자기 행선지를 바꾸었네요. 죄송해요."

그러자 운전하던 택시 기사가 웃으면서 말했다.

"괜찮아요. 우리야 손님이 더 멀리 가면 더 좋죠."

"네……."

"그런데 방금 통화하신 분이 아가씨랑 되게 가까운 사이인가 봐요."

택시 기사가 지나가듯 묻자 효주가 웃으면서 고개를 끄덕여 보였다.

"맞아요. 제가 매일 신세 지고 있는 고마운 분이세요."

매일 화원에 들르는 효주를 살뜰하게 챙겨주는 이 노인. 효주의 인생엔 은인이나 마찬가지인 사람이었다.

"음, 그 양반한테 신세를 진다니 그럴 만하네요."

택시 기사의 혼잣말 같은 중얼거림을 듣고 효주는 의아한 표정을 지었다.

"제가 신세 질 만하다니 그게 무슨 뜻이에요?"

택시 기사는 이 노인에 대해 아무것도 모르는 사람이었다. 그런데 대체 무슨 근거로 저런 말을 하는 건지, 의아할 수밖에 없었다.

"아, 아가씨가 불러준 주소가 대단한 집안들만 모여 있다는 최고의 부촌 동네이거든요."

"……부촌 동네라고요?"

아저씨가 불러준 주소가 부촌 동네라고? 하지만 그럴 리가 없는데. 그녀가 몇 년간 보아온 이 노인은 한결같이 일용직 학교 정원사의 모습이었다. 뭔가 착오가 있는 것이 분명했다.

"하긴 버스도 안 다니는 동네라서 모르는 사람이 태반이지, 아마. 그런데 그 동네에 우리나라 대기업 회장님들 저택이 다 모여 있잖아요."

택시 기사의 설명을 듣고도 쉬이 수긍할 수 없었다.

"다 왔습니다."

"감사합니다. 여기 택시비요."

셈을 치르고 택시에서 내린 효주는 고개를 쭉 빼고 눈앞에 버티고 있는 고풍스런 석조 저택을 응시했다. 저택이 얼마나 큰지 저택을 둘러싸고 있는 담장이 세화여고 담장과 맞먹을 정도였다. 한눈에 보아도 오랜 세월 정성스레 가꾸어진 웅장한 정원수들은 또 어떻고. 보는 사람을 질리게 만들기에 충분했다.

"뭐가 뭔지 모르겠다."

혼란스러웠지만 이렇게 계속 주눅이 든 채로 시간을 흘려보낼 순 없는 노릇이었다. 효주는 심호흡을 크게 하고 요새처럼 보이는 철문으로 다가갔다. 인터폰 벨을 눌렀다.

-누구세요?

여인의 친절한 음성에 효주가 긴장하며 대답했다.

"네. 저는 정효주라고 세화여고에 근무하고 있는 국어 선생님입니다. 혹시 아저씨…… 안에 계신가요?"

성실하게 대답하던 효주는 순간 아차 싶었다. 그러고 보니 이 노인의 정확한 이름도 모르고 있었다. 그렇다고 말하는 도중에 전화해서 아저씨 이름을 물을 수도 없는 노릇. 밀고 나가는 수밖에. 그러나 효주의 불안에도 쉽게 문이 열렸다.

-지금 문이 열렸을 거예요. 안으로 들어오세요.

"감사합니다."

얼떨떨하게 인사를 한 효주는 열린 철문을 밀고 안으로 들어갔다. 견고한 담장에 둘러싸여 있던 저택의 내부가 효주의 눈앞에 펼쳐졌다.

"이건……."

살짝 어리둥절해진 효주는 무언가를 확인하듯 주변을 두리번거렸다. 파릇파릇한 잔디밭과 세월의 흐름이 새겨진 고풍스런 노송. 어쩐지 익숙하게 느껴졌다. 세화여고의 아름다운 화원처럼 말이다.

그렇다면 혹시?

"아……. 어쩐지……."

이 집 정원도 아저씨가 관리하고 있는 거였구나. 그렇다면 이곳이 아저씨가 투잡을 뛰는 두 번째 직장인 셈인 거네.

"아저씨는 어디에 계시지?"

정원 어디엔가 일하고 있을 이 노인을 찾아 두리번거렸지만 이 노인의 모습은 눈에 띄지 않았다.

"집 안에 계신 건가?"

어느새 고풍스런 석조 주택 앞에 도착한 효주는 난감한 얼굴이 되었다. 아저씨를 찾겠다고 주인집에 함부로 벨을 눌러도 되는지 살짝 고민이 되었다.

"그래도 아저씨가 어디 계신지는 물어봐야겠지."

벨을 누르기 전에 효주는 긴장을 풀듯 크게 심호흡을 했다. 그런데 갑자기 안에서 벌컥 문이 열렸다.

"……어?"

그때 현관문이 열리고 낯익은 사람이 나오고 있었다.

이현이 왜 이 집에서 나오는 거지?

"이현 씨……?"

13.

이현도 그녀를 보고 놀란 듯했다. 유령이라도 본 것처럼 효주를 응시할 뿐이었다. 잠시 후, 간신히 충격에서 벗어난 듯 이현이 물었다.

"효주 씨가 여길 어떻게……?"

그러나 효주도 당장 대답할 수준의 상태가 아니었다. 이현과 마주치고 정신이 살짝 안드로메다에 가 있었다.

"그러게 백 선생님이 여길 어떻게……?"

효주가 앵무새처럼 되묻고 있는데 집 안에서 이 노인의 음성이 들렸다.

"이현이 너는 손님 안으로 들이지 않고 거기서 뭐 하는 것이냐."

그제야 퍼뜩 정신을 차린 이현. 효주가 들어오게 옆으로 비켜서서 길을 터주었다.

"……일단 안으로 들어오세요."

"네……."

뭐가 뭔지 모를 상황이었지만 이현의 제의에 효주는 일단 안으로 들어갔다. 이현이 지켜보는 가운데 신발을 벗자 이현이 얼른 실내화를 발치에 놓아주었다.

"감사합니다."

"뭘요."

효주가 실내화를 신고 나자 집 안에서 이 노인이 걸어 나왔다.

"아저씨……."

이 노인을 보고 놀란 효주가 숨을 들이켰다. 허름한 작업복을 벗어 던진 이 노인은 누가 보아도 고상하고 나이 든 노신사였다. 희한하지. 고작 환경과 옷차림만 바뀌었을 뿐인데도 사람이 저렇게 달라 보이다니. 하여튼 지금은 누가 보아도 절대 일용직 정원사로 보이지 않았다.

"아저씨, 이게 어떻게 된 거예요?"

이 노인과 이현을 번갈아 보며 효주가 심란함을 숨기지 못했다. 이 노인이 허허 하고 웃으며 입을 열었다.

"집이 커서 놀랐지?"

"네……. 조금……."

"내가 급하게 초대했는데도 싫은 티도 안 내고. 정 선생은 참 마음이 고운 사람이야."

"아니에요, 아저씨. 초대해주셔서 제가 더 감사하죠."

"정 선생한테 제대로 설명도 안 해주고 불쑥 집으로 불러서 많이 놀랐을 거야? 거기다 백이현 선생이 내 손주 녀석이고 말이야."

그리고 이 노인이 낄낄 웃자 효주가 얼굴을 붉히면서 힐끗 이현을 쳐다보았다. 돌아가는 사태가 못마땅한 듯 이현은 팔짱을 끼고 불만스레 지켜보고 있었다. 이현이 말했다.

"그럼 할아버지가 입이 닳도록 말씀하신 그 여자분이 바로 정 선생님이었단 말이에요?"

이현이 삐딱하게 묻자 이 노인이 빙그레 웃으며 시인하듯 고개를 끄덕여 보였다.

"그래, 이 녀석아. 그동안 소개시켜주려고 해도 그렇게 싫다고 내빼더니, 지금은 좋냐?"

이 노인이 핀잔주듯 말하자 이현이 씨익 웃었다.

"당연하죠. 미리 말씀해주셨으면 제가 얼른 날짜 잡았을 텐데 왜 그걸 지금 말씀하셔선."

"네가 보통 녀석이더냐. 너한테 미리 말했다간 초 칠 수도 있는데 내가 왜?"

"흥, 저처럼 평범한 사람이 또 어디 있다고."

핑퐁처럼 오가는 대화에 효주는 정신을 차릴 수가 없었다. 그럼에도 간신히 이해할 수 있는 사실 몇 가지. 이 노인이 그녀를 이현에게 소개시켜주려고 했었고 그녀인 줄 몰랐던 이현은 내내 질색하고 피해 다녔다는 것.

그리고 이현의 외조부가 세화여고 이사장님이니, 그렇다면 눈앞의 이 노인은 세화여고를 포함한 교육 재단 이사장님이란 뜻.

"하아."

효주의 입에서 거친 신음 소리가 튀어나오자 두 사람의 시선이 일시에 효주에게로 몰려들었다. 의아하다는 듯 응시해오는 두 쌍의 검은 눈동자. 그러고 보니 두 사람이 묘하게 닮아 있었다. 그걸 왜 이때까지 눈치채지 못하고 있었는지 의아해질 정도로.

"왜 그러세요? 어디가 안 좋으세요?"

이현이 걱정스럽다는 듯 한 걸음 다가섰지만 효주는 얼른 손을 내저어 보였다.

"아뇨. 일단 거기 서 계세요. 전 괜찮으니까 움직이지 마세요."

이 노인이 이현의 외조부라는 걸 깨닫고 나니 더 혼란스러웠다. 머릿속이 뒤엉킨 것처럼 뭐가 뭔지 하나도 정리가 되지 않았다.

그리고 이 노인, 아니 지금은 이현의 외조부 앞이었다. 일단은 둘이 사귀기로 한 걸 들키면 안 될 것 같았다.

효주가 이현을 질색하고 밀어내자 곁에서 지켜보던 이 노인이 혀를 찼다.

"쯧쯧. 정 선생이 이러는 걸 보니 학교에서 네 녀석이 어떻게 사는지 안 봐도 훤하구나."

이현이 고개를 휙 돌려 억울하다는 듯 이 노인을 쳐다보았다.

"뭘 그런 말씀을 정 선생님 앞에서 하세요. 제가 뭐 어떻게 했게요."

이현의 항변에도 이 노인은 들을 가치도 없다는 듯 손을 내저으며 효주를 향해 말했다.

"정 선생, 이 녀석이 좀 까칠하긴 해. 그래도 맘은 비단결……아니 비단결 비슷하긴 해. 그러니까 지금까지 이 녀석이 잘못한 건 나를 봐서라도 잊어줘요. 네?"

이 노인의 오해에 효주의 얼굴이 더 빨개졌다. 효주는 지금의 이 상황이 미칠 것 같았다. 그런데 그런 효주보다 이현이 더 미치려고 했다.

"와, 대체 평소 손자를 어떻게 보셨기에 그런 말씀을 하시는 겁니까."

그러나 이 노인은 따지고 드는 이현에게 시선도 주지 않았다. 그저 자기 손자를 잘 부탁한다는 듯 효주를 보며 미소 지을 뿐이었다.

이대로 가다간 열 받은 이현의 입에서 무슨 말이 튀어나올지 몰랐다. 효주는 일단 이현의 편을 드는 걸로 수습에 나서기로 했다.

"아니에요. 아저씨. 백 선생님, 좋은 분 맞아요. 학교에서도 인기 많으세요."

그러나 효주의 대답에 이 노인은 단호하게 고개를 가로저어 보였다.

"내가 정 선생에게 바라는 대답은 그런 게 아니잖아요. 정 선생은 우리 이현이를 어떻게 생각하고 있는지, 나는 지금 그게 궁금한 거예요."

난처해진 효주가 도와달라는 듯 이현을 쳐다보았다. 그러나 이미 기분이 상할 대로 상한 이현은 코웃음을 치며 어깨를 으쓱해 보일 뿐 도움이 될 것 같지 않았다.

이 노인은 대답을 기다리고 있고, 시간은 흘러가고, 효주는 난감해서 미칠 것 같았다. 등으로 식은땀이 흘러내렸다.

하지만 대체 이 노인에게 뭐라고 말하면 좋단 말인가. 벌써 이현과 사귀고 있다고 말하면 놀라실 것이 뻔한데 말이다. 그렇디고 시침 뚝 떼고 동료처럼 굴 수도 없는 노릇이고.

그런데 이 와중에 저 남자는 왜 저렇게 방관자처럼 굴고 있는 것인지. 자기가 나서서 대신 말해주면 어디가 덧나나? 진짜 얄미워지려고 한다. 그래. 도와주지 않아도 내가 잘 헤쳐 나가면 되는 거지. 그리고 앞으로 당당하게 살겠다고 나 자신과 제대로 약속했잖아. 그걸 지금부터 지켜보는 거다.

그렇게 결심이 서자 효주는 마른침을 삼키고 숨을 크게 들이마셨다.

"저…… 사실은……."

효주가 긴장한 얼굴로 말을 꺼내자 이 노인이 한쪽 눈썹을 치켜올렸다. 지켜보고 있던 이현도 살짝 긴장하기 시작했고. 효주는 에라, 모르겠다 싶었다. 눈을 질끈 감고 외쳤다.

"사실은…… 제가 백 선생님을 좋아하고 있습니다! 그래서 저희 사귀기로 했어요, 아저씨."

효주의 폭탄선언에 실내가 갑자기 조용해졌다. 무거운 침묵이 흐르자 효주는 울고 싶었다. 물론 살짝 속이 시원하긴 했다. 이래서 사람들이 제 속을 마구 털어놓고 사는구나 싶었다.

"허허. 정 선생 말이 사실인 거냐?"

쫄아서 눈도 제대로 뜨지 못하는 효주를 보며 이 노인이 이현에게 물었다.

"아뇨. 정확한 사실은 그게 아닙니다."

이현이 심각한 표정으로 대꾸하자 이 노인이 입가를 매만졌다.

"음……. 정확한 사실이 아니다. 그럼 정 선생 혼자서 널 짝사랑한다는 뜻이냐? 하지만 그건 말이 안 되는데……."

두 사람의 대화를 듣던 효주는 어처구니가 없었다. 특히 이현이 발뺌하는 부분에서. 그래서 눈을 번쩍 뜨고 이현을 노려보았다. 어쩌면 남자가 저렇게 비겁할 수가 있는지. 그녀가 어떤 마음으로 진실은 털어놓았는데.

그러나 효주가 노려보아도 이현은 꿈쩍도 하지 않았다. 태연하게 효주의 시선을 되받아칠 뿐. 이현이 다시 입을 열었다.

"맞습니다. 제가 정 선생님을 좋아해서, 아니 사랑해서 매달렸습니다. 싫다는 걸 악착같이 쫓아다녀서 결국 사귀기로 한 겁니다."

그러면서 점점 장난기가 도는 이현의 눈빛. 효주의 얼굴도 점점 핑크빛으로 물들었다.

"그럼 그동안 집에 붙어 있지 않은 이유가 정 선생을 쫓아다닌다고 그랬던 것이냐?"

"당연하죠."

"허허. 듣던 중 가장 대견한 말이구나. 그래, 날짜는 언제로 잡을 거냐. 나는 너희가 웬만하면 계절을 넘기지 않았으면 하는데."

날짜라고? 이번엔 목이 턱 막히는 기분에 효주가 거친 신음을 흘렸다. 효주의 반응도 아랑곳 않고 이현이 태연하게 대답했다.

"저도 할아버지와 같은 생각입니다. 봄이 가기 전에 결혼식을 올렸으면 하는데요."

"라일락이 필 때 날을 잡자구나."

"네, 좋죠."

당사자에게 물어보지도 않고 자기들 마음대로 결혼 날짜를 의논하다니. 효주는 기함해서 뒤로 넘어가기 지전이었다.

이제 겨우 서로의 마음을 확인하고 사귀는 단계가 되었다. 그런데 라일락이 필 때 결혼을 하라니. 정작 당사자는 청혼도 못 받았는데 이런 법이 어디 있는지.

"저기요. 저 좀 보세요. 그런 건 당사자인 저한테 물어보셔야죠."

내 결혼을 왜 자기들끼리 정하냐고. 그런 법이 어디 있냐고.

그제야 이 노인이 깜박했다는 듯 효주를 쳐다보았다.

"아, 내 정신 좀 봐. 정 선생을 잊고 있었네요. 미안해요, 정 선생. 결혼식은 라일락이 필 때 하도록 해요. 그렇게 준비하도록 지시해놓을 거니까."

정원사일 때의 이 노인은 이렇지 않았는데. 환경이 바뀌니 완전히 딴사람 같았다. 좀 더 능숙하고 좀 더 밝아진 느낌이랄까.

하여튼 너무 어이가 없어 대꾸도 못 하고 있자 그제야 이 노인이 겸연쩍은 미소를 흘렸다.

"내가 기분이 좋아서 오버를 했나 보군요. 하긴 이렇게 기분 좋은 적은 근 20년 만에 처음이니까요. 이현이 어미가 그렇게 되고 그동안 진심으로 웃을 일이 한 번도 없었거든요. 그런데 다시 우리 집에 웃음이 찾아오려나 봐요. 정 선생 같은 예쁜 손주며느리가 들어온다고 하고."

"……아저씨."

"그래요, 그래요. 곧 죽을 늙은이예요. 나, 신경 쓰지 말아요. 젊은 사람들 뜻대로 하고 사는 거죠."

"……아저씨."

효주는 오늘에서야 이현이 누굴 닮았는지 알 것 같았다. 씨앗 도둑질은 못한다고, 이 노인의 불쌍한 척하는 모습은 이현과 빼다 박아 있었다.

"백 선생님, 어떻게 좀 해보세요."

도와달라고 이현을 쳐다봤지만 이현은 싱글벙글 웃고 있을 뿐 전혀 도움이 될 것 같지 않았다. 저 표정으로 보아 외려 결혼식을 앞당기자고 조르지 않는 게 다행일 것 같았다.

그때, 주방 쪽에서 푸짐한 몸매의 넉살 좋은 인상의 중년 여성이 앞치마를 매고 걸어 나와 효주에게 아는 체를 했다.

"안녕하세요, 정 선생님."

"네, 안녕하세요."

효주가 본능적으로 긴장한 여인에게 인사를 되돌리자 이 노인이 웃으면서 말했다.

"아, 저 사람은 정선댁이라고 우리 집을 오랫동안 도와준 사람이에요. 앞으로 모르는 것 있으면 물어보고 잘 지내도록 해요."

이 노인이 정선댁을 소개하자 정선댁이 웃으면서 말했다.

"이사장님도, 제가 뭘 안다고……. 호호호. 식당으로 오셔서 식사들 하세요."

"이현이 너 온다는 말을 듣고 정선댁이 특별히 오늘 성게알 미역국을 끓인 모양이더구나."

이 노인이 말하는데도 이현은 효주만 쳐다볼 뿐이었다.

"성게알이 든 미역국, 먹을 수 있겠어요?"

외조부 앞에서 눈치 없이 구는 이현.

"미역국은 뭐든 좋아하는 편이에요."

난감했던 효주는 이 노인의 눈치를 보면서 대답했다. 그러자 이 노인이 빙그레 웃었다.

"괜찮아요, 정 선생. 팔불출은 이 집안 내력이거든요. 내가 그랬고 제 어미도 그랬어. 이현이 저러는 거 다 나 닮아서 그런 거니까

나 신경 쓰지 말고 편히 있어요."

"그래도……."

"허허. 괜찮다니까."

그러면서 둘을 방해하지 않겠다는 의지를 보여주듯 이 노인은 아예 앞장서서 먼저 걸어가버렸다.

"왜 자꾸 눈치 없이 그래요. 난 불편해 죽겠는데."

효주가 팔꿈치로 치면서 속삭였다.

"괜찮아요. 내가 이러면 이럴수록 할아버지는 더 좋아하실걸요."

"그걸 백 선생님이 어떻게 알아요."

이 노인의 속에 들어갔다 나온 것도 아니면서 태연하게 대꾸하는 이현이 어이가 없었다. 그러거나 말거나 이현은 싱글벙글 웃을 뿐.

"할아버지가 나한테 도움이 될 일도 있다니. 세상은 살면 살수록 오묘하단 말이죠."

매번 잔소리만 늘어놓던 양반이 저렇게 추진력이 있을 줄이야. 결혼까지 10년은 걸릴 줄 알았더니 웬걸, 외조부의 도움으로 일사천리로 진행될 것 같았다.

다시 월요일 아침이 밝았다. 쾌청한 아침이 되자 속속들이 출근하는 교사들로 교무실이 부산스러웠다. 그러나 구석 자리의 민 선생은 평소 같지 않았다. 활달한 성격답게 삽살개처럼 돌아다니던 평소 패턴을 깨고 조용하게 눈치만 살피고 있었다.

회식이 있던 날, 민 선생은 화장실 뒤에서 똑똑히 목격했다. 이현과 효주, 그리고 힌 선생이 벌이던 삼각 치정 관계를 말이다. 솔직히 그는 아직도 얼떨떨한 게 믿기지 않았다. 그날 화장실 근처에서 듣고, 목격한 모든 것들이 여전히 꿈만 같았다. 도도하던 백 선생이 효주에게 매달리던 장면도, 착하게만 보이던 한 선생의 표독스런 음성도 자신의 상상 안에서만 일어난 장면 같았다. 그러나 아무리 부정하고 싶어도 실제 상황이었다. 그 후유증으로 교무실 구석에 숨죽인 채로 저 세 사람의 눈치를 보고 있었으니까.

아무래도 심상치 않았다. 저 세 사람 뿜어내는 아우라가 장난이 아니었다. 금방이라도 2차 대전이 터질 것 같은 폭풍 전야였다.

'아얏.'

갑자기 이현이 벌떡 일어서자 민 선생이 깜짝 놀랐다. 어쩐지 평소보다 이현의 표정이 무서웠다. 당장이라도 뭔 사달이 날 것 같았다. 이현이 한 선생에게 다가가서 몇 마디 건네자 한 선생의 얼굴이 창백해졌다. 그러다 싱겁게 두 사람은 교무실 밖으로 나가버렸다.

따라 나가야 하나 고민하던 찰나, 갑자기 교무실 한편에 앉아 있던 효주가 자리에서 벌떡 일어났다. 민 선생이 움찔하고 숨을 죽였다. 효주가 이를 꽉 깨물고 황급히 교무실을 빠져나갔다.

"왜 저러는 거야. 조마조마하게."

넋이 나가 중얼거리는데 뒤에서 누가 툭 쳤다.

"일찍 출근했네."

막 출근한 소영이었다.

"왔어?"

어휴, 저 진상. 그날 소영도 함께 있었지만 뻗어 있었던 탓에 지금 상황이 어떻게 돌아가는지 전혀 모르고 있는 상태였다.

"그날 내가 좀 취했지? 미안해. 나 챙긴다고 고생했다며?"

"고생은……. 괜찮아. 친구 좋다는 게 뭐야."

소영이 취한 덕분에 재밌는 구경을 했는데 외려 그가 고마웠다. 돈 한 푼 안 내고 아침 드라마보다 더 재밌는 걸 구경했으니.

"진짜 괜찮아?"

소영이 눈이 동그래져서 되물었다.

"당연하지."

민 선생이 선심을 쓰듯 웃으면서 대꾸했다.

"……그래. 고마워."

민 선생의 쿨한 반응에 소영은 살짝 어리둥절했다. 그날, 취해서 기억은 전혀 없지만 꽤나 진상을 부린 걸로 알고 있었다. 그걸 민 선생이 다 받아줬다고 들었고.

"그렇게 고마우면 다음에 밥이나 한번 사든가."

"……좋아."

얼떨떨하게 대꾸하던 소영은 고개를 돌리다 가방만 던져져 있는 효주의 책상을 발견했다.

"응? 그런데 가방만 있고 사람은 없네. 곧 조례 시작할 건데 어디 갔대? 오늘 교감 눈치가 장난 아니던데, 빨리 자리에 와 있어야 할 텐데. 민 선생, 효주 어디 갔는지 알아?"

"글쎄. 나는 잘 모르겠는데."

소영의 물음에 민 선생은 시침을 뚝 뗐다.

"그래……? 화원에 있으려나. 찾으러 갈까?"

"아니. 내 생각엔 그러지 않는 게 좋겠어."

"……왜?"

소영이 의아해하자 민 선생이 겸연쩍다는 듯 머리를 긁적여 보였다.

"비밀로 하고 싶은, 개인적인 용무일 수도 있잖아. 그냥 모른 체하는 게 좋지 않을까?"

"그런가……?"

고개를 갸우뚱하며 소영이 제자리로 가자 민 선생이 가슴을 쓸어내렸다. 그러면서 생각했다. 지금쯤 효주가 한 선생의 머리를 한 움큼 쥐어뜯고 있지 않을까 하고.

이현이 한 선생을 데리고 온 곳은 본관 건물 뒤편 응달진 소각장이었다. 학생들 사이에 떠도는 괴담으로 인해 낮임에도 아무도 얼씬하지 않았다. 비밀 이야기를 하기에 적당한 곳이었다.

"하실 말씀이 뭔지 모르지만 얼른 하시면 안 될까요? 들어가봐야 해서."

응달진 공기만큼이나 차가워 보이는 이현의 눈동자. 매캐한 소각장 냄새를 맡으면서 한 선생은 긴장했다.

솔직히 한 선생은 그날 화장실에서 효주에게 그러고 나서 곧바로 후회했다. 물론 잠시는 쾌감을 얻었다. 그러나 그건 정말 잠시. 이현을 바래다주던 택시 안에서 실은 이현이 취하지 않았고 취한 척 연기했다는 걸 깨달았을 때 이현에 대한 환상이 산산조각 나버리고 말았다.

그날 택시가 출발하자 이현은 언제 몸을 가누지 못했냐는 듯 신기할 정도로 멀쩡해졌다. 씻은 듯이 멀쩡해진 남자를 얼이 빠져 응시하자 이현이 물었다. 효주를 따라 나가서 무슨 말을 했냐고.

오해라고, 아무 일도 없었다고 해도 이현은 믿어주지 않았다. 되레 비릿하게 웃으며 차가운 눈으로 쏘아볼 뿐. 친절한 백 선생의 가면을 집어던진 이현은 완전히 다른 사람 같았다. 동시에 그녀는 사냥꾼에게 쫓기는 가련한 짐승이 된 기분이었다.

그때서야 그녀는 자신이 이현에 대해 얼마나 허무맹랑한 꿈을 꾸고 있었는지 깨달을 수 있었다. 이현은 그녀가 꿈꾸던 왕자님이 아니었다. 정 선생의 질투를 자극하기 위해 자신을 이용한 무서운 사람일 뿐. 그녀의 남자가 될 수 있는 사람이 아니었다. 그러다 보니 이제 정 선생이 부럽거나, 질투가 나지도 않았다. 그녀가 감당할 수 없는 남자를 떠맡은 정 선생이 차라리 안쓰럽게 생각되기까지 했다.

신경질적으로 손톱을 쥐어뜯고 있는 한 선생을 이현이 한심하다는 듯 응시했다.

"한 선생."

"네, 말씀하세요."

여기서 일분일초도 견디기 힘들다는 듯 한 선생은 얼른 대꾸했다.

"그날 무슨 일이 있었는지 더는 묻지 않을 겁니다. 그러니까 정 선생님한테 꼭 정중하게 사과하고 넘어가세요."

"……허. 백 선생님은 정말 무서운 사람이군요."

아무리 치사한 짓을 했더라도 그래도 그를 좋아하던 여자였다. 그런 상대를 끝까지 무시하다니. 한 선생은 자존심이 상해서 미칠 것 같았다.

그러나 한 선생이 분노로 파르르 떨어도 이현은 태연하기만 했다. 그가 피식 웃으면서 말했다.

"그러니까 사과를 한다는 말입니까, 안 한다는 말입니까."

더는 엮여서 좋은 것이 없다는 판단에 한 선생이 와락 외쳤다.

"사과한다고요! 사과할 거니까 그만 좀 보채세요."

"지켜볼 겁니다."

"하아."

갈 곳 잃은 분노로 바들바들 떨던 한 선생이 등을 휙 돌려서 그대로 뛰어가버렸다. 멀어지는 한 선생을 응시하던 이현은 옅은 한숨을 내쉬며 머리를 쓸었다. 여자란 피곤한 존재라고 생각하며. 사과하라는 말에 왜 저렇게 파르르 떨어대는지. 알다가도 모를 종족이었다.

"몰랐는데, 백 선생님 엄청 무서운 사람이었군요."

불쑥 가까이서 효주의 음성이 들리자 심란해하던 이현이 몸을 굳혔다. 황급히 몸을 틀자 소각장 입구에서 효주가 걸어 나왔다.

"……우리 대화, 다 들으신 겁니까?"

"네. 모조리 다."

"음. 큰일이군요."

이현이 겸연쩍다는 듯 뺨을 긁적여 보였다.

"한 선생 겁먹으라고 무서운 척 연기한 거라면 믿어줄 겁니까?"

"봐서요."

효주가 웃으면서 대답했다.

"날 믿지 못하다니. 우리 사이에 아직 사랑이 부족한가 보네요."

"그러니까 노력해보세요. 그 부족한 사랑이 채워지게……. 그렇지만 감사해요. 그만큼 절 생각해서 그러신 거잖아요."

"앞으로 악역은 제가 맡겠습니다. 효주 씨는 제 그늘에 편히 있으면 됩니다."

"아뇨. 다신 이러지 마세요. 안 그래도 오늘 한 선생을 따로 불러서 따끔하게 야단치려고 했어요. 물론 그 수고를 백 선생님이 덜어주셨지만."

한 선생이 사과를 하더라도 그건 이현의 으름장에 못 이겨서 하는 것이었다. 마음에서 우러난 진정한 사과가 아니었다.

"그리고 라이벌이 나타날 때마다 저 대신 나서서 무찔러주신다고요? 그러자면 24시간 붙어 다녀야 할 텐데 그건 불가능한 거잖아요. 그리고 제 일거수일투족에 일일이 신경 쓰셔야 할 테고……. 힘드실 거예요."

앞으로 한 선생 같은 사람이 또 생기지 말란 법이 없었다. 그럴 때마다 이현이 나서서 해결해줄 순 없는 노릇이었다. 그걸 바라지도 않았고. 이 정도의 분란은 스스로 해결할 수 있어야 했다.

효주가 말을 끝내고 차분하게 응시하자 이현이 눈을 빛냈다.

"저는 힘든 거 완전 좋아하는데……. 어떻게 아셨습니까. 우린 찰떡궁합인가 보네요."

"그러네요."

"그래도 한 선생 혼 내줬는데 상은 주셔야죠. 여기, 여기 뽀뽀해주세요."

이현이 제 뺨을 들이밀자 효주가 난감한 표정으로 주위를 두리번거렸다.

"……여기서요? 누가 보면 어쩌려고요. 안 돼요."

"아, 치사해."

이현이 삐친 얼굴로 말하자 효주가 눈을 흘겼다.

"삐친 척해도 이제 안 통해요."

"네……."

이현이 주눅 들어 대답하자 효주가 다시 눈을 흘겼다.

"매번 대답은 잘해."

"그거라도 잘해야 사랑받죠."

그리고 이현이 빙그레 미소 짓자 효주도 따라 웃고 말았다.

좋아하는 사람과 함께 있어서 그런 것일까? 금방이라도 유령이 튀어나올 것처럼 으스스하던 소각장이 더는 무섭게 느껴지지 않았다. 외려 그들의 은밀한 연애를 도와주는 사랑스런 장소로 변해 있었다.

그만큼 사람의 편견은 무서운 것이었다. 사람의 시야를 좁게 했다.

이현이 세화여고로 부임한 첫날도 그랬다. 이현의 화려한 외모만 보고 유복하게 자란 도도한 남자일 거란 편견에 이현의 인사도 제대로 받아주지 않았다. 그 후로도 피해 다니기 급급했다.

그러면서도 계속 사랑을 꿈꾸었다. 비슷한 조건의 평범한 남자를 만나기를.

하지만 지금 생각하면 그건 얼토당토하지 않은 자신만의 망상에 불과했다.

비슷한 사람을 만나, 소박한 사랑을 하기를 꿈꾸었다지만 그건 자신을 속이고 있었던 것이었다. 실은 나를 특별히 사랑해주는 이현과 같은 사람이 나타나기를 간절히 바라고 있었던 것이다.

그러나, 사랑의 정의는 따로 정해져 있지 않았다. 평범한 사랑,

특별한 사랑이 따로 있을 리가 만무했다. 물론 이현이 가진 능력으로 보면 이현이 특별한 남자임엔 틀림없었다. 하지만 이현이 주는 사랑은 특별한 것이 아니었다. 진실한 마음. 그건 특별한 남자의 전유물이 아니었다. 이현의 진실한 마음이 이현을 평범한 구애를 펼치는 평범한 남자로 만들어버린 것이다.

그러니 이 특별한 남자가 주는 평범한 사랑을 효주는 감사히 받아들일 작정이었다. 많은 길을 돌고 돌아서 이현에게 왔다. 하지만 그것이 그녀에게 있어선 이현에게 가는 최단 거리였다.

그리고 그렇게 얻은 이현으로 인해서 그녀는 특별한 여자가 되었다. 평범한 사랑을 받아들일 수 있는 넓은 시야를 가질 수 있게 되었다. 이현이라는 남자를 알면서 이현의 마음을 끌어안게 되었다. 누군가를 사랑한다는 것은 그녀가 모르는 그 무한한 세계를 사랑한다는 뜻과 동일했다. 그러니 이제 다신 편견에 가득한 세상에 갇혀 있지 않을 것이다. 넓은 마음으로 마음껏 사랑하고, 사랑받는 여자로 이현과 함께할 것이다.

"……혹시 울어요?"

이현이 눈을 가늘게 뜨고 빤히 바라보고 있자 효주는 화들짝 손을 내저어 보였다.

"울긴요."

생각에 취해 살짝 울컥하긴 했지만 울진 않았다. 그런데도 이현은 날카로운 시선을 거두지 않았다.

"아닌데. 운 것 같은데."

"아니라니까요."

"하긴 이젠 울어도 소용없어요. 대세는 완전히 기울어졌단 말이죠."

"뭐, 뭐가요?"

뜬금없이 대세 운운하는 이현 때문에 효주가 당황해서 되물었다.

"어떻게 해서 얻어낸 승낙인데. 평생 죽을 때까지 물리지 못할 거란 뜻이죠."

특별한 남자의 입에서 나오는 한결같은 구애. 그 사랑이 주는 감동을 효주는 참지 못했다. 기쁨의 눈물을 터트렸다.

"우는 거 아니라더니……."

이현이 놀리는 듯한 어조로 말하며 효주의 뺨을 어루만졌다. 효주는 커다란 손바닥에 뺨을 비비며 위안을 얻었다. 처음에는 이현의 화려한 배경이 싫었다. 그리고 여전히 그녀에겐 무리였다. 그러나 더는 겁쟁이로 살지 않을 작정이었다. 소중한 존재가 생김으로써 이렇게나 강해질 수 있을 줄은 상상도 못 했다. 때로는 가족처럼, 때로는 연인처럼 자신을 배려해준 소중한 사람. 그가 주는 사랑에 보답할 수 있기만을 바랄 뿐이다.

"……울지 말아요. 대신 기대해줘요. 앞으로는 내가 매일 웃게 해드릴 테니까요."

그러면서 이현은 고개를 내려 효주의 눈물을 머금었다. 눈두덩에 교대로 키스를 하고 입술을 포갰다.

응달진 소각장, 그 아무도 없는 공간에서 두 사람은 시간이 지나가는 것도 잊고 조용히 서로를 음미했다. 겨우 움켜쥔 사랑을 음미하듯이.

우여곡절 끝에 서로의 마음을 확인하게 되었지만 그들이 사귀는 건 당분간 주위에 비밀로 부치기로 했다.

그러나 비밀 연애를 하기에 세화여고는 그리 만만한 장소가 아니었다. 언제 어디서 학생들이 튀어나올지 몰랐다. 안심할 수 없었다. 그러다 보니 보통의 연인들이 그러듯 가벼운 눈빛 교환 한 번에도 주변을 살피는 세심한 주의가 필요했다. 거기다 그들 사이를 눈치챈 것이 분명한 소영의 짓궂은 장난은 또 어떻고. 이현의 질투심을 부추기려는 듯 수시로 이현을 자극하고 도발하는 것이 지켜보기에 조마조마할 정도였다. 조만간 약속을 잡고 이현을 정식으로 소개하려고 작정하고 있던 효주의 애타는 마음도 모르고 야속하게 말이다.

하여튼 애로 사항이 한두 가지가 아니었던 사내 연애 일주일이 지나갔다. 사귀기로 하고 첫 번째 맞는 주말이 되었다. 효주는 이번 주말을 허투루 보내지 않을 작정이었다. 양 이틀을 공평하게 나누어 토요일 하루는 이현과, 일요일 하루는 요양원에서 할머니와 보낼 계획이었다.

설레는 가운데 토요일이 되었다. 그들만을 위한 전용 야외극장에서 영화를 보자는 이현의 제의를 흔쾌히 받아들인 효주는 낮에는 이현과 맛집에서 점심을 먹고 카페에서 데이트를 즐겼다. 그러다 해가 서서히 기울어지기 시작할 때쯤 이현과 함께 저번에 갔던 한적한 공원 야외극장을 찾았다.

가파른 돌계단을 올라가면 탁 트인 전망을 감상할 수 있는 정상이 있다는 걸 알면서도 역시 숨이 차는 건 어쩔 수 없었다.

"자요. 내 손 잡아요."

숨이 턱 끝까지 차서 헉헉대며 계단을 오르던 효주가 고개를 들었다. 앞서가던 이현이 부드러운 미소를 지으며 손을 내밀고 있었다.

"네."

효주는 이현이 내밀어준 손을 수줍게 잡았다. 다시 등반을 시작했을 땐 효주의 입가에도 부드러운 미소가 머물러 있었다. 서두른다고 서둘렀는데도 정상에 도착하자 해가 산 뒤로 넘어가려고 했다. 이미 산 아래 야외 스크린에도 환하게 불이 들어와 있었다.

"서둘러야겠네요."

효주의 손을 놓고 이현이 부산하게 짐을 풀기 시작했다.

"도와드릴까요?"

안타까운 마음에 효주가 나섰지만 이현은 단호하게 머리를 가로저어 보였다.

"이런 건 남자가 하는 겁니다."

"네……."

웃으면서 대꾸한 효주가 이현에게 방해가 되지 않도록 뒤로 멀찍이 물러났다. 이현이 그녀보다 연하라는 것이 믿기지 않을 정도로 믿음직한 남자였다. 매번 이렇듯 철저한 준비로 효주가 편안하게끔 이끌어갔다.

저번에도 그랬듯 이번에도 이현의 가방에선 연신 예상치 못한 것들이 튀어나왔다. 소형 스피커, 샌드위치, 팝콘, 음료, 그리고 딱딱한 벤치를 의식해서 구해온 것이 분명한 푹신해 보이는 커다란 방석.

아무리 이현의 준비성에 적응되어 있던 그녀라 할지라도 방석이 나올 땐 놀람을 감추지 못했다.

"……그건 뭐예요?"

이현의 손에 들린 것이 방석이라는 걸 알면서도 효주는 물었다. 방석의 용도가 궁금해서. 설마 하는 심정으로. 만약 그렇다면 심장이 터질 수도 있겠다고 생각하면서.

"저번에 앉아 계시는 것이 불편해 보이길래……."

겸연쩍은 듯 대꾸하는 이현. 이현의 광대가 핑크빛으로 물드는 걸 보며 효주는 서둘러 시선을 피했다. 당황을 감추지 못했다. 예상대로 방석은 그녀를 위한 것이었다.

하지만 저렇게 불쑥 얼굴을 붉히면 나보고 어쩌라는 건지. 이 부끄러움은 누구의 몫인지. 이현이 다시 가방을 푸는 데 몰두하자 효주는 덩달아 빨개진 제 뺨에 마구 부채질을 했다.

지난 일주일간 효주는 많은 것을 깨달았다. 이현을 만나지 않았으면 평생 모르고 살았을 수도 있는 것들이었다. 사람을 사랑하는 데에는 정말로 많은 노력이 필요하다는 것이었다. 연애치답게 효주는 지금껏 서로의 마음만 확인하면 저절로 연애가 되는 줄 알았다. 해피엔딩 드라마에서처럼 달콤한 결실만 받아먹는 것이 연애인 줄 알았다.

그런데 웬걸, 생각보다 난이도가 높은 행위였다. 배려와 노력이 만만치 않게 들어갔다. 낮엔 성가실 정도로 문자를 주고받아야 했고 헤어진 밤엔 전화기에 불이 날 정도로 통화를 해야 했다. 의도치 않은 장소에서 불쑥 이현이 나타나면 심장에서 쿵 소리가 나며 당황하기 일쑤. 평정을 잃은 표정을 수습하기 바빴다.

그 많은 단점에도 불구하고 이현은 포기할 수 없는 사람이었다. 그날 이현을 찾아가 매달릴 땐 평생 치의 용기가 다 필요했지만 다시 그 순간이 온다면 똑같은 선택을 할 것이 틀림없었다.

"이리 와서 앉으세요."

영화 볼 채비를 마친 이현이 그녀를 불렀다.

"네⋯⋯."

이현이 깔아놓은 방석 위에 자리 잡고 앉은 효주는 잔뜩 기대한 표정으로 스크린 화면을 주시했다. 그런데 화면에선 이미 광고가 시작되었는데 소형 스피커에서 흘러나오는 건 감미로운 팝송이었다. 의아해서 시선을 들자 어쩐지 이현이 잔뜩 긴장해 있었다.

"앉으세요?"

제 옆자리를 탁탁 두들겨 보여도 이현은 딱딱하게 굳은 채로 고개만 가로저어 보일 뿐 도무지 와서 앉을 기미를 보이지 않았다.

"⋯⋯왜 그러세요?"

그제야 뭔가 심상치 않다는 걸 느낀 효주가 슬그머니 긴장하며 자세를 바로 했다. 갑자기 왜 저러는 거지? 컨디션이 안 좋은가?

"정효주 씨."

이현이 비장한 얼굴로 침묵을 깨뜨렸을 때도 효주는 눈치를 채지 못했다. 오늘의 기억이 평생 갈 것이라는 것을. 일분일초를 생생하게 기억하게 될 것이라는 것을 정말 몰랐다.

덩달아 긴장해서 효주가 숨을 죽이자 이현이 상의 주머니에서 작은 보석함을 꺼내었다. 그리고 한쪽 무릎을 꿇고 앉아 보석함을 열었다.

"당신만을 바라보는 이 바보 같은 남자라도 괜찮다면 반지, 받아줄래요? 평생 내 사람이 되어서 늙어가줘요."

"아, 저는⋯⋯."

이현을 따라 산 정상에 오를 때까지, 아니 방금 전까지도 이현이 청혼을 하리라곤 꿈에도 생각하지 못하고 있었다. 너무나도 비현실적인 장면. 예상치 못했던 상황에 효주는 쉬이 말을 잇지 못했다. 그저 이현의 손바닥 위에서 영롱하게 빛나는 반지만 응시할 뿐이었다.

효주가 일생일대 선택의 기로에 서 있는데 이현은 그 잠시도 기다리지 못했다. 이현이 말했다.

"참고로 말씀드리면 거절하셔도 됩니다. 청혼하기에 오늘만 날이 아니니까요."

거절해도 된다고 하지만 이현의 표정은 그게 아니었다. 승낙해 달라는 무언의 뉘앙스를 팍팍 풍기고 있었다. 가만히 이현을 응시하던 효주가 갑자기 불쑥 앞으로 손을 뻗었다. 효주의 작은 손이 눈앞에 있자 이현이 의아한 표정을 했다. 효주가 웃으면서 말했다.

"반지가 저한테 맞을지……."

멍청하게 있던 이현의 얼굴이 갑자기 확 상기되었다. 이현이 벌떡 일어났다.

"방금 승낙한 겁니다!"

"네."

"진짜 결혼하는 겁니다."

"네."

두 번의 확답을 듣고서야 이현이 좋았어! 하고 환호성을 터트렸다. 그리고 효주를 번쩍 안아 들고 빙글빙글 돌기 시작했다. 뱅글뱅글 돌아가는 시야. 밤하늘. 효주가 웃음을 터트렸다.

"어지러워요. 내려주세요."

잠시 후 효주를 내려놓은 이현이 효주의 손에 반지를 끼워주었다. 영원한 사랑을 상징한다는 다이아몬드가 손가락 위에 끼워지자 효주가 감격해서 말했다.

"세상에. 너무 예뻐요."

반지가 딱 들어맞게 들어가자 이현이 눈을 빛냈다.

"정효주 씨, 이 세상에 태어나줘서 고맙습니다. 못난 나를 받아줘서 감사합니다. 앞으로 행복하게 해줄게요. 나랑 결혼해줘요."

하늘과 땅이 구분되지 않는 밤을 배경으로 이현이 다시 진지하게 청혼을 해왔다.

"네…… 좋아요."

사실 처음 만난 순간부터 이 남자가 좋았다. 그리고 이 사람을 만나고 하루도 지루할 틈이 없었다. 매일이 즐겁고 행복했다. 그러니 앞으로도 행복하리라는 것에는 의심할 여지가 없었다.

　기울어지는 태양빛에 세화여고 교정이 붉게 물들었다. 전날 내
린 비로 인해 벚나무 가지 끝이 싱싱하게 솟은, 기분 좋은 오후였
다. 교사로서의 하루 일과를 마친 효주는 마지막 매무새 점검을 위
해 여교사 휴게실로 갔다.

　세 평 남짓의 아늑한 공간. 그녀는 곧장 거울 앞으로 가서 섰다.
그때, 열린 창으로 불어온 바람에 그녀의 새하얀 원피스가 흩날렸
다. 오늘은 그녀에게 아주 뜻깊은 날이었다. 이현과 결혼하고 첫
번째 맞는 결혼기념일이면서 또 장기 출장을 갔던 이현이 귀국하
는 날이었기 때문이다.

　'아, 얼른 보고 싶어.'

　이현은 더 이상 예전의 그 유유자적한 백이현 선생이 아니었
다. 그녀와 결혼하고 미국에 두던 사업체를 국내로 이전하면서

학교를 그만두고 본업인 사업가로 돌아갔다. 출장과 야근을 밥 먹듯 하는 치열한 그의 생활 방식이 딱히 싫은 건 아니었다. 단지 그와 함께하는 시간이 점점 사라져 아쉬움이 커져갈 뿐. 그렇기에 오늘 그와 함께할 수 있는 시간이 더없이 소중하고 기쁘게 다가왔다.

막 몸단장을 끝냈을 때, 핸드백에 넣어두었던 휴대폰이 요란하게 울어대었다. 누구지? 그녀는 얼른 휴대폰을 찾아 귀에 가져다 대었다.

"여보세요?"

-효주 씨?

수화기에서 흘러나오는 짜릿한 음성에 한순간 가슴이 덜컥했다.

"네, 저예요."

침착하게 대꾸했지만 이미 심장은 제 기능을 잃고 있었다.

-미안해서 어쩌죠? 갑자기 스케줄이 틀어져서 빨라도 새벽에나 도착할 수 있을 것 같아요.

다정함이 듬뿍 묻어나는 설명에도 그녀는 잠시 아무런 대꾸도 할 수 없었다. 매해 돌아오는 것이 결혼기념일이라지만 그래도 인생에 단 한 번밖에 없는 날이었다. 평생 기억될 추억을 강탈당하는 기분이었다. 대답이 늦어지자 상대편도 애가 타는 모양이었다.

-효주 씨? 효주 씨? 내 말 듣고 있어요?

"듣고 있어요."

애써 밝은 척 대답했지만 그래도 번져 나가는 실망감은 떨칠 수 없었다.

-미안해요. 아무리 바빠도 이날은 꼭 챙겨야 했는데.

"괜찮아요. 오늘만 날인가요."

괜한 투정은 상대방에게 부담만 줄 뿐이라는 걸 어려서부터 반복된 학습으로 익히 알던 그녀였다. 그걸 너무 잘 알기에 오늘도 그녀는 착한 어른이 될 수밖에 없었다.

-이해해줘서 고마워요. 새벽쯤 도착할 거니까 나 기다리지 말고 먼저 자요.

"그럴게요. 조심해서 오세요."

이해해줘서 고맙다는 말이 한 글자 한 글자 가슴에 와서 박혔지만 그녀는 애써 즐거운 척 인사말을 되돌렸다.

-가봐야겠어요. 나중에 봐요.

바쁜지 이현은 쫓기듯 전화를 끊었다. 더 이상 연결되지 않는 휴대폰을 보며 그녀는 나지막한 한숨을 내쉬었다.

가끔이지만 이런 식으로 불발되어 버리는 약속.

이럴 때마다 갑자기 길 잃은 아이의 심정이 되어버리는 그녀.

"이런 날 불 꺼진 집에 혼자 들어가는 건 최악이겠지?"

씁쓸하게 중얼거렸지만 그렇다고 딱히 시간을 때워줄 이도 없었다. 단짝처럼 붙어 다니던 소영은 막 신혼의 단꿈에 빠져 있었고, 이젠 시어른이 된 이 노인마저 친구가 사는 일본에서 돌아올 줄을 몰랐다.

"아, 잘됐다. 이참에 서점이나 가야겠다."

혼자인 기나긴 밤, 신간 소설에게 의지해야겠다고 생각하면서 효주는 터덜터덜 주차장으로 내려갔다. 핸드백에서 꺼낸 키를 누르자 한쪽 구석에 세워져 있던 새빨간 미니 스포츠카에 불이 들어왔다. 이숙한 몸짓으로 올라타서 오디오 버튼부터 누르자 잔잔한 음악이 깔렸다.

빨간 스포츠카라니. 누가 봐도 자신과 어울리지 않는 조합이었다. 그러나 이현의 생각은 다른 것 같았다. 어느 날 불쑥 차를 선물하더니 대신 운전면허학원까지 등록해주는 것이 아니겠는가. 그녀가 진정 바란 건 이런 게 아닌데. 둔탱이 같으니 말이다.

"정 선생, 이제 가?"

언제 다가왔는지 불쑥 교감이 차창을 두드렸다.

"네, 교감 선생님."

효주가 어색한 표정으로 창을 내렸다.

"그래. 일찍 가서 쉬어야 내일도 수업하지. 참, 그런데 오늘이 정 선생 결혼기념일이라면서? 미리 알았으면 선물이라도 준비했을 텐데 아쉽네. 하여튼 축하해."

그녀가 이사장의 손자며느리가 되고 태세 전환이 확실한 교감이었다. 친절이 과해도 너무 과했다.

"감사합니다."

"백 대표가 기다릴 텐데 얼른 가봐, 응?"

"네, 먼저 가보겠습니다."

그녀는 출발하면서도 불편한 감정을 떨치지 못했다.

하긴 변한 이는 교감뿐만이 아니었다. 한 선생의 변신도 놀라웠다. 과거의 기세등등하던 태도는 어디로 가고 풀이 확 죽은 채로 그녀를 피해 다니기 바빴다. 그걸 소영은 닭 쫓던 개 지붕 쳐다보는 꼴이라고 비아냥거렸고.

아무리 물질만능주의 시대라곤 하지만 그녀로선 씁쓸할 수밖에 없는 결말이었다. 그리고 가식적인 친절은 그녀 쪽에서 먼저 사양이었다.

　같은 시간, 이현을 태운 차가 인천공항을 빠져나왔다. 이제 어엿한 국내 사업가로 자리 잡은 그는 막 보름간의 출장지에서 돌아오는 길이었다.

　"바로 집으로 모실까요? 대표님."

　달리는 차 안에서 운전하던 김 비서가 정중하게 물었다.

　"그래요. 곧장 집으로 가줘요."

　살짝 들뜬 어조로 대꾸한 그는 읽던 서류를 닫아 버렸다. 마음이 딴 데 가 있으니 글자 한자 제대로 눈에 들어오지 않았다. 창밖으로 시선을 옮기자 익숙한 풍경이 휙휙 지나가고 있었다.

　아, 한국이었다. 그녀가 있는 정겨운 내 고국.

　이번 출장은 유별나게 힘들었다. 결혼기념일에 맞춰 귀국하기 위해 무리하게 일정을 앞당긴 탓에 몸이 파김치였다. 한 여자를 행복하게 해주는 것이 결코 쉽지 않다는 걸 다시 한번 확인하는 시간이었다.

　"으흠."

　그는 고개를 돌려 바로 옆에 얌전히 놓여 있는 상자를 골똘히 응시했다. 이날을 위해 그가 고심해서 고른 선물로, 오늘 있을 깜짝 이벤트를 위해 요긴하게 쓰일 물건이기도 했다.

　"그나저나 김 비서, 속도가 왜 이래요? 굼벵이도 이것보다 빠르겠군요."

　그녀보다 먼저 집에 도착해야 하는 그로선 일분일초가 아쉬운 형편이었다. 그 후로도 이어진 이현의 재촉에 차가 전속력으로 달려 나갔다.

효주보다 먼저 집에 도달하는 데 성공한 이현은 제일 먼저 벗은 구두와 출장용 가방부터 숨겼다.

"흑."

그러나 보안상 불을 켜지 못하다 보니 자잘한 사고가 연발이었다. 현관에서 올라서다 모서리에 발을 찧는 건 양반이었고 와인 잔을 찾아 찬장을 뒤지다 와장창! 잔을 깨먹는 건 애교였다. 그러나 그중에서 제일 그를 곤욕스럽게 만든 건 풍선 다발이었다.

"대체 몇 개를 불어야 표가 나려나?"

시간은 촉박한데 입이 부르트도록 불어도 망할 풍선은 늘어날 줄을 몰랐다. 결국 이벤트 준비가 끝냈을 땐 거의 실신 상태가 되고 말았다.

그래도 결과물은 근사했다. 긴 촛대 위에서 흔들리는 불꽃. 은은한 광택의 와인글라스. 한입 크기로 잘린 과일. 입이 부르트도록 불었던 결과물이 만족스럽지는 않지만 알록달록한 풍선의 향연. 이 모두가 급조한 것들이었지만 제법 근사했다. 주인공인 효주만 오면 모든 것이 완벽할 것 같았다.

카페에서 시간을 보내다 자정이 가까워서야 현관문을 따고 들어선 효주는 자신의 발치를 툭 건드리는 가볍고 기묘한 감촉에 화들짝 놀랐다.

"뭐, 뭐지?"

하지만 불을 켜고는 더 크게 놀랐다. 집에 도둑이라도 든 것일까? 바닥에 정신없이 나뒹구는 저것들은 대체 뭐란 말인지. 잠시 후 자신을 놀라게 한 것들이 알록달록 풍선이라는 것을 인지하고도 그녀는 입을 다물지 못했다.

도둑이 저 많은 풍선을 가져다 놓았을 리 만무. 대충 누구 작품인지 짐작할 것 같아 천천히 안으로 걸어 들어가자 예상대로 소파 위에 풍선을 이불 삼아 이현이 잠들어 있었다.

'……나를 기다리다가 잠든 건가?'

그녀는 핸드백을 내려놓고 이현의 바로 밑에 자리 잡고 앉았다. 가슴이 뭉클해져 말없이 이현을 응시했다. 항상 단정하던 머리가 무방비 상태로 흐트러져 그녀의 보호본능을 자극했다. 긴 출장으로 얼굴을 마주하는 건 대략 보름 만이었다. 어쩐지 떨리고 설레었다.

"왜 이렇게 늦었어요?"

잠든 줄 알았던 이현이 불쑥 큰 팔이 뻗어와 그녀를 안았다. 다정한 음성, 따뜻한 체온이 주는 완벽한 충만감에 그녀는 기뻐서 눈물이 날 것 같았다.

"이럴 거면 힌트라도 주지. 뭐예요. 나는 이현 씨가 온 줄도 몰랐잖아요."

"미안해요. 미안해요."

잠이 덜 깬 투로 그가 연신 사과했다.

"됐어요. 이제 안 믿을래요. 이럴 거면 내년에는 아예 다른 약속 잡을래."

마지막까지 남아 부모를 기다리는 보육원 아이의 심정이 이런 것일까? 이현이 겨우 시간을 내어 와준 걸 알면서도 투정 부리고

금지된
소망   383

싶었다.

"누굴 만날 건데요? 혹시 그날 만날 사람이 남자는 아니겠죠?"

여전히 잠이 덜 깬 음성으로 그가 물었다.

"만약 남자면요?"

"뭐라고요? 남자라고요……?"

투정 부리듯 대꾸하자 이현이 소리를 지르면서 벌떡 일어나 앉았다.

"설마 나 아닌 딴 사람이 생긴 건 아니겠죠?"

잠이 확 달아난 이현의 눈은 이미 질투로 짙어져 있었다. 어이가 없어진 그녀는 새침하게 등을 돌렸다.

"나한테 딴 사람이 어디 있겠어요."

이미 백이현이 주는 사랑에 푹 빠진 그녀였다. 딴 남자가 성에 찰 리 없었다. 그럼에도 따라붙는 시선이 끈질겼다.

"대답 잘하셨어요. 엄한 남자, 목숨 하나 살리신 거예요."

생기지도 않은 남자를 질투하는 이현. 다소 차가워 보이는 인상이지만, 그녀에게는 한없이 자상한 남자. 그 사람이 바로 그녀가 사랑하는 남자였다.

-마침-